Britta Wolters

Star.X - Touch my Seoul

Liebesroman

Impressum

Bibliografische Information der Deutschen Nationalbibliothek:
Die Deutsche Nationalbibliothek verzeichnet diese Publikation in der Deutschen Nationalbibliografie; detaillierte bibliografische Daten sind im Internet über http://dnb.dnb.de abrufbar.

© 2024 Britta Wolters

Verlag: BoD · Books on Demand GmbH, In de Tarpen 42, 22848 Norderstedt
Druck: Libri Plureos GmbH, Friedensallee 273, 22763 Hamburg

ISBN: 978-3-7693-1264-5

외로움의 정원에 핀
너를 닮은 꽃
주고 싶었지
바보 같은 가면을 벗고서

But I know
영원히 그럴 수는 없는 걸
숨어야만 하는 걸
추한 나니까

In einem Garten der Einsamkeit blühte die Blume
Die dich widerspiegelt
Ich wollte sie dir geben
Nachdem ich diese alberne Maske abnehme

Aber ich weiß
Dass ich das nicht für immer machen kann
Ich muss mich verstecken
Weil ich ein Monster bin

(BTS – The Truth Untold)

Trigger Warnung im Nachwort

~ Prolog ~

"Alea, bitte gehe in die achte Etage und frage den Gast, was er benötigt. Er nervt mich bereits seit gestern, und er wird noch drei weitere Tage bei uns bleiben. Ich kann es kaum erwarten, wenn er endlich auscheckt. Wie kann ein einziger Mensch so anstrengend und nervig sein? Ich muss mich in seiner Gegenwart immer derart zusammenreißen und freundlich bleiben, dass es mir schon beinahe wehtut. Hoffentlich hast du ein dickeres Fell als ich. Also, immer schön lächeln und sich den erhobenen Mittelfinger denken."

Seufzend nickte ich und machte ein gespielt verzweifeltes Daumen-hoch-Zeichen zu meiner Chefin, die mich grinsend betrachtete und dann frech die Zunge herausstreckte. Sie hatte es gut. Ihr Feierabend würde in Kürze beginnen, während meine eigene Schicht kein Ende zu nehmen schien.

Ich sah ihr hinterher, wie sie sich fröhlich grinsend umdrehend mir ein weiteres Mal die Zunge zeigte und dann schwungvoll ihre zum Zopf zusammengebundenen Haare über die Schulter zurückwarf. Ich hörte noch ihr leises Lachen, als sie um den gebogenen Gang verschwand. Der mit einem edlen, flauschigen Teppich ausgelegte Flur war nun menschenleer und still. Laut seufzte ich auf und strich meine Zimmermädchen Uniform glatt, um mich auf den Weg zum schwierigen Gast zu machen.

Der Gast in Suite 808 des Parkblick war seit nunmehr zwei Nächten eingecheckt und ich hatte die undankbare Aufgabe, mich um ihn zu kümmern. Dieses tat ich einerseits, weil ich dringend das Geld brauchte, den mir mein Job einbrachte, andererseits war Sara meine beste Freundin und gleichzeitig die Hausdame des 5*Luxushotels, in dem ich seit fünf Monaten arbeitete. Die edle, familiengeführte Herberge war etwas außerhalb der Stadt in einem wunderschönen Park gelegen und wurde von Saras Vater Herr Grimm als Direktor in 3. Generation geführt.

Sara hatte ich im Kindergarten kennengelernt und wir waren seitdem die engsten Freundinnen. Als ich mit drei Jahren das erste Mal den Hort besuchte, wurde ich anders als andere Kinder nicht von meiner Mutter begleitet. Mein Vater hatte mich vor der Arbeit dort abgesetzt und mit einem kleinen Schubser durch die Tür geschoben. Sara hatte an diesem Tag genau wie ich ihren ersten Besuch in der Kita, aber anders als ich, wurde sie von ihrer freundlichen und liebevollen Mutter die ersten zwei Wochen täglich begleitet. Vermutlich tat ich Saras Mutter, Frau Grimm, leid. Ohne zu zögern kam sie zusammen mit Sara zu mir, die ängstlich und verstört in der Ecke saß, und nahm sich meiner an. So wurde sie in der Eingewöhnungsphase meine Ersatzmutter, und Sara meine allerbeste Freundin.

Saras unbeschwerte Art, ihre unvoreingenommene Liebe zu mir, ihre Loyalität und Treue ließen mich trotz der Kälte in meinem Elternhaus gut aufwachsen. Ihre Familie hatte hierzu ihren eigenen Teil beigetragen. Frau Grimm blieb bis zu ihrem frühen Tod meine Ersatzmutter und Herr Grimm hatte trotz seiner ganzen Arbeit und Verantwortung immer Zeit für seine Kinder und seine Ziehtochter, während meine eigenen Eltern sich genervt und überfordert von mir abwandten. Zu Saras vier Jahre älteren Bruder Kai hatte ich aufgesehen und versuchte ihn als kleines Mädchen nachzuahmen. Er behandelte mich wie seine Schwester und ich liebte ihn dafür.

Das Parkblick war ein wunderschönes Luxushotel am Rande einer Großstadt und wurde zu meinem liebsten Ort. Gemeinsam mit Sara und Kai entdeckte ich die Welt und wir spielten als Kinder auf den Gängen des "Parkblick", als wäre das Hotel ein riesiger Spielplatz.

Die wenige Zeit, die ich notgedrungen in meinem eigenen Zuhause verbrachte, war weniger schön. Meine Eltern hatten eine Mietwohnung in einem etwas heruntergekommenen Hochhaus in einem Teil der Stadt, der als keine gute Wohnadresse gesehen wurde. Meine eigene Schwester hielt mich stets für einen Störenfried und wir waren nie gut miteinander ausgekommen. Irgendwann hatte Angelina mir gesagt, dass sie mich hasste, weil ich eine Störung ihrer kleinen Familie war, die so gut zu dritt funktionierte. Immer, wenn ich zu Hause sein musste, verhielt ich mich möglichst still, um keine Aufmerksamkeit meiner Familie zu bekommen. Jeder kleine Anlass reichte ihnen aus, ihre schlechte Laune und ihren Frust an mir auszulassen. Das galt nicht nur für meine Schwester, sondern auch besonders für meine Mutter und meinen Vater.

Meine Eltern hatten sich während meiner gesamten Kinder- und Teenagertage nie die Mühe gemacht, mir als der jüngsten Tochter bei irgendetwas beizustehen oder mich zu unterstützen. Sie verließen sich darauf, dass ich bei Problemen zu Familie Grimm ging. So verbrachte ich fast meine gesamte Zeit im Parkblick, um der Situation zuhause zu entfliehen. Die Zeit, die wir drei Kinder in unserer Kindheit zusammen verbrachten, war wunderschön gewesen. Gemeinsam mit meiner besten Freundin war ich zwischen Küche, Wäscheraum und Lobby aufgewachsen und nur dann, wenn ich meinen eignen Namen irgendwo angeben musste, wurde ich wieder daran erinnert, dass ich nicht ihre biologische Tochter der Grimms war und einen anderen Nachnamen hatte, als Sara und Kai.

Als Erstes hatte uns damals Kai verlassen. Er war nach der Schule von seinen Eltern in die Schweiz zu einer klassischen Hotelausbildung im Management geschickt worden um nach seiner Rückkehr die Leitung des familieneigenen Hotels von seinem Vater zu übernehmen. Bereits als Junge war er sich seiner kommenden Verantwortung stets bewusst gewesen und hatte das eine oder andere Mal seine Schwester und mich gescholten, wenn wir es wieder einmal mit dem Spielen im Hause übertrieben hatten. Kai war ernsthaft und ruhig und hatte den Charme eines Kaktus.

Sara hatte zusammen mit mir ein nicht so glänzendes Abitur gemacht und anschließend eine Ausbildung zur Hotelfachfrau absolviert. Mittlerweile hatte sie die Aufgabe der Hausdame im Parkblick übernommen und erfüllte diese Aufgabe für ihre Familie. Ihr Fokus lag nicht auf einer Karriere. Bereits als kleines Mädchen träumte sie davon, eines Tages die Frau eines schönen und reichen Prinzen zu werden und Haus und Hof für die Thronerben zu hüten. Leider hatte sich bis heute noch kein royaler Adliger bei ihr vorgestellt. So hatte sie hin und wieder überlegt, ob sie eine Anzeige schalten sollte, wo ihr Märchenprinz blieb, den sie bereits im Kindergarten bestellt hatte.

Ich selbst wollte Sängerin oder Schauspielerin werden. So sah mein Plan als achtjährige aus. Heute wollte ich nur noch ein Dach über dem Kopf, etwas zu Essen auf dem Teller und etwas Hübsches zum Anziehen haben. Meine Ansprüche waren extrem gesunken und hin und wieder machte es mich traurig, dass die Träume der Kindheit wie Seifenblasen im Erwachsenenleben platzten.

Meine Eltern mischten sich das erste Mal in meinem Leben ein, als sie die Chance witterten, dass ich Geld verdienen könnte. Sie drängten mich ab der zehnten Klasse zu einer Ausbildung, die ich nicht wirklich machen wollte. Ich hatte hochtrabende Vorstellungen von meinem zukünftigen Leben. Zwar wollte ich nicht wie meine beste Freundin auf einen Traumprinzen warten, aber ich wollte leicht und schnell zu Geld kommen. Meiner Meinung nach war das nur mit dem richtigen

Job möglich und dazu musste ich studieren, dachte ich. Glücklicherweise hatte die Schule mir keine nennenswerten Probleme verursacht, sodass sogar meine Lehrer meine Eltern überzeugten, dass ich das Abitur auf jeden Fall machen sollte. Es war meinen Eltern egal, ob ich weiter zur Schule ging oder nicht. Was sie ab der zehnten Klasse jedoch von mir verlangten, war Geld für den Unterhalt. So begann ich neben der Schule verschiedene kleine Jobs anzunehmen und war vermutlich die einzige Schülerin, die ihre Eltern dafür bezahlte, dass sie lernen gehen durfte.

Damit wurde ich das erste Mitglied meiner Familie, die nach dem Abitur auf eine Universität ging. Mein Studienfach stand jedoch im absoluten Gegensatz zu meinen Wunschvorstellungen des schnellen Reichtums. Zum Entsetzen und größter Empörung meiner Eltern studierte ich nicht wie erwartet Betriebswirtschaft, sondern Asienwissenschaft. Als meine Eltern von meinen Zukunftsplänen hörten, waren sie schier rasend vor Wut.

Mein Vater zeigte es mir mit blauen Flecken sehr deutlich und meine Mutter verlangte, dass ich ab sofort doppelt soviel Kostgeld zuhause abgeben sollte, wie zuvor. Mein Studium war in den Augen meiner Eltern eine Verschwendung von Geld und Zeit. Als ich es dann auch noch nach dem 4. Semester abbrach, setzten sie mich ohne Umschweife vor die Tür. Tatsächlich war ich weder zu faul noch zu dumm für mein Studium gewesen, aber ich schaffte das Pensum, lernen und arbeiten nicht mehr und hing weit hinter meinen Kommilitonen hinterher. Seit meinem häuslichen Rauswurf vor fünf Monaten sprachen meine Eltern nur noch dann mit mir, wenn ich ihnen zusätzliches Geld schicken sollte.

Sara und ich waren beide 23 Jahre alt, aber unser Leben hätte nicht unterschiedlicher sein können. Sie war die geliebte und verwöhnte Tochter ihres Vaters und ich die ungeliebte Tochter meiner Eltern. Warum Mutter und Vater mich nicht mochten, vielleicht sogar hassten, war mir mein ganzes Leben unklar geblieben. Ich wusste lediglich, dass ich von Familie Grimm öfter liebevolle Worte und freundliche Unterstützung erhalten hatte, als von meiner eigenen Familie. Vielleicht lag es daran, dass ich nicht so erfolgreich war, wie meine Schwester Angelina. Sie war vier Jahre älter als ich, energisch und erfolgreich, arbeitete in einer Bank und war verheiratet mit einem unterwürfigen Mann. Mittlerweile erwartete sie ihr zweites Kind und obwohl sie gutes Geld verdiente, musste sie noch nie etwas davon zuhause bei unseren Eltern abgeben.

Meine Freundin war begeistert über meinen Bauchklatscher im Studium. Ich musste irgendwo schlafen und ich musste mehr Geld verdienen und so bot sie mir an, in ihrem Parkblick zu arbeiten. Sie fragte ihren Vater und ich erhielt daraufhin ein kleines Zimmer unter dem Dach, in dem ich vorerst unterkam und einen Job im Hotel mit meiner besten Freundin als Chefin. Ich wurde Zimmermädchen, und da ich das volle Vertrauen des Hoteleigners genoss, wurde ich in der Etage der Suiten eingesetzt. Die Gäste hier waren besonders anspruchsvoll und es war viel Fingerspitzengefühl im Umgang mit ihnen erforderlich. Glücklicherweise hatte ich ein freundliches und angenehmes Auftreten und in Konfliktsituationen behielt ich die Ruhe. Das musste ich mir in den Jahren im Umgang mit meinen Eltern mühevoll aneignen und hatte es im Laufe der Zeit perfektioniert.

Während ich meinen Putzwagen weiter in Richtung Aufzug lenkte, schaute ich auf meine Uhr. Ich machte heute schon wieder Überstunden, aber diese würden mir gut bezahlt werden. In Gedanken drückte ich auf den Knopf und hielt die Karte vor das Lesegerät, als sich die bereits schließende Lifttür langsam wieder öffnete und zwei Hotelgäste einsteigen wollten. Eine leise höfliche Entschuldigung murmelnd, zog ich meinen Wagen so eng es ging an mich heran und machte den Gästen Platz.

Neugierig sah ich die beiden an, die sich in den nicht allzu großen Fahrstuhl zu mir gesellten. Sie waren ein ausgesprochen hübsches Paar. Die Frau, eine wunderschöne Blondine mit langem vollem Haar und üppiger Oberweite, trug einen edel aussehenden Mantel und zu meiner Verwunderung darunter Turnschuhe. Ihr Mann war ein großer, sehr attraktiver Asiat mit einem Gesicht wie ein Model. Beim Anblick des Mannes schlug mein Herz plötzlich viel schneller. Er sah so unglaublich gut aus, dass ich überlegte, ob er vielleicht ein Filmstar sein könnte. Hatte ich ihn vielleicht schon einmal in einem meiner koreanischen Dramen gesehen? In Gedanken ging ich sämtliche Schauspieler durch, die ich kannte, aber dieses unverwechselbare Gesicht hatte ich noch niemals zuvor auf dem Bildschirm gesehen. Der Mann war sogar noch schöner als mein absoluter Liebling Park Joon-Ki, dachte ich träumerisch.

Als beide Gäste meinen intensiven, neugierigen Blick bemerkten, senkte ich peinlich ertappt schnell meinen Kopf und betrachtete voll gespieltem Interesse meine Putzlappen, nicht ohne weiterhin die Anwesenheit des schönen Mannes zu genießen.

"Meine Sekretärin hat mir vorhin mitgeteilt, dass das Pflegepersonal bereits gestern in Deutschland eingetroffen ist. Sie sollen eine kleine Wohnung hier in der Nähe haben. Wenn später der Umzug in das Haus erfolgt ist, wird alles noch ein wenig einfacher. Ich denke, in Kürze sollte der Umzug erledigt sein. Schade nur, dass es nicht eher funktioniert hat, wo die Therapie jetzt endlich beginnen kann. Also sorge dich nicht weiter, mein Liebling. Sie packen das. Ganz sicher!"

Die Stimme des Mannes war sanft und ich hörte seine Sorge heraus. Er hatte Englisch gesprochen und obwohl ich mit Sicherheit als gute Angestellte weghören sollte, hatte ich jedes Wort belauscht.

"Hoffentlich gelingt es den Ärzten. Sie sollen wirklich sehr gut sein. Glücklicherweise hat die Uniklinik dem zugestimmt. Ich will, dass es ihnen ganz schnell wieder besser geht."

Ihre Stimme zitterte ein wenig und ich bemerkte, dass in den leuchtend blauen Augen der Blondine Tränen schwammen.

"Liebling, du musst Vertrauen haben. Sie werden alles Notwendige tun, damit sie bald wieder hergestellt sein werden. Sie sind nun glücklicherweise transportfähig und Heilung braucht seine Zeit. Bitte, habe Geduld!"

Zärtlich fing der Mann eine der Tränen auf, die der hübschen blonden Frau über ihre zarten Wangen kullerten. Sie schien wirklich zu leiden und ich hielt den Atem an, da ich das Gefühl hatte, mich in diesem Moment mitten in einem koreanischen Drama zu befinden. Über wen sie wohl sprachen? Ihre Eltern, Freunde oder gar Kinder? Es mussten jedenfalls mehr als eine Person sein, denn sie sprachen in der Mehrzahl von ihnen.

Als beide sich daran erinnerten, dass sie nicht alleine im Fahrstuhl waren, wechselten sie plötzlich von der englischen Sprache ins Koreanische. Sie waren sich sicher, dass das Zimmermädchen, das mit ihnen den engen Raum teilte, sie nun nicht verstehen würde.

"Taemin und Emmy kommen nächste Woche. Bis das Haus fertig ist, werden sie in der Nachbar-Suite wohnen. Sie sind also nicht alleine. Und die andern werden abwechselnd ebenfalls zu Besuch kommen." Er unterbrach sich, denn wir hatten die 8. Etage zu meinem Bedauern gerade erreicht. "Alles wird gut."

Er griff den Ellenbogen seiner Frau und gemeinsam verließen sie den Lift, nicht ohne mir noch einmal kurz freundlich zuzunicken. Erstaunt nahm ich zur Kenntnis, dass sie mich sehr wohl wahrgenommen hatten und sogar so höflich waren, sich von mir unbedeutenden Arbeitskraft zu verabschieden. Erstaunlich. Allerdings wäre es für das Paar vermutlich noch überraschender gewesen, wenn sie gewusst hätten, dass ich jedes einzelne Wort, das sie in ihrer Sprache gesprochen hatten, verstand.

Seit vier Jahren lernte ich unermüdlich für mein Studium und in meiner Freizeit die ostasiatische Sprache. Ich hatte begonnen Hangul zu erlernen, als ich meine Liebe für die koreanischen Dramen entwickelt hatte. Stundenlang konnte ich sie mir auf meinem Laptop ansehen und da ich anfangs so genervt war, ständig die Untertitel lesen zu müssen, hatte ich begonnen, die Sprache im Selbststudium zu erlernen. Das war mir leichter gefallen als ich gedacht hatte, und mittlerweile benötigte ich keinerlei Übersetzungshilfen mehr. Sara hatte sich mehrfach über mein Hobby lustig gemacht, aber als ich immer besser wurde, die fremde Sprache zu sprechen und zu verstehen, war sie beeindruckt.

Was ich jedoch soeben von dem schönen Paar gehört hatte, hatte mein Herz beinahe zum Explodieren gebracht. Als Fan der Gruppe Star.X waren mir meine Ohren beinahe vom Kopf gesprungen, als ich die Namen Taemin und Emmy gehört hatte. Welcher Stan kannte nicht den verheirateten Sänger Taemin und seine deutsche Frau Emmy, auf die jeder deutsche Fan so stolz war, als wäre sie ebenfalls ein Mitglied von Star.X. Sie war eine Frau, die es geschafft hatte, mit einem der berühmten fünf der Band zusammen zu sein und ihn sogar zu heiraten. Damit war sie ein Vorbild für jeden weiblichen und manchen männlichen Fan, für jeden StarLover, der die Hoffnung hatte, dass ihnen etwas Ähnliches mit ihren Lieblingen widerfahren würde.

Ich träumte nicht von einem Traumprinzen, ich träumte von einem K-Pop Star!

~ Kapitel 1 ~

Ein schrecklicher Gast

Ich stand vor der großen Doppeltür, die zur größten Suite 808 des Hauses gehörte und holte tief Luft. Hier hatte für ein paar Tage ein wirklich unangenehmer Gast eingecheckt. Bereits am Vortag hatte ich ihn kennengelernt und wusste seitdem, dass man ihm mit sehr viel Vorsicht begegnen musste. Er wurde schnell aufbrausend, war sehr fordernd und verlangte Dinge, die weit über den normalen Service des Personals eines Hotels hinausgingen. Am Vortag hatte er von mir verlangt, dass ich vor seinen Augen die Fenster putzen sollte, da sie seines Erachtens nicht sauber genug waren.

Während ich die Scheiben wischte, hatte er auf dem Sofa gesessen und mir bei meiner Arbeit zugesehen. Ich hatte sehr wohl seine Blicke auf mir gespürt und das war mir äußerst unangenehm gewesen. Hin und wieder hatte er abfällige Kommentare über die Sauberkeit der Räume und meine Arbeit insbesondere gelassen. Sara hatte mir am Vortag zwar versprochen, dass ich keinen Dienst mehr alleine in dieser Suite hätte, aber am heutigen Morgen hatte sich mein männlicher Kollege krankgemeldet und so blieb die ungeliebte Aufgabe doch bei mir hängen.

"Das wurde aber auch Zeit. Ich habe bereits vor einer halben Stunde angerufen und Sie kommen erst jetzt? Was soll das für ein Service sein?"

Er empfing mich mit seiner nörgelnden und wehleidigen Stimme. Höflich machte ich eine kleine angedeutete Verbeugung vor dem Gast und atmete still tief ein, ehe ich mich mit meinem aufgesetzten Lächeln wieder erhob.

"Bitte entschuldigen Sie die Verzögerung, Herr von der Meer. Was kann ich für Sie tun?"

Meine Stimme war zuckersüß und ich betrachtete den Mann in seinen 50ern mit einem, wie ich hoffte neutralen Blick. Er war klein und untersetzt, trug seine dünnen Haare überlang und sah trotz seiner vermutlich teuren Kleidung schmierig und ungepflegt aus. Seit seiner Bestellung des Zimmerservice waren genau 15 Minuten vergangen. Diese Zeit hatte ich benötigt, um den Service Wagen zu holen, mir kurze Anweisungen von Sara geben zu lassen und mit dem Fahrstuhl in die achte Etage zu gelangen. Dennoch war mir bewusst, dass ich seines Erachtens bereits mit dem Auflegen des Telefonhörers vor seiner Tür hätte stehen müssen.

"Die Bettwäsche kratzt. Wechseln Sie sie umgehend."

Sein Ton war arrogant verlangend und ich schluckte meine Erwiderung herunter und lächelte wieder unverbindlich freundlich. Wie ich dieses Lächeln hasste!

Er zeigte auf die angelehnte Tür zu dem Schlafraum, in dem ein Kingsize-Bett den größten Teil des Raumes einnahm. Das Bett war so groß, dass es nur problemlos von zwei Personen bezogen werden konnte. Da ich alleine war, würde ich mich sehr abmühen müssen, das unhandliche übergroße Laken glatt aufzuziehen.

"Selbstverständlich. Ich werde dieses sofort für Sie ändern."

Meine Stimme zeigte dank jahrelanger Übung bei meinen Eltern nicht, was ich von seinem Wunsch hielt. Ich griff mir die neue Bettwäsche, die ich vorsorglich bereits auf den Wagen gelegt hatte und wollte gerade ins Nebenzimmer gehen, als Herr von der Meer mich am Oberarm packte und zurückhielt. Körperkontakt zwischen einem Gast und einer Angestellten war ein absolutes "No-go" und ich war versucht, seine Hand von meinem Arm zu schlagen. Allerdings hielt ich mich im letzten Moment zurück da ich wusste, dass dieses zu einem riesigen Aufstand geführt hätte.

"Ich mag es nicht, wenn man mit Schuhen durch meine Wohnung läuft. Ziehen Sie sie aus und gehen Sie barfuß."

Er zeigte auf meine sauberen und nur im Hotel getragenen Schuhe und dann auf den dicken Teppich, den ich seiner Meinung nach mit ihnen beschmutzen könnte. Da ich wusste, dass ich mich auf keine Diskussion mit diesem Mann einlassen durfte, schlüpfte ich schnell aus den Schuhen und lief zum Schlafraum hinüber, ehe er weitere Beschwerden oder Wünsche vorbringen konnte.

Ich mühte mich ab, das Bettlaken auf dem riesigen Bett glattzuziehen, als ich hörte, wie er hereinkam und sich auf dem Sessel neben dem Schminktisch platzierte, um mir bei meiner Arbeit zuzusehen. Das Verhalten machte mich ein wenig nervös, aber ich vermied es, mir mein Unwohlsein anmerken zu lassen. Es war wie bei einem Tier in der Wildnis: Zeigst du dem Jäger eine Schwäche, stürzt er sich auf dich. Endlich hatte ich das Bett neu bezogen und drehte mich zu dem gaffenden Mann um. Dieser betrachtete mich und ich sah zu meinem Unwillen plötzlich ein kleines garstiges Lächeln in den Mundwinkeln auftauchen.

"Ich habe meinen wertvollen Manschettenknopf verloren. Suchen Sie ihn!" Sein Befehl war begleitet von einer herrischen Geste in den Raum.

Ich schluckte, als ich seine neue Forderung hörte. Still zählte ich bis drei, dann nickte ich verkrampft freundlich lächelnd und begann den Teppich nach dem vermutlich niemals verschwundenen Knopf abzusuchen. Mittlerweile hatte ich verstanden, dass der Mann einen Fetisch darin hatte, andere Menschen herumzukommandieren und ihnen beim Erfüllen seiner gestellten Aufgaben zuzusehen.

"Nicht so, gehen Sie auf die Knie. Wie wollen Sie den Knopf sonst finden? Nachher treten Sie mit Ihren großen Füßen noch darauf. Wozu zahle ich all das Geld für dieses Hotel? Das ist ja wohl das mindeste, was Sie für Ihren besten Gast tun sollten."

Zähneknirschend ging ich in die Hocke und drehte mich so, dass ich seine Gestalt, die sich überheblich in dem Sessel lümmelte, nicht mehr sehen musste.

"Unter dem Bett auch" forderte er mich auf und zeigte auf das riesige Kingsize-Bett. Plötzlich ahnte ich seine Absicht und stand auf. Gerade noch rechtzeitig, denn er hatte sich ebenfalls erhoben und sich weniger als einen Meter hinter mir positioniert.

"Herr von der Meer, ich denke, ihr Manschettenknopf ist nicht hier verloren gegangen. Ich werde meinem Kollegen Bescheid sagen, dass er ihn mit dem hauseigenen Metalldetektor sucht. Bitte entschuldigen Sie mich, damit ich ihn informieren kann." Ich wartete, damit er einen Schritt vor mir zurücktreten konnte, doch das schien nicht seine Absicht zu sein.

"Unverschämt. Wenn ich sage, er ist hier, dann suchen Sie gefälligst sofort. Ich warte nicht bis morgen. Oder", plötzlich schien ihm etwas einzufallen und ich konnte sehen, wie er sich an dem Gedanken immer mehr erwärmte. Vermutlich war es jedoch nichts, was mich auch glücklich machen würde. "Oder haben Sie ihn sich eingesteckt, um ihn zu Geld zu machen? Eine Person wie Sie braucht doch Geld, oder? Haben Sie ihn gestohlen?"

Sein Blick glitt an mir rauf und runter und dann drehte er sich um, um meinen Putzwagen zu betrachten, der im Wohnraum der Suite stand.

"Packen Sie alles aus und zeigen Sie mir, dass der Knopf nicht da ist, sonst werde ich den Hotelmanager rufen und Sie von der Polizei verhaften lassen."

Seine Drohungen waren absurd und sowohl er als auch ich wussten das. Dennoch war der Gast hier König und vorerst würde sich niemand mit einem VIP-Gast anlegen wollen. Doch seine Forderungen wurden immer abstruser und mein Geduldsfaden immer dünner.

"Herr von der Meer. Ich bin gerne bereit Ihnen zu zeigen, dass ich nichts aus Ihrem Besitz auf meinem Wagen habe, aber wir werden meine Kollegen dazu rufen, damit sie als Zeugen wirken können. Und wenn nichts gefunden wird, dann erwarte ich von Ihnen eine Entschuldigung."

Ich sah es zu spät kommen, doch plötzlich spürte ich einen heftigen Schmerz an meiner rechten Wange und mein Kopf flog von dem Schlag auf die Seite. Der Schwung war so heftig, dass ich das Gleichgewicht verlor und der Länge nach auf den Boden aufschlug. Leicht betäubt blieb ich dort liegen und sah zu dem wütenden Mann hoch.

"Sie dumme Kuh. Sie wagen es, mir zu widersprechen? Sie haben wohl vergessen, dass Sie nichts anderes als eine kleine Putzschlampe sind. Sie wagen es, eine Entschuldigung von mir zu verlangen?"

Sein Gesicht war jetzt wutverzerrt. Blitzschnell drehte ich mich zur Seite und schützte gerade noch rechtzeitig meinen Kopf, als er mit dem Fuß ausholte und mir mit voller Wucht in die Rippen trat.

Der Schmerz sauste durch meinen Körper und ich schrie aus Leibeskräften um Hilfe. Der Mann war völlig außer Kontrolle und ich rollte mich zu einem kleinen Paket zusammen, um ihm möglichst wenig Angriffsfläche zu geben. Mir liefen die Tränen über das Gesicht und der Schmerz in meinen Rippen und meiner Wange pochte. Erstaunt hörte ich plötzlich ein lautes Krachen und Stimmen. Vorsichtig lugte ich durch meine schützenden Arme hindurch und sah einen großen dunkelhaarigen Mann durch die zerstörte Doppeltür der Suite stürmen. Der rasende Berserker, der Herr von der Meer war, wurde durch den wesentlich größeren und sportlicheren Neuankömmling aufgehalten. Dieser hatte mit einem gezielten Faustschlag auf das Kinn den wütenden Mann ausgeknockt. Mit einem lauten "Uff" fiel er in sich zusammen und blieb bewegungslos auf dem Boden liegen.

"Kleines, alles ist gut. Er kann dir jetzt nichts mehr tun."

Ich spürte, wie eine sanfte Hand vorsichtig meine Arme von meinem Kopf herunterzog und mir zart die Tränen von den Wangen wischte. Blinzelnd sah ich hoch in die schönen blauen Augen der blonden Frau, die ich zuvor im Fahrstuhl gesehen hatte. Mitleidig betrachtete sie mich und ich bemerkte auch die unterdrückte Wut. Mühsam versuchte ich mich aufzurappeln, hielt mir jedoch die schmerzende Rippe.

"Das verfluchte Schwein – eine Frau zu verprügeln! Wie armselig muss ein Mensch sein?"

Die Stimme der hübschen Frau war voller Wut und ich bemerkte nun zum ersten Mal, dass sie auf Deutsch mit mir geredet hatte. Sie war also eine Landsmännin von mir, dachte ich unnützer Weise und grinste. Doch auch dieses verursachte Schmerzen, denn der Schlag in mein Gesicht hatte es auf einer Seite bereits anschwellen lassen.

"Jae, ich hoffe, der Kerl hat einen gebrochenen Kiefer. Er hat die arme Kleine regelrecht zugerichtet."

Ich blinzelte zu dem Mann hinüber, der sich inzwischen über Herrn von der Meer beugte. Als er sich zu uns beiden umdrehte, setzte mein Herz wieder einen Schlag aus. Es war tatsächlich der wunderschöne Asiat, der mir zusammen mit seiner Frau zur Rettung gekommen war. Der Tag endete viel besser, als ich erhofft hatte.

"Ich rufe die Polizei", erklärte der Mann.

"Nein, bitte, keine Polizei", hörte ich mich selbst krächzen. Verständnislos blickte mich der schöne Mann an.

"Aber Liebes, natürlich müssen wir sie rufen. Er hat dir körperliche Gewalt angetan und Jae muss seinen Schlag als Notwehr erklären. Ansonsten könnten wir Probleme bekommen, verstehst du?"

Ach, ja natürlich. Herr von der Meer könnte ansonsten eine Anzeige wegen Körperverletzung machen. Mühsam nickte ich und versuchte, mich aufzurichten.

"Bleib am besten hier liegen, bis der Arzt da war."

Ihre Stimme war bestimmt und ich versuchte wieder zu nicken, unterließ es jedoch, da mir wirklich jeder einzelne Knochen in meinem Körper weh tat. Aber dieser Schmerz war mir nicht unbekannt und ich wusste, dass meine Rippen zum Glück nicht gebrochen waren.

"Alea!" Eine weitere Person war durch die zerbrochene Tür der Suite hereingestürmt und erschrocken öffnete ich die Augen. Ich bemerkte plötzlich ein Gesicht, das ich seit meiner jüngsten Kindheit kannte und seit nunmehr zwei Jahren nicht mehr gesehen hatte.

"Kai?", fragte ich ungläubig. Mein Kindheitsfreund kniete sich neben mir nieder und blickte besorgt mit seinen strahlenden grünen Augen auf mich hinunter.

"Alea! Wie geht es dir? Hat er dich verletzt? Oh mein Gott!"

Seine Augen prüften mein Gesicht und als er die Schwellung darin wahrnahm, verdunkelten sie sich vor Wut. Ungläubig betrachtete ich ihn. Kai, der Bruder meiner besten Freundin und meine erste Liebe. Seine blonden Strähnen waren heller, als ich sie in Erinnerung hatte. Seine grünen Augen waren umrahmt von dunklen Wimpern und ließen sie regelrecht leuchten. Auf den Wangen hatte er den Schatten eines Barts und seine Lippen waren vor Wut zusammengekniffen.

Kai und ich waren eine kurze Zeit lang ein Paar gewesen. Er war damals von seiner Schule in der Schweiz zu einem kurzen Aufenthalt in die Heimat zurückgekommen. Irgendwann war es geschehen. Ein Blick, eine sanfte Berührung und geflüsterte Worte. Kai war das, was sich sicherlich jedes Mädchen als idealen Freund vorstellte und ich verliebte mich in ihn, obwohl ich ihn schon mein ganzes Leben lang kannte und ich ihn immer nur als störenden Kaktus gesehen hatte. Stachelig, geradlinig, korrekt und langweilig. Doch plötzlich war aus ihm ein attraktiver und gefühlvoller Mann geworden und er hatte mein Herz verwirrt. Ihm war es genauso ergangen und so wurden wir ein romantisches Paar.

Allerdings hielten wir unsere kurz während Beziehung vor allen anderen geheim. Uns beiden war bewusst, dass sich sowohl Herr Grimm als auch Sara in unsere Beziehung eingemischt hätten. Beide würden mich mehr als gerne in ihrer Familie als echtes Mitglied willkommen heißen. Doch dazu waren weder Kai noch ich bereit gewesen, und tatsächlich scheiterte unsere Liebesbeziehung nach kurzer Zeit kläglich. Vermutlich kannten wir uns einfach zu gut und so waren wir bereits nach wenigen Wochen wieder getrennt. Kai studierte weiterhin in der Schweiz und ich versuchte mich an meinem Studium an unserer heimischen Uni. Zuletzt hatten wir uns vor nunmehr zwei Jahren gesehen und als ich ihn in diesem Moment betrachtete, klopfte mein Herz nicht mehr schneller. Sein Anblick war vertraut und schön und beruhigte mich in diesem Moment, aber ich hatte keine romantischen Gefühle für ihn.

"Mir geht es gut", log ich ihn an und versuchte ein Lächeln. "Wann bist du zurückgekommen?"

Ich zeigte auf seinen Mantel, den er über seiner legeren Jeans und dem teuren Pullover trug. Wie es den Eindruck machte, war er sofort nach seiner Ankunft hierhergekommen und ich fragte mich, warum?

"Bist du dir sicher?"

Zart strich er mit seinem Finger über meine vom Schlag geschwollene Wange. Sein Blick war liebevoll besorgt und gleichzeitig wütend, aber ich spürte selbst bei seiner Berührung nichts außer der Wärme, die ein älterer Bruder seiner Schwester gab. Die blonde Frau hatte uns beide betrachtet und stand nun auf. Sie blickte von Kai zu mir und ein kleines Lächeln umspielte dabei ihre Lippen.

"Ich werde Sie mit Ihrem Freund alleine lassen." Ehe ich etwas erwidern konnte, nickte Kai.

"Danke, dass Sie Alea zur Hilfe geeilt sind. Nicht auszudenken, was hätte passieren können, wenn Sie nicht eingeschritten wären."

Die Frau lächelte etwas breiter und sah ihren Mann an, der abwartend neben dem immer noch still daliegenden Herrn von der Meer stand. Wir hatten Deutsch gesprochen und damit hatte er vermutlich den Inhalt der Unterhaltung nicht verstanden, dennoch lächelte er jetzt auch und trotz meiner Schmerzen im ganzen Körper war ich hiervon einfach nur hingerissen.

"Wir haben das Zimmer neben dieser Suite und konnten die um Hilfe rufenden Schreie Ihrer Freundin hören. Zum Glück ist nicht mehr passiert. Der Mann hier", sie zeigte voller Widerwillen auf den am Boden liegenden Gast, "hatte sich in eine Raserei hineingesteigert. Was es doch für einen Abschaum gibt."

Sie schüttelte den hübschen Kopf und ihre langen blonden Locken flogen um ihre Schultern. Ihr Mann verließ den bewachenden Posten neben dem am Boden liegenden Angreifer, der immer noch ausgeknockt war, und trat nun neben sie. Zärtlich legte er ihr einen Arm um die Taille und drückte sie liebevoll an sich. Ach, jetzt hatte ich wieder diesen K-Drama Moment, dachte ich sehnsüchtig und wünschte mir, anstelle der Blondine zu sein.

"Geh wieder hinüber, Liebes. Zu viel Aufregung ist nicht gut für dich. Ich warte noch auf die Polizei."

Er legte ihr eine Hand auf den flachen Bauch und trotz meines etwas benebelten Zustandes verstand ich diese Geste und freute mich für das mir unbekannte Paar.

"Ruft mich, wenn ihr mich braucht, ja?" Sie schien zwar widerwillig den Raum verlassen zu wollen, doch man konnte ihr ansehen, dass sie nach der ganzen Aufregung ein wenig erschöpft wirkte. Sanft schob ihr Mann sie aus dem Raum und gab ihr in der Tür noch einen zärtlichen Kuss auf die Wange.

"Bis gleich, ihr zwei."

Bei seinen leisen Worten auf Koreanisch lächelte sie verschmitzt und ich sah meine Vermutung bestätigt. Dieses wunderschöne Paar würde in einigen Monaten zu dritt sein. Ach, dachte ich wieder ein wenig sehnsüchtig, das war so romantisch, dass man neidisch werden könnte. Dann konzentrierte ich mich jedoch auf meinen deutschen Retter, der nach wie vor neben mir kniete und mich in seinen Armen hielt. Das war zwar nett, aber eben nicht vergleichbar, fand ich. Meine Gedankengänge waren wirr und ich schrieb das den soeben erlebten Geschehnissen zu.

"Alea, warum hat Sara dich alleine in die Suite gehen lassen? Sie wusste doch, was für eine Art Gast sich hier aufhält. Sie hätte mitkommen müssen. Es ist unverantwortlich von ihr. Ich werde ein ernstes Wort mit ihr reden müssen."

Kai blickte immer noch besorgt auf mich hinab und ich war zu müde ihm zu erklären, dass Sara heute ein wichtiges Date hatte, zu dem sie unbedingt pünktlich sein musste. Sollte sie doch ihrem Bruder selbst erklären, dass sie in diesem Moment vermutlich gerade mit ihrem Freund Schluss machte. Er war nicht ihr Prinz, sondern die böse Kröte, die sich an die Prinzessin hängen wollte. Glücklicherweise hatte meine Freundin das rechtzeitig erkannt, nachdem sie verschiedene auf ihren Namen ausgestellte Rechnungen bezahlt hatte, deren Käufe oder Dienstleistungen sie nicht in Auftrag gegeben hatte.

"Bleibst du jetzt hier?"

Meine Stimme klang flach und ich versuchte die Schmerzen, die ich beim Sprechen hatte, zu unterdrücken. Mein ganzes Gesicht brannte und ich fragte mich, wie ich wohl in diesem Moment aussehen mochte.

Kai nickte und schob seine Arme unter meine Knie und meinen Rücken. Was hatte er vor? Fast mühelos stand er mit mir zusammen auf und hob mich hoch. Die Bewegung schmerzte mich sehr und trieben mir die Tränen in die Augen. Meine Rippen brannten und ich hatte die Befürchtung, dass ich üble Prellungen davongetragen hatte. Ich konnte mittlerweile sehr gut eine Bestandsaufnahme von mir selbst machen. Übung machte eben den Meister.

Ganz vorsichtig trug Kai mich die wenigen Schritte zum Bett und legte mich sanft darauf ab. Immer darauf bedacht, mir möglichst wenig zusätzliche Schmerzen zuzufügen. Sein Gesicht war ausdruckslos, aber ich konnte anhand seines mahlenden Kiefers erkennen, dass er vor Wut kochte.

"Ich bleibe so lange hier, bis der Arzt da war und mir sagt, wo ich dich hinbringen darf."

Sanft strich er mit einem Finger eine Strähne meines blonden Haares aus der Stirn und betrachtete die Schwellung, die langsam Farbe bekam. Er hatte mich missverstanden, aber ich wollte die Frage nicht noch einmal stellen. Vielleicht würde er ihr zu viel Bedeutung beimessen, aber eventuell hatte er mich doch richtig verstanden und beantwortete jetzt beide Fragen.

Liebevoll sah er auf mich nieder und ergriff zärtlich meine Hand. Seine eigene war warm, fest und kraftvoll und ich fühlte mich in diesem Moment von der Geste beschützt und geliebt. Aus irgendeinem Grund war er mir gerade jetzt viel näher als in den Momenten, in denen wir gemeinsame Zärtlichkeiten ausgetauscht hatten. Dankbar sah ich zu ihm hoch. Er war der beschützende, besorgte Bruder, den ich genau in diesem Moment brauchte. Seine Wut tat mir gut, denn es gab mir das Gefühl, dass ich ihm nicht gleichgültig war.

"Es ist wie nach Hause kommen, wenn du da bist. Bitte, geh nicht wieder weg, ja? Bleibe bei Sara und mir. Wir haben dich vermisst." Meine geflüsterten Worte schlichen an sein Ohr und ich sah, wie sie in sein Inneres und sein Herz flossen.

"Ich passe auf dich auf, Liebes. Ich bin wieder zu dir zurückgekommen."

~ Kapitel 2 ~

Traum und Wirklichkeit

"Willst du das wirklich tun? Nach deinen Erfahrungen mit dem Monster von letzter Woche? Geht es dir wirklich wieder gut? Du hast gehört, was Kai gesagt hat. Du kannst auch im Büro arbeiten. Er findet etwas für dich und die Arbeit dort ist nicht so schwer. Überlege es dir noch einmal, Alea, ja?"

Sara stand bittend vor mir und doch wusste ich, wie traurig sie wäre, wenn ich nicht mehr mit ihr zusammenarbeiten würde.

"Alles gut. Es sind ja zum Glück andere Gäste, die in Suite 808 einziehen. Außerdem denke ich, dass ich vermutlich am besten für ihre Betreuung geeignet sein werde." Ich grinste breit und fügte hinzu: "Und du glaubst doch wohl nicht ernsthaft, dass ich mir diese einzigartige Gelegenheit entgehen lassen werde, diese berühmten Gäste nicht persönlich zu betreuen."

Sara verzog ihr hübsches Gesicht zu einem wissenden Lächeln. Ich war bereits so aufgeregt und hatte die letzten Tage kaum noch richtig schlafen können. Ein Traum würde in Erfüllung gehen und ich konnte es eigentlich immer noch nicht fassen.

"Endlich zahlt es sich für dich aus, dass du sämtliche K-Dramen bis spät in die Nacht geguckt hast und mit kleinen müden Augen am nächsten Tag zur Arbeit erschienen bist. Zeig mir nochmal die Fotos von den beiden Schnuckelchen."

Schnell zog ich mein Handy aus der Tasche meiner Zimmermädchenuniform und öffnete den Bildschirm. Mit wenigen Eingaben suchte ich nach dem Bild der beiden neuen Suite Bewohner, die am nächsten Tag anreisen würden und deren Ankunft ich kaum erwarten konnte.

"Da, das sind sie. Sind sie nicht hübsch? Dazu noch wahnsinnig erfolgreich und so talentiert!"

Begeistert zeigte ich meiner Freundin die Fotos. Sie sah die Bilder nicht zum ersten Mal, aber sie wusste, wie aufgeregt ich war. Ich hatte die unglaubliche Gelegenheit, diese beiden Stars kennenzulernen und ihnen sehr nahezukommen. Leider nur als Angestellte, aber immerhin würde ich die Gelegenheit erhalten, sie in Wirklichkeit und in persona zu treffen. Ich durfte ihnen gegenüberstehen, mit ihnen reden, sie ansehen und – hier hörte meine Begeisterung jedoch auf – ihnen den Müll und Dreck wegräumen.

"Also sind das jetzt Chinesen oder was?" Sara wollte mich wieder ärgern und ich sprang umgehend darauf an.

"Natürlich sind es Koreaner. Das sieht man doch! Der hier", ich tippte auf das Foto und zoomte das Gesicht dichter heran. "Das ist Ji-Mong. Er ist einer der Rapper von Star.X. Mensch, Sara, du kennst doch ihre Lieder. Ich spiele sie dir doch dauernd vor und dieser", nun zog ich den Zoom bei einem anderen Gesicht auf, "das ist In-Ho. Ist der nicht süß? Er ist der Jüngste bei Star.X und deswegen der Maknae. Er ist nur ein Jahr älter als wir beide und schon so berühmt."

Meine Stimme hatte sich vor Begeisterung beinahe überschlagen. Verliebt betrachtete ich die Fotos und seufzte. Ich war StarLover durch und durch und alleine über die beiden Member reden zu können, brachte mein Blut in Wallung.

"Die sehen aber aus wie Schuljungen. Dürfen die überhaupt ohne Mutti reisen? Ehrlich. Wer ist schon so hübsch und hat solch eine Baby Haut. Was sagt Kai eigentlich dazu?"

Saras Sticheleien trafen mich heute nicht, da sie diese zum wiederholten Male loswurde. Sie wollte mich ärgern und das gelang ihr meistens sehr gut, wenn ich von meinen Lieblingen sprach und sie diese kritisierte. Heute jedoch hörte ich ihr nur mit halbem Ohr zu, da ich viel zu aufgeregt wegen ihres jetzt wirklich bevorstehenden Besuchs war. Einen letzten Blick auf das Bild der Band Star.X werfend, schloss ich den Bildschirm und steckte das Telefon wieder zurück in meine Kleidung.

"Was meinst du?", fragte ich unschuldig und beantwortete ihre Frage mit einer Gegenfrage.

"Na, dass du so für andere Männer schwärmst?"

Ihr neugieriger Blick durchbohrte mich. Um diesem zu entgehen, drehte ich mich zur Seite und blätterte auf dem Kalender, der vor mir auf dem Tisch lag und die Einteilung der Zimmermädchen enthielt.

"Na und? Wir sind schließlich nicht zusammen. Ich kann schwärmen, für wen ich will."

"Ich habe nie etwas anderes behauptet. Aber ich frage mich schon, warum mein lieber Bruder bei jeder sich bietenden Gelegenheit hier auftaucht und sich um Dinge kümmert, die er nicht persönlich als angehender Direktor machen müsste. Meinst du nicht auch, er sucht einen Grund, um dich hier zu treffen?"

Plötzlich nervös werdend, sprang ich auf.

"Ich glaube, er braucht einfach vertraute Personen, mit denen er sich hin und wieder austauschen kann. Mehr nicht. Immerhin arbeiten beide Schwestern hier."

"Wo läufst du hin? Willst du dich nicht weiter über ihn unterhalten, weil es dir unangenehm ist, oder flüchtest du, weil du zu viel sagen könntest?"

Saras Stimme flog den Gang hinter mir her, als ich eiligen Schrittes in Richtung Aufzug lief. Ich hörte sie lachen und presste die Lippen zusammen. Hatte meine liebe Freundin etwas mitbekommen? Nein, unmöglich. Kai hatte mir versprochen, sich bedeckt zu halten und er hielt immer sein Wort.

Ich schloss die Tür zu meinem kleinen Zimmer auf, das ich unter dem Dach bewohnte, und pfefferte meine Arbeitsschuhe in eine Ecke des Mini-Raums. Verdammt. Mit einem Seufzer ließ ich mich auf mein kleines Bett fallen und griff nach dem Telefon.

"Kai, das muss aufhören. Sara erfährt sonst alles. Du hast es versprochen."

Ich klang leicht verzweifelt und hörte ihn leise lachen.

"Wäre es so schlimm?"

Seine Stimme jagte mir einen ungewollten Schauer über den Rücken und ich sah, wie sich die Haare an meinen Armen aufstellten. "Wo bist du?" Seine rauchigen Worte an meinem Ohr sandten mir plötzlich Bilder durch meinen Kopf, die ich lieber nicht sehen wollte. Zumindest nicht in diesem Moment.

"Liegst du auf deinem Bett? Wartest du auf mich?"

"Kai, hör auf. Es ist Arbeitszeit."

Trotzdem ich meiner Stimme Neutralität geben wollte, hörte ich selbst den Unwillen heraus.

"Und ich bin dein Chef. Bleib, wo du bist. Ich bin in fünf Minuten bei dir."

"Nein, ich ..." Er hatte bereits aufgelegt.

Ungläubig starrte ich den dunklen Bildschirm an und zuckte heftig zusammen, als es wenig später an meiner Tür leise kratzte. Natürlich, er würde nicht wie jeder andere Mensch klopfen. Ich rappelte mich auf und lief zum Eingang. Seine Absicht war klar und so stellte ich meinen Fuß hinter das Türblatt, als ich es einen Spalt breit öffnete.

Mein Herz klopfte, als ich sein hübsches Gesicht vor mir auf dem Flur sah. Seit seiner Rückkehr aus irgendeinem Luxushotel irgendwo auf der Welt war er unser neuer Chef. Herr Grimm hatte dem Personal mitgeteilt, dass er zwar nominell noch der Geschäftsführer sei, aber die Aufgaben an seinen nunmehr 28-jährigen Sohn übergab, ehe dieser auch offiziell den Familienbetrieb am Ende des Jahres übernehmen würde. Entsprechend seiner neuen Position hatte mein Freund aus Kindertagen nun seine legere Jeans und Pullover gegen einen teuren Designeranzug eingetauscht. Seine elegante Erscheinung stand im krassen Gegensatz zu meiner Uniform als Room Maid und machte wenigstens mir noch einmal deutlich klar, in welch getrennten Welten wir lebten.

"Was willst du?" Ich klang abweisender, als ich eigentlich wollte und setzte schnell ein unverbindliches Lächeln auf, um den Ton etwas zu entschärfen.

"Was glaubst du? Ich vermisse dich. Mehr muss ich doch dazu nicht sagen, oder?"

Seine grünen Augen fixierten meine und bedeutungsschwer senkte er den Blick auf meinen Mund. Seine Hand gegen die Tür lehnend, versuchte er sie aufzudrücken. Dieses blockierte ich wirksam mit meinem immer noch hinter dem Türblatt stehenden Fuß.

"Kai, ich glaube, du hast da etwas völlig falsch verstanden. Ich mag dich wie einen großen Bruder, nicht wie einen Liebhaber. Bitte", flehte ich fast und schämte mich beinahe dafür, dass meine Stimme so unterwürfig klang. "Geh wieder und höre auf, mir so nachzustellen."

"Ich erinnere mich, dass du mich vor zwei Jahren sehr gerne willkommen geheißen hast."

Bei seinen Worten schoss mir die Röte ins Gesicht. Tatsächlich war Kai ein sehr aktiver und leidenschaftlicher Mensch und er hatte mich bei jeder sich bietenden Gelegenheit versucht zu verführen.

"Damals warst du mein Freund. Heute bist du mein Chef und der Bruder meiner besten Freundin. Bitte, höre auf, mich zu verunsichern und lass mich in Ruhe hier leben. Unsere gemeinsame Nacht vor drei Tagen war ein Ausrutscher. Bitte, Kai, ich möchte hier noch ein wenig weiterarbeiten und kann das nur, wenn ich keine romantische Beziehung zu meinem Vorgesetzten habe."

Er gab den Versuch auf, die Tür aufzudrücken und trat einen Schritt zurück. Die Arme vor seiner Brust verschränkend, betrachtete er mich nun.

"Alea, ich bin brav. Ich werde so lange brav sein, bis ich dich überzeugt habe, dass ich auch deln Liebhaber und Freund sein kann. Aber jedes Mal, wenn ich dich sehe oder wenn ich auch nur deine Stimme höre, kann ich nur an dich denken und mich auf nichts anderes mehr konzentrieren. Ich finde nicht, dass unsere Nacht ein Versehen war. Ich finde, sie war ein Neubeginn."

Er drehte sich auf dem Absatz um und ich sah seiner großen und breiten Gestalt nach, wie er den schmalen Gang hinunterlief, ehe er sich auf der Treppe noch einmal kurz umdrehte und mir ein verführerisches Lächeln mit Kusshand zuwarf. Dann war er nicht mehr zu sehen und ich schloss leise wieder die Tür zu meinem kleinen Zimmer.

Müde ließ ich mich auf mein Bett fallen und starrte an die Decke. Kai, Sara und ich hatten vor drei Tagen seine Rückkehr gemeinsam gefeiert. Leider vertrug ich Alkohol nicht besonders gut und so war ich bereits nach kurzer Zeit reichlich angetrunken. Irgendwann verabschiedete sich Sara von uns, da es ihr ähnlich ergangen war wie mir und Kai versprach, mich zurück in mein Zimmer zu bringen.

Am nächsten Morgen erwachte ich in einer der privaten Suiten der Familie im "Parkblick". Ich hatte rasende Kopfschmerzen und konnte mich nur noch an wenige Einzelheiten des vergangenen Abends erinnern. Zu meinem Entsetzen musste ich jedoch feststellen, dass ich ausgezogen bis auf die Unterwäsche in einem fremden Bett aufgewacht war. Als ich versuchte mich zu orientieren, fand ich einen kleinen Zettel auf dem plattgedrückten Kissen neben mir auf dem Kai sich für die wunderschöne Nacht mit mir bedankte. Schemenhaft tauchten Erinnerungsfetzen von Sara, Kai und mir in der Bar auf und ein Heimweg, bei dem Kai mich fest im Arm hielt und wir uns auf dem Flur des Hotels leidenschaftlich küssten. Eine Erinnerung, was danach passiert war, fehlte mir völlig. Ein kompletter Blackout und die Wahrscheinlichkeit, dass ich mit meinem Ex-Freund geschlafen hatte, ließen mich sehr unwohl fühlen.

Seit jenem Abend erschien Kai regelmäßig in dem kleinen Büro seiner Schwester auf der 1. Etage. Mit verschiedenen Motiven ließ er mich zu sich rufen. Sara wunderte sich zwar, aber sie kam seiner Aufforderung selbstverständlich nach, denn auch wenn er ihr Bruder war, so war er ebenfalls ihr Chef.

Kais Blicke auf mich waren die eines Mannes, der genau wusste, was er erlebt und gesehen hatte, und das machte mich sowohl unsicher als auch unwohl. Dennoch hatte seit dem gemeinsamen Abend mein Herz jedes Mal bei seinem Anblick angefangen, etwas heftiger zu schlagen. Wie ich jedoch feststellte, war es nicht, weil ich verliebt war, sondern weil ich Angst hatte, unsere geschwisterliche Beziehung mit diesem One-Night-Stand zerstört zu haben. Er hatte ganz offenbar viel mehr in diese eine Nacht hineininterpretiert, während ich sie als einen Ausrutscher sah.

Neben seinem attraktiven Äußeren und seiner charmanten Art konnte Kai mir eine gesicherte Zukunft bieten. Ich wäre die Frau eines erfolgreichen Mannes und müsste noch nicht einmal arbeiten. Seine Mutter, Frau Grimm, hatte ebenfalls nicht im Hotel gearbeitet. Sie war bei wichtigen Veranstaltungen oder Festlichkeiten als Gastgeberin mit an der Seite ihres Mannes gewesen und hatte das Hotel elegant repräsentiert. Auch wenn ich immer noch nicht wusste, wohin mich mein Weg führen sollte, so wusste ich dennoch, dass dieses Leben nicht das war, was ich mir für meine Zukunft vorstellte. Ich war mir sicher, dass ich damit nicht glücklich werden würde. Doch was würde mich glücklich machen?

Vor zwei Jahren waren Kai und ich für weniger als drei Monate mehr als Freunde gewesen. Als Kinder hatten wir zusammen gespielt, als Schüler waren wir uns aus dem Weg gegangen und als Studenten wurden wir ein Liebespaar. Nichts, außer dem tiefen Gefühl einer familienähnlichen Zusammengehörigkeit, hatte wirklich funktioniert und war unverändert geblieben. Es hatte sich herausgestellt, dass Kai zwar sehr liebevoll war, aber sein Fokus lag stets auf seiner Karriere. Dabei fragte ich mich, was er erreichen wollte. Das Familienhotel hatte bereits fünf Sterne und galt als eines der renommiertesten in Deutschland. In seiner Gegenwart fühlte ich mich stets ein wenig minderwertig, obwohl er dieses mit Sicherheit weder wollte noch bestätigen würde.

Er war jung, erfolgreich, reich, kannte die wichtigen Leute und verkehrte in Kreisen, die der High Society angehörten. Außerdem konnte er auf eine intakte und liebevolle Familie zählen. Ich dagegen war in meinen eigenen Augen ungebildet und ohne den Drang, etwas Großes in der Gesellschaft zu erreichen. Ich war in einer Gegend aufgewachsen, in der man nachts besser nicht alleine unterwegs war und meine Familie war alles andere als präsentabel. Kai und ich hatten uns das eine oder andere Mal darüber gestritten, wie ich mein Leben gestalten sollte und jedes Mal war ich aus diesen Diskussionen mit dem Gefühl herausgegangen, dass ich seiner nicht würdig war.

Meine beste Freundin war ganz anders als ich. Ihr Traum war es, als Prinzessin das Schloss und die Thronfolger zu hüten. Meiner war das nicht, aber ich hatte auch noch nicht herausgefunden, was ich wirklich im Leben wollte. Wenn Kai mir sagte, es wäre in Ordnung, wenn ich später als seine Frau und Mutter seiner Kinder zuhause bleiben würde, bekam ich Bauchschmerzen. Im Schatten eines erfolgreichen Mannes zu stehen? Das war mit Sicherheit bequem, aber ich konnte es mir für mich einfach nicht vorstellen. Ein erfolgreiches Studium war auch eher unwahrscheinlich, denn mir fehlte einfach das Geld, dieses weiter zu finanzieren. Ich hatte auch keine Träume, die ich zielstrebig verfolgen konnte.

Seit dem Studienabbruch ließ ich mich treiben und arbeitete nur, um mein Leben und die Abgaben an meine Eltern zu finanzieren. Bereits vor dem Beginn meines Studiums hatte ich ein Faible für alles Asiatische entwickelt. Dazu gehörte, dass ich ständig koreanische Serien sah und mir vorstellte, wie es wohl wäre, wenn ich selbst dort leben würde. Ein Neustart in einem Land, das mir gänzlich unbekannt war. Dieses war auch der Grund gewesen, warum ich ausgerechnet diesen Studiengang gewählt hatte. Doch bereits nach kurzer Zeit war ich desillusioniert und zusätzlich durch die ständige Arbeit neben dem Studium völlig ausgelaugt.

Diese Gedanken brachten mich zurück in die Wirklichkeit. Ich hatte seit einer halben Stunde Feierabend und nach dem Besuch von Kai brauchte ich etwas, das mich zuverlässig aus der Welt davontrug. Ich beugte mich herunter und holte mein Tablet unter meinem Bett hervor. Liebevoll strich ich über die Oberfläche und wenige Sekunden später war ich wieder in meiner eigenen Welt abgetaucht und betrachtete auf dem kleinen Bildschirm die Gesichter der attraktiven koreanischen Schauspieler. Heute wollte ich eine Serie ansehen, die ich bereits 4-mal geschaut hatte. Ihr Hauptdarsteller, Park Joon-Ki, war mein Lieblingsschauspieler und ich war begeistert von der historischen Serie "Immortality Love" in der neben ihm auch noch der Sänger Taemin von der Band Star.X mitspielte. Gemütlich lehnte ich mich auf meinem Bett zurück und versank in der mitreißenden Geschichte des K-Drama.

~ Kapitel 3~

Ankunft der Gäste

Aufgeregt wischte ich mir die schwitzigen Hände an dem Rock meiner Uniform ab, ehe ich die Doppeltür zur Suite 808 öffnete. Ab heute würden hier zwei Gäste auf unbestimmte Zeit residieren, die weltweite Bekanntheit hatten. Es war nicht das erste Mal, dass Stars hier wohnten, aber es war für mich das erste Mal, dass ich ihnen als persönlicher Butler zugeteilt war. Dieser Service wurde hin und wieder von besonderen Gästen gebucht und er war sowohl kostspielig als auch selten, wie Sara mir im Vertrauen erklärte.

Normalerweise hatten Butler eine besondere Ausbildung an einer Hotelfachschule oder sogar an einer Butler Schule erhalten. Das war bei Marc, dem ausgebildeten verschwiegenen Mann für den besonderen Service, auch der Fall. Wenn er nicht gerade als Butler gefordert wurde, arbeitete er im Parkblick als Concierge. Leider fiel er wegen Krankheit langfristig aus und da eine neue Fachkraft auf die Schnelle nicht eingestellt werden konnte, hatte ich in einer Art Crashkurs alles von Kai persönlich gelernt, was hier zu wissen nötig war.

Meine Hauptaufgabe war, die Wünsche der Gäste still und verschwiegen zu erfüllen - egal worum es sich handelte, egal was ich zu hören bekam. Ich hatte absolute Verschwiegenheit zu wahren. Mich befähigte zu diesem Job insbesondere meine tiefe Verbundenheit zum "Parkblick" und seinen Inhabern. Niemals würde ich etwas tun, was dem Ruf des Hauses Schaden zufügen würde und seine VIP-Gäste waren dabei selbstverständlich die Wichtigsten. Außerdem war ein wichtiger Punkt, dass ich die Muttersprache der Koreaner passabel sprach. Die Kommunikation mit den Gästen sollte also einigermaßen reibungslos funktionieren und wenn sie keine Wünsche äußern würden, die gegen das Gesetz verstoßen, würde ich alles für sie möglich machen.

Noch waren diese besonderen Menschen nicht im Hotel eingetroffen. Gerade stand ich vor der Suite und stellte mir vor, ich würde sie das erste Mal betreten und alles mit den Augen eines Gastes sehen. In dem Moment, als ich bereit war die Türen zu öffnen, hörte ich die Stimmen von Sara und Kai, die soeben den VIP-Fahrstuhl verließen.

"Alea, bereit für die Aufgabe?"

Kai betrachtete mich und sah dabei anerkennend auf meine neue Uniform. Ich trug einen formellen schwarzen, knielangen engen Rock, eine weiße Bluse mit dunkler Krawatte und einem schwarzen Blazer. Meine Hausmädchen-Turnschuhe hatte ich gegen schwarze, elegante und dennoch bequeme Pumps getauscht und meine langen blonden Haare waren zu einem strengen Knoten im Nacken geschlungen und straff festgesteckt.

Als ich am heutigen Morgen aufgeregt die Uniform angezogen hatte und mich im Spiegel betrachtete, musste ich lachen. Wenn meine Eltern mich so sehen würden, wären sie dann stolz auf mich? Ich hatte Ähnlichkeit mit meiner Schwester Angelina, wenn sie ihr Kostüm für die Bank trug. Noch heute Morgen quälte ich mich mit wirrem Haar aus dem Bett und jetzt sah ich aus, als würde ich Kunden Kredite verkaufen können.

Nach dem Duschen hatte ich mir im Spiegel aufmunternd zugelächelt und was mir der Spiegel in diesem Moment zeigte, war so ganz anders als das, was die Menschen nun von mir zu sehen bekamen. Lange, wirre blonde Haare, braune Augen, die im Gegensatz zu meiner natürlichen Haarfarbe standen, einen breiten Mund und eine schmale, gerade Nase. Ich war hübsch, und fühlte mich wohl in meiner Haut. Die Garderobe, die ich vor einigen Tagen von Kai geliefert bekommen habe, entsprachen ganz und gar nicht meinem Geschmack, aber sie waren eine Uniform und sollten dazu dienen, dass ich würdevoll und kompetent wirkte. Trotz der Kleidung, die mich meiner Schwester Angelina ähnlicher sehen ließ, war ich meilenweit von ihrem Aussehen entfernt.

Angelina war groß und hatte das herrische Auftreten einer Amazone. Ich war eher klein und zierlich und wurde in der Menge gerne mal herumgeschubst, weil man mich übersah. Jetzt in meiner Butler-Uniform und mit den hohen Schuhen, sah ich aus wie eine strenge Lehrerin und war einige Zentimeter größer, was mir eine neue Sicht auf die Dinge gab. Das war ungewohnt und dennoch fühlte es sich irgendwie richtig und gut an.

"Dann lasst uns mal die Abnahme machen."

Kai holte mich aus meinen Gedanken heraus und zeigte auf die Tür, damit ich diese endgültig öffnete. Die Suite bestand aus mehreren Räumen und war die größte im Haus. Eigentlich trug sie den hochtrabenden Namen "Präsidenten-Suite", doch hatte meines Wissens nach noch nie ein Präsident seine Füße über die Schwelle gesetzt. Dennoch war sie so prächtig, groß und exklusiv eingerichtet, dass sich mit Sicherheit jedes Staatsoberhaupt der Welt in diesen Räumlichkeiten wohlgefühlt hätte.

Der Hauptraum war zum Park ausgerichtet und hatte riesige Panoramafenster, die einen Blick auf die in Zaum gehaltene Natur ermöglichten. Die Bäume und Wege waren vor etwa hundert Jahren gepflanzt und angelegt worden und sahen immer noch beeindruckend majestätisch aus. Der Raum selbst war in Erdfarben eingerichtet und harmonierte mit dem Grün der Bäume, die das schlossartig angelegte Hotel umgaben. Auch wenn man im 8. Stock des Hauses war, konnte man den Parkblick von hier aus ungehindert genießen. Es gab neben einem riesigen Sofa, verschiedenen Sesseln und Loungemöbel einen großen Fernseher, der hinter einer diskreten Schiebewand verschwinden konnte. Ein dem Haus zugehöriger Florist hatte am Morgen frische Blumen geliefert, die nun überall im Zimmer verteilt in kostbaren Vasen standen. Durch die bodenhohen Fenster konnte man direkt auf eine edle Dachterrasse gelangen, auf der verschiedene Grünpflanzen für eine mediterran florale und entspannte Stimmung sorgten.

Vom Hauptraum abgehend gab es zwei Schlafräume, die fast identisch eingerichtet waren; ein großes Masterbad mit Badewanne, Whirlpool und riesiger Regendusche; eine kleine Küche, in der der Butler – in diesem Fall also ich – etwas zubereiten konnte; ein Gäste-WC und ein Arbeitszimmer. Es gab sogar einen klitzekleinen separaten Raum, in dem der Butler sich vorbereiten konnte, Dinge abstellen oder sich auf einer kleinen Liege ausruhen konnte.

Alle Zimmer waren perfekt vorbereitet, sauber und gemütlich. Als wir jedoch einen der Schlafräume betraten, musste ich kurz schlucken. Anstelle des großen Kingsize-Bett war hier ein medizinisches Bett aufgestellt worden. Es konnte automatisch verstellt werden und ermöglichte so, einen bequemen Ein- und Ausstieg. Sara und Kai nickten zufrieden und ich warf einen letzten Blick auf das Bett, in dem für ein paar Wochen einer meiner Lieblinge schlafen würde.

"Gut. Die Gäste werden in Kürze hier landen. Alea, du wirst sie wie abgesprochen zusammen mit Sara und mir begrüßen. Also, dann hoffe ich, dass alles zu ihrer Zufriedenheit sein wird. Wenn irgendetwas sein sollte, dann sagt mir bitte jederzeit Bescheid – egal ob bei Tag oder Nacht. Der asiatische Markt ist sehr wichtig für uns und ich hoffe, dass wir mit den zufriedenen Gästen noch mehr von ihnen für unser Haus begeistern können. Also", er klatschte sich etwas theatralisch in die Hände, "Dann packen wir's!"

Ergeben nickte ich und hatte irgendwie ein Fremdschamgefühl bei seiner amerikanischen Motivationsrede empfunden. Kai war definitiv zu lange im Ausland gewesen, dachte ich innerlich grinsend, und folgte dann meinen Freunden und Vorgesetzten brav aus der Suite. Mein Chef verabschiedete sich von uns und erinnerte noch einmal daran, dass wir spätestens in einer viertel Stunde beim Hubschrauber Landeplatz warten sollten. Genervt schob Sara ihren Bruder vor sich her.

"Wir haben es begriffen und werden keine Sekunde zu spät dort sein. Jetzt geh und mach das, was man als Chef so macht und lass uns in Ruhe!"

Grinsend hob Kai die Hand und winkte uns kurz zu, ehe er im Aufzug verschwand und meine Freundin und ich allein vor der Tür zur Suite zurückblieben.

"Puh, ich habe nach wie vor ein komisches Gefühl, wenn er in der Nähe ist. Papa war ruhiger und sachlicher als Direktor. Kai ist so ungewohnt energiegeladen und emotional. Ich glaube, ich mag die amerikanische Art nicht wirklich und was er sich dort angeeignet hat, passt auch nicht zu meinem Bruder."

Sie riss die Arme in die Luft und ballte die Fäuste, mit dieser Geste ihren Bruder imitierend, der sich so verabschiedet hatte. Kopfschüttelnd drückte Sara auf den Fahrstuhlknopf und zupfte sich vor der verspiegelten Tür ihre dunklen Haare zurecht.

"Meinst du wirklich, du schaffst das mit den beiden jungen Männern? Sie hatten einen schlimmen Unfall, nicht wahr? Weißt du mehr darüber?"

Ich verschränkte meine Hände vor meinem Körper und blickte zu Boden.

"Na ja, nicht wirklich viel. Sie hatten einen Autounfall und wurden beide schwer verletzt. Tragischer Weise ist ihr Fahrer dabei ums Leben gekommen. Einige Zeit lang sah es bei den beiden wohl auch sehr kritisch aus. Sie haben zur Behandlung viel Zeit im Krankenhaus verbracht. Ich glaube, man hat hier in Deutschland Ärzte gefunden, die ihnen wegen ihrer Spezialisierung besser weiterhelfen können, als in Korea."

Alles, was ich Sara mitteilte, hatte ich aus dem Internet und wusste nicht, wieviel Wahrheitsgehalt diese Informationen hatten. Heutzutage war es schwierig, echte Fakten von unechten zu trennen. Dennoch schien wenigstens das medizinische Bett darauf hinzudeuten, dass einer von den beiden eine ernsthafte Verletzung davongetragen hatte und sich auch nach all der Zeit nach dem Unfall, der vor etwa einem halben Jahr gewesen war, noch nicht gänzlich erholt hatte.

"Na gut, es betrifft immerhin das Privatleben unserer Gäste und geht uns auch nichts an. Auf jeden Fall hoffe ich, dass du gut mit ihnen klarkommen wirst. Die

Aufgabe ist nicht so einfach, bringt dir aber genügend Geld ein. Vielleicht kannst du dann doch wieder studieren, was meinst du?"

Ach nö, Sara, du nicht auch noch, dachte ich ein wenig genervt und nickte lediglich.

"Das wird sich zeigen", wich ich ihrer Frage aus. Demonstrativ blickte ich auf meine Armbanduhr. "Wir sollten jetzt zum Landeplatz gehen. Sonst bekommt dein Bruder noch einen Herzinfarkt, weil wir nicht pünktlich sind." Ich scheuchte meine Freundin vor mir her und gemeinsam gingen wir zum Fahrstuhl, um ins Erdgeschoss zu gelangen.

Tatsächlich erwartete uns Kai bereits am Landeplatz und schien nervöser zu sein, als ich erwartet hatte. Die neuen Gäste waren für das Hotel eine Geheimsache. Niemand außer uns Eingeweihten wusste, welche Bedeutung die beiden jungen Männer in der Musikwelt hatten und es war an uns, dieses Geheimnis unter allen Umständen zu wahren. Natürlich würde das Landen eines Hubschraubers viel Aufsehen erregen, allerdings würden die Gäste so gut es ging inkognito ins Haus geleitet werden.

Die knarrenden Rotorblätter kündigten die Ankunft des Helikopters an. Fasziniert betrachtete ich das knatternde Fluggefährt. Der Wind der Blätter peitschte mir ins Gesicht und ich drehte mich zur Seite, um dem etwas zu entgehen. Gerne hätte ich im Hotel auf die Gäste gewartet, denn es war unangenehm kühl und der Wind verstärkte noch dieses nasskalte Gefühl. Endlich war der Helikopter gelandet und der Motor wurde ausgestellt.

Gespannt blickte ich hinüber und wartete auf das Aussteigen der Gäste. Erst jetzt bemerkte ich, dass ein kräftig aussehender Mann einen Rollstuhl an den Helikopter heranschob und auf seinen Fluggast wartete. Es musste sich um einen der Pfleger handeln, die sich um die beiden Patienten kümmern würden. In einem geheimen Briefing vor der Ankunft der beiden Popstars hatte uns Kai über die Maßnahmen, die die Unterbringung zweier millionenschwerer, berühmter, aber schwer kranker Gäste mit sich brachte, informiert. Das spezielle Bett hatte ich in der Suite bereits zur Kenntnis genommen. Daneben gehörten zwei Krankenpfleger, ein Manager und ein persönlicher Physiotherapeut zur Crew um die beiden Kranken. Alle Mitarbeiter kamen ebenfalls aus dem Heimatland der Patienten und würden in Kürze ihren Dienst antreten oder waren, wie der Pfleger, bereits im Einsatz. Außerdem würden die beiden Gäste regelmäßig die nahegelegene Uniklinik für ihre Behandlungen besuchen.

Trotz der vielen Informationen wussten wir dennoch nicht, wie schlimm es um die beiden Musiker bestellt war. Ich hatte bereits die wenigen verfügbaren Informationen aus dem Internet an Sara weitergegeben, aber nun war ich erschrocken als ich sah, wie zwei Männer eine komplett verhüllte menschliche Gestalt aus dem Helikopter trugen und in den Rollstuhl setzten. Der Mann, ich wusste ja, dass es sich um einen der beiden Mitglieder der K-Pop Band Star.X handelte, wirkte wie eine leblose Puppe. Er sackte im Rollstuhl regelrecht in sich zusammen und ich fragte mich, wie schwer er wohl bei dem Autounfall verletzt worden war. Dann stieg eine zweite verhüllte Gestalt aus dem Heli und wieder konnte man deutlich erkennen, dass es sich um einen Patienten handelte. Er musste nicht in einen Rollstuhl gesetzt werden, aber er griff sofort nach seinem Ausstieg nach Unterarmgehhilfen, die ein Mitarbeiter seines Teams ihm umgehend reichte und lief damit in Richtung Hoteleingang. Ich sah ihm nach und versuchte auszumachen, wer von den beiden Member wer war, doch die Verhüllung beider machte es mir sehr schwer, sie zu identifizieren.

Jetzt bemerkte ich die beiden Menschen in dem Gefolge, die ich bereits kannte. Es waren die hübsche schwangere Blondine und ihr asiatischer Ehemann. Sie hatte die beiden Patienten begrüßt und wandten sich nun einem weiteren Paar zu. Ich kniff die Augen zusammen und war plötzlich ganz aufgeregt, als ich Taemin erkannte. Der hübsche Sänger der Band Star.X war ebenfalls in Deutschland und dann auch noch in meinem Hotel, jubelte ich innerlich aufgeregt.

Er unterhielt sich freundlich mit dem anderen Paar und plötzlich zog er eine rothaarige Frau an sich heran, die als Letzte aus dem Helikopter gestiegen war. Es war, wie ich wusste, seine Ehefrau Emmy, die er vor ein paar Jahren geheiratet hatte und mit der er ein gemeinsames Kind hatte, das plötzlich zwischen Mama und Papa auftauchte. Leider hatte ich keine Zeit mehr, die süße kleine Familie weiter zu betrachten, da meine Freundin mich genau in diesem Moment in die Realität zurückholte.

"Na los, wir haben als Begrüßungskomitee heftig versagt. Lass uns schnell hineingehen und die Gäste dort willkommen heißen."

Sara stupste mich kräftig an und zeigte auf den Eingang, in dem unsere Gäste bereits verschwunden waren. Eigentlich war alles etwas anders geplant gewesen, aber so mussten wir uns schnell neu formieren und eilig liefen wir hinter ihnen her.

Glücklicherweise hatte Kai die Gäste bereits in Empfang genommen und begrüßt. Schweigend und als wäre es so geplant gewesen, stellten sich Sara und ich neben ihn und warteten auf unsere Vorstellung. Leider wurden wir jedoch enttäuscht, denn Kai geleitete die Gäste ohne weitere Formalitäten direkt zu den Fahrstühlen. Enttäuscht sah ich dem Tross hinterher und seufzte. Es würden sich für mich vermutlich noch genügend Möglichkeiten ergeben, die Stars der K-Pop Band und ihre Begleiter zu sehen.

~ Kapitel 4 ~

Verschwinde!

Diskret klopfte ich an die Tür zur Suite 808 und trat ohne eine Aufforderung ein. In Zukunft wäre es meine Aufgabe, die Besucher entsprechend zu empfangen, doch im Moment gab es noch niemanden, der dieses übernahm. Mit gesenktem Kopf betrachtete ich die Suite und erkannte auf den ersten Blick den Unterschied zu meinem Inspektionsbesuch am Morgen: Koffer standen noch nicht ausgepackt im Vorraum, Mäntel lagen auf den Sofas und über Stühle gelegt, ein benutztes Wasserglas stand auf der ansonsten makellos glänzenden Oberfläche des Wohnzimmertischs. Anschließend bemerkte ich das schöne deutsch-asiatische Ehepaar aus dem Aufzug, das vor der Zimmertür eines der Schlafräume stand.

Neugierig lauschte ich auf die umherfliegenden Wortfetzen und bemerkte, dass die gesamte Situation scheinbar sehr angespannt war. Der Tonfall eines jungen Mannes aus dem Nebenraum hörte sich nicht besonders gut gelaunt an. Obwohl er die Stimme nicht hob, war der Klang aggressiv und die Worte kamen wie Peitschenhiebe. Unschlüssig blieb ich im Eingangsbereich stehen und senkte meinen Blick auf den Boden, dabei meine gefalteten Hände betrachtend.

Mir war es sehr unangenehm, dass ich anscheinend in einen Streit der Gäste hineingeraten war und überlegte, ob ich nicht besser etwas später wiederkommen sollte. Allerdings hatte mich meine Chefin und Freundin darauf hingewiesen, dass mein Dienst unmittelbar mit dem Eintreffen der Bewohner der Suite begonnen hatte und ein Rückzug kam damit nicht infrage. Als ich eine Tür knallen hörte, zuckte ich jedoch zusammen und hob wieder vorsichtig meinen Blick.

"Ich habe dir gesagt, dass das ganze keine gute Idee ist. Du hättest es mit ihnen besprechen sollen, Jae."

Die blonde Frau legte ihrem Mann eine Hand auf die Schulter und ging an ihm vorbei. Leise klopfte sie an die Tür des Zimmers, in dem nicht das spezielle Klinikbett stand. Somit war dieser Gast mobil und ich fragte mich, wer von den beiden Stars derjenige war, der gerade so wütend gesprochen hatte. Aus dem anderen Raum war kein einziger Laut zu hören.

"In-Ho? Ich komme rein."

Die sanfte Stimme der Frau musste durch die Tür gedrungen sein, denn man hörte deutlich eine wütende Antwort.

"Ich habe euch gesagt, ihr sollt mich in Ruhe lassen. Geht mir nicht auf die Nerven und verzieht euch endlich."

Die Stimme war jung und ich wusste, wer In-Ho war. Der süße, jungen- und elfenhafte Jüngste der Band und der Liebling aller Mädchen. In-Ho war der sogenannte Maknae der Band Star.X - das jüngste Mitglied und zugleich vermutlich auch der talentierteste. Er war fast genauso alt wie ich, nur ein paar Monate älter, aber anders als ich, hatte der damals 16-jährige Junge bereits im Teenageralter eine professionelle Karriere begonnen. Er war zusammen mit seinen Bandkollegen Jeon, Sunny, Taemin und Ji-Mong in einer der erfolgreichsten K-Pop Bands der Welt tätig. Und jetzt war er keine zehn Meter von mir entfernt in dem Nebenzimmer und hörte sich furchtbar wütend und genervt an.

Entgegen dem, was ich als Fan bislang von ihm in Interviews und bei Auftritten gesehen und gehört hatte, waren seine Worte jetzt nicht sehr sanftmütig, lieblich und freundlich, sondern aggressiv und beinahe furchterregend – komplett anders, als Millionen von Fans ihn kannten. Hätte ich nicht den Verschwiegenheitsvertrag mit dem Management der Band unterschrieben, so wäre das, was ich in den nächsten Tagen und Wochen vermutlich hören würde, ein gefundenes Fressen für die Presse. Doch auch ohne den Vertrag würde ich niemals etwas nach außen dringen lassen, denn ich war ein Fan der Band seit ihrem Debüt vor fast einer Dekade und gehörte der deutschen StarLover Fangemeinde an. Niemals würden wir einen unserer Lieblinge an die Feinde der Presse verraten, sie bloßstellen oder in einem schlechten Licht erscheinen lassen.

Die blonde Frau schien das Verhalten des Maknae nicht zu beeindrucken. Vermutlich führten sie eine solch energiegeladene Unterhaltung auch nicht zum ersten Mal. Unerschrocken öffnete sie die Tür trotz seines Versuchs, sie zu verscheuchen und trat energisch ein. Plötzlich hörte man das Klirren von Glas und einen kleinen Aufschrei von der Frau. Blitzschnell lief ihr Mann zu der Tür und riss sie weit auf. Ich konnte von meiner Position aus lediglich das Antlitz der Frau sehen und die vielen Glasscherben auf dem Boden. Der Sänger stand für mich versteckt im dunklen Raum und ich hörte ihn leise fluchen und eine Entschuldigung flüstern.

"Verdammt In-Ho, es reicht jetzt mit deinen Mätzchen. Wenn du Lisanne verletzt hast, dann kannst du etwas erleben."

Er war wirklich wütend und ich zuckte zusammen, obwohl ich mir nichts zu Schulden kommen lassen hatte. Besorgt zog er seine Frau an seinen Arm, die ihn jedoch beruhigend lächelnd abwehrte.

"Yobo, es ist nichts. In-Ho hat sich wieder im Griff, nicht wahr?"

Der Angesprochene bewegte sich nun zögerlich im Schatten auf die Frau zu und so erhaschte ich den Blick auf einen jungen Mann, der im Dunkel des Raumes kaum auszumachen war. Sein Gesicht leuchtete unnatürlich blass und ehe ich ihn besser mustern konnte, hatte er sich wieder in die Dunkelheit zurückgezogen.

"Ich habe euch gesagt, dass ich meine Ruhe haben will. Warum lasst ihr mich nicht? Ich will niemanden sehen. Ist das so schwer zu verstehen? Haut endlich ab!"

Seine Stimme klang bitter und ich schluckte. Obwohl ich eine Außenstehende war und keine genauen Hintergründe kannte, konnte ich eine Verletzlichkeit des jungen Mannes heraushören, die mich in meinem Herzen traf. Wie schlimm war es um die beiden Musiker nach ihrem furchtbaren Verkehrsunfall wirklich bestellt?

Seufzend nickte Lisanne und griff nach der Hand ihres Mannes.

"Lass die beiden erst einmal ankommen. Der Flug und die Anreise waren für sie beide sehr anstrengend."

Sanft schob sie ihren Mann aus dem Zimmer und schloss die Tür leise hinter sich, wobei ich sah, wie ihre schlanke Hand leicht zitterte. Scheinbar hatte das Verhalten des Maknae sie innerlich mehr aufgeregt, als sie ihrem Mann zeigen wollte.

Endlich bemerkte das hübsche Paar, dass sie nicht komplett allein in der Suite mit den beiden Patienten waren. Ihr Blick fiel beinahe gleichzeitig auf mich, wie ich abwartend an der Tür stand. Hastig verbeugte ich mich und setzte ein professionelles Lächeln auf, als ich mich wieder aufrichtete.

"Ah, Sie sind Alea, der Butler. Sagt man so?" Lisanne hatte mich auf Deutsch angesprochen und ich nickte bestätigend.

"Ich stehe Ihnen und Ihren Gästen für die Dauer Ihres Aufenthalts rund um die Uhr zur Verfügung."

Ich verbeugte mich ein weiteres Mal, wie ich es von Kai gelernt hatte, dieses Mal nur mit den Neigen meines Kopfes und wartete ab.

"Ja, danke, das ist gut zu wissen. Sie sprechen Koreanisch, sagte man mir?"

Der Ehemann wandte sich direkt an mich und ich hoffte, dass ich nicht rot wurde, als seine wunderschönen dunklen Augen mich trafen. Wieder nickte ich bestätigend.

"Ja, das tue ich."

Erfreut lächelte der Mann ein warmes Lächeln, bei dem mir beinahe meine Knie nachzugeben drohten. Wow, er sah so wahnsinnig gut aus! Er war groß, sportlich schlank und dennoch muskulös, und sein Gesicht war so gleichmäßig und schön, als hätte es jemand aus einem Baukasten zusammengesetzt, aus dem er nur die exquisitesten Teile herausgesucht hatte. Er wäre sicherlich ein extrem erfolgreicher Schauspieler oder ein Model, wenn er sich für diese Branche entschieden hätte. Schnell riss ich mich wieder zusammen, als er weitersprach.

"Mein Name ist Park Jae-Woon und dies ist meine Frau Lisanne. Wir haben uns bereits einmal getroffen, nicht wahr? Geht es Ihnen wieder gut? Haben Sie den Schrecken überstanden?"

Ich war fasziniert. Herr Park konnte sich tatsächlich an die Begebenheit mit dem furchtbaren Gast, der diese Suite vor ihnen bewohnt hatte, erinnern? Ich fühlte mich geschmeichelt, dass dieser wichtige Gast den Vorfall nicht vergessen hatte und sich sogar nach meinem Befinden erkundigte. Verlegen nickte ich, sagte aber kein Wort. Herr Park betrachtete mich mit einem leichten Lächeln, dann fuhr er fort.

"Für Fragen oder Bitten wenden Sie sich bitte direkt an mich. Leider können wir nur eine kurze Zeit in Deutschland bleiben, ehe wir wieder nach Südkorea abreisen müssen. Dann können Sie mich ständig unter meiner privaten Telefonnummer, die ich Ihrem Direktor gegeben habe, erreichen. Aber wir bemühen uns, so oft wie möglich Personen aus dem engen Umfeld der beiden Jungs hier vor Ort zu haben. Vorerst wird ihr Bandkollege Taemin mit seiner Frau Emmy und ihrer Tochter Mi-Na für einige Tage nebenan wohnen."

Mein Herz begann wie verrückt zu schlagen. Taemin würde ebenfalls zwei Wochen in unserem Hotel wohnen?

Park Jae-Woon sah zu seiner Frau Lisanne hinüber, die ein sanftes Lächeln auf dem Gesicht hatte und ihrem Mann in einer zärtlichen Geste eine Hand auf den Arm legte. Scheinbar fiel es beiden nicht leicht, die jungen Männer in dem für sie fremden Land allein zu lassen und so benötigten sie ihre gegenseitige Unterstützung.

"Sie haben ja bereits mitbekommen, dass die beiden Patienten etwas", Park Jae-Woon zögerte kurz, ehe er weitersprach, "besonders sind. Insbesondere der junge Mann, in dessen Zimmer wir gerade waren. Bitte, sollte er sich in Ihrer Gegenwart unangemessen verhalten, nehmen Sie seine Worte nicht persönlich. Er und sein Freund befinden sich in einer Ausnahmesituation und wir bitten Sie aus diesem Grund herzlich um Ihr Verständnis, auch wenn wir natürlich wissen, dass es sicherlich so manches Mal schwerfallen wird, über alles hinwegzusehen."

Der hübsche Koreaner sah in diesem Moment traurig und besorgt zugleich aus und ich fragte mich, in welchem Verhältnis er zu der Band stand. Für einen einfachen Manager sah er zu wohlhabend aus und für den Vater der Jungs war er noch viel zu jung. Er konnte höchstens Ende 30 Jahre alt sein und das war von mir sehr schlecht geschätzt. Wahrscheinlich war er viel jünger, denn sein Gesicht war absolut makellos ohne Falten oder andere Zeichen der Alterung. Ich vermutete, dass er zum Management gehörte, doch obwohl ich ein großer StarLover war, hatte mich die Firma, bei der Star.X ihren Vertrag hatte, nie interessiert. Das waren mir zu theoretische Dinge und so wusste ich auch nichts über ihre Manager oder Woon-Entertainment.

Mich an seine Worte erinnernd, nickte ich erneut. Kai hatte mir in unserem Gespräch zur Vorbereitung auf den Besuch der besonderen Gäste bereits erklärt, dass die Patienten eventuell etwas gereizt sein könnten. Wer wäre das nicht, wenn er einen schweren Unfall erlebt hatte? Ich mochte es mir nicht einmal ausmalen, wie ich mich verhalten würde, wenn ich in ihrer Situation wäre.

"Selbstverständlich werde ich Ihren Schützlingen mein vollstes Verständnis entgegenbringen", antwortete ich höflich und ehrlich auf seine Bitte.

In diesem Moment meinte ich es auch genauso, wie ich es sagte. Hätte ich zu diesem Zeitpunkt geahnt, wie schwer es mir fallen würde, mich immer wieder an diese Worte zu halten, dann hätte ich jetzt besser gelächelt und geschwiegen.

"In der Suite gibt es einen Arbeitsraum, nicht wahr?", fragte er nun und blickte sich in dem großen Zimmer um.

Ich zeigte wortlos mit der Hand auf die Tür, die zu dem kleinen privaten und etwas maskulin eingerichteten Raum führte und ging ihm voraus. Höflich ließ ich das Ehepaar vor mir eintreten und wartete ab, bis sie auf den Ledersesseln vor und hinter dem edlen Schreibtisch Platz genommen hatten. Gerade wollte ich hinter ihnen die Tür schließen und sie alleine lassen, als Herr Park mich zurückhielt.

"Bleiben Sie. Ich denke, dass In-Ho und Ji-Mong uns hier nicht sprechen hören werden. Bitte", er deutete auf einen freien Sessel, "setzen Sie sich doch."

Unschlüssig blieb ich trotz seiner Aufforderung im Raum stehen. Es gehörte sich ganz und gar nicht, dass ich mich zu meinen Auftraggebern setzte. Als Herr Park ein weiteres Mal wortlos auf den leeren Sitzplatz zeigte, nahm ich mit einem höflich dankenden Nicken auf der Kante des Stuhls Platz, faltete meine Hände ordentlich vor meinem Körper und legte sie anschließend auf meine Knie. So konnte man wenigstens ihr Zittern nicht sehen. Wartend blickte ich den Mann vor mir an. Er räusperte sich kurz und begann nach einem Blick auf seine Frau wieder zu sprechen.

"Ich hatte nicht erwartet, dass der Butler der Jungs eine hübsche junge Frau sein würde, und ehrlich gesagt, bin ich darüber auch nicht sehr erfreut."

Die Einleitung des Gesprächs gefiel mir ganz und gar nicht und ich wappnete mich innerlich, in welche Richtung unsere Unterhaltung wohl laufen könnte. Er würde mich doch hoffentlich nicht entlassen? Nein, beruhigte ich mich sogleich wieder, dann hätte er im Vorfeld nicht so viel über die Umstände und das Verhalten der Gäste gesprochen.

"Da Sie mir aber ausdrücklich von Ihrem Direktor empfohlen wurden und Sie sehr professionell erscheinen, nehmen wir den Butler Service Ihres Hauses dennoch sehr gerne an. Allerdings möchte ich noch ein paar Bedingungen zu Ihrem Vertrag hinzufügen beziehungsweise sie noch einmal mit Ihnen besprechen."

Ich senkte meinen Blick, damit Herr Park nicht in ihnen lesen konnte. Was würde jetzt kommen? fragte ich mich beunruhigt.

"Ich denke, es ist angemessen zu sagen, dass Sie über den Gesundheitszustand der beiden Jungs kein einziges Wort an Außenstehende verlieren dürfen. Das haben Sie bereits als eine der Klauseln in Ihrem Vertrag unterschrieben. Doch dieser Punkt ist mir so wichtig, dass ich es nochmals wiederholen möchte."

Er legte sehr viel Nachdruck in seine Worte und sah mir dabei ernst ins Gesicht. Als ich nickte, fuhr er fort.

"Ich habe für die Betreuung zwei Pflegekräfte aus Korea mitgebracht, die bereits heute Abend ihren Dienst verrichten werden. Sie sind mit den Patienten vertraut und haben sie schon in Seoul versorgt. Diese beiden Männer werden genau wie der Manager und der Physiotherapeut nicht im Hotel, sondern in einer Unterkunft in der Nähe untergebracht sein."

Er unterbrach sich kurz und schob über den Schreibtisch eine Mappe in meine Richtung. Ich nahm diese entgegen und öffnete sie. Hierin enthalten waren Fotos von zwei Männern in Pflege-Kleidung, die höflich unverbindlich in die Kamera lächelten. Ich prägte mir ihre Gesichter ein, denn an diesem Abend würde ich ihnen die Tür öffnen und sie hineinlassen müssen. Herr Park wartete, bis ich die Mappe wieder zugeklappt hatte und ließ sie sich von mir zurückgeben. Danach setzte er seine Besprechung mit mir fort.

"Die Verwendung, Erwähnung oder Vermittlung sozialer Medien, Interaktion mit oder über soziale Medien mit Bezug zu den Jungs ist ebenfalls strengstens untersagt. Beide sollen eine absolute Distanz zu ungefilterten Informationen wahren, da diese sich gegebenenfalls negativ auf ihre Gesundheit auswirken könnten. Ich möchte niemals ein Foto oder ein Wort über den Gesundheitszustand meiner beiden Jungs im Internet lesen oder sehen. Außerdem ist es allen verboten, ihnen etwas über Artikel aus der Presse, die die selbst oder die Band betreffen, Bericht zu erstatten. Was und inwieweit wir sie über Dinge informieren, obliegt ganz allein meinem Team. Weiterhin wünsche ich mir, dass Sie nichts tun, was den Gesundheitszustand und die Genesung eventuell negativ beeinträchtigen könnte. Natürlich kann und werde ich enge persönliche Kontakte nicht unterbinden, doch ich erinnere noch einmal daran, dass es niemals zum Schaden meiner Sänger kommen darf."

Er blickte mich scharf an und ich nickte zustimmend. Natürlich war es auch mein Bestreben, die Mitglieder der Band so schnell wie möglich wieder auf ihren Beinen zu wissen. Erst dann könnten wir Fans mit neuen Konzerten und Auftritten rechnen. Da war ich doch schon ein wenig egoistisch. Und was die persönlichen Kontakte anging - bislang hatte ich noch nicht einmal das Vergnügen gehabt, die Herren zu Gesicht zu bekommen.

"Wenn Sie allem zustimmen, dann freue ich mich, dass Sie den vermutlich recht schwierigen Job annehmen, und heiße Sie in unserem Team herzlich willkommen."

Park Jae-Woon erhob sich von seinem Stuhl und hielt mir seine gepflegte Hand entgegen. Etwas eingeschüchtert stand ich ebenfalls auf und gab ihm meine kleinere, die er mit festem Griff umschlang und schüttelte.

"Ich freue mich, Sie an Bord zu haben, Alea."

~ Kapitel 5 ~

Erste Begegnung

Park Jae-Woon ging mit mir zusammen zurück in den Hauptraum der Suite. Es war still, denn sowohl In-Ho als auch Ji-Mong verhielten sich in ihren Räumen ruhig. Ich war gespannt, wann ich beide endlich zu sehen bekommen würde. Vermutlich schliefen sie noch oder wieder, denn die Anreise von über zwölf Stunden von Seoul nach Deutschland war selbst für gesunde Menschen anstrengend und dazu kam noch die Zeitumstellung von acht Stunden. In Südkorea war es bereits Abend, während in Deutschland noch einige Menschen bei einem späten Mittagessen sitzen konnten.

Herr Park verabschiedete sich nach kurzer Zeit von mir und ging zusammen mit seiner Frau Lisanne in seine eigenen Räume, um sich ebenfalls ein wenig auszuruhen und zu arbeiten. Höflich geleitete ich die beiden hinaus. Als ich die Tür hinter ihnen schloss, atmete ich erleichtert aus. Obwohl der Mann sehr nett erschien, war mir letztlich bewusst geworden, wer er wirklich war: Park Jae-Woon war als mein Retter in der Not, enger Vertrauter der Gäste und liebevoller Ehemann in Erscheinung getreten. Doch der Eindruck täuschte. Als ich den Zusatzvertrag unterschrieben hatte, bemerkte ich den Namen der Entertainmentagentur aus Korea: Woon-Entertainment, CEO Park Jae-Woon. Ich hatte soeben mit einem der mächtigsten Männer der koreanischen Musikindustrie zusammengesessen und ihm die Hand geschüttelt. Ein Vergnügen, um das mich vermutlich viele Menschen aus der Musik- und Entertainmentbranche beneidete, denn alles, was bei Woon-Entertainment unter Vertrag genommen, wurde garantiert ein Erfolg.

Zwei der zuvor herumliegenden Mäntel waren mit dem Verlassen des Ehepaars mitgenommen worden, wie ich feststellte. Schnell brachte ich die anderen beiden an die Garderobe und hängte sie sorgfältig auf. Beinahe zärtlich strich ich vorsichtig über den edlen Stoff der Mäntel und las den teuren Markennamen im Futter. So fühlte sich also ein Mantel von Louisa Vuittoni an, dachte ich grinsend und drehte mich um, um meine Arbeit fortzusetzen. Als Nächstes schnappte ich mir die Koffer und schob sie in den jeweiligen begehbaren Kleiderschrank. Jeder Schrank war sowohl vom Flur als auch vom Schlafraum erreichbar und bot so viel Platz, wie mein gesamtes Zimmer. Glücklicherweise hatten beide Koffer ein Label, das den jeweiligen Besitzer kennzeichnete und so begann ich die Kleidung von Ji-Mong ordentlich auf Bügel zu ziehen und aufzuhängen.

Fast ein wenig neidisch betrachtete ich die edlen Kleidungsstücke der durchgehend teuren Marken und mir fiel auch auf, dass Ji-Mong privat scheinbar einen sehr eleganten und schlichten Modestil bevorzugte. Die Pullover waren zumeist aus edlen Materialien wie Kaschmir und Seide, hatten fast nie oder zumindest selten auffällige Schriftzüge oder Logos. Die Farben waren gedeckt und ich war mir sicher, dass der große schlanke Mann darin fantastisch aussehen würde.

Anders sah es bei der Kleidung von In-Ho aus. Dieser bevorzugte weniger den klassischen als viel mehr den modischen Stil. Unter seinen unzähligen Pullover, Hoodies, T-Shirts und Hosen waren zwar ebenfalls die teuersten internationalen Marken vertreten, aber er hatte keine Scheu, Logo und Embleme zu präsentieren. Doch dann erinnerte ich mich, dass er von einem oder zwei der Designer Markenbotschafter war – wie Ji-Mong übrigens auch – und vermutlich aus diesem Grund die Namen so offensiv zur Schau stellte. Seine Kleidung war manchmal gewagt und vielleicht auch etwas schräg und bunt, aber sie gehörte zu dem Maknae wie die klassische Kleidung zu dem stillen Rapper der Band.

Als ich die Koffer leergeräumt hatte, sah ich mich wieder im großen Raum um. Das Wasserglas stand nach wie vor auf dem Tisch und so nahm ich es in die klitzekleine Vorbereitungsküche mit und wusch es ab. Da beide Gäste ruhig in ihren Zimmern waren, wusste ich nicht, was ich nun noch für sie tun konnte. Ich erinnerte mich zwar, dass hinter der Tür zu In-Hos Schlafraum Glasscherben lagen, aber ich traute mich nicht den Raum zu betreten. Immerhin war ich zuvor Zeuge geworden, dass gerade aus diesem Grund, nämlich weil Lisanne das Zimmer betreten hatte, ein Glas zerbrochen worden war.

Da ich gerade arbeitslos war, zog ich mich in den kleinen Butler Raum zurück, der hinter der Miniküche gelegen war und setzte mich auf die schmale Ruhepritsche. Der Raum war nur wenige Quadratmeter groß, aber er reichte aus, um sich auszuruhen, ein Bügelbrett aufzustellen, einen Knopf anzunähen und etwas vorzubereiten. Eben alles, was ich als Butler im Verborgenen tun musste, um die Gäste bei so profanen Arbeiten nicht zu stören.

Am Morgen hatte ich mich hier bereits ein wenig eingerichtet. Dieser Raum ersetzte nicht mein eigenes Zimmer, das ich ebenfalls in diesem Hotel hatte, aber es war für mich vorgesehen, die "freie" Zeit hier zu verbringen. Meine Arbeitszeit war 16 Stunden am Tag und ich hatte einen Tag in der Woche frei. Nur dann, wenn die Gäste das Hotel für Arztbesuche oder Physiotherapie verließen, hätte ich Zeit für mich oder für Aufgaben außer Haus. Das überaus großzügige Gehalt wog diese gesamten Unannehmlichkeiten auf, dachte ich. Für das, was ich in dieser kurzen Zeit verdiente, hätte ich viele Zimmer putzen, Zeitungen austragen und Essen ausfahren müssen. Jetzt arbeitete ich zwar lange, dafür war die Arbeit in einer luxuriösen Umgebung und für zwei Menschen aus der K-Pop-Gruppe, die ich so liebte.

Ich hatte mich in meinen Fan-Fiction-Roman vertieft, als ich plötzlich ein Poltern aus dem Hauptraum der Suite vernahm. Erschrocken sprang ich auf und lief durch die Miniküche dorthin, wo ich das Geräusch gehört hatte. Gerade noch rechtzeitig bremste ich ab, sodass ich kurz vor der Kollision mit einer großen Gestalt zum Stehen kam. Ich starrte auf den breiten Rücken eines Mannes, der auf einer Unterarmstütze stand und mit lautem Fluchen versuchte, die zweite Gehhilfe vom Boden hochzuheben.

Mein Herz klopfte beinahe zum Zerspringen. Endlich war es so weit, und ich traf einen der Bandmitglieder meiner Lieblingsgruppe Star.X höchstpersönlich. In meinem kleinen Zimmer im Hotel hatte ich mir mehrfach ausgemalt, wie das erste Zusammentreffen wohl sein würde. Meine Traumvorstellung war natürlich, dass er sich auf den ersten Blick in mich verlieben würde, so angetan wäre er von mir und meinem ach so attraktiven Äußeren. Die Illusion war so schön, dass ich in diesem Moment gespannt die Luft anhielt und aus ganzem Herzen betete, dass weder meine Stimme noch meine Beine versagen würden, wenn er mich gleich ansah. Jetzt! Jetzt musste er sich umdrehen und ich würde ihn endlich persönlich gegenüberstehen und mein Traum als Fan würde in Erfüllung gehen!

Er hatte mich noch nicht bemerkt und versuchte immer noch, die Gehhilfe vergeblich aufzuheben. Erst als ich mich räusperte, drehte er sich erschrocken um. Atemlos strahlte ich ihn an, doch als er mich sah, wandte er sich sofort wieder von mir ab. Seine Hand fuhr zu seinem Gesicht und bedeckte eine Gesichtshälfte. Wütend fauchte er mich mit böser Stimme an.

"Wer zum Teufel sind Sie? Wer hat Sie hier hereingelassen?"

Die Wut in seiner Stimme brachte mich dazu, einen Schritt zurückzuweichen. Da platzte mit einem riesigen Knall meine Traum-Luftblase und fiel wie ein nasser Sack leer und erschöpft auf den Boden. Ehe ich die Chance hatte zu antworten, hangelte sich In-Ho auf nur einer Gehhilfe zurück zu seinem Zimmer. Ich blickte seiner großen Gestalt sprachlos nach und sah dann auf die zurückgelassene Armstütze, die immer noch einsam auf dem Boden lag. Langsam hob ich sie auf und ging hinter dem jungen Mann hinterher.

Als In-Ho sein Zimmer mühevoll erreicht hatte, knallte er mit Wucht die Tür hinter sich zu, sodass ich kurz zusammenzuckte. Er hatte ein deutliches Zeichen gegeben, dass er mich auf keinen Fall sehen wollte. Was für ein enttäuschender erster Eindruck, dachte ich. Seufzend lehnte ich die medizinische Hilfe neben der Tür an die Wand und klopfte leise an.

"Mein Name ist Alea, und ich bin Ihr Butler für die Zeit, in der Sie in unserem Hotel wohnen. Meine Aufgabe ist es, Ihnen zu dienen und Ihre Wünsche zu erfüllen. Wenn Sie meine Anwesenheit nicht wünschen, werde ich mich dem fügen und außer Sichtweite auf Ihre Anweisungen warten. Sollten Sie jedoch etwas benötigen, so werde ich Ihnen sofort versuchen zu helfen." Ich lauschte, ob er mir antworten würde, doch es blieb still in dem Zimmer. "Ihre Gehhilfe habe ich Ihnen neben die Tür gestellt."

Immer noch blieb es ruhig und so drehte ich mich um, um wieder zurück in meinen Warteraum zu gehen. Seine brüske Reaktion auf meine Anwesenheit hatte mich sowohl verschreckt als auch enttäuscht. Wenn die Traumvorstellung und die Realität aufeinanderprallten, war es vermutlich immer ein Schock, wenn sie nicht zueinander passten. Gerade, als ich mich abwandte, wurde die Tür zu meiner Überraschung wieder geöffnet.

Langsam drehte ich mich um und wartete. Als Erstes sah ich den dunklen Schopf von In-Ho. Ich kannte ihn von vielen Bildern und Fotos mit verschiedenfarbigen, immer akkurat kurz geschnittenen Haaren. Überrascht stellte ich fest, dass er jetzt seine Haare sehr lang trug und sie vermutlich seit einigen Monaten nicht mehr geschnitten worden waren. Sie fielen ihm bis auf die Schultern und ein langer Pony bedeckte sein Gesicht. Diese neue, ungewohnte Haarpracht stand ihm sehr gut, aber sie verdeckte zusammen mit der schwarzen Maske, die er sich in der Zwischenzeit aufgesetzt hatte, komplett seine Gesichtszüge. Einzig seine ausdrucksvollen dunklen Augen waren über dem Rand und zwischen den Haaren zu sehen. Sein Blick war schwer zu deuten, doch seine gesamte Körperhaltung zeigte deutlich seine Ablehnung.

"Haben Jae und Lisanne nicht gesagt, dass ich niemanden brauche, der mir hilft? Ich bin kein Krüppel wie Ji-Mong. Gehen Sie zu ihm, wenn Sie jemanden bemuttern wollen. Ich schaffe alles allein."

Ehe ich noch etwas erwidern konnte, wurde die Tür wieder zugeknallt. Ich starrte noch einen Moment darauf, ehe ich mich langsam umdrehte und nachdenklich zurück zu meinem Butler Raum ging. Als ich mich immer noch wie in Trance auf meine Liege setzte, bemerkte ich, wie mir Tränen über die Wangen liefen. Erstaunt fing ich sie auf und blickte auf meine nassen Hände. Die Worte von In-Ho hatten mich nicht gekränkt, das war nicht der Grund, weshalb ich weinte. Ich hatte hinter all der Wut und Ablehnung etwas anderes gesehen, dass mich traurig machte und ich verstand nun die Besorgnis seines Chefs und dessen Frau. In-Ho war nicht mehr der unbeschwerte Maknae, den die Welt und die Fans kannten. Der Unfall hatte ihn verändert, und zwar nicht zum Guten. Er war tief verletzt und verunsichert und ich spürte, dass er neben seinem körperlichen auch einen entsetzlichen seelischen Schaden genommen hatte.

Nach etwa zwei Stunden legte ich mein Buch zur Seite und sah auf die Uhr. Trotzdem ich mich bemüht hatte zu lesen, war ich mit meinen Gedanken bei dem wütenden jungen Mann im Nebenzimmer. Ihn hatte ich nun getroffen und herausgefunden, dass der Unfall ihn ganz offensichtlich stark verändert hatte. Aber wie war es um das andere Mitglied von Star.X bestellt? Wie ging es Ji-Mong, den In-Ho als Krüppel bezeichnet hatte? Bei dem Gedanken, dass ich ihm bald gegenüberstehen würde, war ich jetzt nicht mehr freudig aufgeregt, sondern hatte Angst und blickte der Begegnung mit Sorge entgegen.

Mittlerweile war es Abend und Zeit für das Abendessen. Umsichtig hatte mir die Küche einen Essensplan für die besonderen Gäste zukommen lassen. In Kürze würde der Room Service die Wagen mit dem sorgfältig zubereiteten Speisen bringen und ich würde sie anrichten. Immer noch hatte ich weder ein Wort noch einen Blick mit dem anderen Gast, Ji-Mong gewechselt. Ich wusste nicht, ob er schlief oder wach war. Da es nicht meine Aufgabe war, ihn medizinisch zu versorgen, war ich auch nicht in sein Zimmer gegangen. Hin und wieder hatte ich vor der Tür gestanden und gelauscht, ob eventuell nach jemanden gerufen wurde, doch es blieb alles still. In Kürze würde das Fachpersonal kommen und sowohl In-Ho als auch Ji-Mong betreuen, wobei ich mir fast sicher war, dass der wütende Maknae auch hierüber nicht allzu begeistert sein würde.

Kurz bevor das Essen geliefert werden sollte, klingelte es an der Tür zur Suite. Als ich sie öffnete, standen vor mir die beiden Männer, die mir Herr Park auf den Fotos gezeigt hatte. Beide trugen Kleidung einer medizinischen Einrichtung und zeigten mir unaufgefordert Ausweise vor, die sie berechtigten, die Suite zu betreten. Die Sicherheitsvorkehrungen für den Besuch in diesen Räumen waren groß. Man befürchtete, dass sich ungewollte Fans oder Mitglieder der Presse Zutritt zu den Räumlichkeiten verschaffen könnten, wenn sie von den prominenten Gästen erfuhren.

Aus diesem Grund hatte Kai in Zusammenarbeit mit dem Management von Woon-Entertainment ein Sicherheitskonzept ausgearbeitet. Die Etage, in der die Suite war, war nur für berechtigtes Personal zugänglich. Neben diesem Zimmer 808 gab es noch zwei weitere Suiten, die allerdings kleiner als die Präsidentensuite waren. Auch diese beiden Räume wurden von Woon-Entertainment für die gesamte Zeit des Aufenthalts der beiden Hauptgäste gemietet. Außerdem wurde bereits in der Lobby Ausschau nach Personen gehalten, die vermutlich aus Sensationslust, als Fan oder unangemeldete Pressemitglieder versuchen könnten, Zutritt zum Hotel zu erhalten.

Schließlich und als letzte Hürde bewachte ich die Eingangstür zur Suite. Ich hatte eine Foto-Liste erhalten, auf der die berechtigten Personen standen, die sich zusätzlich mit Lichtbild und Ausweis legitimieren mussten. Alles in allem sollte es so unbefugten Personen so gut wie unmöglich sein, die Suite ohne Zustimmung zu betreten. Das einzige Risiko war jedoch das eigene Personal im Hotel. Sara und Kai hatten hier bei der Auswahl der Mitarbeiter stets ein glückliches Händchen gehabt und ihre Angestellten waren überaus loyal und vertrauenswürdig, dennoch konnte es immer den einen Kollegen geben, der vielleicht einem Bestechungsgeld nicht abgeneigt wäre. Aus diesem Grund gab es außer mir auch nur noch zwei andere Kollegen, denen der Zutritt zu Suite 808 erlaubt war: Sara und meinem Kollegen Steve, der seit über zehn Jahren Mitarbeiter des Hotels war und die Reinigung der Zimmer übernahm.

"Herr Choi, Herr Song, bitte folgen Sie mir." Ich nahm die beiden Pflegekräfte in Empfang und führte sie in die Suite. Ich wusste, dass auch diese beiden mit Sorgfalt für die Betreuung der Patienten ausgewählt worden waren. Die beiden Männer waren zusammen mit anderen Mitarbeitern aus Korea eingeflogen worden. Ich betrachtete beide Pfleger unter gesenkten Lidern.

Herr Choi war der ältere der beiden und laut den Unterlagen Mitte 30. Er machte einen wichtigen Eindruck und wirkte etwas arrogant und herablassend. Seine Art mit mir zu sprechen war zwar höflich, jedoch konnte ich deutlich herauslesen, was er von einem weiblichen Butler hielt. Sein jüngerer Kollege Herr Song war vermutlich etwas älter als ich und sah recht gut aus. Das schien ihm auch bewusst zu sein, denn jedes Mal, wenn er an einer sich spiegelnden Fläche vorbeiging, betrachtete er sich und fuhr sich durch die perfekt gestylten Haare. Alles in allem waren die beiden Koreaner mir nicht sehr sympathisch, aber das mussten sie ja auch nicht sein. Hauptsache, sie übten ihren Job an den Patienten sorgfältig und sorgsam aus.

Endlich war der Zeitpunkt gekommen, an dem ich Ji-Mongs Zimmer betreten durfte. Ich wusste nicht, was uns erwarten würde und inwieweit der Rapper der Band Star.X von dem Unfall eingeschränkt war. Aber da für ihn extra ein medizinisches Bett in den Schlafraum gestellt wurde, ließ mich Schlimmes ahnen. Innerlich tief Luft holend, klopfte ich an die Tür und ohne eine Antwort abzuwarten, öffnete ich sie langsam und vorsichtig. Gespannt und nervös betrat ich seinen Raum.

Das Zimmer war verdunkelt und lediglich eine Lampe, die sanftes Licht verströmte, erhellte den Raum. Das Pflegebett war nicht mittig im Raum platziert worden, sondern dicht ans Fenster geschoben. Als ich auf die zugezogenen Vorhänge blickte, verstand ich, dass dem Patienten die Sicht auf die Parklandschaft des Hotels ermöglicht werden sollte. Wenn er schon im Bett liegen musste, dann konnte er wenigstens ein wenig von der Schönheit des Gartens sehen.

Ich räusperte mich leise und wartete, ob der Patient ansprechbar war. Das Pflegepersonal wartete auf meine Aufforderung einzutreten und ich gab ihnen ein Zeichen. Leise ging ich hinter den beiden ebenfalls auf das Bett zu und betrachtete die Gestalt des Rappers, der so ganz anders, als ich ihn von seinen Auftritten und Bildern im Fernsehen und Internet kannte, blass und mit geschlossenen Augen bewegungslos in dem hochgestellten Bett lag. Die Decke war bis zum Kinn hochgezogen und er wirkte beinahe wie leblos auf dem hellen Kissen. Endlich schien er die Anwesenheit des Personals zu bemerken und schlug mit flatternden Lidern die Augen auf. Sein dunkler Blick irrte einen Moment orientierungslos durch den Raum, ehe er die beiden Pflegekräfte wahrnahm, die sich ihm respektvoll und vorsichtig genähert hatten.

Langsam trat auch ich an das Fußende des Bettes heran und wartete still, bis der Blick des Patienten auf mich fiel. Endlich bemerkte er mich und seine Augen blieben an meinem Gesicht hängen, als schien er zu überlegen, ob er mich bereits kannte. Ich räusperte mich und machte eine kleine Verbeugung, ehe ich mich mit klopfendem Herzen auf Koreanisch bei ihm vorstellte.

"Mein Name ist Alea, und ich bin Ihr persönlicher Butler. Die beiden Kollegen sind Mitarbeiter des medizinischen Dienstes, die Sie bereits in Ihrem Heimatland kennengelernt haben und werden Sie auch während Ihres Aufenthalts in unserem Hotel weiterhin medizinisch versorgen."

Ich konnte nicht erkennen, ob Ji-Mong verstanden hatte, was ich sagte, denn seine Augen waren nach wie vor ausdruckslos auf mich gerichtet und er verzog keine Miene. Hatte der Unfall vielleicht Auswirkungen auf seinen Kopf genommen? War er gelähmt und konnte auch nicht mehr sprechen? Hatte er die Erinnerung verloren? Ich versuchte, mir meine Sorge nicht anmerken zu lassen und setzte ein etwas gezwungenes Lächeln auf, während ich weiterhin auf seine Reaktion wartete.

Ich betrachtete das schöne Gesicht des Rappers, der in der Band zu meinen Lieblingen gehörte. Ich wusste, dass Ji-Mong ein musikalisches Ausnahmetalent war, der viele Hits für Star.X selbst komponiert hatte. Er galt als zurückhaltend und besonders ruhig und überließ seinen lauteren Bandkollegen gerne das Rampenlicht. Seine Kleidung, die ich zuvor aufgeräumt hatte, spiegelten vermutlich seinen Charakter wider: klassisch schön und unaufgeregt, dabei jedoch edel und zuverlässig, ohne langweilig zu sein. Ein Gentleman.

Mir fiel auf, dass er ganz offensichtlich viel an Gewicht verloren hatte, denn seine Wangenknochen stachen aus seinem schönen, sehr schmalen Gesicht hervor und insgesamt wirkte er mager und ausgezerrt. Seine Haut war fahl und seine Augen blickten nach wie vor stumpf. Unter der Bettdecke zeichnete sich sein langer, knochiger Körper ab. Seine Verletzung durch den Autounfall musste verheerend gewesen sein und die Genesung schien ihn viel Kraft zu kosten. Dennoch war er immer noch ausgesprochen gutaussehend mit seinen vollen Haaren, die anders als bei In-Ho kurz geschnitten waren und seine klassischen Gesichtszüge betonten, und den wunderschönen dunklen Augen, denen es jedoch an Glanz und Leben fehlte. Ich wollte mich abwenden, da ich mit meinen Emotionen zu kämpfen hatte, als plötzlich ein Zucken in den Mundwinkeln mich innehalten ließ. Nach und nach wurde aus dem Zucken ein Lächeln, das irgendwann auch seine Augen erreichte.

"Annyeong"

Seine Stimme hörte sich rau an, als fehlte es ihr an Übung und wäre in letzter Zeit nur selten benutzt worden. Sie hatte einen sanften Klang und war dabei dennoch etwas kratzig. Überrascht erwiderte ich seine vertraute Begrüßung und wartete, ob er noch mehr zu sagen hätte. Doch seine Augen lagen weiterhin auf mir und er schwieg, wobei sich sein Blick verändert hatte. Er war nun nicht mehr so leblos wie zuvor.

Die Pflegekräfte begannen damit, alles für die Versorgung des Patienten vorzubereiten und ich wandte mich in dem Moment ab, als sie die Bettdecke von seinem Körper herunterzogen. Es war Zeit für mich, das Zimmer zu verlassen. Beim Hinausgehen hörte ich noch, wie Herr Choi mit seinem Patienten schimpfte, dass er viel zu dünn sei und unbedingt mehr essen müsse. Leise schloss ich die Tür und blieb einen kleinen Moment vor ihr stehen. Meine Augen waren mit Tränen gefüllt und ich ermahnte mich selbst, mich zusammenzureißen. Ji-Mongs Anblick hatte mich zutiefst erschüttert und ich brauchte einen kleinen Moment, um wieder zur Ruhe zu kommen. Der seit seiner Teenagerzeit aktive Sänger und Tänzer lag bewegungsunfähig mit kratziger Stimme in einem Krankenbett. Der Anblick war kaum zu ertragen gewesen. Nach und nach sammelte ich mich wieder und ging in die kleine Küche, um alles für das Abendessen der Gäste, die in Kürze kommen würden, vorzubereiten. Solange ich mich mit Arbeit ablenken konnte, hatte ich keine Zeit mir Gedanken um die beiden traumatisierten Gäste zu machen.

Sorgfältig deckte ich den großen Esstisch und prüfte, ob alles ordentlich und perfekt ausgerichtet angeordnet war. Herr Park und seine Frau Lisanne würden genau wie Taemin und seine Frau Emmy in dieser Suite, anstatt in dem hoteleigenen Restaurant, speisen. Auf Anweisung von Herrn Park hatte ich auch für die beiden Patienten, In-Ho und Ji-Mong, Plätze eingedeckt. Ich war gespannt, ob der nicht wirklich umgängliche Maknae am gemeinsamen Essen teilnehmen würde.

Gerade hatte ich meine Vorbereitung beendet, als die Tür zu Ji-Mongs Zimmer sich öffnete, und die beiden Pfleger den Raum verließen. Der Platz für den Rapper war ohne Stuhl vorbereitet. Ich vermutete, dass er in seinem Rollstuhl sitzen würde und hatte für ihn etwas mehr Raum am Tisch gelassen.

Da es nach dem Eindecken vorerst nichts mehr für mich zu tun gab, wartete ich auf die Gäste, die jeden Augenblick an der Suite Tür klingeln mussten. Ich war sehr gespannt, Taemin und seine Frau zu sehen. Taemin war mein Bias, mein Liebling in der Band, und ich war bei der Bekanntgabe seiner Hochzeit sehr traurig gewesen. Genau wie viele andere Fans hatte ich mir eingebildet, dass er mir als Junggeselle immer als Freund zur Verfügung stehen könnte. Eine Ehefrau zerstörte natürlich den Traum. Mittlerweile war ich aber über meine Trauer hinweg und freute mich, dass ein Idol es gewagt hatte, öffentlich zu seiner Liebe und seinem Kind zu stehen und trotz der zu erwartenden harschen Kritik an seiner Person an seiner Liebe festgehalten hatte.

Jetzt war ich ein Fan von Sunny, dem Leader von Star.X. Natürlich hoffte ich, dass er seine beiden Bandfreunde ebenfalls besuchen kommen würde. Sunny galt als ein Frauenheld und man hatte ihm viele Affären mit prominenten Frauen nachgesagt, aber niemals eine feste Freundin ausmachen können. Zum Glück war er noch Single, auch wenn es zwischenzeitlich Gerüchte gegeben hatte, er würde mit der Besitzerin eines Cafés fest liiert sein. Doch dann hatte es einen Skandal gegeben, weil diese Frau tatsächlich die inzwischen Ex-Freundin seines Bandkollegen Yeon gewesen war.

Der Militärdienst der Band hatte alles noch einmal fröhlich durcheinander geworfen und jetzt war auch Yeon wieder Single. Mir tat die arme Cafébesitzerin leid, da sie von einem Star verlassen worden war. Irgendwo hatte ich sogar gelesen, dass sie zur Hälfte Deutsche war und das machte sie mir sofort sympathisch. Zum Glück war es mit ihr und Yeon nach nur kurzer Zeit wieder vorbei. Jetzt waren also außer Taemin zum Glück wieder alle anderen Mitglieder der Band zu haben.

Bei meinen Gedanken grinste ich und sah erst auf die geschlossene Tür von Ji-Mong und anschließend auf die von In-Ho, hinter denen zwei der Bachelor zurzeit residierten und ich war diejenige, die zu beiden Zugang hatte.

Erschrocken zuckte ich zusammen, als es plötzlich klingelte und ich aus meinen Träumen geweckt wurde. Mit einem Blick in den riesigen Spiegel im Eingangsbereich der Suite prüfte ich schnell den korrekten Sitz meiner Uniform, ehe ich mit einem professionellen Lächeln die Tür öffnete, um die Gäste zu begrüßen.

Freundlich lächelnd trat ich zur Seite und ließ Herrn Park zusammen mit Lisanne eintreten, ehe ich hinter ihnen auch Taemin und seine rothaarige Frau auf dem Gang entdeckte. Als der Sänger mit einem freundlichen Lächeln die Suite nach Emmy betrat, wackelten mir ein wenig die Knie. Mein Gott, war der Mensch hübsch. Zwar nicht ganz so attraktiv, wie der etwas ältere CEO von Woon-Entertainment, aber immer noch außergewöhnlich hübsch. Innerlich gab ich mir eine Ohrfeige, um mich wieder zur Raison zu rufen.

Taemin trug eine weite Jeans, ein weißes T-Shirt und hatte eine schwarze Lederjacke in der Hand. Seine schöne Frau Emmy war ähnlich lässig gekleidet mit

Jeans und einem Sweatshirt einer Edel-Luxusmarke und trug ihre dichten, roten Locken offen auf den Rücken fallend. Beide wirkten nicht wie Eheleute, die bereits eine gemeinsame 2-jährige Tochter hatte, sondern wie ein frisch verliebtes Teenager-Pärchen. Sie zusammen zu sehen war einerseits wie ein Messer im Fleisch eines Fans, aber andererseits vermittelten beide Paare so viel Liebe, dass es schon wehtun konnte.

Endlich erinnerte ich mich wieder an meine Aufgaben und bot erst der älteren Dame, anschließend der jüngeren einen Platz am Tisch an und zog ihnen die Stühle zurück. Die schwangere Lisanne lächelte mich dankbar an und auch Emmy bedankte sich freundlich bei mir, als sie sich elegant am Tisch niederließ. Ihre Ehemänner blieben noch stehen und unterhielten sich leise, ehe Taemin entschlossen zur Zimmertür von In-Ho ging. Nach einem kurzen energischen Klopfen trat er ein und verschloss die Tür im Anschluss daran sofort wieder, sodass die Gäste im Essbereich nichts von ihrem Gespräch hören konnten. Herr Park hingegen ging in Ji-Mongs Zimmer und ließ die Tür zu diesem Raum einen Spalt breit offen.

Als es wieder am Eingang zur Suite klingelte, ging ich eilig dorthin und übernahm von den Köchen die Küchenwagen. Ich stellte die Vorspeisen auf ihre Platzteller und hob die Glocken. Eine appetitlich angerichtete Vorspeise kam zum Vorschein und ich beneidete die Gäste ein wenig, da ich wusste, wie lecker das Essen aus unserer Restaurantküche war. Nachdem die Vorspeise serviert war, zog ich mich anschließend wieder diskret in den Hintergrund zurück und wartete diskret im Hintergrund, ob ich benötigt werden würde. Lisanne und Emmy begannen, sich leise zu unterhalten und immer wieder glitten ihre Blicke zu den verschlossenen Türen hinüber.

Endlich öffnete sich wieder eine der Türen und Taemin erschien zusammen mit dem Maknae. In-Ho ließ sich von ihm beim Laufen unterstützen und humpelte mit einem mürrischen Gesicht an seinen Platz. Umsichtig lief ich zum Tisch und zog den Stuhl zurück, und der jüngste der Band ließ sich mit einem leisen Ächzen darauf plumpsen. In-Ho hatte nach seinem Eintreten noch kein einziges Wort gesagt. Jetzt blickte er hoch und betrachtete die anwesenden Gäste. Zuletzt fiel sein Blick auf mich und seine Augenbrauen zogen sich über den schönen dunklen Augen unwillig zusammen. Schnell trat ich zurück, so dass ich jetzt hinter seinem Rücken stand.

"Ich will nicht, dass sie an den Tisch kommt", waren die ersten Worte, die er jetzt sprach, und er zeigte dabei mit dem Daumen hinter sich und deutete auf mich.

Herr Park schob in diesem Moment einen Rollstuhl mit dem anderen Mitglied von Star.X aus dem Nebenzimmer herein und hatte die Worte des Maknae gehört.

"Bitte halten Sie sich dran", wies der CEO mich freundlich, aber bestimmt an.

Verstehend beugte ich ein wenig den Kopf und hielt ihn nun gesenkt. Wollte sich In-Ho vor mir als Außenstehende verstecken? Hatte der Unfall etwas mit seinem hübschen Gesicht gemacht? Ich war unendlich neugierig und dennoch verstand ich den Wunsch des Patienten, sich nicht offenbaren zu müssen und respektierte ihn. Wenn er wirklich im Gesicht verletzt worden war, dann war es für ihn sicherlich schwer zu ertragen, den Blicken von Fremden zu begegnen. Ich sah nun, wie er sich langsam die Gesichtsmaske abzog und auf dem Tisch ablegte. Ganz offensichtlich hatte er damit bis zu dem Moment gewartet, an dem ich sein unverhülltes Gesicht nicht mehr sehen konnte.

Herr Park stellte den Rollstuhl an seinen vorgesehenen Platz ab und ich betrachtete Ji-Mong, der still und blass am Tisch saß. Es schien ihn sehr anzustrengen, überhaupt aufgestanden zu sein und ich senkte sofort meinen Blick, damit er in meinen Augen nicht mein Mitleid sehen konnte, als er mich plötzlich ansah.

"Wo ist Mi-Na?", hörte ich plötzlich In-Hos Stimme das erste Mal, ohne einen bösen Unterklang. Mi-Na war die kleine Tochter von Taemin und Emmy und mir war bislang gar nicht aufgefallen, dass sie tatsächlich in dieser Runde fehlte.

"Sie ist bei ihrer Nanny. Die Zeitumstellung macht ihr sehr zu schaffen, und deshalb haben wir sie heute in unserer Suite schlafen lassen."

Emmy schenkte In-Ho ein freundliches Lächeln und schien erfreut, dass er sich für ihre Tochter interessierte. Anstelle einer Antwort nickte In-Ho lediglich. Emmy seufzte und aß ebenfalls weiter, nicht ohne einen Blick auf ihren Mann zu werfen, der mit hochgezogener Augenbraue den Maknae ansah und dann den Kopf leicht schüttelte.

Nach jedem Gang setzte sich In-Ho seine Maske wieder auf, sodass ich den Tisch abräumen konnte. Ich bemühte mich angestrengt, ihn auf keinen Fall einen Blick zuzuwerfen und versuchte seine Anwesenheit so gut es ging zu ignorieren. Ji-Mong hingegen hatte jedes Mal, wenn sich unsere Blicke zufällig trafen, ein sanftes, freundliches Lächeln im Gesicht, das ich stets erwiderte. Mir fiel auf, dass er von den Speisen trotz des guten Zuredens seiner Freunde und Bandkollegen kaum etwas zu sich nahm. Es schien ihm große Probleme zu bereiten, die Essstäbchen zum Mund zu führen, so schwach erschien er mir.

Die Küche hatte auf Wunsch der Gäste ausschließlich asiatisches Essen vorbereitet und mir strömte der Duft von Bulgogi, einem marinierten Rindfleisch, gebratenem Fisch, gedünsteten Bohnen und vielen anderen appetitlich aussehenden und riechenden Speisen in die Nase, sodass ich befürchtete, mir würde der Magen laut knurren. Seit dem Morgen hatte ich nichts mehr gegessen, was mir nun schmerzlich bewusstwurde. Als der Nachtisch von mir serviert wurde, sah ich, dass Ji-Mong in sich zusammengesackt und scheinbar vor Erschöpfung eingeschlafen war. Herr Park hatte dieses ebenfalls zur Kenntnis genommen und schob den Schlafenden leise zurück in sein Zimmer.

"Ich finde, er hat heute wirklich toll durchgehalten, oder was meint ihr?"

Lisanne sah auf die leicht geöffnete Tür, hinter der ihr Mann den Rapper gerade ins Bett half. Emmy nickte leicht und ich konnte von meiner Position aus sehen, dass sie sich bemühte, ihre Tränen zurückzuhalten. Sie setzte ein gezwungenes Lächeln auf. Ihr Ton klang aufsetzt fröhlich.

"Ja, es geht ihm immer besser, oder? Wie gut er sich in den letzten Wochen erholt hat!"

Plötzlich schnaubte In-Ho.

"Hört auf, euch etwas vorzumachen. Er ist ein Krüppel und vegetiert nur noch vor sich dahin. Hat einer von euch in den letzten Wochen mit ihm reden können? Kommt aus eurer Blase und nehmt endlich zur Kenntnis, dass wir beide Wracks sind. Der da", er zeigte auf Ji-Mongs Zimmertür, "etwas mehr als ich. Das war mit unserer Karriere und unserem Leben. Buff, peng, aus und vorbei. Ich kann euer Schöngerede nicht mehr ertragen."

Wütend schlug der Maknae auf den Tisch, dass es nur so knallte und stand mit Schwung auf. Der Stuhl flog um und landete lautlos auf dem dicken Teppich.

Das Schluchzen von Lisanne unterbrach die plötzlich aufgekommene erschrockene Stille. Ihr liefen die Tränen über die zarten Wangen und ihre großen blauen Augen waren gefüllt von Schmerz. Emmy und Taemin sahen geschockt auf den Maknae und starrten ihn sprachlos an. Endlich ergriff Taemin das Wort.

"In-Ho, wir alle können deine Wut und Ungeduld verstehen, aber bitte reiß dich zusammen, wenn die Frauen hier sind. Wir wollen alle, dass ihr wieder gesund werdet, aber es braucht eben seine Zeit. Bitte," er war um den Tisch herumgegangen und umfasste die Schultern der weinenden Lisanne, die sich langsam wieder etwas beruhigte, "Nehme bitte Rücksicht auf deine Freundinnen."

In diesem Moment kam Park Jae-Woon zurück in den Raum und erfasste die Situation mit einem Blick. Er nickte Taemin kurz zu und trat an die Seite seiner schwangeren Frau, die sich endlich wieder beruhigt hatte.

"In-Ho, ich verwarne dich hiermit. Ich werde dein schlechtes Verhalten gegenüber unseren Frauen nicht mehr dulden. Wir sind alle hier, weil wir dich und Ji-Mong unterstützen und euch zur Seite stehen wollen. Wenn du mit deinem Verhalten jedoch Schaden verursachst, dann sieht das allerdings anders aus. Lisanne, komm, mein Schatz. Ich bringe dich hinüber in unsere Suite. Dort kannst du dich ein wenig ausruhen."

Fürsorglich zog er sie auf die Beine und geleitete sie ohne weitere Worte aus dem Raum. Zurück blieben Taemin und Emmy, die immer noch wortlos auf den Maknae starrte.

"In-Ho, es tut mir leid, wenn ich dich mit meinen Worten verletzt habe. Aber ich hoffe wirklich und ich denke auch so, dass ihr Fortschritte macht. Auch wenn du es vielleicht selbst nicht sehen magst. Vor kurzer Zeit war Ji-Mong noch nicht einmal in der Lage, in seinem Rollstuhl zu sitzen und du konntest dich noch nicht auf Gehhilfen fortbewegen. Alles braucht seine Zeit, In-Ho, und ich denke, dass es ungerecht von dir ist, dass du Ji-Mong abschreibst. Er ist anders als du, aber auch er wird wieder gesund. Und für dich hoffe ich, dass du als Erstes deine Seele heilst."

Zu meinem Erstaunen stand sie auf und ging zu dem Maknae, der bei ihren Worten ausdruckslos vor sich hingestarrt hatte. Beinahe zärtlich legte sie ihm eine Hand auf den Arm und forderte ihn so auf, sie anzusehen.

"In-Ho, du bist stark und wirst wieder mit den andern zusammen und auch mit Ji-Mong deinen Traum als K-Pop Star fortsetzen. Da bin ich mir ganz sicher. Gibt dir etwas mehr Zeit und du wirst sehen ... Wir werden dir wieder auf der großen Bühne zujubeln. Ich glaube an dich."

Ihre grünen Augen blickten sanft und beinahe mütterlich auf den jungen Sänger, der ihrem Blick nun nicht mehr auswich. Ich sah, wie eine Träne aus seinen dunklen Augen kullerte und über seine maskenbedeckte Wange rollte.

Rasch wandte er sich ab und humpelte zurück in sein Zimmer. Als er an mir vorbeikam, zögerte er kurz, doch dann setzte er seinen Weg mühsam fort. Taemin wollte zu ihm eilen und ihn unterstützen, aber seine Frau hielt ihren Mann mit einem Kopfschütteln am Arm zurück. Beide sahen dem Maknae hinterher, und ich hörte Emmy aufseufzen, als In-Ho die Tür hinter sich zuschlug.

Nachdem auch Taemin und Emmy die Suite verlassen hatten, räumte ich den Tisch ab und läutete nach dem Room Service zur Abholung. In Kürze würde die pflegerische Nachtschicht erscheinen und sich um die beiden Patienten über Nacht kümmern. Bis zu ihrem Erscheinen ordnete ich die Suite und machte sauber, während mir immer wieder die zuvor gehörten Worte durch den Kopf gingen. Wie schwer litten die Seelen der beiden Musiker wirklich? Ich musste mich zusammenreißen, dass ich nicht von meinem Mitleid übermannt werden würde.

Kurz vor zehn Uhr klingelte es erneut an der Tür und ich ließ die Nachtschicht eintreten. Es war eine ältere deutsch-koreanische Pflegerin, die sich mir freundlich vorstellte. Sie hatte ein dickes Buch unter ihren Arm geklemmt und ich dachte kurz, wenn man mit dem Lesen in einer Luxussuite Geld verdienen konnte, dann hatte sie alles richtig gemacht. Höflich verabschiedete ich mich von Frau Han und atmete erleichtert auf, als ich endlich am Aufzug stand, der mich in meine eigene kleine Suite bringen würde und ich Feierabend machen konnte.

~ Kapitel 6 ~

Erwischt!

Was für ein erster Tag! Obwohl er physisch keinesfalls anstrengend gewesen war, fühlte ich mich psychisch dennoch gänzlich ausgelaugt. Der erste Tag als Butler war gleichermaßen beeindruckend, stressig und emotional gewesen. Ich hoffte, dass die nachfolgenden Tage ein wenig geruhsamer verlaufen würden.

Als ich in meinem kleinen Zimmer war, streifte ich mir meine Schuhe von den Füßen und fiel erschöpft in voller Dienstkleidung auf mein Bett. Widerwillig erhob ich mich nach zehn Minuten wieder, da ich noch schnell duschen wollte und meine Uniform ausziehen musste. Als ich nach einer halben Stunde endlich in meinem Bett gekuschelt lag, klingelte mein Handy.

"Hallo Kai, es ist alles soweit gut gelaufen." Ich kam der vermuteten Frage meines Chefs zuvor und grinste trotz meiner Erschöpfung.

"Lust, noch einen kleinen Drink mit mir zu nehmen? Als Betthupferl, sozusagen?"

Die Idee war zwar verführerisch, aber ich war todmüde und erschöpft.

"Heute nicht, Chef. Ich bin kaputt und liege schon im Bett."

Der Direktor des Parkblick und Bruder meiner besten Freundin lachte ein sanftes Lachen.

"Dann sollte ich vielleicht zu dir hochkommen und mit dir in deinem Zimmer trinken. Dann musst du gar nicht aufstehen und ich kann nach dem Genuss von Alkohol vielleicht deine Gastfreundschaft in Anspruch nehmen?"

Er legte einen verführerischen Unterton in seine Stimme.

"Kai, ich bin wirklich müde. Ich kann gerne morgen früh zum Rapport in dein Büro kommen, aber heute möchte ich einfach nur noch schlafen."

Ich gab ihm anschließend noch eine kurze Zusammenfassung über den Tag und wies ein letztes Mal seinen Versuch ab, sich noch mit mir zu treffen. Müde schlief ich innerhalb der nächsten fünf Minuten ein und wachte am nächsten Morgen traumlos vom Wecker klingeln auf.

Wie ich meinem Chef am Vorabend versprochen hatte, besuchte ich ihn vor Antritt meines Dienstes in der Suite 808 in seinem Büro. Die Verwaltungsräume des Hotels waren im Untergeschoss des alten Gebäudes untergebracht und waren wenig luxuriös, sondern praktisch, modern und zweckmäßig. Eine Ausnahme der Verwaltung war die Chefetage. Das Büro des Hoteldirektors und des Hotelmanagers nebst ihren Sekretariaten waren neben der Rezeption im Eingangsbereich. Kais' Büro als Direktor war recht groß und komfortabel mit einer bequemen Besprechungsecke ausgestattet. Er selbst saß an einem uralten, wuchtigen und edel aussehenden Schreibtisch, in dessen Platte wertvolle Intarsien waren.

Der Zugang zu seinem Büro war durch seine Sekretärin Frau Bringel geschützt. Frau Bringel stand kurz vor der Rente und war schon viele Jahre die vertrauliche Stütze des Direktors. Zuvor war es Kais' Vater gewesen, und nun verteidigte sie den Zugang zu seinem Sohn. Allerdings war ich genau wie h mit Frau Bringel aufgewachsen und ihr Blick wurde jedes Mal warm, wenn sie uns Mädchen sah. Früher hatte sie für uns immer einen Bonbon oder Lolli in ihrer Schublade, wenn wir in ihr Büro gestürmt kamen, heute bot sie uns jedes Mal eine Tasse Tee oder

Kaffee an. Die Zeiten hatten sich geändert, Frau Bringel blieb die Alte, und dafür liebten wir sie.

"Schätzchen, wie schön, dass du heute Morgen kurz vorbeikommst. Unser Chef hat heute schlechte Laune und ich denke, dass er eine bessere bekommt, wenn du ihn besucht hast. Soll ich euch beiden einen Kaffee bringen?"

Beflissen stand sie bereits auf und war auf dem Weg zur Kaffeemaschine, doch ich hielt sie freundlich zurück.

"Ich muss gleich hinauf in die Suite und arbeiten. Vielen Dank! Ich komme heute Mittag gerne auf eine Tasse bei Ihnen vorbei. Kann ich zu Kai hineingehen, oder telefoniert er gerade?"

Ich zeigte auf Frau Bringels Telefon, auf dem sie sehen konnte, ob ihr Vorgesetzter frei war oder einen Anruf tätigte.

"Du kannst rein gehen, Liebes."

Sie lächelte mich warm an und ich zwinkerte ihr zu. Auf, in die Höhle des Löwen, schien sie mir aufmunternd im Stillen zuzurufen. Nach einem kurzen Klopfen an die dicke Holztür öffnete ich, ohne eine Aufforderung abzuwarten.

Kai saß an seinem Schreibtisch und starrte auf den Laptop, der vor ihm aufgeklappt war. Seine Stirn war gerunzelt und seine vermutlich heute Morgen top gestylten blonden Haare ein wenig zerrauft. Still wartete ich an der Tür und sah zu ihm hinüber. Er war mir so vertraut, wie es h war und dennoch kannte ich ihn so wenig. In den letzten Jahren war er zu einem wirklich attraktiven Mann herangewachsen und sein männliches Gesicht wirkte überaus anziehend. Dennoch verspürte ich keinerlei aufgeregtes Herzklopfen, als ich ihn betrachtete. Er war mein Freund, der Bruder meiner Freundin, mein Vorgesetzter.

Endlich hatte er meine Anwesenheit bemerkt und sah von seinem Laptop hoch. Ein müdes Lächeln war auf seinem Gesicht und ich zog fragend eine Augenbraue hoch.

"Sorgen?" fragte ich, während ich mich unaufgefordert auf den bequemen Sessel vor seinem Schreibtisch setzte. Ein Verhalten, dass mir als Angestellte eigentlich nicht zustand, das ich mir als Kindheitsfreundin aber einfach herausnahm.

"Nein, eigentlich nicht."

Er klappte den Deckel des Laptops zu, und zeigte mir damit, dass er hierzu keine Fragen beantworten wollte.

"Und? Wie bist du gestern mit den Gästen klargekommen?"

Kai lehnte sich auf seinem ledernen Schreibtischstuhl zurück und verschränkte die Finger auf der Tischplatte. Seine Hände waren gepflegt und die Fingernägel sauber und akkurat geschnitten. Ich wusste von seiner Schwester, dass er regelmäßig zur Maniküre ging und insgesamt seiner äußeren Erscheinung viel Aufmerksamkeit zuteilwerden ließ. Tatsächlich war das Ergebnis auch nicht zu verachten, wenn man sein Gesamtpaket in Betracht zog.

Ich schlug meine Beine übereinander und legte meine Hände auf meine Knie. Meine Fingernägel waren ebenfalls sauber und gepflegt, und sie waren das Ergebnis eines regelmäßigen Besuchs bei meiner Nagel Fee. Die weißen Spitzen leuchteten hübsch und ich liebte es, dass sie immer gut aussahen. Endlich blickte ich hoch und sah in Kais leuchtende grüne Augen, die immer noch neugierig fragend auf mich gerichtet waren.

"Die Gäste sind beide in einem pflegebedürftigen Zustand. Gast eins kann sich selbstständig fortbewegen, hat aber mentale Schwierigkeiten, während Gast zwei immobil auf Hilfe angewiesen ist. Die Betreuung erfolgt wie vereinbart durch zwei Personen am Tag und einer in der Nacht. Heute Morgen wurde die Nachtschicht noch vor meinem Dienstbeginn an die beiden Pfleger übergeben. Ich übernehme in einer halben Stunde den Dienst bis 22 Uhr heute Abend, bis wieder die Übergabe an die Nachtschicht erfolgt. Bislang gibt es keine besonderen Aufträge."

Während meines Rapports zog Kai die Augenbrauen zusammen und sein Blick wurde schärfer.

"Ich kenne die Details. Ich wollte von dir wissen, wie du persönlich mit der Situation klarkommst. Immerhin ist es das erste Mal, dass du eine solche Aufgabe übernommen hast und ich möchte dir gerne helfen und dir Unterstützung anbieten, wenn du diese benötigen solltest. Also, wie bist du mit den beiden Gästen wirklich klargekommen?"

Ich seufzte leise.

"Ehrlich gesagt gab es bislang kaum Berührungspunkte. Beide Gäste sind mental und körperlich versehrt und die meiste Zeit des Tages auf ihren Zimmern. Ich denke, es wird sich im Laufe des Aufenthalts zeigen, wie gut die Zusammenarbeit sein wird. Auf jeden Fall möchte ich meine Unterstützung und Hilfe so gut es geht anbieten. Ob sie sie annehmen, liegt allein an ihnen."

Kai nickte bei meiner Erklärung und sah mich noch einen Augenblick lang schweigend an, ehe er den Deckel seines Laptops wieder aufklappte.

"Du bist Fan der Gruppe Star.X, stimmt's?"

Seine Frage erwischte mich kalt. Außer h hatte ich niemandem erzählt, dass ich für die koreanische Boyband schwärmte. Woher hatte Kai diese Informationen?

"Das beeinträchtigt oder beeinflusst aber nicht meine Arbeit mit den Gästen."

Meine Stimme klang sicher und ich hoffte, dass mein Vorgesetzter mir auch glaubte. Natürlich war ich als StarLover wahnsinnig aufgeregt und erfreut, meinen Lieblingen so nahe kommen zu dürfen, aber es würde keinesfalls Auswirkungen auf meine Arbeit haben. Ich wusste, dass ich mich professionell verhalten musste und ich hoffte, dass Kai meine Einstellung kannte.

"Ich weiß und ich hoffe das. Jeden Tag eng mit denen zusammen zu sein, für die man schwärmt, kann zu einer Herausforderung werden. Denke bitte daran, dass die Gäste hier den Abstand zum Personal wahren möchten. Aus diesem Grund erlaube ich es auch niemanden, Autogramme oder Selfies mit VIP zu machen."

Enttäuscht sah ich ihn an. War das sein Ernst? Kannte er mich so wenig, dass er mich noch einmal warnen musste?

"Hast du mich nicht wegen meiner Loyalität und Zuverlässigkeit ausgewählt? Du enttäuschst mich sehr, Kai, dass du mir dieses noch einmal extra sagen musstest."

Ich war verletzt und das zeigte ich ihm. Beleidigt verschränkte ich die Arme vor meiner Brust. Kai sah zuerst mich an und dann wieder auf seinen Laptop.

"Wir können uns keinen Skandal erlauben, Alea."

Jetzt trat er noch einmal nach. Wütend sprang ich vom Stuhl auf.

"Wenn du mir so misstraust, dann gebe ich jetzt und hier meinen Posten wieder ab. Ich muss mir das nicht sagen lassen, dass ich versuchen würde, einen VIP auszunutzen oder mir einen Vorteil verschaffen zu wollen. Ich bin wirklich enttäuscht, Kai."

Sauer drehte ich mich um und wollte gerade aus dem Büro herausstürmen, als Kai mit einem schnellen Satz bei mir war und mich am Arm aufhielt.

"Alea, bitte, sei nicht beleidigt."

Immer noch erbost, schüttelte ich seinen Arm ab.

"Das bin ich aber. Wie kommst du überhaupt auf diese Gedanken?"

Wortlos ging Kai zu seinem Schreibtisch und drehte nun den Laptop um. Auf dem Bildschirm war ein Bild, bei dessen Anblick ich plötzlich rot wurde und mein Herz panisch zu schlagen begann.

Es war eine Fanfiction, die ich geschrieben und auf einer Plattform veröffentlicht hatte. Die Geschichte war recht explizit und anders als viele andere, war die Hauptdarstellerin der Story mein Alter Ego und nicht ein Bandmitglied. In meiner Fantasiegeschichte hatte ich eine Affäre mit einem der Mitglieder von Star.X und aus irgendeinem Grund war mein Vorgesetzter auf diese Geschichte aufmerksam geworden und scheinbar davon ausgegangen, dass ich meine Fantasie gerne in die Tat umsetzen wollte.

"Die sollte gelöscht werden", stotterte ich und gab damit zu, dass ich die Autorin der explizit erotischen Geschichte war.

"Ehrlich gesagt, fand ich die Story sehr interessant und auch, was die Verfasserin für eine Fantasie hat."

Er sah mich bei seinen Worten mit einem leichten Grinsen an und meine Gesichtsfarbe wurde noch dunkler und ich fürchtete, dass mein Kopf bald vor Scham explodieren würde.

"Bitte, tu einfach so, als ob du nie etwas hiervon gelesen hast, ja?" flüsterte ich peinlich berührt.

"Ich weiß sehr wohl, was ausgedacht und real ist. Aber da ich nun weiß, in welche Richtung die Gedanken der Autorin gegangen sind, habe ich Angst, sie könnte versuchen, sie real werden zu lassen. Aus diesem Grund hielt ich es heute für angemessen, noch einmal eine nachdrückliche Erinnerung an unsere Hausregeln auszusprechen."

"Ich kann dich als Direktor verstehen, aber wie du schon gesagt hast, besteht ein gehöriger Unterschied zwischen Fiktion und Realität. In der Realität sind die beiden Gäste Patienten und ich bin lediglich eine Angestellte. Also mache dir bitte keine unnützen Gedanken und ich verspreche dir, professionelle Distanz zu wahren. Selbstverständlich ist mir der Name des Hauses Parkblick wichtiger als jedes Selfie oder Autogramm", fügte ich ein wenig beleidigt ironisch hinzu. "Wenn es weiter nichts gibt, dann möchte ich jetzt gerne in der achten Etage meinen Dienst aufnehmen."

Ich stand immer noch vor der Tür und wollte gerade die Klinke herunterdrücken, als sich Kais' warme große Hand auf meine legte.

"Nicht nur als Direktor bin ich besorgt, sondern auch als Mann. Ich finde den Gedanken nicht gut, dass eine attraktive junge Frau den ganzen Tag allein mit zwei hübschen Männern zusammen ist, für die sie seit Jahren schwärmt. Es tut mir leid, aber da bin ich egoistisch eifersüchtig."

Bei seinen Worten blickte ich zu ihm hoch und dann zurück auf den Türgriff.

"Ich habe dich verstanden", murmelte ich und drückte mit seiner Hand gemeinsam die Klinke herunter, um sein Büro und ihn so schnell wie möglich hinter mir zu lassen.

Mir war es peinlich, dass er von meiner Schwärmerei um die Bandmitglieder erfahren hatte, aber viel unangenehmer war es mir, dass er unsere persönliche Beziehung in etwas hineininterpretierte, was ich nicht teilte. Deshalb nahm ich mir vor, ihn in Zukunft, soweit es mir möglich war, zu meiden, damit er keine falschen Vorstellungen von uns bekommen würde.

~ Kapitel 7 ~

Ji-Mong

Als ich die Tür zur Suite 808 öffnete, war alles ruhig. Es war noch früher Morgen und ich hatte auch nicht damit gerechnet, dass die Gäste bereits wach waren. Zu meiner Überraschung saß bereits jemand im Wohnzimmer auf dem Sofa und sah fern. Unser Hotel hatte eigens für die asiatischen Gäste eine Möglichkeit gefunden, ihre heimischen Sender empfangen zu können und in diesem Moment lief eine bekannte Show mit koreanischen Gaststars und K-Pop Idols über den Bildschirm. Mein Interesse galt jedoch dem Mann, der sich die Sendung ansah. Laut räusperte ich mich, um In-Ho die Gelegenheit zu geben, sich seine Maske aufsetzen zu können, wenn er dieses denn wollte.

Überrascht riss ich die Augen auf, als sich nicht wie erwartet In-Ho zu mir umdrehte, sondern Taemin. Bei seinem Anblick schoss mir die Röte ins Gesicht, denn auch wenn er mittlerweile ein verheirateter Mann war, so war er dennoch ein K-Pop Star, für den ich lange geschwärmt hatte – und die Fantasie in meiner Fan-Fiktion. Nervös räusperte ich mich ein weiteres Mal, ehe ich mich angedeutet verbeugte und ihn auf Koreanisch begrüßte.

"Ah, Alea? Richtig? Guten Morgen. Ich muss Sie überrascht haben. Aber aufgrund der Zeitverschiebung konnte ich nicht mehr ruhen und wollte meine Familie nicht stören. In-Ho und Ji-Mong schlafen noch friedlich. Ich habe die Nachtwache entlassen und ihren Job so lange übernommen. Wissen Sie, wann die beiden Pfleger kommen?"

Ich betrachtete mit brennenden Augen den wunderschönen Mann vor mir und trat mir irgendwann selbst innerlich vor das Schienbein, um wieder zu Sinnen zu kommen. Taemin war ganz augenscheinlich aus dem Bett aufgestanden und direkt in die Suite seiner Bandkollegen gegangen. Seine Haare waren vom Schlafen noch zerzaust und sein Gesicht ohne jede Schminke. Für K-Pop Stars war es wie eine zweite Natur, sich stets gepflegt zu präsentieren, wozu auch ein leichtes Make-up gehörte. Das hatte mir eine Insiderin in einem der Fan Cafés verraten. Ob das der Wahrheit entsprach, konnte ich natürlich nicht bestätigen, aber es war auf jeden Fall eher die Regel als die Ausnahme, dass die Stars auf den meisten Fotos wenigstens Wimperntusche und Lipgloss trugen – egal ob weiblich oder männlich.

Gestern hatte ich Ji-Mong in seinem Krankenbett auch ohne Schminke gesehen, aber das zählte nicht, denn er war ja auch schließlich krank. Taemin nun vor mir in seiner natürlichen Schönheit zu sehen, war eine ganz andere Sache. Unter meinem Blick schien sich der Sänger der Band Star.X seiner Erscheinung bewusst zu werden, denn er zupfte sich plötzlich an seinen dunklen Haaren, als würde er versuchen, Ordnung in sie hineinzubringen. Für mich? Fragte ich mich überrascht und grinste unwillkürlich geschmeichelt.

"Jetzt, wo Sie da sind, werde ich mal sehen, was meine Mädels machen und sie zum Frühstück wecken. Wir sind in etwa einer Stunde zusammen wieder zurück."

Er erhob sich vom Sofa und ich verstand nun, warum er so nervös war. Ehe ich es zurückhalten konnte, fing ich an zu lachen. Taemin grinste verlegen, wie ich dachte, doch dann lachte er ebenfalls und zeigte auf seine Pyjamahose, die er nach wie vor trug.

"Mi-Na hat darauf bestanden, dass ihr Vater diese trägt. Sie liebt Einhörner."

Mit einem fröhlichen Winken verließ er die Suite und ich wischte mir die Tränen aus den Augen. K-Pop Stars waren eben auch nur Jungs, Männer, Freunde und Väter wie alle anderen. Wüssten Taemins Fans von dieser Hose, würde er noch mehr geliebt werden als ohnehin schon.

Ich würde heute Morgen seine Tochter Mi-Na kennenlernen und war schon gespannt auf die kleine Maus. Sie war zwei Jahre alt und hatte neben ihrer Mutter Emmy noch fünf Väter. Vielleicht hatte Taemin das biologische Recht, aber unter uns StarLover sprach man davon, dass sich alle fünf Star.X Member als ihr Papa fühlten. Wer wäre da nicht gerne die Tochter, dachte ich träumerisch.

Leise deckte ich den Tisch für das gemeinsame Frühstück mit Herrn Park und seiner Frau Lisanne, für Taemin und seine Familie und natürlich für die beiden Hauptgäste Ji-Mong und In-Ho. Nach wie vor war in den Zimmern alles ruhig, aber ich hatte weder den Mut noch die Aufgabe nachzusehen, ob sie etwas benötigten. Ehe ich mir weitere Gedanken machen konnte, klingelte es an der Suite Tür und ich eilte hin, um die beiden Pfleger einzulassen.

Höflich grüßten sie mich und teilten sich auf. Herr Song klopfte kurz bei In-Ho an, ehe er hineinging und Herr Choi übernahm das Zimmer von Ji-Mong. Ich sah auf beide Türen und erwartete hinter einer von ihnen Gebrüll und hinter der anderen Stille, doch zu meiner Überraschung blieb es hinter beiden ruhig. Also nahm ich meine Arbeit wieder auf und betrachtete nach kurzer Zeit den fertig gedeckten Tisch. In der kleinen Behelfsküche der Suite brühte bereits frischer Kaffee und der aromatische Duft erfüllte den gesamten Raum. Ich hatte heute Morgen auf die Schnelle ebenfalls eine Tasse des dunklen Gebräus getrunken und eine Scheibe Weißbrot gegessen, doch bei dem wundervollen Kaffeeduft begann mein Magen zu knurren.

Ich sah auf meine Armbanduhr und stellte fest, dass ich noch etwas über eine halbe Stunde Zeit hatte, ehe das Frühstück beginnen würde. Zum Glück hatte ich in meinem Butler Zimmer eine Packung Kekse für den Notfall deponiert. Schnell schlang ich ein paar von ihnen herunter, ehe ich plötzlich wütende Stimmen aus dem Wohnraum vernahm. Es handelte sich ganz offensichtlich um In-Ho, der Herrn Song anschrie. Nervös verließ ich das Butler Zimmer und lugte um die Ecke.

In-Ho stand auf seine Gehhilfen gestützt und hatte sich leicht nach vorne gebeugt. Sein Gesicht war hochrot, zumindest das, was man davon sehen konnte. Seine langen dunklen Haare waren wild zerzaust und nass und hingen ihm wie Adlerfedern ins Gesicht. Er hatte ganz offensichtlich geduscht und ich versuchte herauszufinden, was ihn so erboste.

"Wenn Sie meine privaten Teile noch ein einziges Mal anfassen, dann hacke ich Ihnen die Hände ab, haben Sie verstanden? Ich bin gehbehindert, aber meinen Körper kann ich noch sehr wohl selbst versorgen. In jeder Hinsicht, wenn Sie verstehen, was ich meine. Also wagen Sie es nicht, mich noch ein einziges Mal zu begrabschen." Er hob seine Krücke hoch und zeigte drohend auf den Pfleger.

"Ab sofort wird auch keiner von ihnen mehr allein mit Ji-Mong zusammen sein, verstanden? Sie dürfen dort nur noch mit mir oder", in diesem Moment blickte er auf und sah zu mir hinüber, "mit dem Butler dort hinein. Verstanden?"

Ich zuckte zusammen, als er auf mich zeigte. Herr Song drehte sich zu mir um. Ich konnte seinen Blick nicht lesen, aber ich vermutete, dass er etwas sagen wollte, sich dieses jedoch verkniff.

"In-Ho-Ssi, Sie haben das völlig falsch verstanden. Es gehört zu meinen Aufgaben, den Patienten zu waschen und einzucremen. Wenn Sie dieses nicht wünschen, so ist das selbstverständlich kein Problem. Aber bitte lassen Sie uns wenigstens Ihre Übungen machen."

Er zeigte auf das Zimmer und In-Ho drehte sich ganz offensichtlich immer noch wütend um und ging zurück in seinen Raum.

Verdattert stand ich neben dem Frühstückstisch und sah auf die geschlossene Tür. Was hatte ich gerade gehört? War der Pfleger in unangemessener Weise zudringlich geworden oder hatte In-Ho ihn lediglich falsch verstanden? Ich wusste, dass es bei immobilen Patienten wirklich zum Pflegeprogramm gehören konnte, dass sie ihre Schützlinge auch an den intimsten Stellen wuschen, aber In-Ho gehörte ganz offensichtlich nicht in diese Kategorie. Zum Glück war der junge Sänger in der Lage, sich selbst zu verteidigen. Aber mir war es unangenehm zu wissen, dass er mich nun ungefragt für eine neue Aufgabe eingeteilt hatte. Was sollte ich tun? Bei der Pflege von Ji-Mong anwesend sein? Ausgeschlossen! Ji-Mong war ein erwachsener Mann und ich konnte mir nicht vorstellen, dass er gerne unter den Augen einer 23-jährigen gewaschen und gekleidet werden wollte.

Fast gleichzeitig verließen Herr Song und Herr Choi die Zimmer ihrer Patienten und verabschiedeten sich höflich von mir. Ich geleitete sie zur Tür und in dem Moment, als die beiden in den Fahrstuhl einstiegen, hörte ich das Lachen eines kleinen Mädchens auf den Flur. Taemin hatte zusammen mit seiner Frau Emmy und seiner Tochter Mi-Na ihre Suite verlassen und war auf dem Weg zu seinen Bandkollegen.

Er hatte frisch geduscht. Ein paar Strähnen seines Haares waren noch etwas feucht und seine Einhorn-Hose hatte er gegen eine locker sitzende Jeans getauscht. Seine kleine Tochter Mi-Na hielt die Hand ihres Papas und ich betrachtete die Kleine, wie sie mit noch etwas unsicheren tippeligen Schritten neben dem Mann herlief, der sie so liebevoll betrachtete, wie es sich Millionen von Mädchen auf der ganzen Welt wünschen würden. Emmy, die hübsche rothaarige Frau des Superstars, lief hinter den beiden her und hatte ein amüsiertes Lächeln im Gesicht, als sie dem Geplapper ihrer Tochter lauschte. Ganz offensichtlich wollte die Zweijährige ihrem Vater die Welt erklären und dieser hörte aufmerksam und ernsthaft zu.

Ich zog die Tür zur Suite weit auf und ließ die hübsche Familie eintreten. Mi-Na hatte die schönen dunklen Augen und Haare ihres Papas geerbt, aber ihre fast weiße zarte Haut glich der von ihrer Mutter. Dieses Kind würde als Erwachsene mit Sicherheit eine solche Schönheit sein, dass ihre Eltern und Ziehväter alle Hände voll zu tun haben würden, um die Männerwelt von ihr fernzuhalten.

Mit einem freundlichen "Guten Morgen" trat die Familie ein und begab sich direkt zum Frühstückstisch. Das Hotelrestaurant hatte bereits in Vorbereitung auf die Gäste vor einigen Tagen einen Kinderstuhl gebracht, den ich heute Morgen an den Tisch gestellt hatte. Taemin hob seine kleine Prinzessin hoch und platzierte sie in diesem Stuhl, von dem aus sie neugierig die Umgebung betrachtete. Emmy setzte sich auf den Platz neben ihrer Tochter und Taemin gab Mi-Na einen liebevollen Kuss auf ihre Stirn, ehe er sich zu mir umdrehte.

"Die beiden sind vermutlich noch nicht aus ihren Zimmern herausgekommen, richtig?"

Er zeigte mit dem Kopf auf die beiden Räume von In-Ho und Ji-Mong. Nickend bestätigte ich seine Frage und wollte gerade die Suite Tür schließen, als auch Herr Park und seine Frau auf dem Gang auftauchten. Das Ehepaar grüßte mich freundlich und ging ebenfalls direkt zum Esstisch, wo sie Taemin und seiner Familie einen guten Morgen wünschten.

Park Jae-Woon und Taemin nickten sich kurz zu und gingen jeweils zu den angrenzenden Gästezimmern, um sowohl In-Ho als auch Ji-Mong zum Frühstück zu holen.

"Honey, los! Komm raus. Wir haben Hunger und Mi-Na möchte ihren Onkel sehen. Beeil dich!"

Obwohl es von mir verlangt wurde, die privaten Gespräche der Gäste zu überhören, konnte ich meine Ohren nicht verschließen. Als ich Taemin nun den Maknae mit dem Spitznamen "Honey" rufen hörte, musste ich mich stark konzentrieren, um nicht laut zu lachen. Seit wann hatte der Jüngste der Truppe einen solchen Namen? Honey? Schnell drehte ich mich um, damit niemand mein Grinsen sehen konnte.

Zwischenzeitlich hatte die Küche über den Room Service das Essen schicken lassen. Dankend nahm ich die Wägen entgegen und schob sie an den Frühstückstisch. Noch fehlten In-Ho "Honey" und Ji-Mong, doch Park Jae-Woon schob in diesem Moment den Rollstuhl mit dem Rapper herein.

Ji-Mong hatte sich in der Nacht von den Strapazen der Reise ein wenig ausruhen können und sah heute Morgen etwas erholter aus, als noch am Vortag. Sein Gesicht war immer noch sehr blass und eingefallen und man konnte deutlich sehen, dass es ihn viel Kraft kostete, am Frühstück teilzunehmen. Dennoch lächelte er jeden im Raum an, was sogar mich einschloss. Bei diesem Anblick zog sich plötzlich mein Herz zusammen und ich spürte, wie Traurigkeit in mir hochkam. Was hatte der Unfall mit diesem ehemals vitalen und kräftigen jungen Mann nur gemacht? Doch trotzt des gleichen schweren Schicksals war sein Verhalten so völlig anders, als dass von dem Maknae, der nun nörgelnd und maulend aus dem anderen Zimmer heraustrat.

Taemin war zu ihm hineingegangen und zog ihn mehr, als dass er ihn schob, aus dem Schlafraum heraus. In-Ho stützte sich auf seine Gehhilfen und hatte wie am Vortag eine schwarze Maske aufgesetzt. Seine frisch gewaschenen Haare waren am Oberkopf zu einem Männerdutt zusammengebunden, während einige Strähnen ihm weiterhin in den Nacken fielen. Seine dunklen Augen sahen aggressiv in den Raum, bis sein Blick plötzlich an der kleinen Mi-Na hängenblieb und weicher wurde. Mi-Na hatte ihren Onkel auch entdeckt und ihr Gesichtchen strahlte plötzlich vor Freude. Es war ganz offensichtlich, dass In-Ho ihr Lieblingsonkel war, denn Ji-Mong wurde zuvor ebenfalls freudig von ihr begrüßt, doch das war nichts im Vergleich zu In-Ho.

Humpelnd ging dieser zum Frühstückstisch und blieb vor dem Stuhl neben der kleinen Mi-Na stehen. Auffordernd sah er mich an und so zog ich ihn diesen vom Tisch zurück, damit er sich setzen konnte. Taemin sah zuerst überrascht aus und wollte etwas sagen, doch dann zuckte er mit den Schultern und rückte einen Platz auf, sodass In-Ho und Mi-Na nebeneinandersitzen konnten.

Da nun endlich alle Gäste Platz genommen hatten, stellte ich das Frühstück auf den Tisch und zog mich in meine kleine Küche zurück - jederzeit bereit, die Wünsche eines jeden zu erfüllen. Park Jae-Woon legte seiner schwangeren Frau liebevoll Essen auf den Teller und gab mir ein Zeichen.

"Bitte, bereiten Sie einen Kamillentee. Meine Frau leidet an Morgenübelkeit." flüsterte er leise und ich eilte zurück in die Küche, um seiner Liebsten das gewünschte Getränk aufzubrühen.

Emmy und Lisanne unterhielten sich am Tisch über ihre Schwangerschaften und Taemin und Park Jae-Woon sprachen über dieses und jenes. Ji-Mong saß in seinem Rollstuhl und wurde sowohl von Lisanne als auch von Emmy mit Essen versorgt und ich konnte sehen, dass er dennoch wenig von dem anrührte, was man ihm anbot.

In-Ho wiederum war in einer ganz anderen Welt und glich wieder mehr dem Maknae, wie man ihn vor seinem Unfall kannte. Er brachte seine Nichte zum Lachen und fütterte sie liebevoll. Sie wiederum himmelte ihren Onkel an, aber war irgendwann nicht mehr damit zufrieden, dass sie nicht sein ganzes Gesicht sehen konnte. Plötzlich verzog sich ihr kleines Gesichtchen und sie begann zu weinen.

"Samchon, weg machen" weinte sie immer wieder und zeigte auf die schwarze Maske, die trotz des Frühstückessens immer noch in In-Hos Gesicht war. "Samchon, weg machen" wiederholte sie so lange, bis ihr Onkel zögerlich zur Maske griff und sie langsam von den Ohren zog.

Nervös sah er die Kleine an und schien sich zu fürchten, was sie sagen würde. War er nach dem Unfall wirklich entstellt, fragte ich mich wieder neugierig. Ehe ich jedoch einen Blick auf sein unbedecktes Gesicht erhaschen konnte, musste ich den Tee für Frau Park aufgießen und wandte meinen Blick vom Geschehen am Tisch ab. Meine Ohren jedoch blieben dort weiterhin hängen.

Es war ruhig am Tisch und ich vermutete, dass der Maknae nervös auf die Reaktion seiner Nichte wartete. Plötzlich lachte die Kleine wieder. "Du hast da eine Blume, Samchon! Joa!"

Neugierig drehte ich mich um und sah gerade noch, wie Lisanne erleichtert lächelte. Als ich mich dem Frühstückstisch näherte, damit ich den Tee servieren konnte, setzte In-Ho seine Maske wieder auf und drehte sich von mir weg.

Nach einer weiteren halben Stunde war die Wahlfamilie mit dem Frühstückessen fertig. Ich kannte die weiteren Pläne nicht, aber ich wusste, dass zur Mittagszeit wieder alle hier zusammenkommen würden. Taemin zog Mi-Na aus ihrem Hochstuhl heraus und setzte sie auf den Boden. Sofort lief die Kleine zu Samchon In-Ho und umarmte ihn an den Beinen. Park Jae-Woon schob den Rollstuhl von Ji-Mong wieder zurück in seinen Raum und half ihm, zurück in sein Bett. Er war genau wie am Vorabend von dem Essen erschöpft und schien ganz offensichtlich seine Ruhe zu brauchen.

Als alle vom Tisch aufgestanden waren und sich im Wohnzimmer auf Couch, Sessel oder Stühle niedergelassen hatten, räumte ich leise ab, machte alles sauber und schob die Wägen hinaus auf den Flur, von dem sie abgeholt werden würden.

"Emmy und Lisanne, euer Fahrer wartet in fünfzehn Minuten in der Hotellobby auf euch. Auch wenn ich euch die schwarze Kreditkarte mitgebe: bitte lasst noch etwas auf dem Konto. Das Baby wird erst in sieben Monaten da sein. Ihr müsst also nichts überstürzen", lachte Park Jae-Woon halb ernst, halb voll Sorge und drückte seiner blonden Frau einen liebevollen Kuss auf die Wange. Grinsend nahm Lisanne die Karte, die einen unbegrenzten Einkauf ermöglichte, von ihrem Liebsten entgegen und steckte sie in ihre Handtasche. Eine Karte ohne Limit müsste man haben, dachte ich ein wenig neidisch.

"Keine Angst, ich werde auch für dich etwas Schönes kaufen, Yobo", grinste sie frech und streckte so gar nicht damenhaft ihrem Mann die Zunge heraus, was dieser lachend zur Kenntnis nahm. Emmy verabschiedete sich ebenfalls von Taemin und Arm in Arm verließen beide Frauen die Suite 808.

Mi-Na blieb zu meiner Überraschung bei den Männern zurück. Taemin hatte die Kleine auf seinem Schoß sitzen und flocht ihr in aller Ruhe die dünnen Babyhaare, während er mit Park Jae-Woon weiter Geschäftliches besprach. In-Ho saß auf einem Sessel und blickte über den Rand seiner Maske auf Mi-Na, die ihren Samchon immer wieder anstrahlte.

Es gab für mich nichts weiter zu tun und so zog ich mich in meinen kleinen Butler Raum zurück. Hier warteten bereits die frischen Tischservietten, die ich sorgfältig für das Mittagessen faltete. Ich wusste nicht, ob die beiden Frauen, die zum Einkaufen ausgegangen waren, rechtzeitig zum Essen zurück sein würden, also würde ich danach fragen, ehe ich dem Küchenpersonal die genaue Personenzahl durchgeben würde. Gerade wollte ich das kleine Zimmer verlassen, als ich meinen Namen hörte. Still wartete ich und lauschte, warum ich Thema eines Gesprächs wurde.

"Ich habe ihm ganz deutlich gesagt, dass er nicht mehr allein zu Ji-Mong gehen darf. Entweder wird die Butlerin Alea oder ich währenddessen anwesend sein, oder du tauschst die Pfleger aus. Mir egal, ob du neue einfliegen lassen musst, oder welche von hier nimmst. Ich mag die beiden nicht und das sage ich auch nicht zum ersten Mal."

In-Hos Stimme klang sehr bestimmt und ich war mir sicher, dass er soeben mit Herrn Park gesprochen hatte. Es ging vermutlich um die Situation von heute Morgen, von der ich zufälligerweise Zeugin geworden war.

"Ich denke nicht, dass ich eine Frau mit im Zimmer haben möchte, wenn Ji-Mong gewaschen und neu eingekleidet wird. Das ist unangemessen."

Herr Park sagte genau das, was ich selbst dachte. Auch, wenn Ji-Mong nicht ganz Herr seiner selbst war, so wäre es ihm mit Sicherheit sehr unangenehm, wenn ich bei seiner Pflege anwesend wäre.

"Welche Frau? Meinst du die Butlerin?"

In-Hos Frage traf mich unerwartet hart. Er hatte mich also gar nicht als Frau wahrgenommen? Was war ich denn für ihn? Ein Möbelstück? Nein, ich war einfach nur Personal. Das war er vermutlich gewohnt und nahm es gar nicht mehr wahr – egal ob männlich oder weiblich. Sie existierten und er war an sie gewöhnt, seit er in der Band Star.X war. Komischerweise fielen mir plötzlich die Blicke von Ji-Mong ein, als ich das erste Mal sein Zimmer betreten hatte. Trotz seines geschwächten Zustandes hatten seine Augen bei meinem Anblick angefangen zu leuchten. Er hatte mich ganz bestimmt nicht als "Personal" gesehen, sondern als Frau.

"In-Ho, du weißt genau was ich meine. Ich werde mit Herrn Choi und Herrn Song noch einmal sprechen und gegebenenfalls wirklich andere Pflegekräfte anfordern, wenn du meinst, sie verhalten sich unangemessen. Ihr müsst euch mit euren Helfern wohlfühlen und das ist das Einzige was zählt."

Die Stimme von Herrn Park entfernte sich wieder etwas und ich atmete leise auf. Ich wollte auf keinen Fall den Eindruck erwecken, ich würde sie in ihren Unterhaltungen belauschen – auch wenn ich es selbstverständlich tat.

Etwa eine halbe Stunde später wurde In-Ho zur Physiotherapie begleitet. Diese Aufgabe übernahm Taemin und ich hatte erfahren, dass im Foyer bereits ihr Manager als Fahrer auf sie wartete. Gemeinsam verließen sie zusammen mit Herrn Park, der sich um Mi-Na kümmerte, die Suite. Zuvor hatte er mir noch mitgeteilt, dass seine Frauen heute Mittag auswärts essen würden und erst am späteren Nachmittag zurückkommen würden. Ich bestellte die beiden Essen in der Küche ab und war nun mit Ji-Mong allein zurückgeblieben.

Gerade war ich mit dem Eindecken für das Mittagessen fertig geworden, als ich aus dem Zimmer, in dem Ji-Mong untergebracht war, ein lautes Poltern hörte. Alarmiert sprintete ich zur Tür und öffnete diese ohne Antwort abzuwarten nach einem kurzen Klopfen. Ji-Mong saß in seinem Bett, die Rückenlehne war hochgefahren, und er sah mich entschuldigend an.

"Joe song habnida", brachte er mit etwas rauer Stimme eine Entschuldigung heraus und ich sah das Missgeschick. Scheinbar hatte er versucht an den Wasserkrug zu gelangen, der auf einem Rolltisch gestanden hatte und ihn versehentlich heruntergerissen. Das entsprach auch dem Poltern, das ich gehört hatte. Beim Herunterfallen war der Deckel aufgegangen und hatte das Wasser in gleichmäßigen Teilen auf seinem T-Shirt, der Bettdecke und dem Boden verteilt. Unbeholfen versuchte er die Feuchtigkeit von der Bettdecke zu klopfen.

"Warten Sie, ich helfe Ihnen!"

Ich eilte zu ihm ans Bett und schob den Rolltisch zur Seite. Darauf stand ein kleiner Karton mit Tüchern, von denen ich mir einige griff und zuerst den Teppich trocken tupfte. Alles fürs Parkblick, dachte ich grimmig innerlich grinsend. Der Teppich war sehr teuer und sollte keine Wasserflecken bekommen. Anschließend sah ich mir die Bescherung an, die er an sich selbst und der Bettdecke vorgenommen hatte.

"Ich befürchte, Sie müssen sich ein neues Shirt anziehen und wir müssen die Bettdecke austauschen. Ich werde Ihnen gleich etwas Neues zum Anziehen aus ihrem Kleiderschrank holen."

Eilig lief ich zu seinem begehbaren Schrank und dann fiel mir mit einem Mal siedend heiß ein, dass außer mir niemand weiter in der Suite war. Konnte er sich alleine umziehen, oder musste ich ihm dabei helfen? Nervös nahm ich das erste T-Shirt vom Stapel und ging langsameren Schrittes zurück zu seinem Bett.

Ji-Mong saß genauso dort, wie ich ihn zuvor verlassen hatte. Er sah mir entgegen und seine Augen leuchteten, als er mich auf sich zukommen sah. Sein ausgezerrtes

Gesicht verzog sich zu einem Lächeln und dieses Lächeln schoss tausend Volt durch meinen Körper. Es war das Ji-Mong Lächeln, dass genauso aussah wie immer und mein Herz so schnell schlagen ließ, dass ich dachte, er müsste es hören. Nervös räusperte ich mich und hielt ihm das weiße T-Shirt entgegen. Fragend sah er mich an.

"Ähm, können Sie es alleine wechseln? Außer mir ist im Moment niemand da."

Sein Blick wanderte vom T-Shirt zurück zu mir und dann schüttelte er leicht den Kopf.

"Ich befürchte, dass ich das leider nicht kann. Meine linke Körperhälfte gehorcht mir nicht mehr. Wäre es okay, wenn Sie mir helfen?"

Zögernd nickte ich und trat einen Schritt näher an sein Bett. Langsam zog ich die Bettdecke bis zu dem Rand seiner Pyjamahose herunter und überlegte, wie ich am besten mit dieser für uns beiden etwas peinlichen Situation umgehen sollte. Vielleicht sollte ich so tun, als wenn es völlig normal ist, dachte ich schließlich und griff entschlossen nach dem Bund seines T-Shirts, um es ihm über den Kopf zu ziehen.

Leider war es viel schwerer als ich gedacht hatte, einen erwachsenen Mann zu entkleiden, der nicht mithelfen konnte. Ji-Mong war sehr groß und hatte ein breites Kreuz. Auch wenn er zurzeit vermutlich weniger wog als ich selbst, so war er immer noch schwer zu händeln.

"Den Arm", er blickte auf seinen linken Arm, den er nach seiner Beschreibung nicht selbst bewegen konnte.

Endlich wusste ich, was ich machen musste. Vorsichtig knickte ich seinen Arm und zog den Ärmel über den Ellenbogen, anschließend über den Kopf und zum Schluss über den gesunden Arm, bei dem er mir helfen konnte. Ich bemühte mich, seine nackte Haut nicht anzustarren, als er nun mit freiem Oberkörper vor mir saß. Bedauerlicherweise misslang es mir und ich starrte auf die Rippen, die man deutlich unter der glatten hellen Haut sehen konnte.

Ji-Mong bemerkte meinen Blick und ich sah, dass er den Bauch anspannte und einzog. Es war ihm mit Sicherheit unangenehm, dass ich ihn anstarre und so räusperte ich mich schuldbewusst und wandte so schnell wie möglich den Blick von ihm ab. Hastig griff ich nach dem sauberen T-Shirt, um ihm dieses so schnell wie möglich über seinen nackten Körper zu streifen. Ji-Mong lehnte sich aufatmend zurück an das Oberteil seines Bettes und sah mich dankbar an.

"Gamsahabnida" bedankte er sich artig.

"Ich werde Ihnen sofort eine neue Bettdecke bringen. In einer Minute bin ich wieder zurück."

Ich eilte aus seinem Zimmer und stürzte förmlich zu Eingangstür der Suite. Auf dem Flur war ein kleiner Wäscheraum aus dem ich eine Decke und einen Bezug holte und eilte damit sofort zurück in die Suite. Beides über dem Arm gelegt ging ich in Ji-Mongs Zimmer. Er sah mir mit einem Lächeln entgegen und ich senkte schnell meinen Blick.

"Ich werde sie nun austauschen."

Erklärte ich unnützer Weise und legte das saubere Bettzeug auf einen der im Raum stehenden Sessel, bevor ich wieder an sein Bett zurücktrat und ihm mit einem um Erlaubnis bittenden Blick die nasse Decke von den Beinen zog. Ji-Mong beobachtete meine Arbeit und als er ohne die schützende Decke vor mir lag, sah ich wie dünn auch seine Beine waren. Er hatte kaum noch Muskeln und ich fragte mich, wie schlimm es für ihn selbst sein musste, sich nun jeden Tag so zu sehen.

Ehe es peinlicher werden konnte, griff ich nach der Ersatzdecke und legte sie ihm fürsorglich auf seine dünnen Beine und steckte sie ein wenig unter.

"Ich sehe schlimm aus, oder?"

Seiner Stimme konnte ich nicht anhören, ob er traurig, resigniert oder verzweifelt war. Sie war neutral und ich hielt in meiner Arbeit inne, ohne ihn anzusehen. Endlich hob ich den Kopf und sah direkt in seine wunderschönen braunen Augen, die mich freundlich betrachteten.

"Sie leben, und das ist wichtiger als alles andere."

Erklärte ich und rollte das nasse Bettzeug zusammen, um den Raum zu verlassen. Ich war mir sicher, dass er dieses bereits zuhauf von anderen gehört hatte. Kurz zögerte ich, doch dann drehte ich mich wieder um und sah ihm direkt in die Augen.

"Ja, es sieht schlimm aus. Sie sind so dünn, dass es mir Angst macht. Ich hatte Angst, Ihnen das T-Shirt über den Kopf zu ziehen, weil sie so mager sind und ich befürchtet habe, ich könnte Ihnen dabei weh tun. Ja, es sieht schlimm aus, wenn sie am Tisch sitzen, um mit den anderen zusammen zu essen. Jeder legt Ihnen etwas Leckeres auf den Teller, doch am Ende räume ich alles wieder ab und sehe, dass Sie einfach nichts essen. Ja, es ist schlimm, dass sie krank sind, aber es ist auch schlimm, dass sie nicht mit aller Macht versuchen, wieder auf die Beine zu kommen."

Erschrocken blickte ich ihn an. Oh – mein – Gott! Was hatte ich gerade zu einem schwerkranken Mann gesagt? Bin ich verrückt? Was war nur in mich gefahren? Ich kannte ihn doch gar nicht und wusste auch nicht, wie schlimm sein Zustand wirklich war. Ohne es zu wollen, hatte ich all die Dinge gesagt, die mir bei seinem Anblick durch den Kopf geschossen waren.

"Oh bitte, entschuldigen Sie, bitte", flehte ich jetzt kleinlaut, aber ich befürchtete, dass der Schaden bereits angerichtet war. Ängstlich blickte ich zu ihm hinüber und sah erstaunt, dass sein ganzer Oberkörper am Beben war, da er augenscheinlich sein Lachen zurückhielt. "Ist alles in Ordnung bei Ihnen?"

Ich trat dicht an sein Bett heran und wollte ihn gerade an der Schulter berühren, als er den Mund öffnete und herzhaft laut lachte. Beleidigt wollte ich vor ihm zurückweichen, aber mit einer unerwartet schnellen Bewegung packte er mich mit seiner unversehrten Hand an meinem Handgelenk und zog mich kraftvoller zurück, als ich es für möglich gehalten hätte.

Erstaunt blickte ich auf seine Hand, die meinen Arm hielt und bewegte mich so lange nicht, bis Ji-Mong aufhörte zu lachen. War ich etwa unbewusst so witzig gewesen oder hatte ich vielleicht Wörter in Koreanisch durcheinandergebracht?

"Danke", japste er nach einer Zeit, nachdem er sich wieder etwas beruhigt hatte. "Danke, dass Sie die erste sind, die nicht dieses süßlich liebliche Gerede von sich gibt, das meine Intelligenz beleidigt. Ihre Offenheit ist mal etwas anderes, als dieses ewige Süßholz-Geraspelte um mich herum. Der Einzige, der mich ebenfalls nicht schont, ist In-Ho. Er nennt mich einen Krüppel und damit hat er recht. Oder wie soll man mich bezeichnen, wenn ich nicht einmal allein aufs Klo gehen kann?"

Erschrocken sah ich ihn an. Sollte ich ihm dabei etwa auch helfen? Als er meinen Blick sah, lachte er wieder. Dieses Mal jedoch nicht aus Heiterkeit, sondern voll bitterer Ironie.

"Keine Angst, das ist auch etwas, an das ich mich niemals gewöhnen werde. Man hat mir eine Windel angezogen. Wie einem Baby!"

Seine Stimme war nun gar nicht mehr kratzig und wirkte sogar sehr energisch. Ich wand mich vor Verlegenheit, über das soeben gehörte. Warum gab er solche Dinge von sich preis?

"Sind Sie schockiert? Wenn man so bewegungslos ist, wie ich, dann ist einem nichts mehr fremd. Sie werden gedreht und gewendet wie ein Stück Bauchfleisch auf dem Grill. Je nach Belieben geknickt, geschoben oder irgendwohin gelegt. Ich habe meistens nicht die Energie und die Kraft, etwas dazu zu sagen. Warum auch? Ich kann mich doch nicht allein fortbewegen und brauche früher oder später jede Hilfe. Selbst dann, wenn ich mich wie ein Idiot mit Wasser bekleckere und die einzige Person, die mich umziehen kann, eine junge Frau ist, der ich gerne als mein früheres Ich gegenübergetreten wäre. Jetzt sehen Sie mich an, was bleibt mir noch? Scham bestimmt nicht mehr. Die habe ich irgendwann verloren."

Erschöpft ließ er sich nach seiner Rede zurück in seine Kissen sinken und ich starrte ihn an. Beinahe alles von seinen Worten hatte mich getroffen, aber wirklich hängen geblieben war, dass er mich scheinbar attraktiv fand. Mein Gott, war ich oberflächlich. Ich stürzte aus seinem Zimmer und merkte erst, als ich in meinem kleinen Butler Raum angekommen war, dass ich Rotz und Wasser heulte.

~ Kapitel 8 ~

Rufe mich beim Namen

Taemin und In-Ho kamen als erste zurück von der Physiotherapie. Ich begrüßte sie höflich und bot ihnen Getränke an. Taemin lehnte dankend ab, aber In-Ho verlangte nach einer Diät Cola. Ich brachte ihm das Getränk und warf einen Blick auf sein halb verdecktes Gesicht. Erschöpft hatte er sich auf dem Sofa niedergelassen und während ich ihm einschenkte, fiel sein Blick auf mich.

"Wie alt sind Sie, Frau Butler?"

Erstaunt sah ich hoch. Nach seinen Worten vom Vormittag hatte ich gedacht, ich wäre wie eine Art Wandschirm oder irgendein anderer beliebiger Einrichtungsgegenstand für ihn. Seine Frage nach meinem Alter irritierte mich, denn er zeigte Interesse an einem Möbelstück und so antwortete ich kurz angebunden.

"Sie sind jünger als ich. Sind Sie gerne Diener von Menschen wie mir?"

Sein Ton war leicht provozierend und ich wusste nicht, was ich darauf antworten sollte. Aber er wollte vermutlich auch keine Antwort hören, denn ohne mich weiter zu beachten griff er nach der Fernbedienung des Fernsehers und schaltete ihn an. Schweigend zog ich mich in die Küche zurück und grübelte über seine Frage nach. Fand er mich dumm und minderwertig, weil ich eine Arbeit machte, die in seinen Augen beides war? Wusste er nicht, wie teuer ein Butler war?

Zum Essen wurde Ji-Mong wieder in seinem Rollstuhl an den Tisch gefahren und ich sah, dass er nach wie vor nur sehr wenig von seinem Teller aß. Als er einen Happen mit seinen Essstäbchen zum Mund führte, suchte er meinen Blick und grinste angedeutet, als ich ihm zunickte. In-Ho hatte unseren Blickkontakt bemerkt. Neugierig drehte er sich auf seinem Stuhl in meine Richtung und zog fragend eine Augenbraue hoch. In diesem Moment schien ihm einzufallen, dass er seine Maske nicht trug und blitzschnell wendete er sich wieder um, ehe ich einen genaueren Blick auf sein unbedecktes Gesicht erhaschen konnte.

Herr Park wollte Ji-Mong nach dem Essen zurück in sein Zimmer bringen, doch dieses wehrte er zur Überraschung aller ab.

"Ich möchte heute hierbleiben und an eurer Unterhaltung teilhaben. Es ist so langweilig drüben und ich will nicht immer schlafen."

Erfreut setzte sich Taemin neben seinen Bandkollegen auf die Sofakante und schlug seinem Freund leicht auf die mageren Schultern.

"Super, endlich bist du angekommen, J.Mo."

Der bei seinem Stage-Namen Angesprochene lachte leise und schob mit seiner unversehrten Hand die Hand des Sängers von seiner Schulter.

"Hey, nehme sie lieber weg. Nicht, dass ich noch kaputtgehe, wenn du mich anfasst."

Grinsend warf er mir einen Blick zu und ich verstand, dass er sich über meine Worte am Morgen lustig machte. Er mochte zwar dünn sein, aber er war nicht so gebrechlich, wie es den Anschein haben mochte, wollte er mir scheinbar zu verstehen geben. Seufzend drehte ich mich um und schob die Wagen, auf denen das restliche Essen stand, hinaus auf den Flur.

Als ich sie dort für das Küchenpersonal abstellte, blickte ich mich möglichst unauffällig um und hob eine der Glocken, unter denen das noch immer warme Essen stand und stibitzte mir ein Stückchen Fleisch. Ich hatte mittlerweile ebenfalls

Hunger und bis zum Abend war es noch eine lange Zeit. Dadurch, dass die Gäste ständig in ihrem Zimmer waren oder zumindest immer einer von ihnen dort war, hatte ich keine Chance gesehen, mich für ein schnelles Mittagessen in der Kantine zu verabschieden. Auch mein Besuch im Vorzimmer bei Frau Bringel musste leider ausfallen. Seufzend setzte ich die Glocke zurück auf den Teller und wieder zurück in die Suite gehen, als ich plötzlich jemanden hinter mir spürte.

"Was läuft da zwischen Ji-Mong und dir?"

In-Ho stand auf seinen Gehhilfen gestützt im kleinen Flur der Suite und sah mich bohrend über seine Gesichtsmaske an. Offensichtlich schien es ihm nicht zu gefallen, dass mich Ji-Mong nach unserem Gespräch vom Vormittag ein wenig ärgerte. Mit einem Mal fiel mir auf, dass In-Ho plötzlich in die vertrauliche Anrede gefallen war.

"Selbstverständlich gar nichts. Ich bin nur der Diener", erklärte ich ein wenig beleidigt, an die Worte In-Hos denkend. Er nickte und drehte sich wortlos um und verschwand in seinem Zimmer.

Am Nachmittag sollte Ji-Mong zur Physiotherapie gehen. Herr Park würde ihn dieses Mal begleiten und so blieb In-Ho in der Suite. Taemin und Mi-Na wollten den Nachmittag zusammen auf einem Spielplatz verbringen und hatten In-Ho vorgeschlagen, ihn mitzunehmen. Er hatte mit der Begründung abgelehnt, dass er nach der Therapie erschöpft sei und sich ausruhen wollte. In meinen Augen machte es jedoch den Eindruck, dass er einfach das Betreten der normalen Welt vermeiden und sich weiter in seinem sicheren Kokon verstecken wollte.

So kam es, dass ich wieder alleine mit einem der Superstars in der Luxussuite einer Nobelherberge war und es dennoch alles andere als romantisch zuging. Als alle bis auf In-Ho die Zimmer verlassen hatten, wurde es sehr ruhig in Suite 808. Mi-Na hatte ihrem Onkel noch fröhlich zugewinkt und kaum war sie aus der Sicht ihres Samchon, da wurde eben dieser wieder zur bissigen Viper, vor der man besser flüchtete. Missmutig ließ er sich auf dem gemütlich edlen Sofa im Salon fallen und sah weiter Fernsehen. Plötzlich hörte ich ihn, wie er anfing, sich laut zu beschweren.

"Verdammt, was für ein lächerliches Programm soll denn das bitte sein? Dieser Typ hat doch noch nie etwas auf die Reihe bekommen. Also wirklich, das soll eine Choreo sein? So ein Schrott"

Sein Gemecker über die Kollegen im Fernsehen war laut und unfair, wie ich feststellte. Seine Kritik an den Mitgliedern aus anderen K-Pop Gruppen vermutlich auch nicht gerechtfertigt, da zumindest die eine, über die er sich beschwerte, genau wie Star.X seit vielen Jahren erfolgreich im Geschäft war. Leise ging ich ins Butler Zimmer und atmete hier einige Male tief ein und aus.

Was war nur aus dem süßen und lieben In-Ho geworden? Dem Maknae, der immer lächelte und freundliche Antworten in Interviews gab? Der Liebling, der Freude und Liebe zu den StarLover brachte. Wenn sie auch nur einen einzigen Blick auf den mürrischen, bösen kleinen Teufel werfen könnten, der in eben diesem Moment alles und jeden verfluchte, wären die Fans geschockt.

"Butler, bring mir eine Diät Cola." Seine Stimme war ungeduldig und ich beeilte mich, seiner Aufforderung sofort nachzukommen.

"Möchten Sie diese lieber kalt oder in Zimmertemperatur?", fragte ich vorsichtshalber.

"Kalt natürlich und mit einem Trinkhalm", kam die knappe Antwort.

Flink öffnete ich ihm eine Flasche und stellte sie vor ihm auf den niedrigen Couchtisch. Ohne ein Wort des Dankes griff er nach der Cola und trank sie durch den Trinkhalm in einem Zug leer. Er brauchte hierfür noch nicht einmal die Maske abzunehmen. Unaufgefordert holte ich eine neue und stellte sie wieder vor ihn hin. Überrascht blickte er hoch und schien sich plötzlich wieder an seine guten Manieren zu erinnern.

"Danke, Alea", sagte er plötzlich und ich hielt mitten in der Bewegung inne.

Er kannte meinen Namen? Seine dunklen Augen blickten mich direkt an. Es war das erste Mal, dass ich das Gefühl hatte, er würde mich tatsächlich wahrnehmen. Ich hatte gedacht, ich wäre ein Lampenschirm für ihn. Immer noch verdattert ging ich zurück in die Küche und stellte die leere Flasche in den dafür vorgesehenen Korb. Er kannte meinen Namen! Wiederholte ich in meinem Kopf. Unglaublich! In-Ho, der von allen geliebte Maknae von Star.X und Ji-Mong, der talentierteste Rapper seiner Generation kannten beide meinen Namen! Plötzlich hörte ich in meinem Kopf Hochzeitsglocken läuten und hätte mich beinahe an meiner eigenen Spucke verschluckt. Verrückt!

Nachdem In-Ho ausgetrunken hatte, humpelte er zurück in sein Zimmer und schloss hinter sich die Tür. Wahrscheinlich hatte ihn die Physiotherapie wirklich erschöpft, denn ich hatte leichte Ringe unter seinen Augen gesehen, als er sich nach dem Mittagessen auf dem Sofa niedergelassen hatte. Es musste anstrengend sein, krank zu sein, sich auf die Genesung zu konzentrieren und ständig Leute um sich herum zu haben. Ich wusste, wenn es mir schlecht ging, war ich am liebsten alleine. Ach halt, das stimmte ja so gar nicht wirklich. Es war eher so, dass wenn es mir zu Hause schlecht gegangen war, es einfach niemanden gab, den es interessiert hätte und ich war dann, ob ich es wollte oder nicht, auf jeden Fall für mich alleine.

Vermutlich hatte ich mir das einfach immer nur schöngeredet und es wurde zu einer Gewohnheit. Ich konnte mich nicht daran erinnern, dass ich während einer Krankheit von meiner Familie gepflegt wurde. Ging es mir sehr schlecht, stellte man mir Getränke, Medikamente und etwas zu Essen hin. Aber niemals saß meine Mutter wie bei meiner Schwester am Bett und hielt mir die Hand, wenn ich Fieber hatte oder machte meine Haare aus dem Gesicht, wenn mir übel war. Jetzt wäre ich wahrscheinlich mehr als erschrocken, wenn sie sich mir gegenüber plötzlich fürsorglich verhalten würden.

In-Ho war in seinem Zimmer verschwunden und so wollte ich die Gelegenheit für mich nutzen, etwas Schnelles zu essen und bei Frau Bringel vorbeizusehen. Es war früher Nachmittag und vor 19 Uhr würden die anderen Gäste vermutlich nicht wieder zum Essen in der Suite auftauchen, mit Ausnahme von Herrn Park und Ji-Mong nach Beendigung der Physiotherapie, doch auch hier hatte ich wohl noch eine gute Stunde Zeit, bevor sie wieder da waren.

Ich klopfte an die Tür von In-Hos Zimmer und teilte ihm mit, dass ich für kurze Zeit die Suite verlassen würde und hörte seine gebrummte Antwort zur Kenntnisnahme. Leise verließ ich die Suite und schloss die Tür hinter mir. Ich hatte ein schlechtes Gewissen, In-Ho alleine zurückzulassen, aber ich war mir auch sicher, dass er meine Abwesenheit gar nicht wirklich bemerken würde.

Frau Bringels Gesicht strahlte, als sie meiner ansichtig wurde. Sofort dirigierte sie mich auf einen Stuhl in der Ecke und gab mir eine Tasse herrlichen schwarzen Kaffees, den ich genussvoll schlürfte. Es tat gut, von ihr umsorgt zu werden und ich liebte diese Frau beinahe so, wie man einen Familienangehörigen mochte – nur, dass ich meine Familienangehörige nicht so sehr mochte wie Frau Bringel. Kai hatte an diesem Nachmittag einen Außer-Haus-Termin und war nicht in seinem Büro, sodass er von meinem Besuch nichts mitbekam und ich ungestört mit seiner Sekretärin plauschen konnte.

Nach dem Kaffee verabschiedete ich mich von Frau Bringel und lief über die Personaltreppe hinunter in den Keller, um in der Küche nach einem kleinen Snack für mich zu fragen. Der Küchenchef, Herr Meyer, war bereits seit vielen Jahren dem Parkblick treu ergeben und hatte seiner Küche einen renommierten Namen in der Restaurantszene eingebracht. Aber das war nicht der Hauptgrund, warum ich Herrn Meyer so sehr schätzte. Er war das Pendant zu Frau Bringel und ich mochte seine ruhige und souveräne Art so sehr an ihm, dass ich jedes Mal einige Sekunden vor dem Betreten seines heiligen Reichs stehenblieb und ihn einfach nur bewundernd betrachtete.

Er führte die Küche wie ein Kapitän auf hoher See. Seine Sous-Chefs waren seine verlängerten Arme, seine Köche und Hilfsköche beteten ihn an. Jedes Jahr gab es viele Bewerbungen von anstrebenden Jungköchen und jungen Menschen, die eine Ausbildung im Parkblick machen wollten, nur weil sie Herrn Meyer ebenso schätzten wie ich.

Als hätte er meine Blicke gespürt, drehte der große Mann in seiner weißen Jacke und grau-karierten Hose sich plötzlich um und winkte mich in seine heiligen Räume. Er hatte ein kleines Büro mit Fenstern zu Küche und dorthin lief ich nun geschwind mit einem dicken Grinsen. Bereits auf dem Weg dorthin sah ich, wie ihm zwei seiner Untergebenen in Windeseile Dinge auf einen Teller anrichteten und ich in weniger als zwei Minuten vom Chefkoch höchstpersönlich ein Sterneessen serviert bekam. Er hörte das laute Knurren meines Magens und grinste.

"Na, ist es hart in der Suite?"

Seine tiefe Stimme zeigte echtes Interesse und ich bemerkte auch die leichte Besorgnis. Herr Meyer war in etwa so alt wie mein Vater und zeigte jedes Mal mehr Interesse an mir, als dieser es in seinem ganzen Leben getan hatte. Kauend schüttelte ich den Kopf und grinste, während ich mir ein Stückchen Fleisch in den Mund schob.

"Nee, die sind ganz handzahm."

Herr Meyer nickte und zog sich einen Stuhl heran, während er mir nachdenklich beim Essen zusah.

"Du solltest dir etwas Vernünftiges zum Arbeiten suchen, Alea. Geh wieder studieren. Mein Angebot steht immer noch. Überlege es dir und lass die Arbeit hier sein. Das ist nichts für dich."

Herr Meyer rieb sich über sein Kinn und sah mich eindringlich bei seinen Worten an.

"Aber es macht mir Spaß", nuschelte ich zwischen zwei Bissen. Ich wusste, worauf er hinauswollte und ich wollte das nicht mit ihm besprechen. Es war mir unangenehm, dass er wieder davon anfing.

"Alea, du kannst mir das Studiengeld später zurückzahlen. Das weißt du. Wenn meine Tochter da wäre, würde ich es für sie ausgeben, aber das ist ja nun mal nicht so. Ich habe es gespart und ich sehe es als gute Investition. Bitte, Kind, überlege es dir noch einmal. Du bist intelligent und ich bin mir sicher, du würdest mich nicht enttäuschen."

Ich legte meine Gabel auf den leer gegessenen Teller zurück und sah Herrn Meyer an. In diesem Haus gab es mehr Menschen, die mir liebevoll zugewandt waren, als in meinem eigentlichen Zuhause. Herr Meyer war einer von ihnen. Er hatte eine Tochter aus seiner geschiedenen Ehe, die vor Jahren jeden Kontakt zu ihrem Vater abgebrochen hatte. Die Gründe hierfür kannte ich nicht, aber ich wusste, dass Herr Meyer darunter immer noch litt. Er hatte für die Zukunft seiner Tochter Geld zurückgelegt, um ihr Studium zu finanzieren und eben diese Rücklage hatte er mir selbstlos angeboten.

Ich nahm den leer gegessenen Teller in die Hand und stand auf. Dankbar lächelte ich ihn an und schüttelte dennoch den Kopf.

"Nein, im Moment bin ich mit meiner Arbeit sehr zufrieden und möchte nichts daran ändern. Wenn ich eines Tages keine Lust mehr habe, hier im Hotel zu arbeiten, dann werde ich vielleicht zurück an die Uni gehen."

Ich wollte sein Geld nicht annehmen, denn es würde bedeuten, dass ich mich wirklich anstrengen musste beim Studium, um ihn nicht zu enttäuschen und das konnte ich nicht versprechen, weil ich mir selbst nicht vertraute.

"Ich soll übrigens von Frau Bringel grüßen. Sie fragt, wann Sie wieder geräucherten Fisch für sie haben. Sie würde zwei für sich haben wollen."

Ich blinzelte zu Herrn Meyer und sah, wie sich seine Ohren unter der Kochmütze rot verfärbten. Er räusperte sich und begann unnötig Stifte auf seinem aufgeräumten Schreibtisch hin und her zu schieben. Grinsend und beschwingt verließ ich sein Büro und blickte mich noch einmal um. Herr Meyer hatte ein verträumtes Lächeln auf dem Gesicht und griff nach dem Telefonhörer. Vermutlich würde Frau Bringel jetzt einen Anruf aus der Küche erhalten und ich war mir sicher, dass sie ebenso lächeln würde, wie sein Küchenchef.

Ich stand vor der Suite Tür 808 und wollte diese gerade öffnen, als mein Handy leise in meiner Hosentasche vibrierte. Schnell zog ich es heraus und sah auf dem Display, dass es meine Schwester Angelina war. Neugierig und gleichzeitig ängstlich starrte ich auf das Display. Es kam sehr selten vor, dass sie mich kontaktierte. Eigentlich nie, überlegte ich und dann nahm ich das Gespräch entgegen.

"Alea, Vater ist heute Morgen in der Küche gestürzt und hat sich das Becken gebrochen. Ich weiß, dass er nicht will, dass du dir Bescheid sage, aber ich denke, du solltest zumindest ein Genesungsgeschenk ins Krankenhaus schicken. Es ist nicht notwendig, dass du persönlich vorbeikommst, denn ich glaube nicht, dass Vater sich darüber freuen würde. Aber ein Geschenk kann es ruhig sein. Packe noch ein wenig Geld dazu, denn er benötigt noch neue Nachtwäsche und andere Dinge für seinen Aufenthalt. Und sei nicht so geizig. So, ich muss jetzt los. Die Adresse schicke ich dir."

Ohne Verabschiedung legte meine große Schwester auf und ich starrte auf das nunmehr stumme Telefon. Bei ihren Worten hatte kurz mein Herz ausgesetzt. Vater war im Krankenhaus und er würde dort bleiben müssen. War es schlimm? Wie ist sein Unfall passiert? Hatte er Schmerzen? War jemand bei ihm? Wie ging es Mutter?

Nach und nach sickerten Angelinas Worte weiter in mich. Ich sollte ihn nicht besuchen, er würde es nicht wünschen, aber ich sollte ihm Geld schicken. Tief seufzte ich auf. Wieder einmal war ich unerwünscht und lediglich finanzielle Mittel waren willkommen. Traurig ließ ich meinen Kopf hängen und betrat die Suite. Was hatte ich auch erwartet?

~ Kapitel 9 ~

Das Fenster zur Welt

In der Präsidenten Suite war es noch ruhig. Genau wie ich erwartet hatte. In-Ho war nach wie vor in seinem Zimmer und Ji-Mong und Herr Park noch nicht von der nachmittäglichen Physiotherapie zurück. Ich lief zu Ji-Mongs Raum und nach einem leichten Klopfen trat ich ein. Steve, mein Kollege und der Zuständige für den Room Service der Suite, hatte zwischenzeitlich das Bett von Ji-Mong frisch bezogen, die Handtücher ausgetauscht und alles gewischt und gesaugt. Ich würde jetzt für meinen Gast noch ein wenig frische Luft in den Raum hineinlassen und legte ihm noch eine koreanische Klatschzeitung auf den Nachttisch, die ich zuvor von Frau Bringel mitgebracht hatte.

Diese Zeitungen waren von Woon-Entertainment abgesegnet worden und sollten regelmäßig an die beiden Patienten geliefert werden. Nachdem ich sie deponiert hatte, wollte ich mich gerade wegdrehen, als etwas in mein Auge fiel, das ich zuvor nicht wahrgenommen hatte. Neugierig schob ich die Zeitschrift wieder etwas zur Seite und erblickte einen Block mit Notenlinien. Es waren kleine Punkte und Haken und für mich unlesbare Zeichen auf den Block gekritzelt und obwohl ich keine Noten lesen konnte, erkannte ich, dass es sich hierbei ganz offensichtlich um die kreative Arbeit des Patienten Ji-Mong handelte. Mit einem Mal trat ein breites Grinsen auf mein Gesicht und ich zog das Blatt näher heran.

Ji-Mong hatte begonnen, oder vielleicht auch niemals aufgehört zu komponieren. Glücklich lächelnd legte ich den Block zurück und zog die Zeitung wieder über die Noten. Warum ich mir so sicher war, dass dieses Blatt nicht bereits vor seinem Unfall beschrieben wurde? Zu den Noten gab es einen Text und ich hatte ein Wort deutlich herauslesen können: Alea.

Leise verließ ich wieder das Zimmer und schwebte immer noch mit einem glücklichen Lächeln hinüber zu In-Hos Zimmer. Schon beim Durchqueren der Suite hatte ich das Gefühl, ich würde vom sonnenverwöhnten Süden an die Arktis reisen, denn als ich an In-Hos Tür klopfte um mich zurückzumelden, wurde diese aufgerissen und ich blickte in wütende dunkle Augen.

"Verdammt! Endlich bist du da."

Ehe ich etwas sagen konnte, packte mich In-Ho am Oberarm und zog mich in sein Zimmer hinein. Verdattert ließ ich es geschehen und stolperte hinter ihm her. Er hatte trotz seiner Versehrtheit viel Kraft in seinen Armen und ich sah, wie sich seine Muskeln unter seinem engen T-Shirt anspannten. Mit einem letzten Schwung schob er mich gänzlich in seinen Raum und sah mich etwas aufgelöst an. Mit einem Blick verstand ich nun, warum er meine Rückkehr so dringend erwartet hatte.

Offensichtlich hatte er sich einen Kaffee zubereitet und ihm war die gefüllte Tasse aus der Hand gerutscht. Der komplette Inhalt hatte sich über sein Bett verteilt. Leider lag hierauf auch sein Laptop und dieser hatte ganz offensichtlich eine Menge der braunen Flüssigkeit abbekommen. In-Hos Blick glitt verzweifelt über die Tastatur und den Bildschirm.

"Meinst du, man kann mein Baby retten?"

Seine Stimme war leise und ängstlich und beinahe flehend sah er von seinem Laptop zu mir hinüber, als hoffte er auf ein Wunder. Langsam ging ich zu seinem Bett und nahm das elektronische Gerät hoch. Leise tropfte Kaffee heraus und ich hörte beinahe, wie er in dem Gehäuse hin und her schwappte und seufzte. Entmutigt blickte mich In-Ho mit seinen braunen Augen über der Maske an und ich sah, wie sich Tränen in ihnen sammelten. Oh nein, dachte ich erschrocken. Er würde doch nicht jetzt anfangen zu weinen?

"Ich werde einen Experten anrufen und ihn bitten, wenigstens die Daten zu sichern. Wir werden alles versuchen, ihn am Leben zu erhalten", versuchte ich In-Ho zu beruhigen und sah, wie Hoffnung in seinen schönen Augen aufkeimte.

"Bitte, ich habe ihn nicht gesichert. Wenn jetzt alles weg ist ... Nicht auszudenken."

Seine Verzweiflung war so traurig, dass ich beinahe versucht war, ihn in den Arm zu nehmen und zu trösten. Natürlich durfte ich das nicht und so räusperte ich mich, und verließ mit einer Verabschiedung sein Zimmer. Sein dunkler Blick folgte mir und ich hoffte wirklich, dass ich sein Baby retten konnte. Bereits auf den Weg zum Ausgang hatte ich mein Handy herausgezogen und wählte Kais Telefonnummer. Er würde mit Sicherheit jemanden finden, der die Reparatur eines Laptops kurzfristig gegen das entsprechende Entgelt vornehmen konnte und erfreulicherweise ging er bereits nach dem ersten Klingeln an sein Telefon.

Zum Glück hatte Kai tatsächlich einen Fachmann in seiner geheimen Direktorendatei und so ließ er den Laptop innerhalb weniger Minuten von einem Mitarbeiter aus der Verwaltung zur Reparatur abholen. In-Ho stand in seiner Zimmertür und sah dem elektronischem Gerät nach, als hätte der Rettungsdienst sein eigenes Kind in den Rettungswagen gelegt und man wüsste noch nicht, ob es die nächsten Stunden überleben würde. Langsam drehte ich mich um und betrachtete den jungen Mann mitleidig. In seiner ansonsten so aufregenden Welt war es still geworden und sein Laptop und sein Handy waren in der gegenwärtigen Zeit vermutlich die einzige Möglichkeit, mit der Außenwelt zu kommunizieren.

"Du hältst mich sicherlich für pathetisch, denke ich."

Seine Stimme war wieder fest und ich hatte nicht mehr das Gefühl, er würde vor Trauer zusammenbrechen. Abwehrend hob ich beide Hände.

"Natürlich erlaube ich mir nicht, so etwas zu denken. Sie werden Ihre Gründe haben."

Doch, dachte ich ehrlich, ich hatte ihn schon für sehr emotional gehalten, weil ein Laptop beschädigt wurde. Aber was wusste ich schon? Es stand mir nicht zu, meinen Gast zu bewerten oder zu beurteilen. Plötzlich kam mir eine Idee und ich begann wieder zu telefonieren.

"Bleibst du ein wenig bei mir?"

In-Hos Stimme klang etwas zögerlich, so als hätte er lange mit sich gekämpft, mich zu fragen. Ich hatte das Telefonat beendet und drehte mich zu ihm um. Er war aus seinem Zimmer gekommen und stand nun vor dem großen Fenster, das auf die Dachterrasse hinausging.

"Möchten Sie ein wenig nach draußen gehen?"

Ich zeigte mit der Hand auf die Terrasse und nach einem kurzen Zögern nickte er. Schnell öffnete ich ihm die schwere Fenstertür und ließ ihn hinaustreten. Der Boden der Terrasse war mit Holzbohlen ausgelegt und als In-Ho mit seinen Gehhilfen hinausging, rutschte eine von ihnen ein wenig auf dem Holz. Es hatte am Abend zuvor geregnet und deshalb war der Untergrund etwas unsicher. Schnell lief ich an seine Seite und fasste dem Maknae ungefragt an seinen Ellenbogen, um ihn vor einem eventuellen Sturz zu bewahren. Als mir bewusst wurde, dass ich den jungen Musiker ohne seine Einwilligung berührte, ließ ich ihn schnell wieder los und wollte sofort zur Abstandwahrung zurücktreten. In-Ho sah mich an und dann zu Boden.

"Kannst du mir helfen?"

Er nahm seine Gehhilfen in eine Hand und streckte mir seine Hand entgegen. Fragend blickte ich ihn an und überlegte, ob er etwas haben wollte, oder ob ich ihn anfassen sollte. Manchmal war ich vermutlich ein wenig begriffsstutzig. Als er jetzt jedoch die Hand noch einmal mit einer energischen Bewegung in meine Richtung streckte, verstand ich endlich und ergriff sie.

Warm umschlossen seine Finger meine und er zog mich dichter an sich heran, um bei mir Halt zu suchen. Plötzlich wurde ich nervös und spürte, wie mein Puls mit einem Mal viel schneller ging. In-Ho war mir so nahe, wie ich es mir in meinen Träumen immer gewünscht hatte. Meinen Arm fest umklammert, drückte er ihn unbewusst auch an seinen Oberkörper, um mit mir gemeinsam zur Brüstung der Balkoneinfassung zu gehen. Eng an ihn gelehnt stand ich neben ihm, während er seinen Blick über den wunderschönen Park schweifen ließ. Mein Herz pochte wie verrückt, da ich jede einzelne Bewegung von ihm neben mir intensiv spürte.

Vorsichtig blickte ich hinunter und sah auf unsere ineinander verschlungenen Hände. Für ihn war ich vermutlich nur ein beweglicher Krückstock, denn er schien mich gar nicht wahrzunehmen. Plötzlich bemerkte ich jedoch, dass ich seinen Herzschlag ebenfalls spüren konnte – und dieser schien genau wie meiner ein wenig aus dem Takt gekommen zu sein.

Eine Stunde später klingelte es an der Suite und der gleiche Verwaltungsmitarbeiter, der zuvor den Laptop abgeholt hatte, stand nun mit einem nagelneuen Gerät vor der Tür und überreichte mir den Karton. Dankend nahm ich ihn entgegen, In-Ho war zurück in seinem Zimmer und so klopfte ich bei ihm an, um ihm seine Überraschung zu präsentieren.

Er öffnete nicht, aber ich hörte sein Brummen. Vorsichtig drückte ich die Klinke herunter und sah, dass In-Ho auf einem Ohrensessel am Fenster saß und in den Garten blickte. Bei meinem Eintreten wandte er sich nicht um. Leise ging ich zu ihm hinüber und legte den Karton auf das kleine Beistelltischchen ab. Zuerst dachte ich, er hätte mich gar nicht wahrgenommen, doch dann streifte sein Blick das Geschenk und plötzlich kam wieder Leben in ihn.

"Gamsahabnida", bedankte er sich leise auf Koreanisch. Er betrachtete den Karton und warf mir einen fragenden Blick zu, ehe er mein Geschenk vorsichtig in seine Hände nahm.

"Es ist nicht das gleiche Model, das Sie zuvor hatten. Aber ich dachte mir, bis Ihr Laptop aus der Reparatur zurück ist, könnte dieses Gerät erst einmal als Ersatz dienen."

In-Ho hatte den Laptop in der Zwischenzeit ausgepackt und geöffnet. Während das Gerät langsam hochfuhr, hob er seinen Blick und sah mich dankbar an, ehe er sich wieder auf den Computer konzentrierte. Beinahe zärtlich strich In-Ho mit seiner Hand über die Tastatur und blickte auf den Bildschirm, auf dem jetzt ein bekanntes Logo zu sehen war.

"Ich habe in den letzten Monaten die Menschen um mich herum nur schlecht ertragen. Dieses Gerät hat mir ein Fenster in die Welt aufgemacht, ohne dass die Welt mich sehen konnte."

Er sah von dem Computer hoch und schaute mich direkt an. Seine Augen blickten traurig und ich musste schlucken. Selbst hier, wo er eigentlich er selbst sein sollte, trug er eine Maske und versteckte sich hinter ihr. Ich wusste nicht, was ich sagen sollte. Sollte ich ihm Mut zusprechen? Schweigend nickte ich, dann blickte ich auf seinen über die Tastatur gesenkten Kopf. Der kurze Moment, in dem er sich mit mir unterhalten wollte, war bereits wieder vorüber und ich spürte Bedauern.

"Lassen Sie mich jetzt bitte allein", forderte er mich höflich auf, seinen Schlafraum zu verlassen.

Beim Hinausgehen fiel mein Blick auf das Bett, deren Bezug immer noch nicht gewechselt wurde und ich stoppte.

"Darf ich noch kurz Ihr Bett richten, bevor ich gehe?"

Ohne mich anzusehen, nickte In-Ho. Er hatte bereits damit begonnen, auf seiner Computertastatur zu tippen und ich wurde wieder zum Wandschirm. Nachdem ich seine Bettwäsche gewechselt hatte, verabschiedete ich mich leise von ihm und zog die Tür hinter mir zu, ohne, dass er noch etwas gesagt hatte.

~ Kapitel 10 ~

Die liebe Verwandtschaft

Ich saß in meinem kleinen Zimmer und starrte auf meinen Bildschirm, über den eine Folge meiner Lieblingsserie "Immortality Love" flimmerte. Das koreanische Drama kannte ich auswendig und so ließ ich kurz meine Gedanken wandern.

Der heutige Tag war wenig ereignisreich verlaufen. Bald nach dem Laptopunglück waren Herr Park und Ji-Mong von der Physiotherapie zurückgekommen. Der Sänger war von dem Besuch wie nicht anders zu erwarten sehr erschöpft und schlief bis zum Abendessen in seinem Zimmer, während In-Ho scheinbar ganz in seinen Laptop vertieft war. Beide Gäste kamen erst wieder aus ihren Zimmern heraus, als sie von ihrem Bandkollegen und dem Chef geholt wurden. Nach dem Essen verließen Herr Park, seine Frau und die Familie von Taemin nach kurzer Zeit das Apartment und es kehrte schnell wieder Ruhe ein. Die Nachtwache war heute sogar eine halbe Stunde früher zum Dienst erschienen und aus diesem Grund saß ich bereits um 22 Uhr auf meinem Bett und sah mir meine Serie an.

Mein Handy klingelte penetrant genau in dem Moment, in dem der König und sein Bodyguard um ihr Leben kämpften. Der König wurde von meinem Lieblingsschauspieler Park Joon-Ki gespielt und die Rolle seines Bodyguards hatte niemand geringerer als Taemin bekommen. Etwas genervt und unwillig, dem störenden Klingeln eine Chance zu geben, mich aus meiner geliebten heilen Traumwelt herauszuholen, griff ich ohne hinzusehen nach dem Störenfried und hielt es an mein Ohr.

"Ja?" Ich wollte eigentlich nicht telefonieren, da ich dazu viel zu müde war. Doch als ich jetzt die Stimme hörte, setzte ich mich plötzlich aufrecht hin.

"Du undankbare Göre. Papa ist im Krankenhaus und du hast noch nicht einmal nachgefragt, wie es ihm geht."

"Mama", hauchte ich, und mein Herz begann schneller zu schlagen. Tatsächlich hatte ich wirklich vergessen, dass mein Vater einen Unfall hatte.

"Wie kann man ein so furchtbares Kind haben, dass sich nicht einmal sorgt, wenn es den Eltern nicht gut geht!"

Ihre Stimme war so voller Vorwurf, dass ich mich augenblicklich schlecht fühlte. Wie gewohnt hatte sie sofort einen Angriff auf mich gestartet und damit ebenfalls wie immer Erfolg.

"Mama, wie geht es Papa?", fragte ich nun schuldbewusst und hoffte, dass keine Verschlechterung seines Zustandes eingetreten war.

"Wie soll es ihm schon gehen? Er hat natürlich Schmerzen. Hör zu, ich brauche Geld für einige Dinge, die ich Papa kaufen muss. Überweise mir etwas, deine Eltern brauchen jetzt deine Unterstützung. Wozu auch sparen? Gibt doch eh keine Zinsen, das sagt Angelina auch. Du kannst danach ja immer noch wieder etwas zur Seite legen. Also, die Kontonummer kennst du. Sei einmal eine gute Tochter! Angelina hat sofort etwas überwiesen. Die musste ich nicht erst darum bitten."

Ohne meine Antwort abzuwarten, hatte meine liebende Mutter das Gespräch beendet. Sprachlos starrte ich auf den noch immer erleuchteten Bildschirm, auf dem "Biologische Erbgut-Weitergeberin" stand. Erst, als es merkwürdig warm auf meiner Hand wurde bemerkte ich, dass Tränen auf ihnen gelandet waren. Schluchzend legte ich mich aufs Bett zurück und weinte, bis ich das Gefühl hatte, komplett leer zu sein. Irgendwann war die letzte Träne geflossen und der Berg an Taschentücher nicht mehr weiter angewachsen. Ich griff nach meinem Telefon und wählte die eins.

"Schnucki, was gibts?"

Eine verschlafene Sara hatte abgenommen und ich registrierte erst jetzt, dass es fast Mitternacht war.

"Kannst du eine Flasche Wein bringen?" Meine Stimme hörte sich jämmerlich an und ich schniefte.

"Ich bin in einer Minute bei dir."

Noch während sie das sagte, hörte ich es raschelte und klappern. Sara, meine liebste Freundin, hatte genau wie ich und ihre gesamte Familie Zimmer im Hotel und so war sie tatsächlich innerhalb von fünf Minuten vor meiner Tür. Sie warf nur einen Blick auf mein verheultes Gesicht und nahm mich in die Arme.

"Familie?", fragte sie ohne Umschweife und ich nickte an ihrer Schulter. "Na los, Süße, setze dich. Ich schenke dir ein und dann erzählst du, ja?"

Als ich geendet hatte, war Saras Gesicht vor Wut verzerrt. Sie hatte ihr ganzes Leben miterlebt, wie mein Stand in meiner eigenen Familie war und hatte mich nach jeder neuen Enttäuschung getröstet. Dieser Stachel in meinem Fleisch mit dem Namen "Familie", saß einfach tief. Auch wenn ich mir nichts sehnlicher wünschte, als nichts mehr mit ihnen zu tun haben zu müssen, so waren sie doch meine Eltern und meine Schwester und ich fühlte mich ihnen trotz allem verbunden und verpflichtet. Vermutlich war es wirklich eine sehr einseitige Liebe, aber was konnte ich schon machen?

"Du hast ihnen aber doch kein zusätzliches Geld überwiesen, oder? Alea, sag mir, dass du das nicht getan hast!"

Sara schwankte zwischen Hoffnung und Resignation. Als ich sie nun beinahe entschuldigend von unten herauf ansah, seufzte sie nur. Sie hatte es sich bereits gedacht.

"Sie werden dich so lange aussaugen, bis du ihnen kein Blut, sondern nur noch Wasser geben kannst. Alea, deine Eltern sollten dich versorgen und nicht du sie! Wann haben sie mal irgendetwas für dich getan? Die Schulausflüge? Erinnerst du dich, oder unsere Klassenfahrt? Wer hat neben der Schule gearbeitet wie ein Ochse und Rasen gemäht, während die anderen Kinder im Freibad waren? Die Klassenfahrt? Erinnerst du dich? Da, wo du zur Schule gehen musstest, weil deine Eltern das Geld nicht aufbringen wollten, weil Angelina eine neue Geige bekommen sollte? Klingelt es bei dir?"

Wie konnte ich das vergessen? Meine Eltern hatten meinen Lehrern mitgeteilt, dass sie das Geld für eine solche Fahrt für Verschwendung hielten und man ihnen nicht auferlegen dürfte, dass sie es bezahlen. Entweder würde der Staat die Fahrt für ihre Tochter zahlen, oder sie könnte eben nicht mitfahren. Saras Vater hatte von der Sache Wind bekommen und wollte die Kosten für mich übernehmen, doch meine Eltern hatten Herrn Grimm heftig abgewiesen. So fuhren meine 30 Mitschüler gemeinsam eine Woche lang an die Nordsee, während ich in unserer Parallelklasse am Unterricht teilnahm. Aber Angelinas Geige war wirklich ausgezeichnet und sie spielte auf ihr auch ganze sechs Monate.

"Und jetzt zahlst du deinen Erzeugern Geld, das du dir mühevoll zur Seite gelegt hast. Warum übernimmt nicht die tolle Familie deiner Schwester die Kosten? Die sind doch sonst immer die Vorzeigemenschen."

Saras Stimme war bitter und ich wusste, dass sie Angelina hasste. Natürlich konnte ich sie verstehen. Angelina hatte immer neidisch auf die Grimm Kinder geblickt und als sie heiratete, waren weder ich noch meine beste Freundin Sara auf ihrer Hochzeit willkommen. Man feierte im kleinsten Kreis und dazu gehörte ich nicht. Ich war schließlich nur die Schwester und keine Freundin.

"Alea, ich möchte zu gerne wissen, was Kai zu der ganzen Sache sagen würde. Ich denke, ich werde ihn morgen früh mal fragen."

Alarmiert stellte ich mein Glas Rotwein weg und packte Sara an ihren schmalen Schultern.

"Lass Kai bitte da raus. Du weißt, dass er nur auf eine Gelegenheit wartet. Ich will nicht, dass er Stress bekommt. Bitte, sag ihm nichts, ja?", flehte ich die Schwester des Mannes an, der mir geschworen hatte, eines Tages mit meinen Eltern alles zu klären.

"Wenn du es unbedingt willst", maulte Sara in ihr Glas, doch ich sah das Blitzen in ihren Augen.

Kai war mittlerweile ein Mann, mit dem man rechnen musste. Sollte er mit meinen Eltern reden wollen, dann würde das für sie nicht gut ausgehen. Still hatte er all die Jahre meine Missachtung beobachtet und anders als seine Schwester geschwiegen. Doch seit meinem letzten großen Streit mit meinen Eltern hatte er sein Schweigen gebrochen und mir erklärt, dass er sich diese Behandlung nicht weiter ansehen würde.

Ich schaute auf mein Handy und stellte fest, dass es bereits halb zwei Uhr morgens war. Sowohl Sara als auch ich mussten am Morgen früh aufstehen und so drängte ich meine Freundin zum Aufbruch. Ein wenig angesäuselt verabschiedete sie sich und ich legte mich dank des Weins ebenfalls benebelt auf mein Bett und schlief traumlos ein.

Am Morgen sah ich so schlimm aus, wie man eben aussah, wenn man literweise Tränen vergossen hatte. Meine Augen waren geschwollen und rot, meine Nase war verstopft und mein Gesicht sah verquollen aus. Ich stand in meinem kleinen Bad und sah mir das Unglück im Spiegel an. Langsam hob ich mein Handy hoch und blickte auf die vier Worte, die dort standen:

"Das soll alles sein?"

Kein Danke schön, kein 'ich zahle es dir zurück' oder 'Papa und ich haben uns gefreut'. Ich löschte die Nachricht meiner Mutter und steckte das Handy in meine Hosentasche. Für meine Eltern hatte ich mein gesamtes Sparbuch leergeräumt und ihnen noch gestern sofort alles überwiesen. Ich wusste selbst, dass es nicht viel war, aber ich hatte sparsam gelebt, um dieses Geld überhaupt zurücklegen zu können und es schmerzte mich, dass ich es ihnen überweisen sollte. Doch ich hatte immer noch nicht die Hoffnung aufgegeben, dass ich vielleicht in ihren Augen doch etwas wert war.

Ehe ich wieder anfangen konnte zu weinen, drehte ich mich um, verließ mein kleines Apartment und lief die Treppe runter zu den Räumen der Suite. Ich musste arbeiten und das würde mich hoffentlich auch von meinen Gedanken um meine Familie ablenken. Gerade, als ich die Tür im Treppenhaus zur 8. Etage öffnen wollte, hörte ich eine bekannte Stimme, die mich aufhielt.

"Alea, warte einen Moment." Ich drehte mich seufzend um und sah in das hübsche Gesicht meines Chefs.

"Guten Morgen Kai", grüßte ich ihn und senkte schnell den Kopf, damit er mein verheultes Gesicht nicht sehen konnte. Er kannte mich mindestens genauso gut wie Sara und wusste vermutlich sofort, warum ich so aussah, auch wenn Sara ihr Versprechen ihm nichts zu sagen mit hundertprozentiger Sicherheit nicht gebrochen hatte.

Mit seinen langen Beinen war Kai innerhalb weniger Sekunden bei mir und da ich meinen Kopf immer noch gesenkt hielt, witterte er den Grund dafür. Seine große Hand fasste unter mein Kinn und hob es ihm entgegen. Ich versuchte mich aus seinem Griff zu befreien, doch er gab nicht nach. Wollte ich einen würdelosen Kampf vermeiden, musste ich jetzt aufgeben.

"Was?", maulte ich unwillig und sah hoch in seine schönen grünen Augen.

"Du hast geweint. Wenn es nichts mit deinen Gästen in 808 zu tun hat …"

Er ließ den Satz unbeendet und ich wusste, dass seine Frage rhetorisch war. Hätte es in der Suite Probleme gegeben, wüsste er bereits Bescheid, denn ich musste ihm täglich Bericht erstatten. In meinem gestrigen Rapport gab es keine Meldungen, die zur Beunruhigung geführt hätten.

Gerade, als ich mich nun doch aus seinem Griff befreien wollte, ließ er mein Kinn los und zog mich plötzlich in seine Arme. Er drückte mich an seine breite Brust und strich mir zärtlich über meinen Rücken. Sein vertrauter Geruch in meiner Nase war schön und ich fühlte mich geborgen und verstanden. Ohne Worte schlang auch ich meine Arme um ihn und legte meine Wange an seine Schulter. Er war mein Beschützer, mein großer Bruder, mein Freund. Ich fühlte mich wohl bei ihm und ich war dankbar, dass er in diesem Moment nichts sagte. Seine stille Anteilnahme war genau das, was er mir die letzten 20 Jahre in solchen Situationen immer hatte zuteilwerden lassen. Sara regte sich mit mir zusammen auf, Kai beruhigte mich. Früher hatte er mich nicht in den Arm genommen, aber ich erinnerte mich daran, dass es stets irgendwelche ruhige Gesten waren, die mich trösteten. Ein stumm hingehaltener Bonbon, ein Taschentuch, ein Blick, ein unbeholfenes Streicheln über den Arm. Kai hatte seine eigene Art mich zu trösten. Und heute war es die feste Umarmung, die er mir anbot und die ich dankbar annahm. Nach einer gefühlten Ewigkeit löste ich mich von ihm und sah zu ihm hoch.

"Ich danke dir. Das war vermutlich genau das, was ich gebraucht habe."

Kai nickte und trat einen Schritt von mir zurück. Sein Blick suchte mein Gesicht und ich versuchte, ein zaghaftes Grinsen.

"Du weißt, dass ich mich nur nicht einmische, weil du es mir verboten hast?"

Seine Stimme bebte ein wenig. Kai war wütend. Ich sah, dass er nun die Hände zu Fäusten geballt hatte und hob eine Hand, die ich ihm an seine glattrasierte Wange legte.

"Danke" Er legte seine große Hand auf meine, und drückte sie enger an sein Gesicht. Ich lächelte. "Ich danke dir wirklich, Kai. Du bist der beste Freund, den ich habe. Wenn es die Familie Grimm nicht gäbe, dann wäre ich vermutlich schon längst verzweifelt. Aber ich habe euch und ihr seid die bessere Familie. Du, Sara und dein Vater, ihr seid die, die wirklich zählen. Mein Bruder, meine Schwester und mein Vater."

Meine Worte bewirkten, dass sein Gesicht ausdruckslos wurde. Ich hatte ihn gerade wiederholt "friend zoned" und das war ihm natürlich nicht entgangen.

"Ich muss jetzt los."

Gespielt fröhlich winkte ich und öffnete die Treppentür zur 8. Etage mit meiner Karte. Als ich mich umdrehte, sah ich Kai, wie er mir nachdenklich hinterherblickte.

Zu meiner Überraschung war auch an diesem Morgen Taemin wieder im Salon und sah Fernsehen. Neugierig versuchte ich einen Blick auf seine Kleidung zu erhaschen, ob er wieder die niedliche Einhorn-Pyjama-Hose trug. Doch er hatte sich scheinbar heute etwas mehr Zeit genommen und hatte eine lässige Jeans und ein weißes T-Shirt angezogen. Als ich das Shirt jedoch genauer betrachtete, grinste ich. "Wo ist Appas Liebling" stand in koreanischem Hangul aufgedruckt. Es war ganz offensichtlich, dass Taemin es liebte, Vater zu sein. Grinsend verglich ich den Familienvater Taemin mit den Bildern, vom sexy Sänger auf der Bühne oder sogar den im historischen Kostüm gekleideten unschlagbaren Bodyguard.

"Guten Morgen", begrüßte ich meinen Gast und machte eine angedeutete Verbeugung.

"Ah, Alea, einen schönen guten Morgen. Ich habe mir schon einen Kaffee gemacht. Ich hoffe, das war okay?"

Er hielt seinen Becher mit dampfender Flüssigkeit hoch und ich schüttelte schnell den Kopf.

"Natürlich können Sie sich hier bedienen, wie Sie möchten. Darf ich Ihnen noch ein paar Kekse zum Kaffee reichen? Das Frühstück wird in einer halben Stunde gebracht. Wenn Sie jedoch schon eher etwas wünschen, kann ich der Küche gerne Bescheid sagen."

Taemin führte die Tasse an seine Lippen und schüttelte den Kopf. Vorsichtig pustete er über die heiße Oberfläche.

"Alles gut, vielen Dank. Mi-Na konnte heute Nacht nicht schlafen, weil sie Bauchschmerzen hatte und jetzt bekomme ich meine Mädels nicht wach."

Er trank einen Schluck und dann zeigte er mit seiner Hand auf die Türen, hinter denen die eigentlichen Bewohner dieser Suite residierten. "Meine Freunde schlafen beide noch. Sie haben also noch ein wenig Zeit, bevor die Kerle anfangen zu nerven."

Erschrocken schüttelte ich den Kopf. Hatte er den Eindruck gewonnen, ich wäre von meinen Gästen genervt? Taemin beobachtete mich und dann lächelte er.

"Hey, alles gut. Das habe ich nicht so gemeint. Ich liebe die beiden, aber ich weiß auch, dass insbesondere In-Ho momentan ein kleiner Teufel ist."

Mit einem Mal zog er die Augenbrauen zusammen und betrachtete mein Gesicht intensiv, sodass ich schnell den Blick senkte. "Haben Sie geweint?", fragte er direkt und ohne Vorwarnung, was mich sehr verunsicherte. Es war mir peinlich, dass er mit einem einzigen Blick dieses erkannt hatte. "Bitte entschuldigen Sie, dass ich so direkt bin. Meine Nacht war kurz und da falle ich dann gerne mit der Tür ins Haus. Entschuldigen Sie, dass ich so plump gefragt habe. Ich wollte Sie nicht in Verlegenheit bringen."

Er lächelte wieder und setzte sich zurück auf das Sofa, trank seinen Kaffee und zappte durch das Fernsehprogramm. Ich blickte auf seinen Hinterkopf und fragte mich, was er wohl von mir denken mochte. Mein verheultes Gesicht war ganz sicher nicht sehr professionell.

Ich begann den Frühstückstisch für die Gäste zu decken und kochte Kaffee. Eine halbe Stunde später wurde das Frühstück von der Küche gebracht und ich arrangierte die Platten appetitlich auf dem Tisch. Dann war meine Arbeit getan und ich zog mich in die kleine Küche zurück. Der Ablauf zum Frühstück war identisch mit dem Vortag und ich öffnete sowohl Taemins Familie, als auch Herrn Park und seiner Frau Lisanne die Tür und begrüßte sie. Lisanne sah mich genau wie Taemins Frau Emmy prüfend an und beide zogen jeweils eine Augenbraue hoch. Offensichtlich hatten auch diese beiden Frauen erkannt, dass ich nicht ganz auf der Höhe war, jedoch schwiegen sie anders als der Sänger und sagten nichts.

Nachdem Taemin und Herr Park die beiden Hauptgäste zum Frühstückstisch geführt hatten, wurde am Tisch lebhaft geredet und gelacht. Das Lachen kam jedoch nur von den Gästen, die nicht in der Suite 808 selbst wohnten. Ji-Mong schwieg und saß blass in seinem Rollstuhl, während er sich einige wenige Bissen des leckeren Essens zum Mund führte und automatisch kaute. In-Ho hatte wieder neben Mi-Na Platz genommen und saß mit dem Rücken zu mir. Er hatte zum Essen seine Maske abgelegt, nicht ohne zuvor die Anweisung zu geben, dass ich mich dem Tisch nicht nähern dürfte.

Von meinem Beobachtungsposten aus betrachtete ich die Gesellschaft, die mir mittlerweile recht vertraut war. Herr Park, der gutaussehende CEO von Woon-Entertainment, schien mit seiner Frau Lisanne der Dreh- und Angelpunkt der Gesellschaft zu sein. Er war charmant, aufmerksam und wirkte wie ein Mann, der alles im Griff hatte. Lisanne war trotzdem sie die Frau des einflussreichsten Musikmagnaten in Korea war, locker und wirkte sehr umgänglich. Sie lachte viel, war entspannt im Umgang mit den Patienten und liebevoll mit Mi-Na. Emmy, die wunderschöne rothaarige Frau von Taemin, war ruhiger, obwohl ihre roten Haare immer dem Vorurteil nach auf ein heftiges Temperament schließen ließen. Sie kümmerte sich während des Essens aufmerksam um Ji-Mong und versuchte ständig, ihn zum Essen zu ermuntern. Jedes Mal, wenn dieser mit dem Kopf schüttelte, wenn sie ihm etwas anbot, verzog sich ihr hübsches helles Gesicht traurig und sie zog einen niedlichen Schmollmund.

Und dann waren dort die Männer, die ich jahrelang in Videos, Interviews und auf Fotos bewundert hatte. Taemin, der Sänger mit der rauchigen Stimme, Ji-Mong, das Allround-Genie und Rapper der Band, und In-Ho, der Maknae und das Ausnahmetalent. Es fehlten in dieser Runde nur noch zwei weitere Mitglieder von Star.X, nämlich Yeon, der Älteste und vermutlich hübscheste der Gruppe und Sunny, der blondgefärbte Leader und zweite Rapper.

An dem Frühstückstisch saßen heute zwar drei Mitglieder von Star.X, doch in erster Linie waren drei Männer anwesend, die im Kreise ihrer Freunde aßen und versuchten, ihr Leben wieder aufzunehmen.

Erschrocken zuckte ich zusammen, als plötzlich ein lauter Schrei ertönte. Mi-Na war blitzschnell und völlig unerwartet aus ihrem Hochstuhl geklettert und drohte genau in diesem Moment zu fallen. Ehe ich zum Tisch eilen konnte, war In-Ho aufgesprungen und fing das lachende Mädchen auf, ehe es auf den Boden aufschlagen konnte. Erleichtert hielt er die kleine Zweijährige auf dem Arm und drückte sie an sich. Ihr Vater war ebenfalls genau wie die Mutter von dem Stuhl hochgesprungen, doch es war der Maknae, der die Kleine gerettet hatte. Als sich unsere Blicke begegneten, riss In-Ho seine Augen weit auf und drehte sich blitzschnell um. Doch ich hatte für einen kurzen Moment sein Gesicht unverhüllt gesehen und den Schock in seinen Augen.

~ Kapitel 11 ~

Demaskiert

In-Hos Wange zierte von der Schläfe bis über die Kinnpartie eine leuchtende rote Narbe. Sie war ganz offensichtlich durch den fatalen Unfall verursacht worden und damit auch Grund, warum der junge Mann eine Maske trug und nicht wollte, dass man sein unbedecktes Gesicht sah. Der Beinahe-Unfall mit Mi-Na hatte ihn alle Vorsichtsmaßnahmen vergessen lassen und so war es mir unverhofft möglich gewesen, die Unfallnarbe zu sehen.

In-Ho drückte Mi-Na ihrem Vater in die Arme und flüchtete auf seinen Gehhilfen in sein Zimmer. Überrascht sahen die anderen Gäste ihm hinterher, ohne etwas zu sagen. Auch ich starrte auf die nunmehr geschlossene Zimmertür und hielt den Atem an. Würde mir jetzt etwas passieren, weil ich ihn unverhüllt gesehen hatte?

Herr Park blickte von der Tür zu mir und stand langsam vom Tisch auf. Während er zu mir hinüberschritt, bemerkte ich, wie mein Herz aufgeregt zu schlagen begann. Ich hatte nichts falsch gemacht und doch hatte ich Angst, dass es Konsequenzen für mich geben könnte, weil ich sein unbedecktes Gesicht gesehen hatte. Zu meinem Erstaunen kam Park Jae-Woon jedoch nicht zu mir, sondern ging zu Taemin und nahm ihm die kleine Mi-Na ab.

"Geh zu ihm. Du weißt, wie empfindlich er ist."

Taemin nickte und lief ohne anzuklopfen in das Zimmer des Maknae und schloss die Tür leise hinter sich. Ich hatte ihm nachgesehen und endlich begann ich wieder zu atmen. Am Tisch schien es den anderen Frauen ähnlich ergangen zu sein, denn ich hörte plötzlich ein Seufzen, das ganz eindeutig von Lisanne Park kam. Plötzlich blieb mein Blick an Ji-Mongs Augen hängen. Er sah mich an und schien zu versuchen in meinem Gesicht zu lesen, ob ich vom Anblick des jüngsten Bandmitgliedes abgestoßen oder geschockt wäre. Ich hielt seinem Blick stand und schüttelte leicht den Kopf. Wenn ich ehrlich war, so fand ich die Narbe keineswegs abstoßend. Das perfekte Gesicht von In-Ho wurde davon in meinen Augen in keiner Weise beeinträchtigt. Sie gab ihm viel mehr ein etwas verwegenes und männlicheres Aussehen.

In-Ho hatte weiche Gesichtszüge und wurde aus Spaß in einer Show auch schon einmal als Frau geschminkt und gekleidet auf die Bühne geschickt. Natürlich wurde im Laufe der Zeit das ehemals kindliche, fast weiblich weiche Gesicht des Teenagers etwas kantiger, dennoch war es immer noch ein sanftes, klares Jungengesicht. Die Narbe an seinem Kiefer beeinträchtigte diesen Eindruck in keiner Weise, und dennoch gab sie ihm etwas, jetzt überlegte ich kurz, ja, sie gab ihm etwas Interessantes. Die Perfektion des Gesichts wurde gebrochen und das wirkte nicht nur interessanter, sondern auch authentischer und lebhafter. Aber konnte man das zu einem koreanischen Idol sagen, bei dem das perfekte und tadellose Aussehen für viele Fans und Verantwortliche in der Industrie als Grundvoraussetzung zählte, um in einer K-Pop Band Mitglied zu sein? Nun, sagen würde ich ihm das vermutlich nicht, aber wahrscheinlich würde ich auch nicht gefragt werden.

Ji-Mong betrachtete mich immer noch. Ich zog eine Augenbraue hoch, woraufhin er lächelte. Scheinbar war er zufrieden mit meiner Reaktion und begann, weiter zu essen. Dieses bemerkten auch seine Freunde und schauten ihm erstaunt dabei zu, wie er sich so lange Reis in den Mund schaufelte, bis seine Schale leer war. Anschließend lehnte er sich in seinem Rollstuhl zurück und lächelte leicht.

Nach dem Frühstück verließen wie bereits am Vortag die Frauen die Suite und zurück blieben Taemin und Herr Park, die sich um die beiden Versehrten kümmerten. Herr Park hatte Ji-Mong zurück in sein Zimmer geschoben, da er sich für seine Physiotherapie umkleiden sollte und wie ich dem Gespräch am Tisch entnommen hatte, stand außerdem noch ein Besuch im Krankenhaus bei dem auf Unfallfolgen spezialisiertem Professor an. Hierhin würden sowohl In-Ho als auch Ji-Mong gefahren werden.

Leise räumte ich den Tisch auf und hatte gerade die Wagen vor die Suite Tür zur Abholung geschoben, als plötzlich Herr Park hinter mir stand. Erschrocken fasste ich mir an den Hals, da ich ihn nicht hatte kommen hören. Schnell setzte ich ein höfliches Lächeln auf und betrachtete den gutaussehenden Mann vor mir.

"Alea, ich habe eine sehr große Bitte an Sie."

Seine Worte ließen mein Herz plötzlich schneller klopfen. Was würde jetzt kommen? Vorsichtig nickte ich und gab ihm damit zu verstehen, dass er weitersprechen sollte.

"In-Ho ist sehr empfindlich was seine Verletzung betrifft, wie Sie mit Sicherheit bereits bemerkt haben. Bitte erwähnen Sie dieses nicht in seiner Gegenwart und wenn er Sie fragt, ob Sie etwas gesehen haben, verneinen Sie es bitte. Es macht ihm die Situation leichter und eine weiße Lüge wird auch nicht bestraft. In-Ho benötigt selbst noch etwas mehr Zeit, um sich mit seinem neuen Äußeren vertraut zu machen und es zu akzeptieren."

"Selbstverständlich werde ich nichts sagen, Herr Park, und wenn Sie der Meinung sind, dass ihm das bei der Genesung hilft, so werde ich das gerne tun."

Ich stimmte ihm zu, obwohl ich innerlich ein Unwohlsein bei dem Gedanken verspürte, dem Patienten die Unwahrheit zu sagen. Warum konnte ich nicht erwähnen, dass ich die Narbe gar nicht schlimm fand? Aber vermutlich wusste Herr Park es viel besser was gut für seinen Schützling war, als ich. Das Gefühl in meinem Bauch weiter ignorierend, sah ich Herrn Park hinterher, wie er zurück in Ji-Mongs Zimmer ging und diesen nach kurzer Zeit in seinem Rollstuhl herausschob. Ji-Mong lächelte mich im Vorbeifahren leicht an und ich sah ihm hinterher, wie er mit seinem CEO die Suite verließ, während der versehrte Sänger sich große Kopfhörer auf seine Ohren setzte und die Kapuze seines Hoodies hochzog. Auch er versteckte sich ganz offensichtlich vor der Welt, nur nicht hinter einer Maske und aggressiven Worten wie sein jüngerer Freund In-Ho.

Heute war ich nicht alleine mit dem Maknae zurückgeblieben, denn Taemin war nach wie vor mit ihm zusammen in seinem Zimmer. Als ich den Salon wieder zufriedenstellend aufgeräumt hatte, telefonierte ich mit meinem Kollegen vom Housekeeping und gab die Räume zum Saubermachen frei. Eigentlich hatte ich vorgehabt, selbst schnell in den Keller hinunterzulaufen um zu frühstücken, doch gerade als ich die Räume verlassen wollte, öffnete sich In-Hos Zimmertür und er trat zusammen mit Taemin aus dem Raum.

"Alea, würde es Ihnen etwas ausmachen, In-Ho auf einen kleinen Spaziergang im Park zu begleiten? Er hat mir versprochen, dass er ein paar Schritte an der frischen Luft machen wird, um etwas Energie zu tanken. Das Wetter ist heute sehr schön und ich danke Ihnen, wenn sie ein Auge auf ihn haben."

Überrascht sah ich von Taemin zum Maknae, der mit einem überaus schlecht gelaunten und wenig begeisterten Gesichtsausdruck neben seinem älteren Bandkollegen stand und vor sich hinstarrte. Es sah nicht gerade so aus, als würde er gerne mit mir nach draußen gehen. Vielmehr machte es den Eindruck, als ob der Ältere ihn mit irgendetwas erpresst hätte.

"Sehr gerne mache ich das. Gibt es etwas, was ich beachten muss oder etwas, was wir mitnehmen müssen?"

Ich dachte daran, dass In-Ho auf seinen Gehhilfen nicht besonders gut unterwegs war und fragte mich, ob er einen Spaziergang, und sei er noch so kurz, überhaupt bewältigen könnte. Heimlich hatte ich die Hoffnung, dass er vielleicht genau wie am Vortag auf der Dachterrasse meine persönliche Unterstützung in Anspruch nehmen könnte. Taemin zerstörte jedoch meinen Traum, denn er hielt In-Ho seine Gehhilfen hin, die dieser widerwillig annahm. Offenbar hatte er volles Vertrauen in seinen Freund und schüttelte lächelnd den Kopf.

"Er ist kräftiger, als er vielleicht aussieht. Er wird schon ein paar Schritte laufen können, nicht wahr?"

Wieder sah In-Ho nicht begeistert aus, aber er nickte mit gerunzelter Stirn. Mich interessierte brennend, was die beiden hinter den verschlossenen Türen besprochen haben mochten, sodass In-Ho brav den Anweisungen seines Älteren folgte. Doch das würde vermutlich ein ewiges Geheimnis zwischen ihnen bleiben.

"Ich danke Ihnen, Alea. Meine Frau und meine Tochter reisen heute zurück nach Südkorea und so kann ich sie zum Flughafen begleiten. Honey", wandte er sich an den Maknae, "sei brav. Mach das, was Alea sagt und denke daran, was wir besprochen haben. Wir sehen uns heute Nachmittag, wenn wir zum Arzt fahren." Taemin drehte sich zu mir und hob kurz die Hand. "Viel Spaß und berichten Sie mir bitte, wenn der Kleine Ärger macht. Ich übernehme das Schimpfen."

Ich grinste, als ich seine Worte und insbesondere Taemins Spitznamen für den Maknae hörte und hätte beinahe laut gelacht. Jetzt stieß In-Ho leise Verwünschung aus, die Taemin mit einem nonchalanten Hochziehen seiner Augenbrauen zur Kenntnis nahm. Er klopfte In-Ho kräftig auf die Schulter, unter dem dieser ein wenig zu schwanken begann, und dann verließ er mit einem letzten Kopfnicken in meine Richtung die Suite.

Ich war nun doch wieder mit In-Ho alleine und mein Herz begann etwas schneller zu schlagen. Zögernd blieb ich einige Meter vor dem jungen Sänger stehen und wusste nicht, was ich tun oder sagen sollte. Abwartend sah ich ihn an.

In-Ho war in einer bequemen weiten Jeans und einem locker fallenden T-Shirt gekleidet und auch ich hatte keine Bekleidung an, die für einen Spaziergang im Park angemessen war. Es war mittlerweile Herbst und bereits recht kühl, sodass sowohl In-Ho als auch ich uns wärmer kleiden mussten, wenn wir draußen nicht frieren wollten.

"Ich hole Ihnen einen Mantel aus Ihrem Schrank."

Da ich selbst keine Outdoorbekleidung griffbereit hatte, würde ich in meinem Butler-Kostüm hinausgehen und hoffen, dass ich nicht erfror. Unschlüssig stand ich in dem begehbaren Kleiderschrank und betrachtete einen edlen Kaschmir-Mantel und eine dicke Daunenjacke und wusste nicht recht, welche von beiden ich dem Gast zum Anziehen geben sollte. Sicherlich würde der Mantel aufgrund seiner Länge etwas hinderlicher sein, wenn In-Ho mithilfe der Gehhilfen laufen würde, aber die Daunenjacke war vermutlich noch ein wenig zu warm für die Jahreszeit. Endlich hatte ich entschieden und zog den hübschen hellblauen Mantel vom Bügel und legte ihn mir über den Arm.

Ich war so in meinen Gedanken vertieft gewesen, dass ich nicht bemerkt hatte, dass In-Ho in der Zwischenzeit ebenfalls in den kleinen Raum gekommen war und direkt hinter mir stand. Als ich mich schwungvoll umdrehte, wäre ich beinahe mit dem großen schlanken Mann zusammengestoßen. Gerade noch rechtzeitig vor einem eventuellen Sturz hielt er mich an meinen Schultern fest.

"Vorsicht", warnte er mich ein wenig zu spät.

Peinlich berührt trat ich einen Schritt in dem kleinen Raum von ihm zurück. Meine Wangen wurden heiß, und als ich zu ihm hochsah, bemerkte ich ein kleines boshaftes Funkeln in seinen Augen. Der Rest seines Gesichts war wie gewohnt von einer dunklen Maske verdeckt, doch ich ahnte, dass ein nicht unbedingt freundliches Lächeln um seinen Mund spielen musste. Es schien ihm ganz offensichtlich Spaß zu machen, mich in Verlegenheit zu bringen und noch mehr Freude bereitete es ihm, dass ich der Situation nicht entfliehen konnte.

Die Wärme seines Körpers übertrug sich auf mich, da uns nur wenige Zentimeter voneinander trennten. In-Ho war fast einen Kopf größer als ich und wirkte durch seine schlanke Gestalt noch riesiger auf mich. Langsam beugte er sich etwas zu mir hinunter, bis seine Augen in etwa mit mir auf gleicher Höhe waren.

"Mache ich dich verlegen?" Seiner Stimme konnte man die Belustigung entnehmen und ich nickte wie ein hypnotisiertes Kaninchen. "Keine Angst, ich werde dir nichts tun."

Plötzlich griff er an mir vorbei und sein Arm berührte beinahe meine Wangen. Zwischen dem Schrank und seinem Körper eingekeilt, sah ich zu ihm hoch. Sein Gesicht mit der Maske kam immer näher und ich spürte, wie mein Herz wie verrückt schlug und ungewohnte Wärme durch meinen Körper floss. Atemlos wartete ich ab und schlug enttäuscht meine Augen nieder, denn In-Ho hatte lediglich ein dickes Sweatshirt aus dem Schrank gezogen. Auffordernd hielt er es mir entgegen. Vermutlich konnte er sich unter seiner Maske kaum ein Grinsen verkneifen, denn ich sah den wissenden Ausdruck seiner Augen. In-Ho kannte seine Wirkung genau und bei mir hatte er sie bewusst eingesetzt, um mich zu verunsichern.

"Hier, nimm. Du hast keine Jacke und ich denke, es ist nicht besonders warm draußen."

Ohne ein weiteres Wort drückte er mir seinen Pullover in die Hand und nahm den Mantel von meinem Arm, dann drehte er sich um, griff sich seine Gehhilfen, die er an die Wand gelehnt hatte und humpelte aus dem engen Raum hinaus. Endlich konnte ich wieder atmen und dieses tat ich mit einem tiefen Zug, und inhalierte dabei das teure Rasierwasser des berühmten Idols. Meine Knie zitterten immer noch und ich lehnte mich einen Moment an den Schrank, bis ich mich wieder beruhigt hatte.

Schnell zog ich das Sweatshirt von In-Ho über meine Bluse und faltete mein Jackett ordentlich zusammen. Im begehbaren Kleiderschrank gab es einen mannhohen Spiegel, in dem ich mich nun betrachtete. Das Shirt war viele Nummern zu groß für mich, da es oversized geschnitten war, und zusammen mit dem schwarzen Rock meiner Uniform und den Pumps sah es etwas merkwürdig aus. Allerdings würde die Kombination niemand infrage stellen, denn auf dem Shirt prangte das Logo einer Luxusmarke und vielleicht sah es in einigen Augen sogar so aus, als würde ich einem Modetrend folgen. Doch letztendlich konnte es mir egal sein und so wandte ich mich schnell um und lief hinaus auf den Flur der Suite, wo In-Ho gerade dabei war, sich seinen hellblauen Mantel überzustreifen.

Unaufgefordert half ich ihm dabei und in Gedanken wunderte ich mich, dass er sich mir gegenüber so fürsorglich gezeigt hatte, weil ihm aufgefallen war, dass ich vermutlich draußen frieren würde. Als StarLover wusste ich, dass In-Ho als einer der liebenswürdigsten und rücksichtsvollsten Menschen der Band galt. War dieses Verhalten gerade wieder zum Vorschein gekommen? Dann erinnerte ich mich an das leicht boshafte Blitzen in seinen schönen dunklen Augen, als er mich erschreckt hatte. Oder war das nach dem Unfall sein neues Wesen?

"Na los. Dann gehen wir jetzt raus."

In-Ho stand abwartend vor der Suite Tür und sah mich an, die immer noch in Gedanken versunken vor sich hinstarrte. Jetzt blickte ich den Sänger direkt an und was ich sah, haute mich beinahe um. Der schöne hellblaue Mantel stand ihm so ausgezeichnet und unterstrich seine schlanke Figur. Die schwarze Maske wirkte wie ein Mode Accessoire und gab ihm eine geheimnisvolle Aura.

Natürlich hatte es vor Kurzem eine Zeit gegeben, wo beinahe jeder Mensch auf der Welt eine solche Maske getragen hatte, aber diese Zeiten waren zum Glück vorübergegangen. Jetzt fielen die Menschen mit dem Schutz wieder genauso auf, wie vor der schlimmen Zeit. Doch von einem Idol erwartete man beinahe, dass er eine solche Maske trug. Alles an In-Ho schrie "Sieh her, ich bin berühmt!". Wie gut, dass wir lediglich im privaten Park des Hotels unterwegs sein würden. Hier war es unwahrscheinlich, dass man ihn belästigen würde und zudem bewachten uns Bodyguards diskret im gebührenden Abstand.

"Gehen wir", antwortete ich ein wenig verspätet und lief schnell voraus, um meinem Gast die Tür zu öffnen.

Als der Fahrstuhl auf der 8. Etage hielt, ließ ich In-Ho vor mir einsteigen. Er bewegte sich geschickt und beinahe leichtfüßig mit seinen Gehhilfen und ich fragte mich, wie viel Kraft es ihn wohl kosten mochte. Ich hatte mir einmal meinen Fuß verstaucht und von dem Arzt auch solche Dinger erhalten. Es war mir überaus kräftezehrend und mühsam erschienen, mich mit ihrer Hilfe fortzubewegen, doch bei dem Sänger sah es so aus, als würde er hierfür keinerlei zusätzliche Kraft aufwenden müssen. Allerdings hatte ich auch seine starken Armmuskeln gesehen und bei unserem engen Zusammensein auf der Dachterrasse die Muskulatur seines Oberkörpers spüren können. In-Ho war als Tänzer extrem trainiert und hatte anders als Ji-Mong nicht durch eine lange Bettlägerigkeit seine Muskulatur abgebaut. Im Gegenteil schien es eher so, als hätte er mit der Nutzung der medizinischen Unterarmgehhilfen noch mehr Muskeln aufgebaut.

In-Ho hatte sich in eine Ecke des kleinen Fahrstuhls angelehnt und betrachtete mich. Ein wenig unsicher drückte ich den Knopf für das Erdgeschoss und wich seinem intensiven Blick aus. Es war eine Sache in der Suite mit ihm alleine zu sein, jedoch sowohl in dem begehbaren Kleiderschrank als auch hier in dem kleinen Aufzug hatte es etwas sehr Intimes. Seine Präsenz war stark und ich spürte beinahe jeden Atemzug von ihm. Meine Hände wurden leicht feucht und mein Herz begann wieder aufgeregt zu klopfen. Jetzt stand ich zusammen mit einem Mitglied meiner absoluten Lieblingsband in einem klitzekleinen Fahrstuhl und er sah mich an. Er sah mich nicht nur an, sondern er nahm mich wahr.

"Du siehst niedlich aus in dem Shirt und dem Rock. Was hast du nochmal gesagt, wie alt du bist?"

Seine direkte Frage hätte mich überraschen müssen, doch mir war klar, dass es in seinem Land nicht unüblich war, über das Äußere eines Menschen direkt zu urteilen und die Frage nach dem Alter als ganz normal angesehen wurde. So konnte der Gesprächspartner einschätzen, wie er sein Gegenüber ansprechen musste: respektvoll, gleichgestellt oder als jüngerer.

"Ich bin 23 Jahre alt", antwortete ich leise und meine Stimme piepste ein wenig vor Aufregung.

"Dann bist du jünger als ich", hörte ich Genugtuung aus seiner Stimme oder war es einfach nur eine Feststellung. Offensichtlich hatte er vergessen, dass er es bereits schon einmal erfragt hatte. "Du darfst mich Oppa nennen."

Jetzt wusste ich, dass er mich veräppelte. Mir rollten sich die Fußnägel auf. Niemals würde ich In-Ho mit diesem Wort ansprechen, denn ich wusste aus seinen Interviews, dass er es hasste so genannt zu werden. Seiner Meinung nach war das nicht mehr wirklich zeitgemäß und er fühlte sich zu jung. Die Anrede "Oppa" würde er nur von seiner leiblichen Schwester dulden. Damals hatte er den Interviewer angegrinst und jeder StarLover wusste, dass In-Ho ein Einzelkind war.

"Vielen Dank, aber ich bevorzuge es, wenn ich Sie weiterhin mit In-Ho-Ssi ansprechen darf."

In seinen Augen blitzte es kurz und ich meinte, eine gewisse Zufriedenheit gesehen zu haben. Lag ich richtig mit meiner Vermutung?

"Du bist ein Fan von Star.X, stimmts?" Jetzt war ich erschrocken. Woher wusste er das? Sollte ich es leugnen?

"Ja, ich bin StarLover", gab ich ehrlich zu und senkte beschämt den Kopf. Würde mich das jetzt meinen Job kosten?

"Warum ist es dir peinlich? Ist es in Deutschland unangenehm zuzugeben, dass man Fan einer K-Pop Gruppe ist?"

Seine Stimme verriet, dass er ehrlich an meiner Antwort interessiert war. In diesem Moment gingen die Fahrstuhltüren auf und ich trat vor meinem Gast aus dem Aufzug. Dann ließ ich ihn ebenfalls aussteigen und machte eine höfliche Handbewegung Richtung rückwärtigen Ausgang in den Park.

"Mir ist es nicht peinlich, StarLover zu sein, aber ich hoffe, dass sie nicht glauben, dieses würde meine Arbeit als Ihr Butler beeinträchtigen. Und nein, unter uns Fans ist es eine Ehre, StarLover zu sein. Von uns gibt es auf der ganzen Welt schließlich Millionen, die Star.X aus vollem Herzen unterstützen und lieben. Ihnen ist es ja auch nicht peinlich, Member von Star.X zu sein, oder?"

In-Ho blieb mitten in der Bewegung stehen und wenn er keine Maske getragen hätte, würde ich sein breites Grinsen sehen können. Scheinbar hatte mein Kommentar zur Erhebung seiner Laune beigetragen und ich freute mich darüber. Nun blitzten seine Augen nicht mehr vor Unwillen oder dem Willen zu ärgern, sondern weil er ganz offensichtlich erfreut war.

"Ich liebe unsere StarLover und das heißt dann wohl, dass ich dich ab sofort auch lieben muss, oder?"

Was er sagte, trieb mir die Röte ins Gesicht. Natürlich hatte er die Worte bewusst gewählt, denn jede K-Pop Gruppe liebte ihre Fans und der Ruhm einer jeden Band hing von der Größe und Sympathie der Fans ab. In-Ho wurde der Umgang mit ihnen bereits seit seinen Tagen als Trainee beigebracht und auch, was Fanservice war. Ich antwortete ihm nicht auf seine rhetorische Frage. Unser Verhältnis würde sich nicht ändern. Er war mein Gast und ich seine Angestellte.

Wir hatten mittlerweile den Ausgang zum Park erreicht und ich ließ dem jungen Mann wieder den Vortritt. Mehr oder weniger elegant auf seinen Gehhilfen ging er hinaus in die frische Herbstluft und blieb einen Augenblick auf dem eleganten und schön angelegten Weg stehen und betrachtete die Landschaft. Ich folgte ihm und sah den Park heute mit seinen Augen.

Das Hotel war Anfang des 20. Jahrhunderts erbaut worden und die Parklandschaft seitdem nur um einige wenige Bereiche verändert worden. Riesige Bäume standen solitär auf einer gepflegten Rasenfläche, um die helle, von Steinen eingefasste Wege herumführten. Hin und wieder luden Bänke zum Verweilen ein und wenn man dem Weg folgte, kam man an einen kleinen künstlich angelegten See, auf dem seit vielen Jahren zwei Schwanenpaare zu Hause waren.

In-Ho ging nun in diese Richtung und ich folgte ihm mit einigen Schritten Abstand. Neben dem Weg waren hübsche Blumenbeete angelegt, die allerdings im Herbst nicht mehr blühten. Endlich waren wir am See angekommen und In-Ho blieb stehen. Sein Blick schweifte über das Wasser und als er die Schwäne sah, seufzte er.

"Schwäne bleiben sich ihr Leben lang treu. Wusstest du, dass sie jedes Jahr an denselben Ort zurückkommen, um dort ihr Nest zu beziehen und neue Nachkommen aufwachsen zu lassen?"

Seine Stimme klang ein wenig traurig und ich fragte mich, woran er gerade wirklich dachte.

"Ja, das wusste ich. Die beiden dort, das sind Herbert und Hilde. Sie leben hier seit nunmehr zehn Jahren und Herr Grimm, der frühere Direktor vom Parkblick, hat sie selbst hierher gebracht. Nun gehören sie zu dem See, wie der See zu ihnen."

In-Ho versuchte die ungewohnten Namen über seine Lippen rollen zu lassen, doch dann gab er auf.

"Ich wünsche mir auch jemanden, mit dem ich mein ganzes Leben zusammen sein kann."

Seine Worte waren ihm über die Lippen gekommen, ehe er sie zurückhalten konnte. Offensichtlich waren sie ihm peinlich, denn gleich darauf lachte er laut ein etwas unecht wirkendes Lachen und drehte sich von dem See wieder weg.

"Na los, gehen wir zurück. Mehr gibt es hier ja wohl nicht zu sehen."

Nachdem er einige Schritte zurück in Richtung Hotel gelaufen war, drehte er sich jedoch noch einmal um und sah auf den See, auf dem das Schwanenpaar ruhig seine Kreise zog. Schweigend gingen wir zurück zum Hotel und fuhren auch still im Aufzug in die achte Etage. Irgendetwas hatte In-Ho traurig gemacht und ich hoffte, es war nicht der Anblick des Schwanenpaares gewesen, der seine Stimmung trübte.

~ Kapitel 12 ~

Eine gute Idee

In-Ho zog seinen Mantel aus und legte ihn in meine wartenden Hände. Wir waren nach wie vor alleine in der Suite und ich hatte immer noch nichts gegessen. Plötzlich knurrte mein Magen überlaut und deutlich und beschämt legte ich meine Hand darauf. In-Ho unterdrückte ein Lachen und zeigte auf die kleine Küchenzeile.

"Nehme dir etwas heraus."

Zögernd blieb ich mit dem Mantel im Arm stehen und überlegte, ob es unverschämt war, wenn ich das Angebot annahm. Ich wusste, dass in dem kleinen Kühlschrank Snacks für die Gäste der Suite enthalten waren, aber mit Sicherheit waren das keine Leckereien, die ein Butler essen sollte. Immer noch zögerlich machte ich einen Schritt in die Richtung, ehe ich wieder stehen blieb. Nein, ich wollte mir nichts Ungehöriges nachsagen lassen.

"Na los, ich kann einen Fan von Star.X nicht hungern lassen. Und wenn du schon dabei bist, dann bringe mir bitte einen der Schokoriegel mit."

Jetzt bewegte ich mich, denn nun hatte mein Gast mir einen klaren Auftrag gegeben. Schnell hing ich den edlen Mantel auf und lief zum Kühlschrank, um ihm zwei Schokoriegel zu entnehmen, von denen ich einen In-Ho bringen wollte. Er hatte sich in der Zwischenzeit wider Erwarten nicht in sein Zimmer zurückgezogen, sondern auf das große Sofa niedergelassen, von dem man einen Blick über den Park hatte, den wir kurz zuvor belaufen hatten. Als ich In-Ho den Riegel reichen wollte, schüttelte er den Kopf.

"Ich habe es mir anders überlegt. Ich will ihn nicht mehr. Iss du ihn für mich."

Obwohl nur seine Augen über die Maske blickten, konnte ich sein Grinsen deutlich spüren. Er hatte nie vorgehabt, selbst etwas zu essen und war tatsächlich so rücksichtsvoll und fürsorglich, wie wir Fans ihn glaubten zu kennen. Mit rotem Kopf zog ich meine Hand zurück und entschuldigte mich, um in meinem kleinen Butler Raum beide Riegel zu verschlingen. Anschließend zog ich das geliehene Sweatshirt über meinen Kopf und packte es vorsichtig in einen Wäschebeutel, den ich am Nachmittag dem Service übergeben würde. Morgen läge das Shirt sauber gewaschen und gebügelt wieder in In-Hos Schrank.

Während ich im Butler Raum schnell gegessen und mich umgezogen hatte, hörte ich, wie In-Ho den Fernseher einschaltete und eine Musiksendung laufen ließ. Er konnte Dank welcher Technik auch immer hier in Deutschland seine heimischen Sender empfangen. Aufgrund der Zeitverschiebung von acht Stunden liefen in diesem Moment bereits Abendsendungen und als ich zurück in den Hauptraum kam, warf ich einen neugierigen Blick auf den übergroßen Bildschirm.

Gerade erzählte eine hübsche Moderatorin ihrem Moderatorenkollegen, dass die Band, die zuvor aufgetreten war, zusammen mit anderen koreanischen Gruppen zu einer Festivalreise nach Europa und hier auch nach Deutschland kommen würden. Das war an sich nicht sehr ungewöhnlich, da immer mehr koreanische Agenturen neben dem asiatischen und nordamerikanischen Markt auch den europäischen für sich entdeckten. Dennoch war es immer noch selten, dass gleich mehrere hochkarätige K-Pop Gruppen gemeinsam auf Tour gehen sollten.

In-Ho hatte den Kommentar ebenfalls interessiert gelauscht und setzte sich nun gerade auf.

"Ich frage mich, wie das klappen soll, mit all den verschiedenen Terminkalendern", murmelte er so laut, dass ich es gut verstehen konnte.

Seine Überlegung war ganz und gar gerechtfertigt, dachte jetzt auch ich. Wenn die soeben genannten großen und auch kleineren Gruppen gemeinsam auf Tour gehen sollten, und wir sprachen hier von zehn Konzerten in Europa, dann würde das ihren gesamten Zeitplan für das Jahr verplanen. Auch wenn koreanische Agenturen ihre Konzerttermine nicht so lange im Voraus bekannt gaben wie europäische oder eine US-amerikanische Entertainment Company, so war es dennoch ungewöhnlich, dass gleich eine ganze Festival Reihe stattfinden sollte – und dazu noch innerhalb weniger Monate.

"Jae hätte dem nicht zugestimmt." In-Ho zappte weiter, doch ich blieb hinter ihm stehen und sah weiter auf den Bildschirm.

"Warum hätte euer CEO das abgelehnt?", wollte ich interessiert wissen und hoffte bereits nach der Frage, dass ich keine Grenze überschritten hatte. War es mir gestattet, Fragen zu seiner Band zu stellen? War die Frage zu persönlich?

In-Ho drehte sich um und sah zu mir hoch.

"Na ganz einfach: In den meisten Fällen gibt es Probleme in der Organisation und enttäuschte Fans. Wir treten nur bei Veranstaltungen auf, die auch zu einhundert Prozent sicher mit dem Veranstalter sind. Dazu gehören Fernsehsender und Preisverleihungen. Festivals sind immer ein Risiko, zumindest im Ausland. Bei uns zu Hause in Seoul gibt es Firmen, die in diesem Bereich etabliert sind und auf die man sich verlassen kann. Aber hier in Europa versuchen viele auf den Zug aufzuspringen und mit K-Pop schnelles Geld zu verdienen. Ich hoffe, dass diese Festivalreihe kein Reinfall wird. Es würde mir für die Fans der Gruppen sehr leidtun, die ihr erspartes Geld dafür ausgeben und vielleicht enttäuscht werden."

"Aber das muss ja nicht unbedingt so sein, oder?"

"Stimmt, aber ich habe leider schon von vielen Festivals gehört, die der totale Reinfall waren. Das spricht sich natürlich unter uns Künstler auch herum. Die Entertainment Branche in Korea ist klein und irgendwie kennt jeder jemanden, der etwas darüber weiß. Es gab zum Beispiel eine Firma, die ein Festival organisieren wollte und mit einer befreundeten Gruppe geworben hatte, obwohl die nachweislich zu dem Zeitpunkt gerade auf Tour in einem anderen Teil der Welt waren. Seo-Jun, einer der Sänger der Band, hatte sich via Fancall dazu geäußert und daraufhin ist das ganze Festival aufgeflogen. Aus diesem Grund ist Woon-Entertainment auch sehr vorsichtig, wenn es um die Zusage zu Festivals geht." Jetzt seufzte er plötzlich. "Aber in nächster Zeit werden wir wohl sowieso nicht wieder auftreten – wenn wir überhaupt jemals wieder als Star.X zusammen auf der Bühne stehen werden."

Ich konnte die dicke fette schwarze Wolke über seinen Kopf plötzlich deutlich sehen und war versucht, heftig zu pusten, um das Sonnenlicht wieder scheinen zu lassen. Dann kam mir plötzlich eine Idee.

"Was hältst du davon, wenn ich dich morgen Abend zusammen mit Ji-Mong entführe?"

Je mehr ich darüber nachdachte, umso aufgeregter und überzeugter war ich von meiner eigenen Idee. Am nächsten Tag hatten beide Patienten keine Anwendungen oder Besuche beim Arzt und damit sozusagen frei. Diesen Tag wollte ich bestmöglich nutzen. In-Ho sah mich über den Rand seiner Maske misstrauisch an.

"Was hast du vor?"

Seine Stimme zeigte noch mehr seine Vorsicht, als sein Gesichtsausdruck mit gerunzelter Stirn und zusammengezogenen Augenbrauen.

"Du hast noch nicht wirklich viel von meiner Stadt gesehen, oder? Möchtest du nicht mal ein wenig herauskommen?"

In-Ho zögerte und ehe er mir eine Absage geben konnte, drängte ich ihn weiter.

"Ich verspreche dir, dass dich niemand erkennen wird. Du wirst unbehelligt bleiben und Ji-Mong natürlich auch. Wir nehmen nur meine Freundin Sara mit. Sie arbeitet auch hier im Hotel und ist die Schwester vom Direktor. Sie hält genauso dicht wie ich, versprochen."

"Ich weiß nicht. Ich glaube nicht, dass es mir erlaubt ist." Immer noch war In-Ho sichtlich unsicher.

"Dann frage ich Herrn Park. Und wir können Taemin ja auch mitnehmen. Je mehr Leute wir sind, umso besser. Also, sag ja, bitte. Ich denke, es wäre eine schöne Abwechslung für euch. Und wenn es euch zu viel wird, dann kommen wir sofort wieder zurück ins Hotel, versprochen."

Ich merkte, dass ich mich immer mehr in die Idee hineinsteigerte, aber mir war es plötzlich ungemein wichtig, In-Ho und Ji-Mong etwas Schönes zu bieten und sie von ihrem eintönigen Tagesablauf zu erlösen. Und zum Glück war gerade die Zeit im Jahr, in der meine Stadt auch etwas wirklich Nettes zu bieten hatte.

"Besprich das mit Jae. Wenn er einverstanden ist, dann mache ich mit", gab In-Ho schließlich nach. Aufgeregt nickte ich.

"Darum kümmere ich mich sofort, wenn er mit Ji-Mong wieder zurück ist. Du wirst nicht enttäuscht sein, bestimmt nicht!"

In-Ho blieb zurückhaltend und sah mich lediglich mit einem undeutbaren Blick über seine Maske an. Jetzt hoffte ich nur zwei Dinge: Die Zustimmung von Herrn Park für den Ausflug und dass es den beiden Patienten wirklich Spaß machen würde. Bei letzterem war ich mir eigentlich sicher, denn ich hatte noch niemanden kennengelernt, der nicht gerne dort war, wohin ich die beiden Gäste entführen wollte.

Zu In-Hos Erstaunen stimmte Herr Park meinem Vorschlag zu. In dem kleinen Büro erklärte ich dem CEO von Woon-Entertainment meinen Vorschlag und versuchte ihm die Vorteile, die er hatte aufzuzeigen. Offenbar hatte Herr Park Gefallen gefunden, denn er hatte mit nur ein paar kleinen Änderungen meinem Plan zugestimmt. Unser Ausflug würde ein wenig größer werden, als ich ursprünglich geplant hatte. Neben In-Ho und Ji-Mong, der dem noch zustimmen musste, sollte auch Taemin mit von der Partie sein, ebenso wie vier eigens für den Ausflug gebuchte Bodyguards. Das erstaunte mich, denn ich war der Meinung, weil niemand über die Anwesenheit der Weltstars Bescheid wusste, würde eine Bewachung auch nicht notwendig sein. Herr Park ließ hier jedoch nicht mit sich reden. Die Beschützer waren einer der Punkte, die für ihn nicht verhandelbar waren. Natürlich konnte und wollte ich dagegen nichts sagen, solange unser Ausflug von ihm genehmigt werden würde.

Nach meinem Gespräch mit Herrn Park entsandte er mich in das Zimmer von Ji-Mong. Er hatte sich nach dem Mittagessen zu einem Mittagsschlaf zurückgezogen, während In-Ho zusammen mit Taemin zum Arzt gefahren war. Herr Park wollte nach meinem Gespräch zum Krankenhaus nachfahren und so war ich nun nicht mehr mit In-Ho alleine, sondern mit Ji-Mong. Wenn die anderen StarLover wüssten, welches Glück ich hatte, dann wäre ich der Star unter den Fans.

Vorsichtig klopfte ich an die Tür von seinem Zimmer und lauschte, dann hörte ich seine leise Aufforderung. Etwas angespannt und nervös betrat ich den Raum und schaute hinüber zum Bett, das direkt vor dem großen Panoramafenster stand. Das Rückenteil war hochgestellt und Ji-Mong sah mir freundlich fragend entgegen. Sein Gesicht war blass und wirkte angestrengt. Als ich den Kranken so klein und weiß dort liegen sah, fragte ich mich, ob ein Ausflug für ihn wirklich das richtige war. Würde es ihn nicht überanstrengen? Allerdings hatte Herr Park mich beruhigt und mir gesagt, dass nichts dagegensprechen würde.

"Hallo Ji-Mong-Ssi. Ich hoffe, es ist in Ordnung, dass ich Sie in Ihrem Zimmer aufsuche?"

Nervös trat ich ein und schloss leise die Tür hinter mir. Dann fiel mir ein, dass wir beide alleine in der Suite waren und es komisch aussehen könnte, wenn jemand uns beide hinter verschlossener Tür in einem Schlafzimmer vorfinden würde. Schnell öffnete ich sie wieder und ließ sie weit aufstehen. Ich hörte leises Lachen vom Bett. Ji-Mong hatte einen belustigten Gesichtsausdruck und sah amüsiert zu mir hinüber.

"Was glaubst du, dass ich machen könnte? In meinem Zustand?"

Bei seinen Worten wurde ich rot und räusperte mich. Natürlich fiel mir nichts ein, was ich auf seine Worte erwidern konnte. Ich wollte nicht mich vor ihm schützen, sondern ihn vor eventuellen Gerüchten, das war meine einzige Intention gewesen.

"Es gehört sich einfach nicht, dass ein Mann und eine Frau alleine in einem Schlafzimmer bei geschlossener Tür sind", erklärte ich etwas lahm und als er nun noch lauter lachte, verzog ich mein Gesicht. Was war denn so komisch?

"Alea, ich freue mich, dass du dir Sorgen machst, obwohl ich ein Krüppel bin und dir ganz sicher nicht gefährlich werden könnte, selbst wenn ich es wollte. Also", fragte er nun wieder etwas ernster werdend, "Was kann ich für dich tun?"

Noch einmal räusperte ich mich laut und deutlich und hoffte, dass meine Stimme sich gleich nicht quietschig anhören würde.

"Ich möchte zusammen mit Ihnen, In-Ho und Taemin morgen Abend zu einem Volksfest gehen. Herr Park hat dem Ausflug bereits zugestimmt und organisiert Ihren Schutz und die anderen Details. Einzig Ihre Zustimmung steht noch aus. Was halten Sie davon?"

Ji-Mong sah mich ernst und lange an, während mein Herz laut klopfte. Seine Augen waren so wunderschön und so intensiv und ich hatte das Gefühl, er blickte mir damit direkt in meine Seele. Dann nickte er langsam und ich entspannte wieder ein wenig.

"Wenn Jae damit einverstanden ist, dann bin ich es auch."

Seine Stimme war leise und doch meinte ich etwas wie verhaltene Freude in ihr zu erkennen. Vielleicht hatte ich mit meiner Vermutung richtig gelegen und den beiden jungen Männern fehlte es, wieder unter Leute zu kommen und auch wenn sie auf dem Volksfest nicht wirklich viel machen konnten, so war es doch eine schöne Abwechslung vom momentanen Alltag mit schlafen, essen und Arztbesuchen.

"Dann ist es also abgemacht. Morgen Abend werden wir zusammen auf den Jahrmarkt gehen."

Meine Stimme klang aufgeregt und ich strahlte Ji-Mong an. Ich hoffte sehnsüchtig, dass er die gleiche Vorfreude empfand wie ich. Zusammen mit meinen absoluten Lieblingen von Star.X würde ich auf den Markt gehen. Das war ein Traum, von dem ich immer gedacht hatte, dass ich ihn niemals in meinem Leben umsetzen könnte.

Als ich noch ein kleines Mädchen gewesen war, hatte ich bei meinen Eltern jedes Jahr im Herbst zur Marktzeit gebettelt, mit mir zusammen auf das Volksfest zu gehen. Alle meine Freunde, zuerst im Kindergarten und später in der Schule, unterhielten sich vor ihrem Besuch darüber und schwärmten anschließend von den schönen Erlebnissen, die sie dort zusammen mit ihren Eltern gemacht hatten. Wie nicht anders zu erwarten gewesen war, hatten meine eigenen Eltern das Geld für die dort angebotenen Leckereien oder Fahrten in Karussells für eine Verschwendung gehalten und waren mit uns Kindern niemals dorthin gegangen. Angelina hatte aber sowohl von meiner Mutter, als auch von meinem Vater Geld zugesteckt bekommen und durfte mit ihren Freundinnen zum Markt gehen, während ich weiterhin im Kindergarten und in der Schule sehnsüchtig und neidisch den Geschichten meiner Freunde lauschte.

Später, als ich mein eigenes mageres Geld verdient hatte, legte ich mir monatlich etwas davon zur Seite und besuchte mehr oder weniger heimlich das Fest. Heute war ich mir allerdings sicher, dass es meinen Eltern herzlich egal war, ob ihre jüngste Tochter dorthin ging oder nicht, solange sie nicht einen Cent für sie zahlen mussten. Viele Male war ich zusammen mit Saras Familie dort gewesen und nicht selten hatten mich Herr und Frau Grimm auf die Fahrten mit der Achter- oder Geisterbahn mitgenommen und das Geld für mich bezahlt.

Irgendwann, als Sara und ich in das Alter kamen, in denen man seinen ersten Freund hatte, wurde es mein sehnsüchtiger Wunsch mit einem Jungen gemeinsam den Markt zu besuchen. Meine Klassenkameradinnen hatten davon geschwärmt, wie schön es war, wenn sie von ihren Liebsten Lebkuchenherzen erhielten oder in den Bahnen eng aneinander gekuschelt fuhren. Einmal in meinem Leben wollte auch ich die Erfahrung machen. Leider wurde nie etwas daraus, da ich entweder zur Zeit des Volksfestes im Herbst Single war, oder ich hatte einen Freund, der keine Lust auf solch "alberne Sachen" hatte. Aus diesem Grund war ich bis zu diesem Tag noch niemals mit einem Partner dort gewesen.

Natürlich würde ich auch am morgigen Tag nicht mit meinem Liebsten auf das Fest gehen, das war mir klar. Die koreanischen Popstars waren zu Besuch, in Behandlung und Gäste im Hotel meines Arbeitgebers. Aber dieser Ausflug würde einem Date so nahekommen, wie noch kein anderer Besuch jemals zuvor und wahrscheinlich war ihre Begleitung sowieso viel kostbarer, als es jede andere sein könnte.

~ Kapitel 13 ~

Ein Schlummertrunk

Nach meinem Feierabend lief ich direkt zu Saras kleiner Wohnung. Sie hatte genau wie ihr Vater und ihr Bruder in einem Flügel des Hotels zwei Zimmer, die sie ihr Eigen nannte. Zuvor hatte sie mit ihrer Familie zusammen in einem großen Apartment im Hotel gewohnt, das jedoch nach dem Tod von Frau Grimm geteilt und umgebaut wurde, sodass aus einem riesig großen Apartment drei kleine Wohnungen entstanden sind.

Sara hatte ihr präsentables Wohnzimmer schlicht in Weiß und Beige eingerichtet, doch ihr kuscheliges Schlafzimmer war vollgestopft mit Deko, Büchern,

Grünpflanzen und Teddys. Sara war eine Sammlerin und sie liebte alles, was mit den niedlichen Bären zu tun hatte und in ihrem ganz privaten eigenen Reich scheute sie sich nicht, diese Sammelleidenschaft zur Schau zu stellen. Wenn man sie darauf ansprach, so lachte sie stets herzlich darüber.

"Wenn mein Prinz endlich auf der Bildfläche erscheint, dann wird er meine Teddys um meinetwillen genauso lieben, wie mich", war ihre feste Meinung.

Ich bewunderte sie hierfür und fand es gut, dass sie sich nicht für jemanden verändern wollte. Sara wusste, was sie wert war und diesen Preis musste derjenige zahlen, der sie haben wollte. Wenn mich jemand haben wollte, dann würde ich vermutlich in der Verhandlung sehr schnell nachgeben und nicht das für mich erzielen, was ich eigentlich bekommen sollte. Dafür hatten meine Eltern bereits in jungen Jahren bei mir gesorgt, dass ich mich selbst nicht einschätzen konnte und mich vermutlich unter meinem Wert verkaufen würde.

"Alea, Feierabend? Wein? Käse und Chips? Ich habe alles da. Los, komm rein."

Saras typische Begrüßung und dazu ihr süßes Lächeln beruhigten meine Seele. Ich hatte wieder einmal einen Klumpen in meinem Bauch bekommen, weil meine Gedanken zu meinen Eltern gewandert waren. Heute hatte ich im Laufe des Tages eine Nachricht von meiner Schwester erhalten, die mich genau wie meine Mutter niedermachte, dass ich nicht mehr Geld für sie übrighätte. Immer würde alles an ihr, Angelina, hängen bleiben. Ich wäre so undankbar ... bla, bla, bla.

Dann erfuhr ich, dass unser Vater bereits das Krankenhaus wieder verlassen hatte und gemeinsam mit meiner Mutter, Angelina und ihrem Kind zu einem verlängerten Wochenende zur Erholung und Genesung weggefahren war. Jetzt wusste ich wenigstens, dass sie mein Geld gut ausgaben. Ehe ich darüber weiter böse sein konnte, nahm ich Sara das Glas Rotwein ab und stürzte es beinahe in einem Zug hinunter. Meine beste Freundin zog eine Augenbraue hoch, sagte aber kein weiteres Wort. Umsichtig schenkte sie mein Glas wieder voll und zog mich mit sich mit auf ihr gemütliches Sofa, worauf ich mich mit einem Seufzer niederließ.

"Okay, ich bin morgen Abend dabei. Aber wie wird das Ganze denn ablaufen? Ich dachte, es besteht Gefahr, dass man die Bandmitglieder erkennen könnte und die Fans auf sie aufmerksam werden. Ist das jetzt nicht mehr so?"

Sara hatte sich alles so weit angehört und stellte nun die Frage, die mich zu Anfang auch beschäftigt hatte.

"Na ja, zum einen vermutet wohl niemand die Mitglieder von Star.X in Deutschland. Zum anderen denkt ihr CEO, dass sie durch ihre Vermummung gut vor neugierigen Blicken geschützt sein werden. Wie du weißt, gibt es in Deutschland nicht so viele K-Pop Fans wie in einigen anderen Ländern und daher ist es wohl nicht ganz so wahrscheinlich, dass sie erkannt werden. Außerdem ist und war das beste Versteck schon immer die Öffentlichkeit. Und du weißt ja selbst, wie viel auf dem Markt an einem Samstagabend los ist. Erst war ich über die Bodyguards nicht sehr begeistert, aber wenn ich darüber noch einmal richtig nachdenke, so glaube ich, dass es sich um eine wirklich weise Entscheidung handelt. Sie können die Rollstühle schieben und wenn sie nicht gerade zwei Meter große Bären in schwarzen Anzügen sind, könnte man unsere Truppe für einen Ausflug einer Reha-Einrichtung halten."

Was wir im Grunde genommen ja auch waren. Einer exklusiven 5*Hotel-Reha Einrichtung mit Butler und persönlichen Bewachern. Aber Patienten blieben Patienten, egal wie viel Geld sie hatten.

"Also lerne ich deine Chinesen morgen dann auch mal kennen", stichelte sie wieder und ich grinste.

Automatisch antwortete ich "Koreaner."

"Wenn beide Männer im Rollstuhl sitzen, wie soll es dann mit den Karussells klappen?"

"Ich könnte mir vorstellen, dass einer der Bodyguards Ji-Mong tragen würde, wenn er denn überhaupt fahren möchte. In-Ho kann selbst laufen, aber es wäre zu anstrengend und gefährlich für ihn, denn das Kopfsteinpflaster auf dem Marktgelände ist für Gehhilfen zu uneben. Daher hat Herr Park entschieden, dass er ebenfalls in einem Rollstuhl sitzen soll."

"Sag mal, der andere, Ji-Mong, ist doch halbseitig gelähmt. Weißt du, ob das wieder zurückgeht? Oder ist die Lähmung dauerhaft? Dann könnte er ja nicht mehr auf der Bühne tanzen. Wie geht es dann mit der Band weiter. Lösen die sich auf?"

"Sara!", rief ich empört. Das waren Worte, die ich nicht einmal wagte zu denken und sie sprach sie aus.

"Wieso? Ist doch eine berechtigte Frage."

"Ja, schon, aber ich denke, man sollte auf keinen Fall die Hoffnung aufgeben. Außerdem hat weder Herr Park noch Ji-Mong selbst sich über den

Genesungsfortschritt geäußert. Ich glaube einfach daran, dass er wieder gesund wird."

Wenn ich mir vorstellen sollte, dass Star.X vielleicht nie mehr gemeinsam auf der Bühne stehen würde, wäre das für alle StarLover ein so schrecklicher Gedanke. Nein, das durfte einfach nicht sein!

"Und der andere? Min-Hon, oder wie der heißt?"

"In-Ho, und er ist der Maknae, der Jüngste von Star.X", erklärte ich gefühlt zum tausendsten Mal. Wie konnte man sich einfach nichts merken, was mit meinen Lieblingen zu tun hatte? Sara war ein wirklich lieber Mensch, aber bei ihrem Desinteresse für K-Pop hätte ich sie schütteln mögen.

"Egal, was ist mit dem? Er geht an Krücken und trägt immer eine Maske. Hat er Angst, sich einen Virus einzufangen, oder ist das einfach eine Star-Masche?"

"In-Ho wurde bei dem Verkehrsunfall wohl an den Beinen verletzt. Zum Glück nicht so schwer wie Ji-Mong, daher kann er bereits wieder an Gehhilfen selbständig laufen. Und die Maske trägt er, weil er eine Narbe im Gesicht hat. Aber wenn du das mit einem einzigen Wort erwähnst, dann bekommen wir beide riesigen Ärger, Sara. Ich meine es ernst. Herr Park lässt da nicht mit sich reden, wenn auch nur ein einziges Wort über ihre Versehrtheit nach außen dringt, dann sind wir erledigt. Er verklagt uns persönlich und das Parkblick, bis wir pleite sind. Bei mir geht das schnell, aber bei dir und dem Parkblick wäre es ein sehr übler langer Prozess. Also, du weißt nichts, du siehst nichts. Für morgen Abend heißt In-Ho Danny und Ji-Mong wird Henry sein. Sie sind koreanische Amerikaner und zu Besuch im Parkblick. Mehr nicht und kein einziges Wort über die Band, ihre Krankheit oder ihren richtigen Namen. Das musst du versprechen, Sara."

Sara sah mich mit ihren hübschen Augen lange und ernst an.

"Alea, ich weiß, dass wir die beiden Gäste schützen müssen und mir ist auch klar, wie ich mich zu verhalten habe. Mach dir bitte keine Sorgen und lass uns auf morgen Abend einfach freuen. Die beiden haben genug Leid erfahren und für sie ist es vermutlich eine schöne und ungewohnte Abwechslung nach all den Krankenhausaufenthalten und für uns beide eine gute Gelegenheit, mit hübschen jungen Männern auszugehen. Also, entspanne dich, meine Süße."

Sie nahm mich spontan in ihren Arm und ich atmete auf. Bis eben hatte ich gar nicht bemerkt, wie angespannt ich gewesen war. Was würde passieren, wenn man die Bandmitglieder doch erkannte? Es war immerhin mein Vorschlag, sie auszuführen. Doch dann beruhigte mich Sara, als ich meine Befürchtungen noch einmal aussprach.

"Denke daran, dass ihr Chef die ganze Sache abgesegnet hat. Letztendlich trägt er die Verantwortung und wenn etwas passiert auch die Konsequenzen. Du hast lediglich den Vorschlag gemacht und den Rest überlasse den anderen, die breitere Schultern haben als du."

Als die Flasche Wein leer war, verabschiedete ich mich wieder von meiner Freundin und ging die Mitarbeitertreppe, die insgeheim die Dienstbotentreppe genannt wurde, hoch in das oberste Stockwerk in dem sich mein Zimmer befand.

Gerade hatte ich die Tür aufgeschlossen, als ich einen Schatten im Flur wahrnahm, der sich schnell als mein Chef Kai herausstellte. Er war noch immer in seinen Arbeitsanzug gekleidet und sah darin gewohnt elegant und männlich aus. Seine blonden Haare waren nicht mehr ganz so akkurat frisiert, wie sie vermutlich am Morgen gewesen waren und er hatte seine Krawatte ausgezogen und sein Hemd am Kragen aufgeknöpft.

"Kai, was machst du hier oben?", fragte ich meinen Direktor und Ex-Freund überrascht.

"Dich abholen." Er blieb kurz vor mir stehen und grinste. Sein Lächeln war so hell wie tausend Watt und ich sah ihn verdutzt an.

"Warum? Habe ich etwas vergessen? Ich war gerade bei Sara und wollte jetzt eigentlich schlafen gehen."

Ganz und gar nicht subtil versuchte ich ihm damit zu verstehen zu geben, dass ich mich nicht mit ihm treffen wollte, weil ich müde war, aber Kai schien das gekonnt zu ignorieren.

"Und genau aus dem Grund hole ich dich jetzt. Sara ist genauso eine Freundin von dir, wie ich dein Freund bin. Ich will auch mit dir zusammen etwas trinken." Seine Stimme klang ein wenig trotzig.

Gerade als ich überlegte, wie ich ihn am besten abweisen konnte, ohne ihn mit meiner Zurückweisung zu verletzen, setzte er einen Hundeblick auf, dem ich noch nie wirklich widerstehen konnte.

"Alea, mein Tag heute war so schlimm und ich brauche wirklich noch jemanden, mit dem ich etwas zusammen trinken kann." Bereits als er mich mit seinem strahlenden Lächeln angesehen hatte, wusste ich, dass etwas nicht stimmte.

"Okay, dann komme ich mit. Aber wir gehen in die Bar. Ich möchte nicht in dein Apartment. Das wäre unangemessen."

"Na gut, dann eben die Bar."

Er streckte mir seine Hand hin und etwas zögernd legte ich meine Handfläche auf seine. Fest umschlossen seine Finger mich und dann führte er mich energisch zum Fahrstuhl. Als die Tür aufging, ließ er mir den Vortritt und ich zog überrascht eine Augenbraue hoch, als er sich dicht neben mich stellte und plötzlich seinen Kopf auf meinen legte. Was war nur mit meinem Freund los?

"Kai, bitte. Man könnte uns sehen." Ich versuchte einen Schritt von ihm zurückzuweichen, doch der enge Fahrstuhl ließ dieses nicht zu.

"Einen ganz kleinen Moment bitte nur, ganz kurz, ja?" Ich spürte seine Lippen in meinem Haar und auf einem Mal zog er mich eng an sich heran. "Alea, ich vermisse dich so", flüsterte er und ich fühlte mich plötzlich in seiner so vertrauten Gegenwart unwohl.

"Kai, bitte", flehte ich beinahe, denn ich wusste nicht, was ich sagen sollte.

War er bereits betrunken? Plötzlich ließ er mich wieder los und schob mich einen halben Meter von sich weg und lachte. Eine unmissverständliche Alkoholfahne wehte zu mir hinüber. Also hatte ich mit meiner Vermutung recht. Er hatte bereits zuvor etwas getrunken und war nicht mehr nüchtern. Skeptisch sah ich ihn an und hoffte, er würde den Abstand zu mir wahren, denn in Kürze würden sich die Fahrstuhltüren öffnen. Vermutlich war um diese Uhrzeit nur noch der Nachtportier des Parkblicks im Foyer anzutreffen, aber der Kollege, der jetzt noch Dienst hatte, war gut vernetzt und der Anblick seines Chefs mit einer Angestellten in intimer Umarmung würde schneller die Runde machen als ein Feuer. Nichts ging über den Klatsch und Tratsch in einem Hotel und nichts war gefürchteter als eben dieser.

Glücklicherweise hatte Kai sich wieder im Griff und wenn ich den diskreten Geruch nach Alkohol in seinem Atem nicht gerochen hätte, wüsste ich jetzt nicht, dass er angetrunken war. Noch im Fahrstuhl hatte er seine Krawatte gänzlich abgenommen und in seine Jacketttasche gesteckt. Mit lässig aufgeknöpftem weißem Hemd und dunkelblauem Designeranzug sah er sehr attraktiv aus und ich bemerkte, wie ihm bei seinem Anblick weibliche Hotelgäste in der Lobby bewundernde Blicke zuwarfen.

Dieses Mal war er mir vorausgegangen und ich warf einen Blick auf seine große, schlanke Gestalt, die breiten Schultern und die akkurat geschnittenen kurzen blonden Haare. Keine Frage, dieser Mann war wirklich sehr gutaussehend, selbst von hinten, aber ich bewunderte sein Äußeres wie man ein schönes Bild betrachtete – ohne persönliche Gefühle. Ich liebte Kai wie einen Bruder oder zumindest wie den Bruder meiner allerbesten Freundin. Warum er sich in den Gedanken verlaufen hatte, wieder etwas mit mir anzufangen, war mir schleierhaft. Aber vielleicht war ich auch nur eingebildet und in Wirklichkeit wollte er genauso wenig eine über geschwisterliche Liebe hinausgehende Beziehung wie ich.

Die Bar war nur von wenigen Hotelgästen besucht. In einer Ecke saß ein etwa mittelaltes Pärchen bei einem Glas Wein und unterhielt sich angeregt. An einem anderen Tisch war ein Mann in seinen Sechzigern, einen Laptop vor sich auf dem Tisch und die Krawatte noch immer streng am Hals sitzend. An der Theke der Bar sah ich einen etwas übergewichtigen Mann und eine wunderschöne dunkelhaarige Frau in einem diskret sexy Kleid, die in einem Cocktailglas rührte und dem Mann ihre volle Aufmerksamkeit schenkte.

Gerade, als Kai mir einen Stuhl an einem Tisch in einer Ecke herauszog und ich mich setzte, stand dieses ungleiche Paar auf und verließ gemeinsam die Bar. Der Mann hatte ganz unmissverständlich seine klobige Hand auf das attraktive Hinterteil der schönen jungen Frau gelegt und ich konnte im Vorbeigehen sehen, dass sich auf seiner Stirn Schweißperlen gebildet hatten. Kai folgte meinen Blick und lächelte plötzlich. Fragend sah ich ihn an.

"Amanda", sagt er schlicht und obwohl ich mir sicher war, dass ich keine Gefühle für Kai hatte, schoss plötzlich etwas wie Eifersucht durch mich.

"Kennst du sie?" Ich versuchte meine Frage möglichst neutral klingen zu lassen, aber selbst in meinen Ohren hörte sich meine Stimme nicht danach an.

"Eifersüchtig?" Kai beugte sich ein wenig vor und versuchte in meinem Gesicht zu lesen. Ich bemühte mich, möglichst ein Pokerface aufzusetzen.

"Keineswegs. Ich habe mich nur gefragt, ob es dich dann nicht stört, wenn sie ganz offensichtlich mit gewissen Absichten mit einem anderen Mann mitgeht."

Jetzt lachte Kai leise auf.

"Das sollte sie tun, wenn sie Geld verdienen will."

Verständnislos starrte ich ihn an. Was meinte er? Dann fiel bei mir der Groschen.

"Du meinst ...", ich ließ den Satz unvollendet, denn ich wollte nichts Falsches sagen.

"Ja, Amanda ist die heutige Abordnung vom Muschel-Club. Bereits seit Jahrzehnten gibt es die Übereinkunft mit dem Etablissement und unserem Hotel, damit hier nicht irgendwelche anderen Damen auf Jagd gehen und dem Ansehen unseres Hauses schaden. Jedes exklusive Hotel hat ein entsprechendes Betreuungsangebot für einsame Stunden. Das ist unser exklusiver Service für unsere Gäste."

Ich hörte heute zum ersten Mal von einem Escortservice im Hotel. Neugierig beugte ich mich noch weiter zu Kai, da ich meine Frage nicht zu laut aussprechen wollte.

"Gibt es das auch für Frauen?"

Kai verschränkte seine Arme vor der Brust und sah mich gespielt empört an.

"Fahr doch nach Japan, da gibt es jede Menge von diesen Clubs. Hier gibt's nur mich!" Er grinste schief und hob seinen Arm, um dem Barkeeper ein Zeichen zu geben, dass er bestellen wollte.

"War ja wieder mal typisch", grummelte ich gespielt enttäuscht. Dann grinste ich. "Wohin genau nach Japan muss ich denn fahren?"

"Du bekommst keinen Urlaub", entgegnete mein Chef und streckte mir verspielt die Zungenspitze heraus.

Gespielt beleidigt krauste ich die Nase und sah mich wieder in der Bar um, weil ich in eben diesem Moment eine Bewegung am Eingang wahrnahm. Erstaunt bemerkte ich, wie Taemin zusammen mit In-Ho die gemütliche, schummrige kleine Hotelbar betrat. Sie hatten uns nicht bemerkt und setzten sich an einen Tisch in unserer Nähe. Mein Direktor hatte ebenfalls die neuen Gäste entdeckt und schien genauso erstaunt zu sein, wie ich.

"Ich dachte, sie verlassen ihre Suite nur für medizinische Besuche?"

Taemin bestellte beim Barmann Getränke für sich und seinen Maknae und dann bemerkte er plötzlich unsere Anwesenheit. Freundlich hob er seine Hand zum

Gruß, was ich höflich und ein wenig peinlich berührt beantwortete. Mit einer Entschuldigung an mich erhob sich Kai und trat an den Tisch der koreanischen Gäste, um sie persönlich zu begrüßen. Mein Freund blieb immer Chef seines Hotels, auch in seiner Freizeit. Das war einer der Gründe, warum eine Beziehung mit ihm für mich nie wieder infrage kam. Er würde die Interessen des Parkblick immer vor alles andere stellen – das schloss seine Familie und Freunde mit ein. Auch wenn ich vermutlich in meinem Leben nicht allzu wählerisch sein durfte, so wusste ich dennoch, dass ich bei einem zukünftigen Freund oder vielleicht sogar Mann an erster Stelle stehen wollte.

Von meiner Position aus konnte ich sehen, dass Taemin den blonden Mann freundlich begrüßte und mit ihm redete, jedoch zog In-Ho seine Stirn kraus und machte einen eher abwehrenden Eindruck. Er sah hinauf zu dem Direktor des Parkblick und dann hinüber zu unserem Tisch, an dem ich alleine zurückgeblieben war. Irgendetwas missfiel dem jungen Mann mit der Maske ganz offensichtlich. War der Grund hierfür vielleicht, dass ich als Angestellte zusammen mit meinem Chef ein Feierabendgetränk verzehrte oder der Umstand, dass sein Butler zusammen mit Gästen wie ihm in der gleichen Bar saß? Eigentlich konnte ich mir diesen Standesdünkel nicht vorstellen, aber was sollte sonst der Grund sein, weshalb er meine Anwesenheit missbilligte?

Trotzig nahm ich die Schultern zurück und hielt seinem dunklen Blick stand. Wenn in Korea sein Chef von ihm verlangte, nach Arbeitsende noch etwas gemeinsam trinken zu gehen, würde er auch nicht ablehnen. Anders war es hier schließlich auch nicht. Und wieso sollte mir seine Meinung über mich überhaupt wichtig sein? Er war mein Gast und dazu noch ein nicht wirklich freundlicher. Jetzt hatte ich Feierabend und er hatte mir nichts mehr zu sagen.

Mit einem Mal winkte er mich plötzlich mit einer unmissverständlichen Bewegung zu sich an den Tisch. Anfangs wollte ich empört den Kopf schütteln, doch dann fiel mir ein, dass ich als Butler seinem Wunsch besser nachkommen sollte. Auch wenn ich theoretisch nicht mehr im Dienst war, so war es vermutlich nicht besonders geschickt, abzulehnen.

Höflich verbeugte ich mich vor den beiden Sängern von Star.X und faltete meine Hände vor meinem Bauch, um einen dienstbeflissenen Eindruck zu vermitteln. Dabei ignorierte ich den fragenden Gesichtsausdruck von Kai und Taemin und sah In-Ho direkt an.

"Was kann ich für Sie tun, In-Ho-Ssi?"

Meine Stimme klang nicht so unterwürfig, wie man es vielleicht von meiner Haltung her schließen konnte, denn selbst ich hörte den kleinen Trotz aus ihr heraus. In-Ho ignorierte meinen Ton und lehnte sich in dem bequemen Sessel der Bar zurück und sah zu mir hinauf. Wie gewohnt verdeckte eine schwarze Maske die untere Hälfte seines Gesichts, doch der Ausdruck seiner Augen war so vielsagend, dass nicht die gesamte Mimik benötigt wurde, um zu erkennen, dass es ihm Freude machte, mich zu sich beordert zu haben.

"Alea, du bist doch mein persönlicher Butler, richtig?" Seine Frage war rhetorisch und doch nickte ich zustimmend. "Ich kann dich bitten etwas für mich zu besorgen, auch wenn du gerade mit etwas", er unterbrach sich, "oder jemand anderen beschäftigt bist, oder?"

Kai legte seine Hand auf meine Schulter und schob mich etwas vor. Diese Geste wurde mit Argusaugen von In-Ho zur Kenntnis genommen und der vertraute Umgang meines Chefs mit seinem Butler schien ihm nicht zu gefallen.

"Alea wird Ihnen gerne Ihren Wunsch erfüllen. Sie kennt keinen Feierabend und steht Ihnen sehr gerne jederzeit zur Verfügung, nicht wahr Alea?"

Kais Stimme war in diesem Moment so dienstbeflissen, dass ich ihm am liebsten gegen sein Schienbein getreten hätte. Er wusste auch, dass ich müde war und dennoch hatte ich mich bereit erklärt, mit ihm noch einen Drink vorm Schlafengehen zu nehmen, weil er Gesellschaft wollte. Jetzt hatte ich das Pech meinen aktuellen Dienstherren in genau diesem Moment in der Bar anzutreffen und mein Chef hatte nichts Besseres zu tun, als mich anzubieten und hatte offenbar völlig vergessen, dass ich nur ihm zur Liebe in diese Situation gekommen war. Innerlich vor Wut auf Kai kochend zwang ich mich zu einem Lächeln und nickte.

"Selbstverständlich erfülle ich Ihre Aufträge, werter Gast. Was kann ich für Sie tun? Jetzt, mitten in der Nacht", setzte ich frech leise hinzu und blitzte zu Kai hinüber, der sich nun feige verabschiedete und die Bar verließ. So ein Blödmann. Er hatte mich hierhergebracht und jetzt ließ er mich hier einfach stehen. Das würde er mir noch büßen, schwor ich mir.

"Das Restaurant hat bereits geschlossen und ich habe Hunger. Mir wurde gesagt, hier in der Nähe gäbe es einen Imbiss, der die berühmte deutsche Currywurst zubereitet. Kannst du mir bitte eine solche besorgen?"

Seine Augen blitzten gemein über der Maske und ich musste mich förmlich zwingen, höflich zu bleiben. Der Imbiss war fußläufig nicht erreichbar. Ich würde mitten in der Nacht durch die halbe Stadt fahren müssen, um dem Herrn etwas zu Essen zu bringen. Doch ehe ich antworten konnte, sprang plötzlich Taemin als Ritter in schimmernder Rüstung aus dem Gebüsch und rettete mich.

"In-Ho, ich habe gehört, dass diese deutsche Wurst sehr schwer im Magen liegt. Wir können morgen auf dem Volksfest eine für dich kaufen, wenn du danach nicht gleich zu Bett gehst. Bestimmt gibt es hier in der Bar noch Snacks zu bestellen, die du besser verdauen kannst. Alea, würden Sie bitte für uns nachsehen, ob und was es gibt?" Taemin lächelte mich freundlich an und ich atmete erleichtert auf.

"Selbstverständlich. Haben Sie einen bestimmten Wunsch, In-Ho-Ssi?"

In-Ho hatte sich wieder auf seinen Stuhl zurückgelehnt und sah an mir hoch. Dann schüttelte er den Kopf.

"Ich habe jetzt irgendwie keinen Hunger mehr, wenn ich es mir genau überlege. Aber ich habe dich um dein Getränk mit deinem Freund gebracht. Setze dich zu uns und trinke noch etwas."

Er zeigte auf einen der beiden leeren Stühle am Tisch und ich zögerte. Ich war wirklich todmüde und irgendwie auch froh, dass ich nicht mehr mit Kai zusammen war. Jetzt sah ich die beste Gelegenheit, mich auf mein Zimmer zurückziehen zu können.

"Ach, das ist eine gute Idee, In-Ho. Alea, Sie würden mir einen großen Gefallen tun, wenn Sie noch ein wenig mit In-Ho hierbleiben würden. Meine Frau und meine Tochter warten auf meinen Anruf. Zu Hause ist es ja bereits Morgen und meine Süße geht zum ersten Mal wieder in ihren Kindergarten. Da möchte ich natürlich gerne noch vorher mit ihr sprechen."

Taemin stand auf und zeigte noch einmal auf den leeren Stuhl gleich neben In-Ho. Ehe ich protestieren konnte, verabschiedete er sich mit einer kleinen Verbeugung und verließ die Bar, sodass ich mit dem Jüngsten von Star.X alleine zurückblieb. Nervös ließ ich mich auf der Kante des Sessels nieder und faltete abwartend meine Hände auf meinen Knien, wobei ich mir dem durchdringenden Blick von In-Ho bewusst war und krampfhaft versuchte, meinen Kopf leerzumachen.

"Was willst du trinken?"

Seine Stimme war ein wenig gedämpft durch die Maske, aber dennoch war sein unverkennbares Timbre unter meine Haut gekrochen und sorgte für eine leichte Gänsehaut. In-Ho war als einer der talentiertesten Maknae im K-Pop bekannt und dazu gehörte auch, dass er eine unverwechselbare, wunderschöne Tenorstimme hatte, die über mehrere Oktaven ging. Ich kannte mich nicht besonders gut in der Musik aus. In der Schule war das sehr theoretische Fach absolut nicht mein Liebling gewesen, aber ich liebte die Musik, die meine Lieblingsband aus Korea machte. Ihre Lieder und ihre perfekten Choreografien waren für mich eine Möglichkeit, dem manchmal harschem Alltag zu entfliehen und zu träumen. Niemals hätte ich es für möglich gehalten, dass ich eines Tages mit einem Teil meiner Träume zusammen in der Bar des Parkblick sitzen würde und mich mit ihm unterhielt. Alleine, ohne andere Fans, ohne Manager oder Bodyguards. Nur er und ich. Dummerweise war ich jedoch so müde, dass ich kurz davor war einzunicken.

"Bist du eingeschlafen?"

In-Ho sah mich fragend an und ich kam wieder zurück in die Wirklichkeit, die eigentlich viel besser war, als alle meine Träume. Leider war der Hauptakteur meiner Schwärmerei zwischenzeitlich ein solcher Blödmann geworden.

"Ähm, ich trinke nur eine Cola. Morgen muss ich arbeiten, wie Sie ja wissen."

In-Ho nickte und winkte den Barkeeper zu uns und gab die Bestellung auf. Ich fragte mich, wie er wohl den Whisky, den er für sich bestellt hatte, mit der Maske trinken würde. Mit verhohlener Neugierde betrachtete ich ihn.

Er hatte eine lässige weit geschnittene Jeans an, die vermutlich so teuer war, dass ich mir für das Geld einen Monat etwas zu essen kaufen könnte und dazu ein T-Shirt einer Marke, für die er das Werbegesicht war. Neugierig hatte ich als Fan früher einmal gehofft, dass ich mir auch ein solches Shirt kaufen könnte, um damit meinem Star nahe zu sein. Doch der Preis für dieses einfache Stück Baumwolle mit einem aufgedruckten Designernamen lag im höheren dreistelligen Bereich und passte damit absolut nicht in mein extrem schmales Budget. Verträumt hatte ich auf seine Brust geschaut, auf der das Logo prangte und plötzlich wurde mir bewusst, dass ich nicht nur das Wort bewundert hatte, sondern vielmehr seine sich deutlich darunter abzeichnenden Brustmuskeln. Seit wann war der Maknae so gut trainiert? Und dann auch noch, wenn er kein Tanztraining machte und kein Fitnessstudio besuchen konnte? Meines Wissens war sein Fokus zurzeit ausschließlich auf die Genesung gerichtet und das hieß, dass er vorwiegend die Beinmuskulatur trainieren musste, um wieder fest gehen zu können.

Zwischenzeitlich waren die Getränke gebracht worden und ich schreckte erneut hoch, als In-Ho sich räusperte.

"Ich danke dir für deine Aufmerksamkeit, und ich versichere dir, dass ich nach meinem Unfall völlig intakt bin, wenn du verstehst was ich meine."

Er hatte sehr wohl meine intensive Betrachtung seines schlanken muskulösen Körpers bemerkt und mir schoss ertappt die Röte in die Wangen. Plötzlich fuhr seine Hand zu seinem Gesicht und er berührte die schwarze Maske, die mittlerweile so sehr zu ihm gehörte wie seine Gehhilfen und die er hoffentlich genauso in Kürze ablegen würde, wie die beiden Stöcke.

"Allerdings gibt es etwas, was den Unfall nicht unbeschadet überstanden hat."

Er hatte die Worte gemurmelt und klang bitter. Ich griff nach meinem Glas Cola und trank einen Schluck, da ich nicht wusste, wie ich ihn trösten sollte. Wenn ich seinem CEO nicht versprochen hätte, kein Wort über die Narbe in seinem Gesicht zu sagen, hätte ich ihn in diesem Moment darauf angesprochen. Doch nun schwieg ich. In-Ho stellte sein leeres Glas zurück auf das kleine Tischchen vor uns. Verdammt, dachte ich böse mit mir selbst, jetzt hatte ich nicht aufgepasst und gesehen, wie er es leergetrunken hatte. Die Maske hatte er auf jeden Fall nicht abgesetzt.

"Möchten Sie noch etwas? Ich bestelle Ihnen gerne noch einen Drink", lockte ich ihn ein wenig offensichtlich.

Zum einen wollte ich sehen, wie er trank und zum anderen genoss ich es ungemein, mit einem Mitglied von Star.X zusammen sein zu können. Auch wenn ich für die beiden versehrten Mitglieder der Band arbeitete, so war es dennoch etwas anderes mit einem von ihnen außerhalb meines Dienstes in dem gemütlich intimen Ambiente dieser Bar zusammenzusitzen. Es war eher so, als hätten wir uns verabredet und verbrachten nun die Zeit miteinander wie bei einem echten Date. Ich träumte schon wieder und schüttelte mich innerlich. Komm zu dir, Alea! In-Ho ist ein Gast und dazu hast du auch noch einen heftigen Vertrag mit seiner Agentur unterschrieben, dass du ihm nicht zu nahekommst und seine Privatsphäre wahrst. Du bist Dienstleister und nicht seine Freundin.

In-Ho hatte nicht geantwortet und überlegte kurz, doch dann griff er sich seine Gehhilfen, die neben ihm auf dem Boden gelegen hatten, und stand trotz seiner Verletzung elegant und mühelos auf.

"Für heute habe ich genug. Bringen Sie mich noch zurück zur Suite?"

~ Kapitel 14 ~

Die schönste Blume

Seine Bitte überraschte mich. Eigentlich konnte er den Weg in die achte Etage alleine finden und gehen, aber scheinbar brauchte er eine Begleitung aus einem anderen Grund. Höflich stand ich auf und machte ein Zeichen mit meiner Hand, dass er vorausgehen sollte. Ich war ein wenig enttäuscht, dass unsere gemeinsame Zeit von ihm jetzt beendet wurde. Offenbar hatte er es nicht so genossen, mit mir alleine zu sein, sondern wollte schnellstmöglich zurück in seine bekannten Räume. Wahrscheinlich war er nur aus Höflichkeit mir gegenüber noch geblieben, als Taemin sich verabschiedet hatte. Das stimmte mich etwas traurig, allerdings machte ich mir auch keinerlei Illusionen, dass In-Ho in mir etwas anderes sehen könnte, als seine Bedienstete, sein Butler. Nicht mehr und nicht weniger.

Verdutzt sah ich jetzt jedoch, wie In-Ho nach dem Aufstehen ein wenig schwankte und einen kleinen Ausfallschritt machte. Wenig elegant fing er seine Unsicherheit mit seiner Gehhilfe auf und blieb einen kurzen Augenblick reglos vor mir stehen. Dann drehte er sich um und sah mich mit einem peinlich berührten Blick an.

"Ich glaube, ich vertrage den Alkohol nicht mehr so wie früher oder er ist hier viel stärker, als zu Hause."

Man konnte sein verschämtes Grinsen unter der Maske förmlich sehen, dann drehte er sich wieder zurück und ging bemüht konzentriert vor mir aus der Bar. Ich folgte ihm mit kurzem Abstand. Jederzeit bereit, ihn bei einem weiteren Schwanken zu helfen oder schlimmstenfalls sogar aufzufangen.

An den Aufzügen drückte ich den Knopf und sah mit einem schnellen Seitenblick auf In-Ho, der sich, wie es schien, viel stärker als sonst auf die Gehhilfen stützte. Der Fahrstuhl kam im Erdgeschoss an und gemeinsam stiegen wir ein. In-Ho lehnte sich sofort an die Wand und atmete ein wenig lauter als gewöhnlich.

"Alles in Ordnung?", fragte ich alarmiert.

"Mmmh, ich denke schon", seine Stimme klang gar nicht so fest und ich sah auf die Etagenanzeige. Zum Glück würden wir gleich oben sein und ich hoffte, dass es der Maknae noch rechtzeitig in sein Bad schaffen würde.

"Wir sind da", sagte ich unnötigerweise, als sich die Fahrstuhltür endlich öffnete und In-Ho sich an mir vorbeidrängte, um sein Zimmer zu erreichen. Ich war jedoch noch schneller als er und scannte die Zimmerkarte ein, um ihm die Tür zu öffnen. In-Ho lief an mir vorbei und blieb plötzlich panisch um sich blickend stehen. Dann stürzte er in die behelfsmäßige Küche, riss sich seine Maske vom Gesicht und übergab sich ins Waschbecken.

Die Geräusche bewirkten bei mir, dass sich mein Magen ebenfalls heftig zusammenzog, doch plötzlich war es, als wenn ich alles ausschaltete und ich lief in sein Badezimmer, um ihm einen Waschlappen zu holen. In-Ho stand nach wie vor über dem Spülbecken und stützte sich auf der Ablage ab. Glücklicherweise war seine Übelkeit vorüber und ich trat leise näher, um ihm den feuchten Lappen zu reichen, mit dem er sich sein Gesicht abtupfte. Seine Energie hatte ihn komplett verlassen und ehe er auf den Boden sacken konnte, trat ich an ihn heran und umschlang seinen Körper fest mit meinen Armen, um ihn zu stützen. Willenlos ließ er sich von mir in sein Zimmer führen und ich geleitete ihn zu seinem Bett, auf das er sich nun mit einem tiefen Seufzer sinken ließ.

"Danke", hauchte er und ich lächelte.

Der Arme konnte scheinbar wirklich nichts vertragen, dachte ich mitleidig. Ich blickte auf ihn hinunter und erst jetzt wurde mir bewusst, dass er mir sein unmaskiertes Gesicht zeigte. Scheinbar hatte er ebenfalls vergessen, dass er sich nicht bedeckt hatte, denn er kuschelte sich in seine Decken, drehte sich auf die Seite und zog die Beine dicht an seinen Körper. Seine versehrte Gesichtshälfte war nun deutlich zu sehen und obwohl ich ihn nicht anstarren wollte, betrachtete ich die längliche frische rote Narbe an seinem Kiefer.

Nach wie vor war ich der Meinung, dass diese Narbe sein Gesicht nicht entstellte, sondern interessanter und männlicher aussehen ließ. Ehe ich mich zurückhalten konnte, ging ich in die Knie und hob meine Hand, um sie an seine Wange zu legen. Erschrocken fuhr ich zurück, als In-Ho meinen Arm plötzlich zur Seite schlug und er wie von Dämonen gejagt die Bettdecke hochriss, um sie bis über seine Nase zu ziehen.

"Was fällt dir ein? Verschwinde sofort! Raus! Verlasse sofort mein Zimmer!"

Seine Stimme war panisch, aggressiv und ängstlich zugleich. Entsetzt sah ich ihn an. Seine Aktion war bestimmt von seiner Unsicherheit und ich war nicht böse, dass er so laut war. Aber das Ausmaß seiner Wut war beängstigend. Die Narbe war nicht auf seiner Haut, sie war ganz tief in seiner Seele.

"Ich habe gesagt, dass du verschwinden sollst. Gehe jetzt endlich!"

Seine Stimme klang nun gedämpfter und ich stand nach wie vor neben seinem Bett und hatte mich nicht bewegt. Warum ich den Mut hatte hierzubleiben, war mir nicht klar. Ich wusste nur, wenn ich jetzt aus dem Raum ging, würde ich vermutlich nie wieder eine Gelegenheit bekommen zu sagen, was ich dachte.

"Ich gehe nicht, auch wenn du noch so laut schreist", antwortete ich ihm ruhiger und gefasster, als ich mich fühlte.

In-Hos Blick war wild und hasserfüllt, als er mich anstarrte und prüfte, ob ich wirklich noch da war. Dann drehte er sich um und wandte mir den Rücken zu, die Bettdecke dabei wieder komplett über seinen Kopf gezogen.

"Du willst vermutlich auch nicht wissen, warum ich nicht gehe, oder?"

Ich hoffte seine Neugierde zu wecken, doch er blieb stumm unter der Bettdecke und sagte jetzt nichts mehr. Suchend drehte ich mich um und entdeckte einen Sessel, den ich mir jetzt an sein Bett heranzog. Mir war völlig klar, dass ich eine rote Linie übertreten hatte, aber ich war sowieso schon ins Feuer gelaufen, dann konnte ich auch versuchen, den Brand zu löschen.

"Also, ich erzähle dir jetzt eine Geschichte, die du vielleicht nicht hören willst, aber die du trotzdem anhören musst, weil du nicht weglaufen kannst, ohne mir dein Gesicht zu zeigen." Ich wartete einen kleinen Moment, aber es blieb immer noch still. "Gut."

Ich lehnte mich ein wenig vor und sah auf die Gestalt unter der Bettdecke, die vermutlich trotz aller Abwehr ihre Ohren spitzte, um nichts zu verpassen. Dann begann ich mit leiser Stimme zu erzählen.

"Es war einmal ein Prinz, der in einem wunderschönen Schloss wohnte. Dort lebte er allein mit seinen Blumen, die in allen Farben das ganze Jahr über blühten. Der Prinz hatte als Kind einen Unfall gehabt, als er in einen Dornenbusch gefallen war und sein Gesicht war nun entstellt. Er fühlte sich hässlich, und glaubte auch, dass alle anderen Menschen ihn wegen seines Aussehens verabscheuen würden. Was er jedoch nicht wusste war, dass ihn jeder, der ihn jemals kennengelernt hatte, nicht als ein Monster sah. Sie liebten ihn, weil seine Seele so wunderschön war und sein Äußeres mit ihrem hellen Schein überdeckte.

Eines Tages verirrte sich ein junges hübsches Mädchen in seinem Schlossgarten. Trotzdem sie Angst hatte, dass man sie schelten könnte, weil sie unerlaubt den

Garten des Prinzen betreten hatte, wandelte sie auf den Wegen umher. Sie erfreute sich an den edlen Blumen, die der Prinz dort gezogen hatte und bewunderte ihre Pracht und Schönheit. Der Prinz sah das Mädchen, wie es umherlief und nach dem Besitzer der Blumen Ausschau hielt, aber er versteckte sich vor ihr. Er wollte nicht, dass sie sein hässliches Gesicht sah. Doch das Mädchen hatte den Prinzen schon einmal zuvor gesehen und sich in seine Stimme, sein liebevolles Wesen und die Art, wie er mit den Pflanzen umging verliebt. Sie traute sich nicht, ihm dieses zu sagen. Doch sie war froh, als der Prinz ihr vorschlug, ihr den Weg aus seinem Garten zu zeigen. Dafür musste sie nur am nächsten Tag zurück in sein Schloss kommen. Er wollte ihr eine ganz bestimmte Blume züchten und wenn sie ihr gefallen würde, dann würde er sich ihr zeigen.

Das junge Mädchen stimmte zu und so kam sie Tag für Tag zurück in den Garten, immer in der Hoffnung, die Blume wäre endlich so gewachsen, dass sie sie sehen könnte und damit auch den Prinzen. Aber der Prinz war nie zufrieden mit der Pflanze, weil sie in seinen Augen nie schön genug war, um sie dem Mädchen zu zeigen. So verging die Zeit und das junge Mädchen wurde eine Frau und immer noch war der Prinz mit der Blume nicht zufrieden. Eines Tages kam die Frau nicht mehr in den Garten und der Prinz wunderte sich. Die Frau war eine Greisin geworden und gestorben. Der Prinz hielt in seiner Hand eine wunderschöne Blume, die endlich in seinen Augen schön genug war, um sie der Frau zu zeigen. Aber diese Frau hatte ihr ganzes Leben gewartet und war allein geblieben, genau wie der Prinz, der jetzt allein mit seiner Blume war."

Ich endete meine Geschichte und wartete. Hatte In-Ho begriffen, was ich ihm hiermit sagen wollte? Endlich hörte ich ein leichtes Rascheln vom Bett. Langsam drehte er sich mit der Bettdecke über dem Kopf um.

"Glaubst du, dein Märchen macht es möglich, dass ich alles vergesse?" Seine Stimme klang trotzig, aber ich meinte, eine kleine Veränderung zu vernehmen. Leise seufzte ich.

"Nein, In-Ho-Ssi, das glaube ich nicht. Aber was ich damit sagen wollte ist, dass es mir völlig gleich ist, ob eine Narbe davon zeugt, dass du einen schweren Verkehrsunfall zum Glück überlebt hast. Sie ist ein Beweis dafür, dass du im Leben eine zweite Chance bekommen hast. Narben verblassen – zumindest auf der Haut. Die Narben auf der Seele können nur heller werden, wenn man eine Heilung zulässt." Leise stand ich auf und warf einen letzten Blick auf den in seine Decke eingewickelten In-Ho. "Ich bin froh und dankbar, dass du diese Narbe hast, In-Ho, denn ohne sie wärst du jetzt nicht hier. Deine Fans denken jeden Tag an euch und danken ihren Göttern, dass ihr den schlimmen Unfall überlebt habt."

In-Ho blieb unter seiner Decke versteckt und ich seufzte ein weiteres Mal leise, ehe ich sein Schlafzimmer verließ. Hätte ich mich beim Verlassen seines Zimmers noch einmal umgedreht, dann wäre ich überrascht gewesen zu sehen, dass er die Decke zur Hälfte seines Gesichts heruntergezogen hatte und mir mit Tränen in seinen schönen Augen nachsah.

Trotz meines eigenen Würgereizes machte ich die Küche wieder sauber und sprühte etwas Lufterfrischer. Was tat man nicht alles für die Gäste? Dachte ich leicht ironisch. Plötzlich fiel mir auf, dass die Nachtschicht nicht in der Suite war. Warum waren die beiden Jungs alleine auf dem Zimmer?

Obwohl ich selbst unendlich müde war, schlich ich hinüber zu Ji-Mongs Raum und öffnete leise die Tür. Auf einem kleinen Sofa saß die ältere koreanische Frau und schlief schnarchend. Vorsichtig wollte ich die Tür wieder schließen, als mein Blick auf Ji-Mong fiel, der mit geöffneten Augen zu mir hinüberblickte. Die Vorhänge in seinem Raum waren nicht geschlossen und das Mondlicht schien auf sein Bett. Kurz zögerte ich, doch dann trat ich wieder in sein Zimmer und lief zu ihm.

"Kann ich etwas für Sie tun, Ji-Mon-Ssi?", flüsterte ich leise.

Er nickte.

"Können Sie die Frau hier herausholen? Sie schnarcht wie ein Bär und ich bekomme kein Auge zu." Er machte einen gespielt verzweifelten Gesichtsausdruck und ich grinste.

"Warum haben Sie sie denn nicht einfach geweckt?", fragte ich neugierig. War es so schwer, die Dame wach zu machen?

"Was glauben Sie, was ich nicht versucht habe? Sie schnarcht nicht nur wie ein Bär, sie schläft auch wie einer im Winterschlaf."

"Alles klar. Ich werde den Störenfried entfernen. Soll ich noch die Vorhänge schließen?"

Er nickte und ließ sich in seine Kopfkissen zurückfallen.

"Danke, ich glaube, wenn ich ihr noch länger zugehört hätte, dann würde ich einen Mord begehen."

Grinsend zog ich die Gardinen zu und lief zu der Frau, die ich nun nicht besonders sanft wachrüttelte. Verschlafen reckte sie sich und sah mich mit fragenden Augen an. Endlich schien ihr klar zu sein, wo sie sich befand und nachdem sie sich orientiert hatte, verließ sie unter tausenden Entschuldigungen Ji-Mongs Zimmer. Bevor ich die Tür hinter mir schließen konnte, blickte ich noch einmal zu ihm zurück. Er hob seine Hand und formte mit Daumen und Zeigefinger das "Finger heart"-Zeichen. Grinsend erwiderte ich sein Herzzeichen und endlich konnte Ji-Mong hoffentlich schlafen. Genau wie ich, die auf allerschnellstem Wege in ihr Zimmer flitzte und todmüde in ihr Bett fiel.

Der folgende Tag würde vermutlich sehr anstrengend für mich werden. Doch dann erinnerte ich mich, dass wir gemeinsam auf das Volksfest gehen würden und darauf freute ich mich plötzlich sehr. Zufrieden schloss ich meine Augen und schlief innerhalb von wenigen Minuten tief und fest ein.

~ Kapitel 15 ~

Volksfeststimmung

Das penetrante Klingeln meines Handys weckte mich ungnädig eine halbe Stunde früher, als ich eigentlich hätte aufstehen sollen. Mit geschlossenen Augen und orientierungslos tastete ich nach dem blöden Ding, das meinen Schlaf so rüde unterbrochen hatte. Endlich fand ich es irgendwo auf meinem Nachtschränkchen. Ohne hinzusehen, nahm ich es in die Hand und wischte immer noch mit geschlossenen Augen über das Display.

"Ja?" Meine Stimme hörte sich genauso an, wie ich mich fühlte. Müde und grummelig.

"Alea? Hier ist Park Jae-Woon. Es tut mir leid, dass ich Sie so früh stören muss. Da ich heute zusammen mit meiner Frau zurück nach Südkorea fliege, wollte ich Sie vor meinem Abflug noch einmal kurz sprechen. Könnten Sie in einer halben Stunde im Erdgeschoss im Speiseraum sein? Ich lade Sie als Wiedergutmachung fürs Wecken zum Frühstück ein und dann können wir gleichzeitig noch ein paar Dinge besprechen. Wäre das für Sie machbar?"

Bereits während der ersten Worte saß ich aufrecht in meinem Bett. Die Müdigkeit war sofort verflogen, als ich die Stimme des schönen und mächtigen CEO von

Woon-Entertainment und damit meinem momentanen Chef vernommen hatte. Es war mir nicht bekannt gewesen, dass Familie Park bereits heute zurück nach Seoul fliegen würde und es traf mich ein wenig überraschend. Gestern hatte ich noch mit ihm über den Ausflug am Abend gesprochen und da hatte er mit keinem Wort seinen Rückflug erwähnt. Nun, vielleicht war ich aber auch nicht wichtig genug, dass man mich in die Pläne mit einbezog. Meine Aufgabe würde sich ja nicht verändern, da die Gäste nach wie vor im Parkblick wohnten. Oder? Gab es doch vielleicht Veränderungen?

"Ich bin in 30 Minuten im Frühstücksraum", bestätigte ich ihm und war noch mit dem Telefon in der Hand auf den Weg in mein kleines Badezimmer.

Nach 25 Minuten stand ich frisch geduscht, geschminkt, frisiert und angezogen im Fahrstuhl und fuhr hinunter ins Erdgeschoss. Ich hatte an diesem Morgen vermutlich einen Rekord für mich selbst aufgestellt, denn ich konnte mich nicht erinnern, wann ich mich jemals derartig schnell fertig gemacht hatte. Aus irgendeinem Grund war Herr Park in meinen Augen so respekteinflößend, dass ich ihn auf keinen Fall auch nur eine Minute warten lassen wollte.

Als ich den Frühstücksraum immer noch zwei Minuten früher als verabredet betrat, klopfte mein Herz plötzlich stark. Das schöne deutsch-koreanische Ehepaar saß bereits an einem Fensterplatz und die frühe Herbstsonne schien auf das Gesicht des CEO. Er war derartig attraktiv, dass ich jedes Mal das Gefühl hatte, ein perfekt retuschiertes Bild zu sehen. In genau diesem Moment blickte Michelangelos asiatischer Engel hoch und sah mich im Eingangsbereich stehen. Freundlich hob er die Hand, um auf sich aufmerksam zu machen. Als ob er das nötig hätte, dachte ich innerlich schmunzelnd. Die Blicke der im Frühstücksraum versammelten holden Weiblichkeit war mehr oder minder offen oder versteckt ausschließlich auf ihn gerichtet.

Höflich eine kleine Verbeugung machend, begrüßte ich am Tisch das schöne Ehepaar. Lisanne, Frau Park, stand in Attraktivität ihrem Ehemann in nichts nach. Die Schwangerschaft ließ sie von innen heraus förmlich strahlen und ihre hellblonden Locken umrahmten ihr schönes Gesicht wie ein Heiligenschein. Ach, dachte ich ein wenig neidisch, dieses Paar würde vermutlich wunderschöne Kinder bekommen, denn sie würden die besten Gene aus Ost und West in sich tragen.

Herr Park stand kurz vom Tisch auf und zog mir einen leeren Stuhl vor einem gedeckten Platz zurück, um mich setzen zu lassen. Diese höfliche Geste machte mich verlegen und ich dankte ihm ein wenig verschämt. Auch wenn ich in einem 5*Hotel mehr oder minder groß geworden war, so hatte der Frühstücksraum dennoch etwas beängstigend Herrschaftliches an sich, bei dem ich mich nicht besonders wohlfühlte. Luxus war für mich in meinem bisherigen Leben nicht vorgesehen gewesen. Ich war froh, wenn ich mit Sara in einer Pizzeria um die Ecke essen gehen konnte, wo das Ambiente schon ein wenig besser war, als bei meinen sonst üblichen günstigen Lokalen. Der Frühstücksraum, oder sogar das Restaurant, von dem Herr Meyer Küchenchef war, waren für mich Lokalitäten, die ich mir einfach nicht leisten konnte und die mich unsicher machten.

Heute war ich jedoch ebenso ein Gast, wie Herr und Frau Park und als meine Kollegin aus dem Service mich nach meinen Wünschen fragte, fühlte ich zwar eine gewisse Verlegenheit, aber sie ließ sich mit keinem Wort oder Geste anmerken, dass ich eigentlich nicht hierhergehörte. Alle Mitarbeiter des Parkblick waren gut ausgewählt worden und so professionell, wie man von einem solchen Haus erwarten durfte.

"Alea, danke, dass Sie so früh schon bereit waren, sich mit mir zu treffen."

Herr Park reichte mir einen Teller mit Obst, von dem ich lecker aussehende, bereits filetierte Orangen herunternahm und auf meinen Teller legte.

"Selbstverständlich", murmelte ich und legte meine Hände abwartend in meinen Schoß.

Ich hatte noch nicht wirklich viel gegessen, da es mir nach wie vor unangenehm war, in Gegenwart meines Vorgesetzten zu speisen, und jetzt wollte ich ihm auf keinen Fall mit vollem Mund antworten. Also wartete ich geduldig, was er mir zu sagen hatte.

"Leider gab es heute Nacht ein kleines Problem. Die Nachtwache hatte einen Herzanfall und musste heute Morgen in aller Frühe ins Krankenhaus zur Behandlung gebracht werden. Sie fällt nun für eine ganze Zeit aus und wir haben uns zwar bemüht einen Ersatz für sie zu finden, aber es ist leider nicht so leicht Personal zu bekommen, das nachts arbeitet und zudem auch noch Koreanisch spricht."

Mir fuhr ein kleiner Schreck in die Glieder. Ich hatte in der Nacht die ältere Koreanerin aus Ji-Mongs Zimmer herausgebeten und jetzt hoffte ich, dass es mit ihrem Herzanfall keinen Zusammenhang aus diesem Grund gab. Ging es der Frau gut? War ich schuld?

"Die Zeit im Parkblick wird sich vermutlich sowieso in Kürze dem Ende nähern. Das Haus, das wir für Ji-Mong und In-Ho gemietet haben, ist überraschenderweise viel eher bezugsfertig als wir erwartet hatten."

Was? Rief ich in Gedanken. Sie wollten das Parkblick wieder verlassen? Was wurde dann aus mir? Mein Job wäre dann wieder beendet und ich würde wieder als normales Zimmermädchen arbeiten und natürlich viel weniger Geld verdienen. Wie lange würden sie noch bleiben? Und was war dann mit In-Ho? Und Ji-Mong, fügte ich schnell gedanklich hinzu. Würde ich die beiden jemals wiedersehen?

"Wir haben uns gefragt, ob Sie eventuell auch bereit wären, die beiden jungen Männer in dem Haus zu betreuen? Ursprünglich hatten wir es anders geplant, aber durch den Ausfall der Nachtwache und da sowohl In-Ho als aus Ji-Mong die beiden koreanischen Pfleger nicht besonders schätzen, habe ich mir überlegt, ob Sie vielleicht die Aufgabe übernehmen würden."

Er sah mich mit seinen schönen Augen an und ich zuckte zusammen. Pflegen? Was? Auf keinen Fall.

"Verstehen Sie mich nicht falsch. Sie würden praktisch weiterhin als Butler oder wie man vielleicht in diesem Fall besser sagen könnte als Hausdame fungieren. Sie koordinieren die anfallenden Arbeiten, beaufsichtigen das Personal und die Betreuung und sorgen dafür, dass die beiden Jungs immer rechtzeitig zu ihren Arzt- und Physioterminen kommen. Natürlich stelle ich Pflegepersonal und Putzkräfte, sowie Fahrer, Gärtner und alles, was man sonst für die Betreuung der Jungs und des Hauses benötigt, ein. Aber ich wäre beruhigt, wenn ich wüsste, dass Sie die Oberaufsicht über alles haben. Sie kennen die beiden Patienten, sie sprechen sowohl Deutsch als auch Koreanisch und Sie sind vertrauenswürdig. Natürlich spreche ich das noch mit Ihrem Arbeitgeber ab, ob er Sie für die Dauer des Aufenthalts in Deutschland freistellen würde. Was meinen Sie? Könnten Sie sich vorstellen, dass Sie diese Aufgabe übernehmen?"

Eindringlich und ernst sah er mich an und in meinem Kopf ratterte es. Es wäre die Gelegenheit, weiterhin mit den beiden Mitgliedern von Star.X zusammen zu sein, aber auch die Möglichkeit, weiterhin gutes Geld zu verdienen. Ich grübelte immer noch, und plötzlich hörte ich Lisanne Park leise hinter ihrem Kaffeebecher kichern. Irritiert sahen sowohl ihr Mann als auch ich sie an.

"Was?" fragte der schöne Koreaner nun auch seine Frau.

"Jobo, das ist fast die gleiche Rede, die du mir gehalten hast, als ich in Korea angekommen bin und den Job im Haus der Jungs übernommen habe. Und du siehst, was dabei herausgekommen ist."

Sie zeigte auf ihren Mann und dann auf sich und anschließend auf ihren immer noch flachen Bauch. Ihr Mann krauste in dem Versuch, ihren Gedankengang nachzuverfolgen die Stirn, dann hatte er plötzlich verstanden.

"Lisanne! Es sind Patienten!" Jetzt hielt die blonde Frau ihr Lachen nicht mehr versteckt.

"Ja, und dazu noch junge Männer, die in der Blüte ihrer Manneskraft sind."

Als mir die Bedeutung ihrer Worte ebenfalls klar wurde, änderte sich meine Gesichtsfarbe schlagartig von blass in unvorteilhaftes rosa und ich senkte den Kopf. Schön wär's, dachte ich. Aber In-Ho mochte mich nicht und Ji-Mong war zwar freundlich zu mir, aber hatte ebenso wenig Interesse an mir, wie sein jüngerer Kollege. Was gab es da zu befürchten, außer dass mein eigenes Herz vielleicht Schaden nehmen könnte?

"Wir haben schon schlimmere Krisen überstanden", murmelte ihr Mann nun kryptisch und sofort wurde meine StarLover Neugierde aktiviert.

Von welchen Krisen sprach er? Dass Taemin sich in Emmy verliebt und sie geheiratet hatte? Das war die einzige Krise, die jemals über Star.X bekannt geworden war. Gab es noch andere Ereignisse, die nicht das Licht der Öffentlichkeit gesehen hatten? Wenn ja, was war es? War Yeon vielleicht doch bereits verheiratet und hatte ein geheimes Kind, wie einige Fans behaupteten? Oder war Sunny mit zwei Schauspielerinnen gleichzeitig liiert, wie manche hofften?

Aber keines der Gerüchte hatte sich bislang als wahr herausgestellt. War es alles eine geschickte Vertuschung seitens des Managements? Jetzt, wo ich den CEO von Woon-Entertainment kennengelernt hatte, konnte ich mir gut vorstellen, dass er jedes Gerücht und jede Krise managen konnte. Er war nicht nur der CEO für Star.X, sondern auch ein enger Freund der Bandmitglieder und sorgte dafür, dass ihre Reputation nicht beschädigt wurde. Das hatte ich bei meiner Vertragsunterzeichnung auch kennengelernt. Park Jae-Woon schützte seine Band, als wären es seine eigenen Kinder, vor etwaiger Verleumdung und Angriffen. Wer es wagte schlecht über sie zu reden, bekam die große Macht des Chefs von Woon-Entertainment zu spüren.

Lisanne stellte ihre Tasse zurück auf den Tisch und sah mich lächelnd an.

"Wenn Sie es schaffen, dass die Jungs sich wohlfühlen und genesen, dann haben Sie in jeder erdenklichen Hinsicht meinen Segen. Meinen Mann übernehme ich, egal, was kommt und glauben Sie mir, ich weiß aus Erfahrung, dass eine weibliche Hand in diesem Männerhaushalt Wunder bewirken kann."

Sie grinste mich nun verschwörerisch an und ich erwiderte ihr Lächeln etwas zaghaft. Die Blondine war so zwanglos und freundlich, dass man sie einfach gerne haben musste. Ich entspannte ein wenig und lächelte jetzt breiter zurück. Interessant, dachte ich über ihre Worte nach. Sie hatte scheinbar auch mit der Band vor ihrer Ehe engeren Kontakt gehabt. Wie eng war das Verhältnis wohl gewesen?

"Nun, eine Sache bleibt allerdings noch zu klären", nahm Park Jae-Woon den Faden wieder auf. "Da Sie sozusagen die Chefin des Hauses werden, müssten Sie für diese Zeit – und ich denke da an etwa sechs Monate – in das Haus einziehen. Wir haben extra ein Haus im Umland gewählt, da wir eine ruhige Lage mit Garten gesucht haben und das hier in der Stadt nicht so schnell möglich war, etwas unseren Vorstellungen und Wünschen entsprechend zu finden. Ein Pendeln vom Haus zu Ihrer Wohnung hier in der Stadt wäre zu zeitaufwendig. Aus diesem Grund erhalten Sie dort ein eigenes Zimmer und natürlich übernehmen wir alle Kosten, die mit einem Umzug und ihrem Leben verbunden sind."

Er unterbrach sich kurz, sah noch einmal auf seine Frau und setzte dann fort.

"Leider kann ich Ihnen keine Bedenkzeit geben, da wir wie gesagt nachher zurückfliegen und ich die Angelegenheit zuvor geklärt wissen will. Ich spreche direkt nach dem Frühstück mit Ihrem Direktor und wenn Sie jetzt dem ganzen zustimmen, dann wird noch an diesem Wochenende der Umzug in das Haus stattfinden. Also?"

Sein Überfall auf mich war sehr wirkungsvoll. Schnell überlegte ich mir die Vor- und Nachteile und kam natürlich zu dem Schluss, dass es eigentlich keine Nachteile für mich gab. Entschlossen streckte ich ihm meine Hand entgegen.

"Gerne."

Herr Park lächelte und nahm die Hand fest in seine und drückte sie kurz.

"Vielen Dank!"

Obwohl er der Chef war, sah er kurz hinüber zu seiner Frau, als ob er sich ihre Zustimmung holen wollte. Auch ich blickte zu ihr hinüber und nahm das zufriedene Lächeln wahr und fragte mich dann, ob ich vielleicht viel mehr zugestimmt hatte, als einem Vertrag als Hausdame für zwei gesundheitlich eingeschränkte junge Männer.

Mein Tag in der Suite war genau, wie die vorangegangenen und bis zum Abend passierte nichts Bemerkenswertes. Sowohl In-Ho als auch Ji-Mong hatten heute einen freien Tag, da es Wochenende war und mussten sich weder zu einem Arztbesuch noch in einer Physioeinheit quälen. Taemin hatte dafür aber entschieden, dass er mit den beiden Freunden gemeinsam in das hoteleigene Fitnessstudio und Spa gehen wollte. Mit einem freundlichen Winken verabschiedeten sich sowohl Taemin als auch Ji-Mong von mir, während In-Ho ihnen stumm mit einem kleinen Abstand folgte, ohne mich zu beachten. Ich zuckte mit den Schultern und schloss hinter ihnen die Tür. Die Zeit ihrer Abwesenheit würde ich nutzen, um mir den neuen Vertrag von Herrn Park genau durchzulesen.

Er hatte ihn kurz vor seiner Abreise noch in der Suite vorbeigebracht und ich musste leider feststellen, dass er ausschließlich in Koreanisch verfasst war. Bedauerlicherweise beherrschte ich das Schreiben und Lesen in der asiatischen Sprache nicht so gut, wie das Sprechen und so gab ich nach fünfzehn Minuten entnervt auf, die von einem koreanischen Anwalt verfassten Zeilen in meine Sprache zu übersetzen. Für Einwände oder Änderungen an dem Vertrag war es sowieso zu spät, denn ich hatte ihn bereits beim Überreichen unterzeichnet. Taemin hatte mir mitgeteilt, dass er die beiden Jungs mindestens eine Stunde im Fitnessraum beschäftigen wollte und so legte ich mich in meinem kleinen Butler Raum auf die Pritsche, um den Schlaf der letzten Nacht nachzuholen.

Tief und fest schlief ich eingewickelt in eine dünne Decke und wurde auch nicht wach, als die drei Mitglieder der Band Star.X zurückkamen. Erst, als es leise an meiner Tür klopfte, schreckte ich aus meinem Schlaf hoch und ich sah verwirrt in In-Hos Gesicht, das im geöffneten Türspalt zu sehen war. Er blickte über den Rand seiner Maske auf mich hinunter und zog seine dunklen Augenbrauen zusammen.

"Taemin hat mir gesagt, dass ich dich wecken soll. Es ist bereits kurz vor fünf Uhr und in einer halben Stunde werden sowohl die Bodyguards als auch unser Fahrer uns abholen. Wenn du dir noch was anderes anziehen möchtest, dann beeile dich."

Verlegen sprang ich von der schmalen Liege hoch und verheddert mich dabei ungeschickt in meiner Decke. Ich verlor das Gleichgewicht und wäre der Länge nach auf den Boden aufgeschlagen, hätte In-Ho nicht in genau dem richtigen

Moment die Tür aufgerissen und mich in dem klitzekleinen Raum aufgefangen. Verwirrt lag ich nun in meinem K-Drama Moment in seinen Armen und starrte hoch in seine dunklen Augen, die von seinen längeren Haaren verdeckt waren. Ich konnte den Ausdruck nicht richtig erkennen, aber seine Hände packten mich plötzlich fester und ehe ich mich versah, schubste er mich mit einem kleinen Stoß von sich und trat einen Schritt zurück, als hätte er sich an mir verbrannt.

"Beeile dich", hörte ich ihn noch sagen, ehe er auf seinen Gehhilfen beinahe vor mir floh.

Schnell wickelte ich mich aus der verfangenen Decke und starrte dabei dem nicht mehr sichtbaren Maknae hinterher. Hatte ich es mir eben nur eingebildet, oder schlug sein Herz in unserer unfreiwilligen Umarmung genauso schnell und laut, wie meines? Oder war es nur mein eigenes, was ich zur Kenntnis genommen hatte?

Immer noch ein wenig durcheinander wegen meiner soeben gespürten Gefühle flitzte ich die Dienstbotentreppe in das oberste Stockwerk hoch und suchte mir meine Anziehsachen für den Marktbesuch heraus. Zum Glück hatte ich sie mir bereits am Vortag zurechtgelegt, sodass ich jetzt nicht groß überlegen musste und nur noch in die Jeans und den dicken Pullover hineinschlüpfte. Der Pullover war übergroß, dafür aber sehr warm und mir war bei einem herbstlichen Volksfest Besuch die Bequemlichkeit und der Nutzen wichtiger, als das Aussehen.

Bevor ich mein Zimmer wieder verließ, warf ich noch einen letzten Blick in den großen Spiegel und machte einen Gesamtcheck meines Outfits: lässige Jeans, Oversized Pullover, bequeme Turnschuhe, Wollmütze, Handschuhe, Schal und dicker Mantel. Alles war perfekt gewählt, dass ich so eingekuschelt hoffentlich draußen nicht frieren würde. Allerdings sah es auch absolut nicht sexy aus und würde mir ganz sicher auch keine positive Aufmerksamkeit von den drei Stars der K-Pop Gruppe einbringen. Ich zuckte die Schulter und drehte mich entschlossen um. Bequemlichkeit vor Schönheit, dachte ich noch einmal und lief hinunter ins Erdgeschoss, wo wir uns verabredet hatten.

~ Kapitel 16 ~

Alle an Bord

Als Erstes sah ich Sara, die genau wie ich mollig warm eingepackt war. Der Unterschied von ihr zu mir war jedoch, dass ihre Kleidung von einem Designer stammte und nicht wie meine von einer Billigkette. Obwohl Sara kein Snob war, legte sie dennoch großen Wert auf gepflegte und qualitativ gute Kleidung in ihrer Freizeit. Ich bewunderte ihren guten Geschmack jedes Mal aufs Neue und so war es auch heute Abend.

Genau wie ich trug sie eine bequeme Jeans und einen Pullover. Ihr Oberteil war allerdings aus Kaschmir und zu einem Preis, von dem ich nur träumen konnte. Das Gleiche galt für ihre Mütze und Handschuhe und obwohl ich neidisch war, fand ich, dass meine Freundin einfach nur toll aussah. Sie würde heute zum ersten Mal die Mitglieder von Star.X treffen und ich war gespannt, wie beide Parteien aufeinander reagieren würden. Sara war eine wunderhübsche junge Frau und bislang war noch jeder Mann, der sie zum ersten Mal traf, einfach nur hingerissen von ihr. Allerdings hatte Sara auch eine scharfe Zunge und hielt nicht mit ihrer Meinung hinter den Berg, wenn sie etwas störte oder nervte. Das war dann der Moment, wo viele zuvor interessierte Männer wieder das Weite suchten. Sie wollten sich nicht mit ihren eigenen Fehlern auseinandersetzen und bislang hatte Sara noch keinen Mann getroffen, den sie nicht kritisieren musste.

Die Augen meiner Freundin leuchteten, als sie mich kommen sah. Aufgeregt winkte sie, als hätte ich sie zuvor noch nicht gesehen und lachend lief ich zu ihr.

"Alea! Du siehst super niedlich aus!"

Sara zog mich in ihren Arm und ich versank in dem Duft ihres teuren dezenten Parfüms. Mein geliebter Sara-Duft, dachte ich und umschlang ihre schmale Taille. Meine beste Freundin war etwas größer als ich und ich genoss es jedes Mal, wenn wir uns umarmten. Plötzlich hörte ich ein Räuspern und drehte mich um.

"Kai?"

Erstaunt sah ich ihren Bruder plötzlich schräg hinter ihr stehen. Auch er hatte sich für den Besuch des Marktes entsprechend warm eingekleidet und stand seiner Schwester in nichts nach, was Geschmack und Preis der Kleidung betraf. Als hätte er nur darauf gewartet, öffnete er seine Arme und grinste mich an.

"Jetzt bin ich dran!", forderte er mich auf, ihn ebenfalls zu umarmen. Sara lachte, doch ich trat schnell einen Schritt von ihm zurück.

"Verräter", fauchte ich ihn an und drehte mich um. Kai war sofort klar, warum ich ihm böse war.

"Alea, tut mir leid, dass ich dich gestern Abend alleine gelassen habe. Ehrlich."

"Pfft", machte ich lediglich und zog die Schultern hoch. Immer noch sah ich ihn nicht an und warf einen Blick auf meine Freundin. "Was macht er hier?" Ich machte ein Zeichen mit meinen Daumen auf meinen Chef und zog anklagend die Augenbrauen hoch.

"Ich wollte nach vier Jahren auch mal wieder auf den Markt und nutze die Gelegenheit, mit meiner Schwester und meiner Freundin dorthin zu gehen. Fährst du im Karussell mit mir zusammen?"

Seine Frage sollte lustig sein, aber sie traf mich unerwartet. Er wusste von meinen Träumen als junges Mädchen, mit meinem Freund zusammen das Volksfest zu besuchen und jetzt machte er sich über mich lustig.

"Alea, ich meine es ernst."

Plötzlich war seine Stimme nah an meinem Ohr und ich zuckte zusammen.

"Kai, bitte halte Abstand. Wir werden beobachtet." Ich legte ihm meine Hand auf seine harte Brust, die ich trotz des dicken Mantels und Pullovers unter meiner Handfläche spüren konnte.

"Und wenn später niemand mehr hinsieht?"

Seine Frage sollte mich verwirren, was sie auch getan hätte, wenn nicht in genau diesem Moment die Fahrstuhltür aufgegangen wäre. Als erster verließ In-Ho den Aufzug. Er trug eine dicke Daunenjacke und schien für den Ausflug bestens gerüstet zu sein. Nach ihm verließ Taemin den Lift und schob den Rollstuhl von Ji-Mong heraus. Auch er war dick angezogen und seine Augen suchten das Foyer nach uns ab. Plötzlich hörte ich Sara hinter mir laut einatmen.

"Wow", war alles, was ich von meiner besten Freundin hörte. Neugierig drehte ich mich zu ihr um und sah sie an.

"Wer von den dreien ist Wow?", drängte ich zu wissen.

"Eigentlich alle drei, aber der Typ im Rollstuhl ist wirklich der Knaller. Was hat der bitte schön für ein hübsches Lächeln?"

Ich folgte ihrem Blick und sah in diesem Moment, was sie meinte. Ji-Mongs Augen waren auf meine Freundin gerichtet und wie festgetackert an ihr hängen geblieben. Obwohl er durch den Unfall ausgemergelt und krank ausgesehen hatte, war nun auf seinem Gesicht ein engelsgleiches Lächeln zu sehen, dass ihn so schön machte, wie zuvor. Seine Augen flackerten nicht ein einziges Mal, als er Saras Blick festhielt und ich konnte sogar erkennen, wie er sich plötzlich in seinem Rollstuhl etwas aufsetzte.

Sara selbst schien genauso fasziniert von dem hübschen Rapper der Gruppe Star.X zu sein. Ohne es zu merken, hatte sie nach meinem Mantel gegriffen und kniff mir vor Aufregung jetzt fest in meinen Arm, sodass ich kurz vor Schmerz aufstöhnte. Ich kannte Sara so gut, dass ich in diesem Moment genau wusste, was in ihr vorging: Sie wollte Ji-Mong unbedingt näher kennenlernen und ihn für sich erobern. Vielleicht war er der Prinz, auf den sie wartete?

Als Taemin mit seinen Freunden vor uns stand, hatte Sara nach wie vor nur Augen für den jungen Mann im Rollstuhl und es war ihr völlig egal, dass alle Anwesenden es sehen konnten. Ji-Mong, den ich stets für schüchtern und zurückhaltend gehalten hatte, schien die Aufmerksamkeit meiner Freundin sehr zu gefallen, denn er ließ ihren Blick nicht ein einziges Mal los, auch dann nicht, als er uns andere begrüßte.

Taemin hatte diesen Blickwechsel mit einem Stirnrunzeln zur Kenntnis genommen, lächelte jedoch plötzlich erfreut. Vermutlich war auch ihm bewusst, dass er einem ganz besonderen Moment beiwohnte. In-Ho war jedoch ein anderer Fall. Er sah Sara mit seinem hinter der Maske halb verborgenen mürrischem Gesicht an und schien nicht besonders erfreut zu sein. Dann wanderte sein Blick von mir zu Kai und wenn vorher Regenwolken sein Gesicht verdüsterten, so zogen jetzt schwarze Gewitterwolken auf.

"Ich dachte, es würden nur die beiden Frauen mitkommen?"

Er klang genauso unwillig, wie er aussah und Kai schien das nicht entgangen zu sein. Höflich verbeugte er sich von den drei Koreanern.

"Ich hoffe, es stört Sie nicht allzu sehr, wenn ich heute Abend mit von der Partie bin."

In-Ho sah den Direktor des Parkblick nach wie vor böse über den Rand seiner Maske an und dann wandte er mit gespieltem Desinteresse seinen Blick ab.

"Keineswegs, Herr Grimm. Wir freuen uns, wenn Sie uns begleiten."

Taemin begann eine freundliche Unterhaltung mit dem Direktor des Parkblicks, während er den Rollstuhl von Ji-Mong in Richtung des Ausgangs vom Foyer schob. Vor dem Hotel wartete ein schwarzer Kleinbus mit abgedunkelten Scheiben auf die exklusiven VIP-Gäste und Taemin dirigierte den Rolli und uns in seine Richtung. Bevor wir den Wagen erreichten, öffneten sich die Türen von Fahrer- und Beifahrerseite und zwei Männer in unauffälliger Kleidung stiegen aus, um uns zu begrüßen.

Ich sah mir die beiden Männer genauer an und stellte fest, dass sie meiner Vorstellung eines Bodyguards optisch nicht entsprachen. Beide waren zwar schlank und groß, jedoch wirkten sie weder bullig noch angsteinflößend. Sie trugen beide Jeanshosen und dickere Jacken und hatten Gesichter, an die man sich vermutlich nicht wieder erinnern würde. Ihre Durchschnittlichkeit war wohl ihr besonderer Vorteil, allerdings zweifelte ich nicht daran, dass es sich bei den beiden Männern um erstklassige Personenschützer handelte. Ihr Blick schien überall zu sein und gleichzeitig behielten sie ihre zu schützenden Personen im Auge. Jetzt erst bemerkte ich ein weiteres Fahrzeug, das hinter dem dunklen Kleinbus wartete und in dem zwei weitere Männer saßen. Herr Park hatte wirklich dafür gesorgt, dass seine Schützlinge bestmöglich gesichert sein würden.

Taemin folgte der Aufforderung der Sicherheitsleute und fuhr den Rollstuhl zusammen mit Ji-Mong zum Heck des Wagens. Einer der Männer öffnete das Fahrzeug und eine Rampe wurde für den Rollstuhl heruntergefahren. Taemin setzte sich neben Ji-Mong in die letzte Reihe und winkte uns, dass wir ebenfalls einsteigen sollten. Ehe ich mich versah, saß Sara ebenfalls in der letzten Reihe und sah grinsend Ji-Mong an. Beide hatten bislang noch kein einziges Wort miteinander gewechselt, aber es machte auf jeden Außenstehenden den Eindruck, sie gehörten bereits seit langer Zeit zusammen und verstanden sich blind.

Kopfschüttelnd stieg ich nun ebenfalls ein und ehe ich es verhindern konnte, setzte sich Kai zu mir, sodass In-Ho eine Reihe vor uns alleine auf seinem Platz war. Böse sah ich meinen Ex-Freund an.

"Du weißt schon, dass wir den Ausflug für die beiden Patienten machen und nicht, um dich auszuführen, oder?"

Kai nickte und sah sich kurz um und dann zurück nach vorne.

"Aber sie sind doch auch mit im Auto. Wo ist das Problem?"

Er stellte sich absichtlich unwissend und das machte mich noch böser.

"Ich finde es nicht gut, dass du mitgekommen bist, Kai. Aber wenn du schon dabei bist, dann halte dich bitte zurück. Es macht den Eindruck, dass In-Ho deine Anwesenheit nicht besonders schätzt. Ich weiß zwar nicht, was er gegen dich hat, aber eigentlich wollte ich ihm eine Freude machen und ihn nicht ärgern."

Wieder nickte Kai.

"Ich weiß schon, was er hat, aber ich werde es dir nicht sagen." Als ich auffahren wollte, grinste er nur und griff nach meiner Hand. "Alles gut, Alea, ich werde mich zurückhalten, wenn du nach dem Besuch auf dem Markt noch Zeit mit mir verbringst. Gestern ist es ja nichts mit uns beiden geworden."

"Das sagt der richtige! Du hast mich sitzen lassen und jetzt beschwerst du dich?"

Ehe er es verhindern konnte, hatte ich mich abgeschnallt und kletterte über ihn herüber. Kai verfolgte meine Bemühungen und lachte leise, hörte allerdings sofort damit auf, als ich mich eine Reihe vor ihn neben In-Ho setzte und dort anschnallte.

In-Ho sah weiterhin stur aus dem Fenster und schien von unserem Wortwechsel, den er nicht verstehen konnte, und meinem Umsetzen nicht beeindruckt. Ich drehte mich zu ihm und da er mir den Rücken zuwandte, wollte ich wieder nach vorne sehen. Doch dann erfasste ich seinen Blick in der Reflexion des Fensters und mein Herz schlug plötzlich sehr schnell. In seinen Augen konnte ich eindeutig Eifersucht lesen. Eifersucht? Fragte ich mich zweifelnd. Ich musste mich getäuscht haben.

Langsam fuhr der kleine Bus mit seinen illustren Gästen los und ich freute mich jetzt tatsächlich auf den Besuch auf dem Markt, auch wenn es vielleicht alles komplizierter geworden war, als ich es mir zuvor hätte ausmalen können.

Nach einer kurzen Fahrt parkten wir auf einem extra ausgewiesenen Parkplatz in der Nähe des Eingangs zur Festwiese. Nacheinander stiegen wir aus und Taemin lud den Rollstuhl zusammen mit Ji-Mong aus, während ich In-Ho eine helfende Hand entgegenstreckte. Zu meiner Überraschung nahm er sie sogar an. Vorsichtig kletterte er mithilfe seiner Gehhilfen und meiner Unterstützung aus dem Fahrzeug, ehe er sich in einen durch einen der Bodyguards bereitgestellten Rollstühle setzte.

Ich sah hinunter auf die beiden koreanischen Stars und überlegte, ob man sie wirklich nicht erkennen würde.

Ehe wir uns in Bewegung setzen konnten, zogen sowohl In-Ho als auch Ji-Mong ihre Kapuzen über den Kopf und zusammen mit den Gesichtsmasken, die nun auch Ji-Mong trug, waren ihre Züge nicht mehr zu erkennen. Jetzt suchte mein Blick die große Gestalt des dritten Sängers. Taemin trug ebenfalls eine Gesichtsmaske und hatte eine Mütze tief über seinen Kopf gezogen, sodass auch er bis auf die schönen Augen nicht zu erkennen war. Alle drei hatten reichlich Erfahrung damit, sich in der Öffentlichkeit zu verstecken und ich fragte mich, wie oft man wohl bereits an jemand Berühmten vorbeigegangen sein mochte, ohne es zu wissen.

"So, auf geht's", gab Kai nun munter das Zeichen zum Start und Taemin griff nach dem Rollstuhl von Ji-Mong, während einer der Bodyguards In-Ho übernahm. Ich hakte mich bei meiner Freundin unter und sah gespannt und voller Vorfreude auf die bunten Lichter der Karussells, die man bereits vom Parkplatz aus gut erkennen konnte. Die großen Fahrgeschäfte hatten zumeist ohrenbetäubende laute Musik, die zu uns herüberwehte.

Je näher wir dem Markt kamen, umso stärker wurden wir von den leckeren Gerüchen nach gebrannten Mandeln, Schmalzkuchen und gerösteten Kastanien eingefangen. Dieser Augenblick war für mich jedes Jahr der schönste, denn er bedeutete gleichzeitig, dass der Winter vor der Tür stand und damit die gemütliche Jahreszeit begann. Ich konnte es nicht wirklich beschreiben, was ich empfand, aber es hatte von jeher etwas Magisches für mich auf den Herbstmarkt zu gehen.

Ich warf einen Blick auf die beiden Rollstuhlfahrer, die unverändert in ihren Wagen saßen und fragte mich, ob sie die Atmosphäre ebenfalls genossen. Plötzlich hatte ich Zweifel. Was, wenn ich sie mit meinem Ausflug daran erinnerte, dass sie nicht auf ihren eigenen Beinen hierherkommen konnten? Insbesondere Ji-Mong war auf den Rollstuhl angewiesen und vielleicht war es für ihn schmerzhaft zwischen all den gehenden Menschen sein zu müssen.

Ich drehte mich um und sah hinunter auf den jungen Mann, der nach dem Unfall halbseitig gelähmt war. Ji-Mong hatte meinen Blick gespürt. Ich konnte unter dem Rand der Kapuze seine Augen nicht wirklich gut erkennen, aber er gab mir plötzlich ein Zeichen, dass ich näher zu ihm treten sollte.

"Gamshabnida", sagte er plötzlich leise und ich beugte meinen Kopf tiefer zu ihm.

"Wofür dankst du mir?" hakte ich nach.

"Danke, dass du uns mitgenommen hast. Ich liebe es jetzt schon." Er machte eine ausholende Handbewegung und dann blieb sein Blick an Sara hängen, die ihn ebenfalls betrachtete. "Und danke, dass ich sie treffen konnte", fügte er wieder leise hinzu und ich verstand. Ob man das Liebe auf den ersten Blick nannte? Ich hoffte, dass beide sich näher kennenlernen würden und dass ihre gegenseitige Faszination sich nicht abnutzte.

"Sie heißt Sara, ist meine beste Freundin seit Kindertagen und die Schwester von Kai Grimm, den Direktor vom Parkblick. Sara ist genau wie ich 23 Jahre alt und was dich vermutlich am meisten interessiert: Sie ist Single. Und ja, ich glaube, sie ist genauso an dir interessiert, wie du an ihr", fügte ich abschließend flüsternd hinzu.

Warum um den heißen Brei herumreden? Sara würde mich über Ji-Mong genauso ausfragen und ich würde ihr genauso ehrlich antworten. Ji-Mong war weder verlegen noch schien es ihm unangenehm, dass ich ihn durchschaut hatte. Er nickte lediglich und lächelte.

"Wenn es ihr nichts ausmacht, dass ich im Rollstuhl sitze, dann möchte ich sie unbedingt näher kennenlernen."

Seine Stimme klang fest und entschlossen. Nun war es an mir zu nicken. Ich war der gleichen Meinung. Irgendwie hatte ich das Gefühl, dass Sara ihren Prinzen mit Ji-Mong gefunden haben könnte und es bereitete mir ein warmes Gefühl in meinem Innern.

"Ich werde euch beide miteinander bekannt machen", versprach ich ihm und ging zurück zu Sara.

"Alea, was hat er gesagt? Ji-Mong, meine ich. Los, sag schon! Will er sich mit mir treffen?"

Sie war aufgeregt und wagte es nicht, einen weiteren Blick auf ihren Schwarm zu werfen. Ich griff nach ihrer behandschuhten Hand und drückte sie.

"Er will dich kennenlernen."

Ich spürte beinahe, wie ihr Herz vor Freude hüpfte. Sie hatte bislang noch kein einziges Wort mit dem jungen Mann gewechselt und doch war es so, als wenn sie sich bereits unsterblich verliebt hatte. Sara war nicht kompliziert und würde sich auch nicht zieren, wenn ihr jemand gefiel. Aber so hatte ich meine beste Freundin noch nie zuvor erlebt und ich war ein wenig neidisch, dass sie ganz offensichtlich so Knall auf Fall ihr Herz vergeben hatte.

Mein eigener Blick wanderte zu In-Ho, der sich nach wie vor stumm in seinem Rollstuhl von einem Bodyguard schieben ließ und zu meinem Bedauern von der wundervollen Atmosphäre um ihn herum nichts wahrnahm. Etwas traurig geworden lief ich nun ebenfalls still neben meiner aufgekratzten Freundin her und vergaß aber bereits nach zwei Minuten meine getrübte Stimmung.

Wir waren auf dem Markt angekommen und wie immer brauchten wir nicht lange, um eine Route festzulegen, damit wir auch wirklich in jeden Gang des Marktes gingen und kein einziges Fahrgeschäft verpassen würden. Sara gab wie gewohnt den Ton an und so liefen wir voraus. Unser erster Halt sollte eine Achterbahn sein und anschließend wollten wir den Koreanern zeigen, wie lecker Schmalzkuchen waren.

Das Fahrgeschäft war gut besucht und unaufgefordert lief Kai zum Ticketschalter und kaufte uns allen Karten für eine Fahrt. Er hatte nicht gefragt, wer mit einsteigen wollte und drückte jedem, der mit uns mitgekommen war, und damit auch einschließlich der vier Bodyguards, eine Eintrittskarte in die Hand. Ji-Mong hatte ebenfalls eine erhalten und starrte jetzt auf das Karussell. Sara machte sich von mir los und lief zu ihm hinüber. Sie beugte sich zu ihm hinunter und schien ihn etwas zu fragen, denn ich sah, wie sein Kopf in der Kapuze wie bei einem zustimmenden Nicken auf und ab wippte.

Mein Blick ging wieder zu In-Ho und er saß nach wie vor still in dem Rollstuhl und hatte die Eintrittskarte auf seinen Knien liegen, als würde ihn das alles nicht interessieren. Ich gab mir einen Ruck und machte es Sara nach. Vor seinem Rollstuhl stoppte ich und hielt ihm auffordernd meine behandschuhte Hand entgegen.

"Na los, komm mit. Oder hast du Angst?"

Ich provozierte ihn bewusst und erhielt prompt die gewünschte Reaktion. Sein Kopf schnellte in die Höhe und zum ersten Mal an diesem Abend kam Leben in den Maknae. Die bunten Lichter der Achterbahn erhellten den kleinen Teil seines Gesichts, den die Maske, die Kapuze oder die Haare nicht verdeckten und es reichte aus, um das Blitzen seiner Augen sehen zu können. Plötzlich packte er meine Hand und zog sich leichtfüßig aus dem Rollstuhl hoch und stand hoch über mir aufragend vor mir. Ehe ich einen Rückzieher machen konnte, legte er plötzlich seinen Arm um meine Schulter und zog mich an sich.

"Dann werde ich dich als meine Stütze an meiner Seite brauchen."

Er verlagerte nun tatsächlich sein Gewicht auf mich und ich schwankte kurz unter der ungewohnten Last. Mit einem Mal umfing mich seine Wärme und mir wurde bewusst, dass ich sehr nahe mit ihm zusammenstand und es das erste Mal war, dass er mich nicht zurückstieß. Vielmehr hatte er von sich aus die Nähe zu mir gesucht – auch wenn er mich vermutlich damit lediglich herausfordern wollte. Beinahe etwas trotzig legte ich ihm meinen Arm um seine schmale Hüfte und grinste. Überrascht sah er auf mich hinunter, wich aber nach wie vor nicht von mir ab.

"Herr In-Ho, ich kann das gerne übernehmen. Alea ist viel zu schwach, um Ihnen wirklich helfen zu können", mischte sich Kai ein und wollte gerade In-Hos Arm von meiner Schulter übernehmen, als dieser ihn plötzlich mit kalter Autorität zurückwies.

"Vielen Dank, Herr Direktor, aber ich möchte, dass mein Butler mir hilft."

Seine Stimme ließ keinen Widerspruch zu und ein kurzer Blick auf Kai sagte mir, dass er sauer war. Obwohl er nach wie vor ein professionelles Lächeln im Gesicht hatte, mahlte sein Unterkiefer und ich konnte den Unwillen in seinen grünen Augen deutlich erkennen.

"Natürlich, wie Sie wünschen", gab er nach und trat einen Schritt von uns zurück. Wieder hatte in ihm der Chef des Parkblick über den besorgten Freund gesiegt.

Wie ein Liebespaar eng umschlungen steuerte In-Ho das Ende der Warteschlange vor der Achterbahn an. Erstaunt bemerkte ich, dass sein Gang gar nicht so unsicher war, wie ich angenommen hatte. Dazu kam, dass er sein Gewicht fast gänzlich von meinen Schultern genommen hatte und recht sicher neben mir herlief. Hin und wieder packte er meine Schulter ein kleines bisschen fester, lockerte aber sofort den Griff, wenn er wieder sicher ging.

Taemin war zusammen mit einem der Bodyguards an uns vorbei an der Schlange gegangen und sprach nun mit einem Mitarbeiter des Fahrgeschäfts, dann drehte er sich um und machte einem unserer Security Mitarbeiter ein Zeichen. Geschickt zog dieser Ji-Mong auf seinen Rücken und lief Huckepack mit ihm zusammen ebenfalls an der Warteschlange vorbei, um beim nächsten Fahrgastwechsel den jungen Mann in einen der Wagen zu setzen. Grinsend betrachtete ich Sara, die an Taemin, der soeben zu Ji-Mong in den Wagen steigen wollte, vorbeiflitzte und sich mit einem Grinsen anstelle von Taemin neben ihn platzierte. Sara war niemals schüchtern gewesen und so wunderte es mich auch jetzt nicht, dass sie ihren Arm unter den von Ji-Mong schob und sich an ihn mit einem breiten Lächeln heran lehnte. Und plötzlich waren die beiden aus unserem Sichtfeld verschwunden und brausten die abenteuerliche Bahn herauf und herunter. In-Ho hatte genau wie ich den beiden nachgesehen und ich hörte, wie er leise in seine Maske schnaufte und etwas vor sich hinmurmelte.

"Was ist?", wollte ich leise von ihm wissen.

"Was glaubt ein Krüppel wie Ji-Mong, wie er ein solches Mädchen für sich gewinnen kann? Was denkt er, kann er in Zukunft für sie tun?"

"In-Ho, das ist gemein! Zum einen ist Ji-Mong kein Krüppel, sondern hat einen schweren Unfall lebend überstanden und ist somit ein Held. Zum anderen muss sein Zustand ja nicht für immer so bleiben und kann sich verbessern. Und dann unterschätzt du etwas ganz gewaltig: Sara versucht Ji-Mong zu erobern und nicht umgekehrt. Meiner Freundin ist es egal, wie die Schale eines Menschen ist. Ihr ist einzig der Kern wichtig."

Ich war wirklich böse. In-Ho war vermutlich derartig geprägt von der Glitzerwelt und dem schönen Schein seiner koreanischen Showbusiness-Welt, dass er wohl vergessen hatte, dass nicht jeder Mensch aussehen konnte wie ein perfektes Bild. Außerdem war ein schönes Äußere oftmals einfach nur eine Fassade und wenn dann das hässliche Innere plötzlich zutage kam, waren die Menschen geschockt.

"Ich denke, Sara ist genau wie ich in einer anderen Welt aufgewachsen, als ihr. Ein hässlicher Charakter wiegt bei weitem nicht den schönen Schein auf. Schade, dass du Ji-Mong nicht als das siehst, was er ist: ein wunderbarer Mensch, der ein großes Talent hat und einen liebevollen Charakter. Du siehst nur, dass er eine Körperseite nicht mehr richtig bewegen kann. Das finde ich sehr traurig, In-Ho."

"Ach, und du meinst, du kannst nach ein paar Tagen mit ihm und mir bereits eine Bewertung unserer Personen abgeben? Nimmst du deinen Mund nicht zu voll? Du bildest dir ein, uns zu kennen? Du kennst nur das, was die Presse über uns geschrieben hat oder was wir euch wissen lassen wollten. Ji-Mong, das introvertierte Genie, der geniale Musiker und Produzent. Scheiße, man, weißt du eigentlich, dass er bereits zweimal versucht hat, sich das Leben zu nehmen? Weißt du, dass er genau wie viele andere in unserer Branche von tiefen Selbstzweifeln und Depressionen verfolgt wird? Nichts weißt du, da wir den schönen Schein, wie du es nennst, für euch, die Fans, stets wahren. Wenn dann mal wieder alle Idols bei einer Beerdigung aufschlagen und die Presse die tränenden Gesichter fotografiert, dann denken mit Sicherheit mehr als die Hälfte von uns daran, dass es sie selbst sein könnten, die jetzt dort kalt und weiß liegen und nicht mehr den lachenden Schein wahren. Alea, du bist naiv, wenn du denkst, dass wir nicht abhängig sind von dem schönen Schein. Und Menschen wie Ji-Mong und ich haben jetzt so viele Kratzer"

Er ließ den Satz unbeendet und ich stand versteinert und wie verprügelt neben ihm. Sein Ausbruch war furchterregend gewesen. Furchterregend und furchtbar wahr. Überrascht stellte ich fest, wie etwas Heißes über mein Gesicht kroch und ich bemerkte erst, dass es Tränen waren, als ich durch ihren Schleier nichts mehr sehen konnte. Schniefend hob ich meine Hände zum Gesicht und verbarg es darin. Ich weinte um die verlorenen Kinder, die ihren Traum verfolgten und an ihnen verzweifelten. Ich weinte um die Ungerechtigkeit, dass manche Menschen so viel Talent hatten und dennoch an sich zweifelten. Insbesondere weinte ich um In-Ho, der so tiefe Wunden auf seiner Seele hatte und aus dem jungen unbeschwerten Mann einen Zyniker gemacht hatten. Und außerdem weinte ich um Ji-Mong, der zum Glück mit seinen Versuchen, sich aus dem Leben zu schleichen, versagt hatte. Mit einem Mal hasste ich die ganze verdammte K-Pop Welt und ich hasste mich, dass ich den ganzen betrügerischem Schein immer noch Glauben schenken wollte. Plötzlich spürte ich, wie In-Ho mich fester an sich zog.

"Entschuldige. Ich wollte dich nicht desillusionieren. Es tut manchmal weh, die Wahrheit zu erfahren. Mache dir keine Sorgen um Ji-Mong. Wir passen auf ihn auf."

Seine Stimme war plötzlich sanft und ich hörte auf zu schluchzen. Ich schämte mich, dass meine Nase lief und meine Augen jetzt rot verquollen waren. Soviel dazu, dass mir das Äußere nicht so wichtig war. Aber ich war eben auch nur ein Mädchen, das neben ihrem Schwarm stand und schön sein wollte.

"Und was ist mit dir? Wer passt auf dich auf?"

"Vier Bodyguards, ein laufendes und ein rollendes Bandmitglied, mein CEO, sämtliche Frauen auf der Welt und mein Butler."

"Meinst du, das reicht?"

"Ich denke, der Butler könnte sich ein wenig mehr ins Zeug legen. Wir können in die nächste Bahn einsteigen."

Er zeigte auf die große Lücke, die vor uns in der Schlange entstanden war und gemeinsam rückten wir auf. Vier Plätze hinter uns stand Kai und betrachtete uns mit eng zusammengezogenen Augenbrauen argwöhnisch. Ihm gefiel ganz und gar nicht, dass ich geweint hatte und was ihn aber noch viel mehr störte war die Tatsache, dass der Koreaner mich immer noch eng im Arm hielt.

~ Kapitel 17 ~

Zeltparty

Die Sicherheitsbügel schlossen sich und ich sah hinüber zu In-Ho, der locker und entspannt in seinem Sitz saß, während ich mich an dem Bügel festkrallte. Hatte er gar keine Angst vor der Fahrt? Nervös, aber voller Vorfreude sah ich nach vorne und wartete darauf, dass das Kettenwerk zu hören wäre, das unsere Wagenreihe den Berg hochziehen würde, ehe wir in atemberaubendem Tempo immer wieder hinunter und hinaufschießen würden. Das Kribbeln im Magen würde sich erst dann beruhigen, wenn man aus der Achterbahn mit wackeligen Knien wieder ausgestiegen war.

Ich war so auf die Abfahrt fokussiert, dass ich erst merkte, dass In-Ho meine Hand ergriffen hatte, als wir bereits gestartet waren. Schnell sah ich zu ihm hinüber und bemerkte, dass seine Aufmerksamkeit auf mich gerichtet war. Beruhigend drückte er meine Hand in den Handschuhen und ich lächelte ein wenig verkrampft. Wir waren mittlerweile komplett hochgezogen worden und in diesem Augenblick setzte mein Herz aus. Doch es lag nicht daran, dass wir uns in Kürze in die Tiefe stürzen würden, sondern weil ich in genau diesem Moment einen Blick von In-Ho einfing, der mir durch Mark und Bein ging. Seine dunklen Augen waren ausnahmsweise einmal nicht wütend oder argwöhnisch zusammengekniffen, oder sahen aus, als wäre er mit allem um sich herum unzufrieden. Sein Blick war das genaue Gegenteil: warm und beruhigend und wenn ich ganz genau hinsah, konnte ich sogar winzige kleine Fältchen in den Augenwinkeln erkennen. Er grinste unter der Maske und dann war der kurze Moment bereits vorbei, und ich schrie meine Energie so laut heraus, wie ich konnte, während die Bahn über die Schienen raste. In-Ho hatte meine Hand die gesamte Fahrt über gehalten und keinen einzigen Ton von sich gegeben. Dieser Mann hatte offensichtlich Nerven und einen Magen aus Stahl, und das beeindruckte mich wirklich.

Mit einem Ruck wurden die Wagen abgebremst und wir tuckerten langsam wieder zurück in den Bahnhof. Aufgeregt und voller Adrenalin strahlte ich In-Ho an. Als die Bügel sich automatisch wieder öffneten, wollte ich seinen Ellenbogen ergreifen, um ihm von seinem Sitz hoch zu helfen. Wider Erwarten hatte er sich bereits alleine erhoben und stieg ohne meine Hilfe aus. Eilig lief ich neben ihn und wie selbstverständlich umschlang er wieder meine Schulter und verlagerte ein wenig Gewicht auf mich.

Gemeinsam verließen wir die Achterbahn und gingen zurück zu den anderen, die bereits auf uns warteten. Lediglich zwei der Bodyguards waren mit uns zusammen gefahren und liefen gemeinsam mit uns. Ich hatte den Blick auf einen der beiden geworfen und heimlich gegrinst. Er sah nicht besonders wohl aus und hielt sich eine Hand über den Magen. Auch harten Kerlen konnte bei einer solchen Fahrt schon einmal übel werden. In-Ho hingegen bemerkte man nicht, dass er soeben eine wilde Karussellfahrt genossen hatte, und auch Ji-Mong schien ganz entspannt wieder in seinem Rollstuhl zu sitzen, als wäre er nicht gerade mit atemberaubender Geschwindigkeit über imaginäre Berge und in Täler gefahren. Heimlich bewundert ich die Kondition der beiden Jungs und dachte, es lag an ihrem jahrelangen Training als K-Pop Stars, bis ich Taemin sah. Er war über seiner Maske kreidebleich und hielt sich genau wie unser Bodyguard den Magen. Scheinbar war nicht jedes Mitglied von Star.X Rummel-erprobt, dachte ich grinsend.

Nach der Achterbahn ließen wir es ein wenig ruhiger angehen. In-Ho und Ji-Mong saßen wieder in ihren Rollstühlen und wurden gemütlich durch die Menge geschoben, zumindest dachte ich das, bis ich irgendwann die Beschwerde von In-Ho hörte, dass er keine Lust mehr hatte, ständig auf die Kehrseiten der Menschen um sich herum blicken zu müssen.

Da es Taemin auch noch nicht wieder so gut ging, entschieden wir uns, in eines der Gastwirtszelte einzukehren. Glücklicherweise hatte Herr Park über eine Eventfirma einen Tisch für uns reservieren lassen und so kamen wir problemlos in das Festzelt und konnten uns ein wenig ausruhen und aufwärmen.

Die Atmosphäre in dem Zelt war trotz des frühen Abends bereits recht ausgelassen und eine bayrische Blaskapelle heizte den Gästen ordentlich ein. Obwohl wir in Norddeutschland waren, kam die Süddeutsche Musik erstaunlich gut bei den Gästen an. Ich fragte mich, was unsere koreanische Gruppe von uns Deutschen denken mochten. Bestand Deutschland für sie nur aus Lederhosen, Brezeln und Blasmusik? Ein wenig schämte ich mich über diese stereotypische Feier in dem Festzelt, aber als ich die großen Augen der Bandmitglieder sah und wie sie sich scheinbar freuten, so etwas geboten zu bekommen, war es mir egal. Sie lebten ja zurzeit in Deutschland und würden sicherlich bemerkt haben, dass die Frauen im Alltag normalerweise keine Dirndl trugen – oder eben Fischerhemden und Hüte.

Es lief ja auch nicht jeder Franzose mit einer Baskenmütze und einem Baguette unter dem Arm herum oder jeder Engländer mit Bowler und Regenschirm. Ich sah mich ein wenig um und bemerkte, dass viele der hier Anwesenden an den anderen Tischen dem Alkohol trotz der frühen Stunde bereits reichlich zugesprochen hatten und bei einigen von ihnen die Stimmung mehr als ausgelassen war.

Die Gäste an unserem Tisch waren etwas zurückhaltender. In-Ho hatte auf ein Bier verzichtet und ich fragte mich, wie er überhaupt etwas essen oder trinken wollte, wenn er ständig diese blöde Maske aufbehielt. Das Gleiche galt für die anderen beiden Koreaner. Wenn sie sich von ihrer Verkleidung trennten, dann wären ihre bekannten Gesichter zu erkennen und schlimmstenfalls erkannte sie ein Fan, der das auf einer der Social Media Plattformen posten könnte. Damit wäre ihr bislang geheim gehaltener Aufenthaltsort bekannt und das Leben würde hier viel schwieriger für sie werden. Kai war sich des Dilemmas bewusst und sprach kurz mit einem der Bodyguards. Nach kurzer Zeit kam eine Bedienung an unseren Tisch und bat uns ihr zu folgen.

Sie führte uns in eine vor neugierigen Blicken geschützte VIP-Lounge und entschuldigte sich wortreich bei Kai für die Unannehmlichkeit, uns zuvor in dem allgemein zugänglichen Bereich trotz entsprechender Reservierung platziert zu haben. Die Bodyguards waren vor dem kleinen abgetrennten Raum geblieben, sodass jetzt nur noch Taemin, Kai, In-Ho, Ji-Mong, Sara und ich am Tisch Platz nahmen. Interessiert schaute ich mich um. Der Raum im Zelt bot tatsächlich Privatsphäre, da er zu den Seiten abgeschirmt war. Man konnte auf Wunsch die Türen zum großen Bereich ausziehen und so einen ungehinderten Blick auf das Festzelt und die Bühne bekommen. Wir beließen es jedoch bei den geschlossenen Türen.

Sara hatte sich sofort zu Ji-Mong gesetzt und winkte mich nun neben sich. Lächelnd nahm ich neben ihr auf der schmalen Bank Platz und grinste sie verschwörerisch an, was sie erwiderte und unter dem Tisch nach meiner Hand griff. Aufgeregt drückte sie zu und ich verstand, dass sie jetzt alles daransetzen wollte, die Aufmerksamkeit von Ji-Mong zu erhalten. Im Stillen drückte ich ihr die Daumen und hoffte, dass sie vielleicht das schon immer besonders ruhige und zurückhaltendste Mitglied der Band aus der Reserve locken könnte.

Taemin und In-Ho nahmen uns gegenüber auf der Bierzeltbank Platz und Kai hatte sich an das Kopfende des Tisches gesetzt. Er hatte sich sofort die Speisekarte gegriffen und legte sie nach einer kurzen Prüfung zurück.

"Ich empfehle Ihnen dieses Gericht: typisch für die bayerische Küche und sehr lecker."

Er tippte auf ein Bild und erklärte den Koreanern, worum es sich hierbei handelte. Die jungen Männer berieten sich kurz und ich hörte heraus, wie begeistert die drei waren, dass sie in den Genuss einer echten deutschen Haxe kommen würden. Gespannt wartete ich, was sie wohl zu den Literkrügen, gefüllt mit Bier, sagen würden. Gab es so etwas in Korea eigentlich auch?

Kai hatte die Aufgabe des Gastgebers übernommen und ich beobachtete ihn unter gesenkten Wimpern. Er war souverän und sehr umsichtig und erklärte den Gästen in seinem perfekten Englisch alle Dinge im Zusammenhang mit dem Volksfest, die wiederum interessiert ihrem Gastgeber lauschten. Vermutlich hatte er sich im Vorfeld unseres Besuchs, oder auch einfach nur, weil er gerne perfekt vorbereitet war, sämtliche Informationen zu dem seit Jahrhunderten stattfindenden Markt zusammengetragen.

"Was? Schon seit 1.000 Jahren gibt es das?" Taemin zeigte sich erstaunt und Kai wedelte mit den Händen.

"Nein, der Grund für das Fest wurde vor 1.000 Jahren gegeben. Damals erhielt die Stadt die Möglichkeit des freien Marktes und damit des offenen Handelns. Das gedenken die Bürger jedes Jahr mit diesem Volksfest. Aber auch das gibt es schon seit sehr vielen Jahren."

Kai erzählte noch mehr Details aus der sicherlich interessanten Geschichte der Stadt, doch meine Gedanken und Augen schweiften dabei ab. Neben mir war Sara tatsächlich in ein leises Gespräch mit Ji-Mong vertieft und hatte sich leicht von mir abgewendet. Wahrscheinlich hätten die beiden gerne diesen kleinen VIP-Raum ganz für sich alleine, dachte ich insgeheim und grinste vor mich hin. Dann fiel mein Blick auf In-Ho, der das Paar neben mir mit unter seinen langen Haaren versteckten dunklen Augen genau wie ich beobachtete. Anders als ich, schien er jedoch nicht besonders amüsiert zu sein oder sich für seinen Bandkollegen zu freuen. Dazu war er inzwischen der Einzige, der nach wie vor seine Gesichtsmaske trug und ich fragte mich, ob er sie wenigstens gleich zum Essen abnehmen würde.

Er hatte meine Blicke gespürt und sah mich plötzlich an. Langsam ging seine Hand an die Gummibänder seiner Maske hinter den Ohren und beinahe in Zeitlupe zog er sie sich herunter. Während seiner Demaskierung blieben seine schönen Augen die ganze Zeit auf mich gerichtet und als er die Maske endlich komplett abgelegt hatte, hob er einen Winkel seines Mundes zu einem ironischen Lächeln. Es war das erste Mal, dass er mir freiwillig sein unmaskiertes nacktes Gesicht zeigte und ich freute mich über diese unerwartete Handlung. Es hatte ihn vermutlich große Überwindung gekostet und daher machte ich mir auch nicht die Mühe, meine Gefühle zurückzuhalten. Mein strahlendes erfreutes Gesicht musste Bände sprechen, denn plötzlich ging ein Ruck durch In-Ho, als hätte er einen Hinkelstein von seinem Rücken geschleudert. Seine Lippen verzogen sich zu einem anfangs zaghaften, dann immer breiter werdenden Lächeln, dass nun gar nicht mehr bemüht wirkte, sondern irgendwie erleichtert.

Seine Freunde hatten trotzdem sie von ihren jeweiligen Gesprächspartnern abgelenkt waren sehr wohl zur Kenntnis genommen, dass In-Ho zumindest in dieser kleinen Runde den Mut gefasst hatte, seine Narbe zu zeigen. Doch anders als ich erwartet hätte, ließen sie sein Handeln unkommentiert und taten, als wäre es völlig normal. Sie kannten den Maknae vermutlich am besten und daher wussten sie wohl auch, dass er ihre Aufmerksamkeit nicht schätzen würde. Umso mehr erwärmte es mein Herz, dass In-Ho mein eigenes Verhalten ganz offensichtlich Freude bereitet hatte.

Sara blickte ebenfalls kurz hoch und sah zu In-Ho. Ohne ihr in englischer Sprache geführtes Gespräch mit Ji-Mong zu unterbrechen, hob sie ihren Daumen in Richtung des jüngsten Sängers und nickte kurz. Meiner Freundin war es zum einen gar nicht gewahr geworden, dass In-Ho ein Problem mit seiner Unfallverletzung hatte, zum anderen war es ihr genau wie mir schlichtweg egal. Schnell warf ich einen Blick auf den Maknae, der nun ein wenig größer als zuvor am Tisch saß und wie es aussah gute Laune bekommen hatte.

Das Essen wurde durch drei Servicekräfte serviert und gemeinsam aßen und tranken wir in dem Separee des Zeltes und hörten der etwas gedämpften Blasmusik aus dem Hauptzelt zu. Die jungen Männer hatten alle einen Maßkrug mit Bier vor sich stehen und tranken mit Genuss in großen Zügen. Tatsächlich hatte ich erfahren, dass ihnen diese großen Gläser nicht gänzlich unbekannt waren, allerdings hatte noch keiner von ihnen zuvor jemals einen Liter Bier aus einem einzigen Krug getrunken. Die Wangen von Ji-Mong und Taemin röteten sich bereits leicht und zeigten uns an, dass sie vermutlich das etwas stärkere deutsche Bier nicht gewohnt waren. In-Ho hatte nicht ganz so schnell getrunken wie seine älteren Bandmitglieder und foppte sie mit Worten.

Kai hatte sich ebenfalls etwas zurückgehalten und beobachtete alle Anwesenden. Er nahm seine Aufgabe als Gastgeber sehr ernst und hielt sich aus diesem Grund zurück. Wie ich ihn kannte, würde er sich nicht so weit gehen lassen, um mit den anderen zu scherzen und zu lachen. Da war er wieder: Der bekannte Kaktus namens Kai.

Nach einer weiteren Stunde entschieden wir uns, wieder aufzubrechen. Gemeinsam verließen wir das Festzelt und traten hinaus in die inzwischen empfindlich kalt gewordene Herbstnacht. Der Mond stand voll und strahlend am Himmel, und auf dem Platz vor dem Zelt wurden wir von dem Geruch der gebrannten Mandeln und Zuckerwatte empfangen. Nach der Wärme in dem Zelt begann ich bereits nach kurzer Zeit trotz meiner dicken Kleidung zu frieren. Den anderen schien es nicht wirklich besser zu ergehen und ich sah, wie Ji-Mong in seinem Rollstuhl anfing leicht zu zittern.

"Wir fahren besser wieder zurück zum Hotel", schlug ich Sara vor, die neben mir ging und sich ebenfalls die jetzt kalten Hände in den Handschuhen rieb.

"Ja, wir können uns ja dort noch gemütlich in die warme Bar setzen und etwas zusammen trinken, wenn wir uns noch nicht trennen wollen. Ich denke auch, dass es für die Jungs sehr anstrengend war. Lass uns Kai und Taemin Bescheid sagen."

Zustimmend nickte ich und wollte gerade zu den beiden Männern vorlaufen, als ein betrunkener Zelt Gast auf mich zu getorkelt kam und dabei eine Bierflasche schwenkte. Ich schaffte es nicht rechtzeitig, ihm auszuweichen und stieß schmerzhaft mit ihm zusammen.

"He, du blöde Kuh, pass gefälligst auf wo du hinläufst."

Dann sah er an sich hinunter und bemerkte, dass sein Bier durch unseren Zusammenstoß sich auf seiner Jacke verteilt hatte. Der Mann war ganz offensichtlich bereits stark alkoholisiert und seine Kleidung war verrutscht.

"Verdammt. die war sauteuer!"

Der Betrunkene wischte mit seiner Hand an dem kleinen feuchten Fleck herum und funkelte mich dann wütend an. Eine Entschuldigung murmelnd, trat ich schnell von ihm zurück. Aus Erfahrung mit meinem Vater wusste ich, dass der Mann nur ein Ventil suchte, um seine Wut und Lust auf Streit herauszulassen. Wie ich es gelernt hatte, senkte ich den Blick, um ihn nicht weiter zu provozieren und wollte gerade weitergehen, als er mich plötzlich am Arm packte und heftig herumschleuderte. Sara schrie erschrocken auf, während ich viel zu überrascht für eine Reaktion war.

Ehe ich mich versah, war ich von dem Mann befreit und er stand mit auf den Rücken gedrehten Armen in gebückter Haltung vor mir und fluchte wie ein

Rohrspatz. Einer unserer Sicherheitsleute hatte blitzschnell reagiert und war mir zu Hilfe gekommen. Ich hörte, wie er zum Betrunkenen immer wieder beruhigende Worte sagte, obwohl dieser schamlos fluchte und versuchte um sich zu treten. Endlich tauchten zufällig vorbei patrouillierende Polizisten auf, die nun den sich immer noch heftig wehrenden und herumbrüllenden Mann übernahmen und abführten.

Erleichtert sah ich den Uniformierten hinterher und als unser Bodyguard wieder bei mir war, dankte ich ihm leise und aus vollem Herzen. Er nickte lediglich und lächelte leicht, ehe er mir ein Zeichen machte, dass ich zu den anderen Mitgliedern unserer kleinen Gruppe aufschließen sollte. Niemand außer Sara hatte scheinbar das kleine Intermezzo bemerkt, dachte ich, bis ich sah, dass In-Ho nicht mehr Teil der voraus gelaufenen Gruppe war. Sein Rollstuhl stand leer auf dem Weg. Ohne seine Gehhilfe und mit verhältnismäßig festem schnellem Schritt kam er in Begleitung seines Bodyguards zu uns zurückgelaufen.

Er pflügte förmlich durch die Menschenmenge und dann stand In-Ho vor mir und fluchte wie zuvor der Betrunkene - dieses Mal jedoch auf Koreanisch und mit Worten, die nicht harsch waren, sondern seine Sorge ausdrückten. Ich grinste ihn an und lächelte erleichtert. Es war nichts passiert und die Situation war auch nicht bedrohlich gewesen. Doch In-Ho schien sich echte Sorgen gemacht zu haben. So sehr, dass er alleine zu mir geeilt war und das machte mich in diesem Augenblick unglaublich glücklich.

Mit dem heutigen Besuch auf dem Markt hatten wir einen neuen Status Quo geschaffen und das war sehr vielversprechend, denn jedes Mal, wenn In-Hos und meine Augen sich zufällig tragen, schlug mein Herz anschließend so laut wie die Trommeln einer großen Pauke.

~ Kapitel 18 ~

Erwischt

Die Rückfahrt im Kleinbus verlief recht still, da sowohl Ji-Mong, als auch Taemin vom genossenen Alkohol müde geworden waren. In-Ho hatte sich von ihnen allen abgewendet und sah hinaus in die Nacht. Sara saß auf der Rückfahrt neben ihrem Bruder und unterhielt sich leise mit Kai, während ich still in der vordersten Reihe alleine Platz genommen hatte.

Die kurze Zeit für die Rückfahrt wollte ich nutzen, um meine wirren Gedanken etwas zu klären. Außerdem war ich ein wenig eingeschnappt, dass In-Ho nicht darauf gedrängt hatte, dass ich neben ihn sitzen sollte. Mir war klar, dass ich mich ein wenig kindisch verhielt, aber mir war es irgendwie wichtig gewesen, dass er von sich aus darauf bestehen sollte, mit mir auf der Rückfahrt zum Hotel zusammensitzen zu wollen. Eigentlich verhielt ich mich wie ein Kindergartenkind, dachte ich irgendwann und begann vor mich hinzugrinsen.

Seine Besorgnis um mich, als der Betrunkene mich "angegriffen" hatte, bewirkte in mir, dass ich mir Hoffnungen gemacht hatte. Lag mein Wohlbefinden dem Maknae vielleicht am Herzen? Oder kam er langsam wieder zurück zu seinem alten eignen Ich, das sich um die Fans sorgte und immer um ihre Gesundheit besorgt war? Vor dem Unfall war er genau wie jedes andere Bandmitglied auf den Social-Media-Kanälen live gegangen und hatte mit seinen Fans interagiert und geredet.

Durch die Zeitverschiebung Korea-Deutschland, war es mir nicht so oft möglich gewesen, ihre Lives direkt online zu verfolgen. Korea war in der Zeitzone acht Stunden voraus und so war es leider meist so gewesen, dass ich entweder noch in der Schule und später in der Uni saß oder arbeiten musste. Aber ich schaute mir die vielen Mitschnitte anschließend im Internet an. Alle Mitglieder von Star.X waren zu ihren Fans sehr fürsorglich und freundlich und so hatte ich mir stets eingebildet, dass sie es auch im wahren Leben waren.

War deshalb In-Ho ohne seine Krücken zu mir gelaufen und war so besorgt um mich gewesen? Weil ich ein StarLover war? Das war einerseits sehr schön, aber andererseits wäre ich darüber sehr traurig, wenn er mich nur als eine von vielen sehen würde. Leise seufzte ich und schloss für den Rest der Fahrt die Augen.

In-Ho konnte in der dunklen Scheibe die Widerspiegelung von mir sehen und beobachtete mich, ohne dass ich es bemerkte. Er hatte sich absichtlich alleine gesetzt, da ihm genau wie mir viele neue Dinge durch den Kopf gingen, die er erst einmal für sich selbst klären wollte. Als er gesehen hatte, wie der betrunkene Mann sich auf mich stürzen wollte, war er ohne Nachzudenken aus dem Rollstuhl aufgesprungen und zu mir gelaufen. Dabei hatte er nicht einmal gemerkt, dass sein verletztes Bein sein volles Gewicht ohne Probleme trug, bis er vor mir gestanden hatte und vor Erleichterung fluchte, wie selten zuvor in seinem Leben. Er konnte seine Gefühle nicht wirklich einordnen. War er nur besorgt gewesen, weil wir uns kannten oder war da noch mehr?

Nach wenigen Minuten fuhr der Kleinbus die lange Auffahrt zum Hotel hoch und blieb vor dem hell erleuchteten Haupteingang stehen. Unsere Bodyguards stiegen vor uns aus dem Fahrzeug und öffneten uns die Türen zum Aussteigen. Taemin hatte neben Ji-Mong in der letzten Reihe gesessen und wartete nun, bis sich die Rampe mit dem Rollstuhl des Rappers gesenkt hatte. Gemeinsam fuhren sie zum Eingang des Parkblick und waren bereits in Richtung der Fahrstühle verschwunden, ehe wir überhaupt ausgestiegen waren. Als letzter verließ In-Ho den Wagen. Er hatte seine Gehhilfen bei sich und ging wortlos an Sara, Kai und mir vorbei, um ebenfalls zur Suite zu gelangen.

Im Vorbeigehen hatte ich einen Blick auf den Teil seines Gesichts geworfen, der nicht von seiner Maske bedeckt wurde. In-Ho sah müde aus und ich verstand, dass ihn dieser Ausflug viel Kraft gekostet haben mochte. Dennoch war ich der Meinung, dass er ein voller Erfolg gewesen war. Immerhin hatte er uns wenigstens für eine kurze Zeit sein unbedecktes Gesicht gezeigt.

Mit wenig Abstand ging ich hinter ihm her und winkte Sara und Kai noch kurz zum Abschied, ehe ich zusammen mit In-Ho in den Fahrstuhl einstieg. Es war noch nicht besonders spät, aber dennoch schienen alle ein wenig müde zu sein. Eher halbherzig hatte Sara im Bus vorgeschlagen, dass man in der Hotelbar noch gemeinsam etwas trinken könnte, doch hatte niemand dem Vorschlag zugestimmt. So trennten sich nun unsere Wege und jeder war vermutlich froh, wenn er oder sie zurück auf dem Zimmer war und schlafen gehen konnte.

In-Ho stand im Fahrstuhl und starrte vor sich her. Plötzlich hob er seinen Kopf und sah mich an. Scheinbar hatte er mit sich gerungen und war inzwischen zu einem Ergebnis gekommen.

"Wirst du mit uns zusammen in das Haus einziehen?"

Seine Frage überraschte mich. Ich hatte schon fast wieder vergessen, dass die Bandmitglieder sehr bald aus dem Parkblick ausziehen und in ihr eigenes Haus einziehen sollten. Herr Park wollte diese Frage mit Kai klären und ich wusste nicht, wie dieser reagiert hatte. Würde er mich für die Aufgabe freistellen? Kai wollte einen möglichst perfekten Eindruck bei der koreanischen Entertainmentagentur hinterlassen, denn er hoffte, über sie seine Bekanntheit im asiatischen Raum ausbauen zu können.

Ich mochte eingebildet klingen, aber mir war auch klar, dass es meinem Chef ganz und gar nicht behagte, wenn ich mit den jungen Männern, für die ich schwärmte, zusammenziehen würde. Zwar aus beruflichen Gründen, aber immerhin würde ich für eine gewisse Zeit ständig mit ihnen zusammen sein. Das war ich aktuell zwar auch, aber hier hatte ich jeden Tag meinem Chef einen Rapport vorgelegt und er hatte genau gewusst, dass ich in der Nacht auf meinem Zimmer war. Eine Kontrolle wäre in einem gemeinsamen Haus nicht mehr möglich.

Wäre ich bereit, mich auch gegen die Ablehnung von Kai zu stellen und meine Beziehung zu ihm und dem Parkblick für eine solche Aufgabe aufs Spiel zu setzen? Das musste ich mir ganz in Ruhe überlegen, obwohl mein Herz mir eigentlich jetzt schon zurief, dass ich diese Chance nicht verpassen durfte. Natürlich war die Gelegenheit, mit den Mitgliedern der Band Star.X zusammenzuwohnen eine Chance von eins zu einer Million, aber ich hatte ja in der Zwischenzeit auch sehr wohl bemerkt, dass die Musiker auch nur normale junge Männer mit Launen und Macken waren. Obendrein waren sie noch sehr krank und ich wusste nicht, ob ich ihnen auch wirklich gerecht werden konnte. Andererseits war die Aufgabe zum einen nicht allzu schwierig, denn ich würde in dem Haus lediglich so eine Art Oberaufsicht über das Personal haben, zum anderen war die Bezahlung natürlich sensationell gut. Aber dann fiel mir etwas Entscheidendes ein: Ich hatte den Vertrag mit Woon-Entertainment bereits vor der Abfahrt von Herrn Park unterschrieben. Es gab kein Zurück - zumindest nicht für mich.

"Möchtest du denn, dass ich bei euch wohne?"

Meine Gegenfrage war ernst gemeint. Wenn In-Ho meine Anwesenheit in dem Haus nicht wollte, dann würde das Zusammenleben sehr schwierig bis nahezu unmöglich werden. Um Ji-Mong machte ich mir keine Sorgen, denn alles, was ich bislang von ihm mitbekommen hatte, war sehr friedlich und empathisch. In-Ho war schon ein etwas anderes Kaliber. Er hatte deutlich gezeigt, dass er nicht der liebe nette Jüngste sein konnte, den man in ihm vermutete. Gespannt wartete ich auf seine Antwort.

Wir waren mittlerweile im achten Stock angekommen und verließen den Fahrstuhl. Ich öffnete In-Ho die Tür zu seiner Suite und ließ ihm den Vortritt. Behände auf seinen beiden Gehhilfen gestützt lief er an mir vorbei direkt zum Sofa und ließ sich darauf nieder. Ordentlich legte er die beiden medizinischen Stöcke auf den Boden vor sich und dann lehnte er sich bequem zurück.

"Setz dich", forderte er mich auf. Auf der Kante des Möbels in gebührenden Abstand blieb ich sitzen und wartete ab, was er zu sagen hatte.

In-Ho musterte mich und dann hob er langsam die Hände, um seine Maske zu entfernen. Ich beobachtete ihn dabei und zuckte mit keiner Wimper, als sein schönes Gesicht unbedeckt zu sehen war. Viel zu oft hatte ich ihn im Internet bewundert und so kannte ich vermutlich jedes Detail von ihm besser als er selbst.

In-Ho hatte eine hohe, schmale und gerade Nase, starke dunkle Augenbrauen und wunderschöne dunkelbraune Augen mit einem doppelten Lid. Er hatte hierfür keine Operation erhalten, wie er in einem Interview bekannt gegeben hatte, aber wenn, dann war es einfach perfekt geworden. In-Hos Haut war dem koreanischen Schönheitsideal entsprechend hell, zart und makellos. Halt, widerrief ich mich, seine Perfektion war unterbrochen – zumindest seiner eigenen Ansicht nach. Die Narbe, die frisch rot vom Ohr über seinen Kiefer verlief, leuchtete auf der hellen Haut. Sie war jedoch so gut genäht, dass sie nicht besonders breit war. In ein paar wenigen Jahren wäre sie so hell, dass man sie kaum noch sehen würde.

In-Ho ließ meine Betrachtung über sich ergehen und sagte kein Wort. Doch als meine Augen seine Narbe betrachteten, zuckte er zusammen und musste einen Impuls unterdrücken, seinen Kopf von mir wegzudrehen. Er widerstand dem und seine Augen bohrten sich herausfordernd in meine. Stumm schien er mir zuzurufen, dass ich mich angewidert von ihm wegdrehen sollte. Doch den Gefallen tat ich ihm nicht. Langsam stand ich auf und ging direkt vor ihm in die Hocke, sodass ich auf Augenhöhe mit ihm war. Er wollte zurückweichen, als ich meine Hand hob und sie ihm langsam, wie in Zeitlupe auf die versehrte Wange legen wollte. Kurz bevor ich ihn berühren konnte, fing er meine Hand auf und umschloss mein Handgelenk fest mit seinem Griff.

"Hör auf", befahl er leise. Ich sah von seiner Hand auf meinem Arm zurück in sein Gesicht und schüttelte den Kopf.

"Warum?" Ich legte Druck auf meine Hand und schließlich ließ er plötzlich überraschend meinen Arm los.

Ich hatte viel mehr Kraft aufgewendet, als ich selbst gedacht hatte und flog nun beinahe mit Schwung der Länge nach auf den Maknae. Da ich vor ihm gehockt hatte, landete ich zwischen seinen Beinen und traf ihn mit meinem Knie an einer für ihn sehr schmerzhaften Stelle. Stöhnend wandte er sich unter mir und versuchte mich von sich zu schubsen. Mit einem Mal hielt er still. Nach wie vor lag ich fast gänzlich auf ihm und dieses wurde uns beiden in diesem Augenblick deutlich bewusst. Mit einer geschmeidigen Bewegung schlang er seinen Arm um meine Taille und drehte mich mit sich selbst so, dass ich auf dem Sofa zum Liegen kam und er über mir aufragte. Kurz verweilte er so und ich konnte sehen, wie sich seine Brust wie nach einem schnellen Lauf hob und senkte. Er würde doch nicht? Würde er?

Ehe er einen Rückzieher machen konnte, hob ich meine Arme und schlang sie beinahe energisch um seinen Nacken. Gar nicht schüchtern zog ich ihn zu mir herunter und als hätte er nur auf diese Aufforderung gewartet, legte er plötzlich seine warmen Lippen auf meine und küsste mich. Ich schloss die Augen und spürte, wie beim ersten Zusammentreffen ein heißer Schauer über meinen Körper lief. Bereitwillig öffnete ich meine Lippen, als In-Ho mit seiner Zunge darüber strich und hieß ihn Willkommen. Leidenschaftlich vertiefte er seinen Kuss und erst, als wir über unseren Köpfen plötzlich ein tiefes Räuspern hörten, ließ der Maknae langsam und etwas widerwillig von mir ab. In aller Ruhe rollte er sich von mir herunter und sah hoch zu dem Störenfried. Beschämt und mit knallrotem Kopf setzte ich mich auf und richtete meine Haare, die In-Ho bei seinem Kuss zerwühlt hatte und blickte ebenfalls in das belustigte Gesicht, das uns betrachtete.

Taemin stand grinsend über uns und sah von seinem Bandkollegen zu mir und wieder zurück auf In-Ho.

"Na? Dir scheint es gutzugehen, oder? Wenn du nicht erwischt werden willst, dann solltest du etwas diskreter sein, Honey. Ich habe nichts gesehen, also, lasst euch nicht stören. Bis morgen!"

Taemin begann plötzlich zu pfeifen, drehte sich mit einer eleganten, wie getanzten Bewegung um und verließ immer noch pfeifend die Suite, während ich ihm mit offenem Mund hinterher starrte. Sind wir gerade von einem Mitglied der Band Star.X in flagranti erwischt worden? Was viel wichtiger war: Hatte ich gerade, wenn auch nur kurz, In-Ho geküsst?

Verschämt sah ich zu ihm hinüber. In-Ho richtete in aller Seelenruhe seine Kleidung und tat so, als ob gerade nichts zwischen uns passiert sei. Ungläubig beobachtete ich ihn dabei, wie er sein T-Shirt zurück in die Hose steckte. Sein Pullover lag auf dem Boden und der Gürtel seiner Hose war offen. War ich das etwa gewesen? Ich wurde knallrot, als ich sah, wie er mit geübten Bewegungen den Gürtel schloss und mich dabei mit hochgezogener Braue ansah. Ich konnte mich an nichts erinnern, außer an das unglaubliche Gefühl, dass ich bei unserm Kuss plötzlich mit absoluter Sicherheit wusste, wie sehr ich in In-Ho verliebt war.

Wann war das geschehen? Ohne Vorankündigung war es einfach so passiert. Mein Herz klopfte jedes Mal wie verrückt, wenn ich ihn sah. Wenn er mich anschaute oder mit mir sprach, dann hatte ich jedes Mal das Gefühl, es würde Purzelbäume schlagen. Als StarLover bewunderte ich die Jungs von Star.X. Niemals hätte ich mir vorstellen können, dass ich jemanden von ihnen tatsächlich kennenlernen würde. Als ich die Gelegenheit dazu bekommen hatte, war ich entsetzt und fasziniert zugleich, dass sie ganz normale Menschen mit Fehlern und Macken waren. Ganz besonders gutaussehende und talentierte Menschen, aber eben auch nur Personen, die Launen hatten wie jeder andere auch.

Wie verliebte man sich eigentlich? Konnte man das bestimmen? In-Ho war mit Sicherheit nicht der perfekte Junge, für den man ihn halten mochte. Ganz im Gegenteil. Er war launisch, mürrisch und verletzend. Dennoch hatte ich mich in ihn verliebt. Was empfand er wohl für mich? Die nervige Frau? Ein Mädchen, das gerade verfügbar ist? Jemand, die genau wie ein Manager oder eine Stylistin zum Team gehörte? Oder hatte er auch Gefühle für mich? Liebevolle Gefühle? Immer wieder hatte er mir mit Worten oder Blicken Bröckchen hingeworfen, die ich gierig aufhob. Aber waren es Almosen und wollte er mich damit anfüttern oder waren es Tests um zu sehen, wie ich selbst zu ihm stand? Es war unglaublich verwirrend und dieser erste gemeinsame Kuss machte alles nicht besser.

Misstrauisch betrachtete ich ihn. Mittlerweile hatte er sich vollständig angezogen, sprach aber noch immer kein einziges Wort. Dann sah er mich an und schien auf etwas zu warten. Genauso stumm schaute ich zurück. Was wollte er? Eine Entschuldigung? Worauf wartete er? Warum sagte er nicht einfach etwas?

Die Stille zog sich hin und ich wurde immer nervöser und begann unbewusst meine Hände zu kneten. Endlich lächelte In-Ho.

"Ich möchte, dass du mit in unser Haus ziehst."

Seine Stimme war fest, während ich merkte, dass ich mit einem lauten Pfft, den Atem ausstieß, den ich zuvor angehalten hatte, hörte ich ein leises Lachen von In-Ho, während er in sein Zimmer ging und die Tür hinter sich schloss. Mit zitternden Knien sank ich zurück auf das Sofa und fing plötzlich glücklich an zu lachen.

~ Kapitel 19 ~

Abschied

Kai hatte natürlich etwas dagegen, dass ich das Parkblick verlassen wollte.

Ich saß zusammen mit Sara in ihrem kleinen Büro auf der zweiten Etage und war wütend. Gerade hatte ich das Gespräch mit meinem Chef beendet und war unmittelbar zu meiner Freundin gelaufen, um mich bei ihr zu beschweren.

"Hey, Süße, er hat es bestimmt nicht so gemeint. Du kennst ihn doch. Wie hast du immer gesagt? Mein Brüderchen ist wie ein Kaktus? Manchmal liegt die Betonung hier eben auf 'Kak'."

Sie grinste mich frech an und ich verzog mein Gesicht zu einem bösen Lächeln. Ich war sauer, richtig sauer auf ihn.

"Liebes, Kai möchte dich vermutlich nicht einfach kampflos aufgeben. Er hat gesehen, wie gut du dich mit den beiden Gästen verstehst und man musste kein Gesicht-Leser sein um zu erkennen, dass er darüber nicht erfreut war. Außerdem habe ich auch etwas dagegen. Wenn du erstmal bei der Band eingezogen bist, dann sehe ich dich auch nicht mehr so oft. Das geht gar nicht."

Sara zog einen entzückenden Schmollmund und sah mich von unten herauf an. Ihre Augen blitzten mutwillig und ich schnaufte abwehrend.

"Hör auf, bei mir wirkt das nicht", wies ich sie ab.

Ich begann wieder in dem kleinen Büro hin und her zu laufen und stoppte erst, als ich mir mein Bein an einem im Weg stehenden Stuhl stieß, den ich dieses Mal zu spät umrundet hatte.

"Setz dich, du machst mich ganz wirr mit deinem Gerenne!"

Energisch zeigte Sara auf das Sitzmöbel, das mich kurz zuvor angegriffen hatte, und ich ließ mich darauf wenig elegant plumpsen. Das hast du davon! Komme mit meinem Hintern klar, bestrafte ich den Stuhl und rieb mir das Bein an der Stelle, wo ich den ersten Schlag von ihm entgegengenommen hatte.

"Ich wäre doch gar nicht weit weg. Du kannst mich immer besuchen, wenn du freihast und siehst dann Ji-Mong! Das ist doch eine super Aussicht, oder? Das Haus ist doch gar nicht so weit entfernt. Mit dem Auto fährst du höchstens eine halbe Stunde - wenn überhaupt. Die Jungs müssen doch nach wie vor regelmäßig zu den Untersuchungen und zu den Physiotherapeuten. Also wohnen sie doch nicht weit weg. Es ist einfach nur schöner für sie, wenn sie sich innerhalb des Hauses und des Gartens frei bewegen können."

Ich lehnte mich auf dem Stuhl vor und griff nach Saras Händen, die sie auf die Tischplatte gelegt hatte.

"Du wohnst gerne im Hotel, aber ehrlich, mir ist ein Haus mit Garten auch viel lieber. Ich würde ein viel größeres Zimmer haben, könnte in der Herbstsonne auf der Terrasse sitzen und müsste nicht ständig Treppen laufen. Die Aufgabe ist nicht schwer und ich kann richtig viel Geld verdienen. Außerdem wollen sie noch mindestens sechs Monate in Deutschland bleiben. Ich denke, sie haben alles richtig gemacht. Wenn Kai mich nicht gehen lassen will, dann finde ich es sehr kleinlich von ihm. Eigentlich wollte ich später wieder hier im Parkblick weiterarbeiten, aber wenn er das nicht will, dann muss ich mir eben etwas anderes suchen", setzte ich etwas trotzig zum Schluss hinzu.

Sara verdrehte die Augen.

"Du weißt ganz genau, dass Kai sich das noch einmal überlegen wird. Er kann dich hier nicht einsperren oder sogar festhalten, auch wenn er das vielleicht persönlich gerne tun würde. Er wird schon zu Sinnen kommen und zudem haben Papa und ich auch noch ein Wörtchen mitzureden. Sei unbesorgt, du wirst deinen Traumjob bei Star.X nicht verlieren. Ich weiß, wie viel er dir Wert ist und mittlerweile verstehe ich dich auch."

Meine Freundin lehnte sich in ihrem Schreibtischstuhl zurück und grinste plötzlich. Als ich ihren Gesichtsausdruck sah, wusste ich, dass unser vorheriges Thema für sie beendet war und sie mit ihrem Lieblingsgesprächsstoff beginnen würde.

"Sag mal, Ji-Mong...", Sara begann wieder über ihr eigenes Lieblingsthema zu reden und fragte mich zum wiederholten Mal nach allen Einzelheiten, die mir persönlich und über das Internet über den Rapper bekannt waren.

Seit unserem Besuch auf dem Volksfest vor wenigen Tagen hatte sie fast täglich nach ihm gefragt. Ji-Mong war es nach dem Ausflug nicht besonders gut gegangen und er hatte die nachfolgenden Tage viel geschlafen, um wieder Kraft zu tanken. Aber bei den wenigen Gelegenheiten, in denen ich ihn alleine sprechen konnte, hatte er mich ebenfalls nach Sara befragt und sie durch mich grüßen lassen.

Anders war es mit In-Ho. Nach unserem gemeinsamen Kuss war ich bei unserem Aufeinandertreffen am nächsten Tag sehr schüchtern gewesen. Mein Herz hatte zum Bersten geklopft, als er zum Frühstück aus seiner Tür herauskam und ich hatte vorsichtig versucht, seinen Blick einzufangen, um zu prüfen, wie er zu mir stand. Doch überraschenderweise hatte In-Ho meinen Blick komplett gemieden und mich behandelt, wie die ganzen Tage zuvor. Er war distanziert, zurückhaltend und ein wenig von oben herab.

Taemin, der Zeuge unseres kleinen intimen Moments geworden war, sah an diesem Morgen uns beide an und zuckte die Schultern. Es war für ihn wohl nicht weiter von Bedeutung, dass sein Freund das Mädchen kalt behandelte, nachdem er sie beide zuvor knutschend auf der Couch überrascht hatte. Traurig kam ich meiner Aufgabe nach und bediente die Gäste stumm und höflich, und mied In-Hos Blick genau wie er meinen.

Der Tag verlief zäh und ich sehnte mir meinen Feierabend herbei. Es war so enttäuschend, dass ich ihm ganz offensichtlich völlig egal war, während er mein dummes Herz so stark schlagen ließ. Aber wahrscheinlich war ich einfach nur eine von vielen und nichts Besonderes für ihn. Immer wieder ging ich am Abend in meinem Bett den vorherigen Tag in meinem Kopf durch und wurde jedes Mal traurig, wenn ich mich daran erinnerte, dass er bereits nach der Beendigung unseres Kusses ganz cool und entspannt gewirkt hatte. Ich musste mich damit abfinden, dass er einfach nur die Verfügbarkeit meiner Person genutzt hatte und dass von ihm vermutlich keine weiteren Gefühle als Grund für seinen Kuss mitgespielt hatten.

Dennoch wollte ich nach wie vor mit ihnen zusammen in das besagte Haus einziehen, auch wenn es vielleicht schwierig für mich werden würde, mit den Stars zusammenzuwohnen, wenn meine Gefühle für einen von ihnen so viel stärker waren, als von seiner Seite.

Am nächsten Morgen stand ich vor der Tür zu Kais Büro und hielt einen Umschlag in den Händen, den ich in meinem Zimmer mindestens dreimal wieder zurück auf meinen kleinen Tisch gelegt hatte und dann doch abschließend mit hinuntergenommen hatte. Er enthielt meine Kündigung. Meine Entscheidung war gefallen. Jetzt kam es ganz darauf an, was Kai sagen und ob er die Kündigung annehmen würde. Mein Wunsch war es, dass er mich für die Zeit, die ich mit der Band in ihrem Haus wohnte, freistellen würde.

Energisch klopfte ich an die dicke Holztür zu seinem Büro und wartete seine Antwort nicht ab. Frau Bringel hatte an diesem Samstagmorgen frei, und daher hatte Kai heute keine Sekretärin, die seine Tür bewachte. Mein Chef saß auch am Wochenende gut gekleidet und pflichtbewusst an seinem Schreibtisch und sah auf, als ich nach meinem Eintreten die Tür leise hinter mir schloss.

"Alea, was kann ich für dich tun?"

Ein freudiges Lächeln huschte bei meinem Anblick über sein Gesicht, dann klappte er den Deckel seines Laptops zu und stand sofort von seinem Stuhl auf, um mich zu begrüßen. Trotzdem ich Kai fast mein ganzes Leben kannte, war ich ein wenig nervös, als ich ihm jetzt gegenüberstand. Wenn er meine Kündigung annahm, dann würde das vermutlich meine Bindung zum Parkblick komplett und unwiderruflich beenden. Sara hatte mit ihrem Vater gesprochen und obwohl Herr Grimm eigentlich immer auf meiner Seite gestanden hatte, wollte er die Entscheidung, ob ich gehen durfte, komplett seinem geschäftsführenden Sohn überlassen.

Mir war klar, dass ich beleidigt wäre, wenn er die Kündigung annahm, und dass ich aus Stolz wahrscheinlich keinen Fuß mehr ins Parkblick zurücksetzen würde. Um Saras Willen schmerzte mich meine Entscheidung, aber wir konnten uns immer noch in meinem neuen Heim treffen – wo auch immer ich dann wohnte. Immerhin war ich es gewohnt, aus meinem Zuhause geworfen zu werden, und ich erwartete auch hier nichts anderes.

Kai stand nach wie vor abwartend vor mir und sah mich lächelnd an. Sein hübsches Gesicht war so anders, als das von In-Ho. Der Koreaner hatte weiche, sanfte Gesichtszüge, die ihn wesentlich jünger aussehen ließen, als er tatsächlich war. Kai dagegen hatte ein männlich kantiges Gesicht von großer Schönheit. Seine blonden Haare waren etwas länger und gepflegt zurückgekämmt. Seine schlanke Gestalt war breiter und schwerer als die von In-Ho und insgesamt wirkte er vermutlich auf viele Frauen männlicher, als der asiatische Sänger. Aber nicht für mich. Ich verglich die beiden Männer und egal worin ich sie gegenüberstellte, schnitt Kai in meinen Augen schlechter ab. Ich war ungerecht und geblendet durch meinen verliebten Blick, das war mir klar. Immerhin war ich einmal auch in Kai verliebt gewesen, oder? Ich überlegte plötzlich, ob ich in seiner Gegenwart jemals dieses Herzklopfen gehabt hatte, wie jetzt, wenn In-Ho in meiner Nähe war. Hatte ich an Kai auch so viel gedacht, wie ich jetzt an In-Ho dachte? Wünschte ich mir damals auch von Kai Aufmerksamkeit, wie ich sie mir jetzt von In-Ho wünschte? War ich damals auch so enttäuscht, als wir auseinandergegangen waren, wie nach der Nichtbeachtung durch In-Ho nach unserem ersten und einzigen Kuss? Nein, nein, nein und nochmal nein.

"Alea? Bist du da irgendwo?" Kai wedelte mit seiner Hand vor meinem Gesicht und holte meine Aufmerksamkeit zurück in das Hier und Jetzt.

"Ähm, entschuldige bitte. Ja, ich wollte mit dir noch einmal abschließend meinen Umzug in das Haus von Star.X besprechen."

Kai seufzte und zeigte auf seine Ledersessel Gruppe, die am hohen Fenster stand und von wo aus man einen guten Blick in den wunderschönen Park des Hauses hatte.

"Setze dich bitte", forderte er mich auf und ich nahm auf einem der bequemen Sessel Platz.

Hier hatte ich bereits als kleines Mädchen zusammen mit Sara auf Herrn Grimm gewartet, wenn dieser an seinem großen Schreibtisch gesessen hatte und arbeitete, bis wir endlich zusammen zum Mittagessen ins Hotelrestaurant gehen konnten. Jetzt saß ich hier und wusste nicht, ob meine endgültige Trennung vom Parkblick bevorstand oder nicht.

"Also bleibst du dabei, dass du mit ihnen zusammen wegziehen möchtest?"

Seine grünen Augen suchten meine. Der Ausdruck in ihnen sollte vermutlich neutral sein, doch ich konnte erkennen, dass er sehnsüchtig hoffte, dass meine Antwort wäre, ich würde bleiben. Doch diese konnte und wollte ich ihm nicht geben, auch wenn ich ihn damit vermutlich tief enttäuschte.

Mein Nicken bewirkte bei ihm, dass er den Blick schnell abwandte, doch ich konnte wie bereits vermutet die Enttäuschung deutlich in seinem Gesicht erkennen und es tat mir ein wenig weh das zu sehen. Dann erinnerte ich mich wieder daran, dass er mich für sein Auslandsstudium ohne mit der Wimper zu zucken auch allein zurückgelassen hatte. Er hatte es damals nicht bedauert, dass er seine eigenen Karriereziele verfolgen wollte und ich sollte es heute nicht. Wir waren Freunde. Er war der Bruder meiner besten Freundin und wir waren nur aus Versehen für kurze Zeit ein Liebespaar gewesen. Jetzt war er mein Arbeitgeber. Ich hatte mit ihm einen Vertrag, den ich auf Wunsch kurzfristig kündigen konnte. Und ich hatte mit Woon-Entertainment einen Vertrag, den ich unbedingt erfüllen wollte.

"Wirst du kündigen, wenn ich dich nicht freistelle?" Er zeigte auf den Umschlag, den ich in meiner Hand hielt. Wieder nickte ich.

"Und dann wirst du vermutlich nie wieder zurückkommen, stimmts?"

Mein Chef und Kinderfreund hatte diese Frage rhetorisch gestellt und erwartete keine Antwort, denn er kannte mich seitdem ich vier Jahre alt war und wusste genau, dass ich meine Entscheidung getroffen hatte und mich nicht mehr von ihm umstimmen lassen würde.

"Also gut." Tief seufzte er auf und sah mich entschlossen an. "Ich stelle dich für sechs Monate frei. Allerdings sind mit meiner Einwilligung Bedingungen verknüpft."

Bei seinen ersten Worten war ich erfreut auf meinem Sessel vor gerutscht, doch eine innere Stimme sagte mir, dass ich mich nicht zu früh freuen sollte. Es gab Bedingungen? Welche? Vorsichtig nickte ich und gab ihm ein Zeichen mit der Hand, weiterzusprechen.

"Ich will, dass du nach diesen sechs Monaten dein Studium wieder aufnimmst. Ich möchte, dass du dann nicht mehr hier arbeitest und Zimmer putzt. Vater und ich haben beschlossen, dass wir dir eine Art Stipendium finanzieren. Du wirst wieder regelmäßig zur Uni gehen und dein Studium beenden und zahlst uns das Stipendiat zurück, indem du nach deinem Abschluss die Kontakte nach Asien für uns managst. Nur unter dieser Bedingung lassen wir dich ziehen. Was sagst du?"

Ungläubig sah ich ihn an. War das sein Ernst?

"Aber bis ich mein Studium beendet habe, müsstet ihr noch einige Jahre warten. Das ist doch kein Gewinn für das Parkblick und ob ich euch danach überhaupt unterstützen kann, das ist doch auch noch sehr fraglich."

"Das sehen Vater und ich anders. Wir haben festgestellt, dass der asiatische Markt für uns die Zukunft sein wird. Du hast uns jetzt schon sehr geholfen, weil du unsere koreanischen Gäste betreuen konntest. Erweitere deinen Horizont, studiere intensiv weiter und dann werde erfolgreich. Du gehörst zur Familie, Alea, und sowohl Vater, Sara, als auch ich wollen, dass du endlich auf einem festen Pfad gehst und nicht mehr im Morast steckenbleibst. Du bist 23 Jahre alt und dir steht alles offen. Wenn du jetzt für sechs Monate deinem Traum nachjagst, okay, tue das. Aber dann finde den Weg zurück und mach etwas aus deinem Leben."

Seine Worte sackten langsam in mein Hirn und ich versuchte zu verstehen, dass er mir gerade zwei große Möglichkeiten für mich eröffnet hatte.

"Hast du das verstanden, Alea? Ich werde dir nicht im Weg stehen, auch wenn es mir sehr schwerfällt. Aber vielleicht hast du nach sechs Monaten festgestellt, dass wir, deine Familie, dich immer unterstützen werden. Am liebsten würde ich egoistisch darauf bestehen, dass du hierbleiben musst, aber meine Schwester würde mich dann vermutlich zwei Meter tief in der Erde vergraben, wenn ich dir wehtun würde. Und ich würde mir wahrscheinlich selbst die Schaufel auf den Kopf hauen."

Ich grinste bei der Vorstellung von Kai im Designeranzug, wie er versuchte sich selbst zu schaden. Dann stand er auf und trat an meinen Sessel. Vorsichtig umfasste er meine Schultern und zog mich zu sich hoch. Unerwartet umschloss er mich fest mit seinen Armen und drückte mich an sich, was ich überrascht geschehen ließ. Ich wehrte mich nicht gegen seine Umarmung, die so vertraut und dennoch fremd zugleich war. Er war mein Vorgesetzter und mein Ex-Freund und ich war verwirrt, aber ich genoss es trotzdem, einfach in den Arm genommen zu werden.

"Alea, ich liebe dich, das weißt du sicherlich, aber gerade, weil ich dich liebe will ich deinem Glück nicht im Weg stehen, sondern dich mit meinen Möglichkeiten unterstützen. Wenn du jemals das Gefühl haben solltest, dass du zurückkommen willst oder egal wofür meine Hilfe brauchst, dann komme zu mir. Nicht als Angestellte, sondern als Freundin oder meinetwegen auch als Ersatz-Schwester. Aber bitte denke immer daran, dass wir, die Familie Grimm, immer für dich da sein werden. Jeder von uns und ich ganz besonders."

Ich hob meine Arme und umschlang seinen Körper fest. Mir wurde warm ums Herz und ich fühlte, dass er seine Worte ernst meinte. Er gab mir die Liebe einer Familie und auch wenn er manchmal ein Kaktus sein konnte, so war er einer, der auch hin und wieder wunderschön blühte.

"Danke", hauchte ich an seiner Brust und nach kurzer Zeit ließ er mich mit einem bedauernden Blick los und ich trat einen Schritt von ihm zurück. Verlegen räusperte er sich und ging langsam zurück zu seinem Schreibtisch, an dem er sich elegant niederließ. Unser Gespräch war beendet. Im Hinausgehen fiel mir noch etwas ein.

"Wann ist der Umzug?" Ich hatte völlig vergessen, danach zu fragen.

"Morgen", antwortete er und mir fiel staunend der Unterkiefer herunter. War das sein Ernst? Ich sollte innerhalb von 24 Stunden alles zusammenpacken und auch die Abfahrt für die beiden jungen Männer in Suite 808 in die Wege leiten? Der Tag würde sehr anstrengend werden, denn es wartete viel Arbeit auf mich.

~ Kapitel 20 ~

Vieraugengespräche

Als ich an diesem Morgen vermutlich zum letzten Mal meinen Dienst in der Suite 808 antrat, waren die Bewohner und auch Taemin bereits auf ihren Beinen. In-Ho saß am großen Esstisch und hatte sein Smartphone in der Hand, während Ji-Mong in seinem Rollstuhl am Fenster stand und in den Garten hinaussah. Taemin wischte gerade den Tisch ab und begrüßte mich mit einem breiten Lächeln.

"Guten Morgen, Alea! Wir waren heute Morgen schon ein wenig beschäftigt, wie du siehst. Morgen ziehen die Jungs in das Haus und ich muss leider nachher zurück nach Seoul fliegen. Ich habe einen wichtigen Promotion Termin für mein neues Solo Album, den ich bedauerlicherweise nicht verschieben kann. Aber Sunny wird heute Abend spät hier ankommen und mich sozusagen ablösen. Außerdem kann ich es nicht erwarten, Emmy und meine Kleine zu sehen und halte diese beiden Kerle hier auch nicht mehr aus. Daher muss ich dich vor dem Umzug ungünstiger Weise alleine mit ihnen lassen. Das geht doch in Ordnung, oder?"

Taemins Lächeln wurde noch breiter, als er auf In-Ho blickte, der nach wie vor auf sein Handy starrte und keine Reaktion zeigte. Ich folgte Taemins Blick und zog ein wenig gefrustet die Augenbraue hoch. Wollte In-Ho wirklich, dass ich mit ihnen zusammen in das Haus einzog? Immerhin schien es ihm nichts auszumachen, oder besser gesagt, es war ihm vermutlich egal. Taemin schnalzte mit der Zunge und zog so meine Aufmerksamkeit zurück auf sich, was bei seinem Äußeren alles andere als unangenehm war.

"In-Ho hat heute einen Muffeltag und Ji-Mongs Kopf steckt wahrscheinlich schon wieder in einer neuen Komposition. Im Haus wirst du ein Musikzimmer vorfinden, in dem Ji-Mong wahrscheinlich die meiste Zeit zu finden sein wird. Wenn er nicht komponieren kann, dann fehlt ihm etwas. Manchmal denke ich sogar, dass er gar nicht so unglücklich ist, dass er nicht zu irgendwelchen Tanzübungen und Gesangsproben gehen muss. Er war schon immer zufrieden, wenn du ihm seine Kopfhörer und irgendein Papier gegeben hast, auf das er seine Noten aus seinem Kopf aufschreiben konnte."

Ich sah Taemin ein wenig entsetzt an. Meinte er etwa, dass Ji-Mong gar kein Interesse daran hatte, wieder völlig gesund zu werden? Wieder laufen zu können und aktiver Teil der Band zu sein? Taemin schien auch bemerkt zu haben, was er mir gerade anvertraut hatte und setzte ein schuldbewusstes Lächeln auf.

"Vergiss bitte sofort wieder, was ich über J.Mo gesagt habe. Selbstverständlich glaube ich nicht, dass er froh ist, in einem Rollstuhl zu sitzen. Aber", Taemin drehte sich um und lächelte in die Richtung des Rappers, "es gibt auch schon Positives zu berichten. Nach seiner letzten Behandlung hatte er wieder ein leichtes Gefühl in seiner Hand verspürt. Zwar noch nicht so, dass er den Arm anheben konnte, aber er hat die Berührung der Therapeuten gespürt. Das hat uns alle so happy gemacht.

Doch Ji-Mong hat das lediglich zur Kenntnis genommen und gemeint, dass alles eben seine Zeit braucht."

Taemins Blick wanderte zu In-Ho, der in diesem Moment nach seinen Gehhilfen griff und humpelnd zu seinem eigenen Zimmer hinüberlief.

"Anders bei ihm. Er bräuchte in Kürze laut der Ärzte keine Gehhilfen mehr, aber er klammert sich daran fest."

Ich sah die dunklen Wolken, die über Taemins Gesicht krochen. Er war ganz offensichtlich besorgter um seinen jüngsten Freund, der eigentlich weniger verletzt war als um Ji-Mong, der sich ohne fremde Hilfe kaum fortbewegen konnte. Nachdenklich blickte ich auf die verschlossene Tür, hinter der sich In-Ho zurückgezogen hatte. Was quälte den Maknae so sehr, dass er sich von allem ausschloss?

"Ach, es wird schon werden. Da bin ich sicher. Wir haben alle zusammen so viel durchgestanden. Yeon, Sunny, Ji-Mong, In-Ho und ich, dass wir auch diese Krise überstehen. Auf jeden Fall", er sah mich jetzt mit seinem breiten Lächeln an, das Mädchenherzen weltweit brechen konnte, "ich danke dir, dass du es bis jetzt mit ihnen und mir ausgehalten hast.

Deine Idee des Ausflugs zu dem Markt war eine gute Unterstützung zur Therapie der Jungs. Ji-Mong scheint seitdem munterer zu sein und ich weiß, dass deine Freundin dazu einen gewissen Teil beigetragen hat. Und auch wenn In-Ho so verschlossen wie eine Auster sein mag: Gib ihm Zeit. Er liebt sich momentan selbst nicht und versteht vermutlich nicht, was in seinem Innern vorgeht. Ich kann dir aber verraten, dass er noch niemals der leichtsinnige Typ war, auch wenn es sein Job als Idol war, den Fans den lieben lockeren und naiven Jungen zu präsentieren. In-Ho ist das alles, aber er ist noch viel mehr und viel komplizierter, als es den Anschein hat. Also, habe Geduld mit ihm und kümmere dich gut um ihn. Er mag zwar körperlich nicht so viel Schaden genommen haben wie Ji-Mong, aber ich glaube, seine Seele liegt zerrissen in seinem Körper und wartet darauf, von jemanden zusammengeflickt zu werden."

Taemin hatte so ernst gesprochen, dass mir plötzlich die Tränen in die Augen schossen. Ich wusste, dass In-Ho still litt, aber ich wusste nicht, ob ich ihm helfen konnte oder sollte. Doch die Worte seines Freundes hatten mich motiviert, mein Bestes zu geben, um In-Ho aus seinem Tief wieder herausholen zu wollen. Nur wie ich das anstellen sollte, das war mir noch nicht klar.

"Alea, ich danke dir schon einmal im Voraus. Jetzt muss ich mich auf den Weg machen, denn mein Flieger geht in Kürze. Mach es gut und ich habe mich wirklich gefreut, dass ich dich kennenlernen durfte!"

Taemin verabschiedete sich von Ji-Mong und ging noch einmal kurz in In-Hos Zimmer, ehe er mir zum Abschied zuwinkte und dann aus der Suite und damit auch aus meinem Leben verschwand. Er war ein wunderbarer Mensch und ich hatte seine Liebe und Besorgnis um seine verletzten Freunde jederzeit gespürt. Die drei Mitglieder der Band waren mehr als Arbeitskollegen. Sie waren eine Familie und das spürte man in jedem Wort und in jeder Geste, aber ganz besonders in dem vertrauensvollen Umgang miteinander und ihrem Verständnis füreinander.

Am Vormittag begann ich, die Kleidung der Jungs zusammenzulegen und für das Verpacken in den Koffern vorzubereiten. Ich hatte mit der Kleidung von In-Ho begonnen und klopfte nun an der Zimmertür zu Ji-Mongs Raum. Er schien mich nicht gehört zu haben und so betrat ich sein Zimmer und sah mich um, bis ich den Rapper auf dem Sofa sitzend fand. Er hatte Kopfhörer auf den Ohren und ein Bleistift klemmte quer zwischen seinen Lippen. In der Hand hielt er ein weißes Blatt, auf dem ich über die Entfernung hinweg Gekritzel erkennen konnte, was wahrscheinlich Noten waren. Endlich nahm mich der Rapper aus den Augenwinkeln wahr und legte das Blatt auf den Tisch, um sich die Kopfhörer herunterzuziehen.

"Hallo Alea, kommst du zum Packen?"

Seine Stimme war warm und hatte ein schönes Timbre. Ich erinnerte mich an unsere ersten Tage in diesem Zimmer und dass er kaum gesprochen hatte. Langsam trat ich ein wenig näher. Seine Gesichtsfarbe hatte sich auch ein wenig verändert. Obwohl er selten an der frischen Luft war, war er nicht mehr ganz so kreidebleich und eingefallen, wie am ersten Tag unserer Begegnung.

"Ja, ich würde gerne alles vorbereiten, wenn ich nicht störe. Musst du heute noch zu einer Therapie? Waren die Pfleger heute früh gar nicht da?"

Ich sah auf meine Uhr. Mittlerweile war es bereits später Vormittag und ich hatte jetzt erst bemerkt, dass Ji-Mongs Haare nicht gekämmt waren und er seine Pyjamahose trug. Was war los?

"Sie kommen nicht mehr", erklärte der Rapper ruhig.

"Warum nicht? Ich weiß, dass ich eigentlich dabei sein sollte, wenn sie bei euch beiden sind, aber ehrlich gesagt war ich froh, dass Herr Park sich das Ganze noch einmal überlegt hatte. Kommen die beiden aus dem Grund nicht mehr? Wer hilft euch denn jetzt?"

Ich war verwirrt. Bis zum Vortag waren Herr Choi und sein Kollege noch gekommen und hatten die beiden jungen Männer bei ihrer täglichen Pflege unterstützt. Man hatte mir nichts gesagt und darüber war ich ein wenig angesäuert.

"Es gab gestern einen weiteren Vorfall und ich habe Jae mitgeteilt, dass wir keinen Pflegedienst mehr wünschen. In-Ho braucht ihn sowieso nicht mehr und ich schaffe das auch alleine. Außerdem kann In-Ho mir helfen oder", jetzt grinste er ein wenig schief, "wenn es nicht zu anrüchig ist, vielleicht du?"

Ich wurde rot und senkte den Kopf. Selbstverständlich würde ich den Männern nicht dabei helfen, sich frische Unterwäsche anzuziehen.

"So was wie die Tür zum Bad öffnen oder so. Außerdem ziehen wir morgen in das Haus und dort ist alles rollstuhlgerecht eingerichtet. Und wer weiß, vielleicht kann ich bald wieder meine Seite bewegen. Auf jeden Fall wollen In-Ho und ich wieder mehr Selbständigkeit."

Das konnte ich gut verstehen.

"Ich helfe euch, so gut ich kann, das verspreche ich. Wollen wir jetzt vielleicht erst einmal damit anfangen, dass ich dir eine andere Hose hole und du dir die Zähne putzen gehst?" Ich zeigte auf seine Pyjamahose und seine wilden Haare und Ji-Mong lachte.

"Das lass den Designer nicht wissen, dass du der Meinung bist, die Hose sollte im Bett getragen werden. Ich glaube, sie kostet einen vierstelligen Betrag und meine Haare sehen so wild aus, weil ich die Kopfhörer trage. Ich habe mich heute Morgen mit Taemins Hilfe angezogen und gewaschen. Alles gut."

Oh mein Gott, war ich unwissend. Entschuldigend flüchtete ich unter seinem Lachen in das Ankleidezimmer und begann, seine Designerpullover, Hosen und Hemden zusammenzulegen und versuchte mir jedes Kleidungsstück einzuprägen, damit mir eine solch peinliche Verwechslung zwischen Nacht- und Tageskleidung nicht wieder unterlief. Aber woher soll man auch wissen, dass eine solche Hose straßentauglich sein sollte?

Gegen Mittag war ich mit dieser Arbeit fertig und begann, den Tisch für die beiden Männer zu decken. Gerade hatte ich diese Arbeit beendet, als die Kollegin aus der Hotelküche bereits an der Tür klingelte und den Wagen mit den Speisen ablieferte.

Ordentlich stellte ich alles auf den Tisch und klopfte bei den beiden Musikern an die Türen, um sie zum Essen zu bitten.

Ji-Mong erschien als Erstes und ich rollte ihn an seinen Platz am Tisch, als In-Ho ebenfalls im Salon auftauchte und auf seinen Unterarmgehhilfen heran gehumpelt kam. Er trug wieder eine Maske und ich war ein wenig traurig darüber. Waren wir über dieses Stadium nicht schon längst hinaus? Mürrisch setzte sich In-Ho an den Tisch und zog seine Schüssel mit Reis an sich heran.

"Himmel nochmal! Du kannst deine verdammte Maske abnehmen, In-Ho. Ich habe dich ohne gesehen und ehrlich, du machst es uns allen wirklich unangenehm damit."

Überrascht blickte er mich an und dann befreite er sein hübsches Gesicht wirklich von der Gesichtsmaske und legte sie neben sich auf den Tisch.

"Zufrieden?", grummelte er und widmete sich still seinem Essen.

"Zufrieden wäre ich, wenn du aufhören würdest, dich zu verstecken und mit mir reden würdest. Aber das ist wohl zu viel verlangt. Du scheinst gewissen Dingen nicht so viel Bedeutung beizumessen, wie ich."

Ich klang so wütend und beleidigt, wie ich mich fühlte und bereute meine Worte sofort. Hatte ich zu viel preisgegeben? Ich wusste selbst nicht, was in mich gefahren war. Wieso sagte ich so etwas? Es stand mir nicht zu, ihn zu kritisieren, aber meine in mir grummelnde Wut und Unsicherheit wegen der Zurückweisung hatte sich einen Weg aus meinem Mund gesucht.

Erstaunt legte er seine Stäbchen auf den Tisch und starrte mich an. Plötzlich verzogen sich seine Lippen zu einem leichten Lächeln und dann setzte er sein Essen fort, als hätte ich nie etwas zu ihm gesagt. Er begann sogar ein lockeres Gespräch mit Ji-Mong und ich floh beinahe in die kleine Butler Küche, um meine roten Wangen zu verstecken.

Nach dem Mittagessen humpelte In-Ho zurück in sein Zimmer. Versteckte er sich vor mir oder wollte er einfach niemanden um sich herumhaben? Doch dann hörte ich ihn plötzlich leise summend die Tür zu seinem Zimmer schließen und perplex blickte ich ihm hinterher. Ji-Mong hatte mich beobachtet und meinen Blick gesehen.

"Kannst du mich bitte zurück in mein Zimmer fahren, Alea? Ich möchte mich nach dem Essen ein wenig ausruhen."

Langsam schob ich den Rollstuhl zurück in seinen Raum und blickte von oben auf seinen Kopf mit den dunklen, vollen Haaren, in denen man deutlich die Abdrücke seiner Kopfhörer sehen konnte, da die schwarzen Strähnen an diesen Stellen sichtbar plattgedrückt waren.

"Magst du dich noch ein wenig zu mir setzen?"

Seine Bitte überraschte mich. Bislang war ich nur wenige Male in seinem Zimmer gewesen und wir hatten uns auch nur selten unterhalten, doch heute schien er das Bedürfnis zu haben, nicht alleine zu sein.

"Gerne", antwortete ich und wollte mich gerade auf dem Sofa niederlassen, welches in einem gebührenden Abstand zu seinem Bett stand.

"Nein, setze dich bitte hierher."

Er zeigte auf einen Stuhl, der direkt neben ihm stand. Ji-Mong war selbstständig in sein Bett gestiegen und lag nun entspannt darauf und sah mich an. Es war eine merkwürdige Situation. Ein junger, attraktiver und erfolgreicher Superstar lag vor mir in einem Krankenhausbett und ich war mit ihm alleine. Die Tür zum Salon hatte ich offenstehen lassen, um die Intimität aus der Situation herauszunehmen, aber dennoch befand ich mich im Schlafzimmer eines jungen Mannes, der mich frech von seinem Bett aus angrinste.

"Du fühlst dich unwohl, stimmts?"

Ertappt zuckte ich zusammen. Ji-Mong war sehr feinfühlig und konnte scheinbar Menschen gut lesen. Es war sinnlos, meine Gedanken zu verleugnen, und so nickte ich zustimmend.

"Ich glaube, ich habe es schon einmal erwähnt. Momentan kann ich gerade nicht besonders gefährlich werden, und ehrlich gesagt war ich das auch noch nie. Entspanne dich bitte, Alea. Ich möchte nur mit dir reden."

Bei seinen Worten grinste ich. So eingebildet war ich nicht, dass ich auf die Idee kommen könnte, er würde mich gleich anspringen. Ji-Mong war freundlich, höflich und immer zuvorkommend zu mir und allen anderen gewesen. Außerdem war er sehr zurückhaltend und still und ich wusste, dass er Interesse an Sara hatte. Würde ich jetzt zum Wingman werden? Ich hatte nichts dagegen, ihn und Sara zu unterstützen. Gespannt wartete ich, was er mir wohl zu sagen haben würde. Nach Worten suchend räusperte er sich.

"Ich hoffe, ich überschreite keine Linie, wenn ich jetzt offen spreche. Eigentlich halte ich mich grundsätzlich aus dem Leben anderer heraus. Aber in diesem Fall …"

Nach wie vor schien er mit sich selbst zu ringen, ob er weitersprechen sollte, doch dann hatte er einen Entschluss gefasst.

"Bitte kümmere dich um In-Ho. Ich weiß, dass er momentan sehr schwierig ist und ich weiß auch, dass er gerade nicht besonders liebenswert ist. Aber In-Ho ist eigentlich ganz anders, glaube es mir. Er ist sanft, freundlich und mitfühlend. Sein Charakter hat sich durch den Unfall nicht geändert, er hat nur gerade so große Selbstzweifel, mit denen er zu kämpfen hat. Mir ist jedoch aufgefallen, dass immer dann, wenn du in seiner Nähe bist, er ein wenig von seinem alten Ich wiederzufinden scheint."

Ji-Mong drückte sich von seinem Bett ein wenig hoch, um dichter an mich heran rutschen zu können.

"Ich klinge ein wenig wie ein Match Maker, das ist mir klar. Um eines klarzustellen: Ich spreche auch nicht von einer romantischen Beziehung, sondern davon, dass du scheinbar einen Weg gefunden hast, seiner Mauer Risse zuzufügen. Hilf ihm bitte, auch emotional wieder zu heilen. Die Therapeuten sind hier sehr gut, aber das, was du bei ihm bewirkst, scheint auch seiner Seele gutzutun."

Ji-Mongs Worte erinnerten mich an das, was auch Taemin bereits zu mir gesagt hatte. Stimmte das, was beide Freunde über meine Beziehung zu In-Ho dachten? Sahen sie mehr, als ich? Der Rapper sah mich abwarten an und beobachtete meinen Gesichtsausdruck genau. Sah er meine Zweifel, meine Angst, meine vorsichtige Freude?

"Ach, entschuldige, dass ich so etwas von dir verlange. Das ist nicht dein Job bei uns. Bitte, vergiss, was ich gerade gesagt habe. Ich freue mich schon darauf, wenn wir in das Haus umziehen und ich hoffe, dass es für alle eine angenehme Zeit sein wird. Solltest du Probleme mit unserem Kleinen haben, so zögere nicht und komme zu mir. Ich bilde mir ein, dass er auf mich hört, auch wenn ich ihm nicht hinterherlaufen kann."

Langsam schob er sich ein wenig höher in seinem Bett und legte sich auf sein Kopfkissen. Scheinbar war alles gesagt worden und er erwartete keine Antwort von mir. Leise stand ich auf und warf einen letzten Blick auf ihn. Er hatte die Augen geschlossen und schlief bereits fest, als ich die Tür seines Zimmers leise hinter mir schloss.

~ Kapitel 21 ~

Zwei Paare

Der Umzug war generalstabsmäßig aus Korea organisiert worden. In dem über 8.000 km entfernten Büro von Woon-Entertainment hatte man alles geplant und in die Wege geleitet. Die Effizienz der Mitarbeiter von Park Jae-Woon war beeindruckend. Pünktlich um neun Uhr morgens wurde das Gepäck aus der Suite 808 abgeholt und zu den bereitstehenden Vans in der hoteleigenen Tiefgarage gebracht. Die Bewohner der Suite saßen pünktlich in eben diesen Fahrzeugen, genau wie ein neuer Besucher und Freund der beiden Gruppenmitglieder.

Sunny, der Leader von Star.X und gleichzeitig enger Freund von Ji-Mong, war am Vorabend auf dem Flughafen angekommen und hatte spätabends im Hotel eingecheckt. Ich hatte bereits Feierabend gemacht und ihn nicht mehr zu Gesicht bekommen. Sunny war der blondgefärbte Sonnenschein der Gruppe und hatte immer ein strahlendes Lächeln im Gesicht. So dachte ich zumindest, bis ich ihn am Morgen zum ersten Mal persönlich traf.

Als Erstes bekam ich den blonden Hinterkopf des Mannes zu sehen, der genau wie alle anderen Mitglieder der Band groß, schlank und trainiert war. Er stand vor dem Van und sprach ganz offensichtlich mit einem seiner Freunde, die bereits eingestiegen waren. Ich würde nicht mit ihnen zusammenfahren. Meine wenigen persönlichen Sachen hatte ich noch am Vorabend zusammengepackt und Sara würde mich mit ihrem eigenen Auto zu dem ca. 20 km entfernten Haus in den kleinen Vorort fahren.

Später würde mir ein eigenes Auto zur Verfügung stehen, mit dem ich Einkäufe, Besorgungen und Botenfahrten machen könnte. Doch der Wagen wartete am neuen Haus auf mich und dahin würde meine beste Freundin mich begleiten. Sie hatte sich extra für den heutigen Tag freigenommen, um mich zu fahren. Ehrlich gesagt glaubte ich, dass sie dieses nicht in erster Linie tat, um mir einen Gefallen zu tun. Sie übernahm das wohl eher, weil sie neugierig auf das Haus war und auch einen bestimmten Bewohner wiedersehen wollte.

Jetzt stand ich in der Tiefgarage hinter einem weiteren Mitglied von Star.X und war gespannt, aber schon lange nicht mehr so aufgeregt, wie bei meiner allerersten Begegnung mit einem der Member.

Zwei Security Mitarbeiter überwachten die Tiefgarage und hatten alarmiert aufgesehen, als ich näher an den Van getreten war. Doch dann erkannt mich einer von ihnen. Es war der Bodyguard, der mir an jenem Abend auf dem Markt mit dem betrunkenen Mann geholfen hatte. Freundlich grüßte ich ihn und beide Männer zogen sich wieder zurück.

Sunny hatte sein Gespräch beendet und gespürt, dass ich hinter ihm stand. Langsam drehte er sich um und betrachtete mich. Atemlos sah ich zu dem blonden Mann hoch und spürte, wie mein Herz vor Aufregung klopfte. Sunny war groß, wie alle Member von Star.X und er hatte einen abschätzenden, direkten Blick, der bis in meine Seele zu dringen schien.

Ich war nicht aufgeregt? Dachte ich nervös schluckend und verzog meine Lippen zu einem nervösen, zitternden Lächeln. Auch wenn Sunny auf der Bühne und den Bildern immer wie ein fröhlicher Sonnenschein aussah, strahlte er jetzt eine respekteinflößende Aura aus. Sein Blick glitt von Kopf bis Fuß an mir hinauf und hinab. Seine Augen zeigten Vorsicht und Alarmbereitschaft und er versuchte ganz offensichtlich mich einzuschätzen. Vermutlich war das normal, wenn man sein halbes Leben mit Fans, Fotografen und Stalkern zu tun hatte und nicht wusste, ob das Gegenüber Freund oder Feind war.

"Hi", begrüßte er mich daher auch sehr zurückhaltend distanziert und wartete, ob ich einen eventuellen Angriff starten würde.

"Hallo", hörte ich mich schüchtern, atemlos antworten und ich zog meinen Kopf ein wenig ein, in der Absicht mich möglichst klein und unauffällig zu zeigen.

"Sunny, hör auf. Das ist Alea. Mach ihr keine Angst", hörte ich aus dem Van plötzlich Ji-Mong mit einem Lachen in der Stimme rufen.

Das Gesicht des Leaders wurde etwas weicher und ein kleines Sunny-Lächelns schlich sich in seine Mundwinkel. Ich hörte, wie der Stein in meinem Körper vom Herzen flog, so erleichtert war ich. Etwas irritierte mich jedoch an seinem Lächeln, denn es sah so anders aus, als auf der Bühne und den Fotos. Es wirkte irgendwie … ehrlich erfreut und von Herzen kommend.

"Hallo Alea, ich habe schon von dir gehört. Ich bin Sunny", sagte er nun weich und hielt mir seine große Hand zum Gruß hin. Immer noch ein wenig ängstlich und misstrauisch ergriff ich sie vorsichtig. Sie war warm und fest und umschloss mich mit energischem Griff. "Es freut mich, dich kennenzulernen. Taemin und die kleinen Monster hier im Van haben mir bereits von dir erzählt und ich habe mich gefragt, wann ich dich kennenlernen würde."

Erleichtert lächelte ich. Sunny wirkte bei der ersten Begegnung wirklich einschüchternd auf mich. Ich hätte das niemals erwartet, denn er machte in der Öffentlichkeit immer so einen lockeren und entspannten Eindruck. Doch ich hatte in meiner Zeit mit den Stars nach und nach feststellen können, dass sie alle Menschen waren, denen man eine Rolle in der Öffentlichkeit zugeteilt hatten und dass der Privatmensch diese Rolle nicht unbedingt ausfüllte. Das lag zum größten Teil an der Fanbase und zum Teil an dem, was man sich für ein Konzept für die Gruppe überlegt hatte.

Yeon, der Älteste, war der Schönling und das Gesicht der Gruppe. Sunny, der immer blond Gefärbte, der Leader und fröhliche Sonnenschein. Taemin war vor seiner Hochzeit mit seiner rothaarigen deutschen Frau, der Herzensbrecher und Bad Boy. Ji-Mong war der introvertierte Rapper und Komponist und zum Schluss der Maknae, der Jüngste von ihnen und zugleich der talentierteste der Gruppe: In-Ho, süß und unschuldig.

Yeon hatte ich noch nicht kennengelernt, aber Sunny war vermutlich nicht immer nur gut gelaunt, Taemin war ein liebevoller Ehemann und Familienvater und kein Bad Boy, Ji-Mong mochte introvertiert sein und ein Komponist, aber er war mit Sicherheit auch ein fürsorglicher und freundlicher Mensch, der sich um seine Freunde sorgte. Und In-Ho? Er war und blieb der Maknae und war definitiv auch talentiert, aber er war auch voller Selbstzweifel und Launen und vermutlich auch nicht so unschuldig, wie man ihn sehen wollte. Never judge a book by its cover oder eine K-Pop Gruppe über ihre Fanpages.

"Du fährst nicht mit uns mit?" Sunny zeigte auf den Koffer, der neben mir stand. Ich schüttelte verneinend den Kopf.

"Nein, ich fahre mit meiner Freundin extra. Sie will sehen, wo ich unterkomme", erklärte ich dem Leader und dieser nickte.

"Okay, wir fahren jetzt los. Dann sehen wir uns gleich im Haus."

Er hob kurz die Hand und stieg in den Van.

Ich sah dem Wagen hinterher, wie er aus der Garage fuhr und atmete aus. Puh, Sunny gab mir das Gefühl, dass ich stets auf der Hut sein sollte. Irgendwie wirkte er sehr streng und ich hatte wirklich großen Respekt vor ihm. Hoffentlich würde sich das ein wenig ändern, wenn wir alle gemeinsam zusammenwohnten. Ich wusste zwar nicht, wie lange er in Deutschland blieb, aber ich würde auf jeden Fall in seiner Gegenwart nicht richtig entspannen.

"Alea! Hier bin ich!"

Saras Stimme holte mich aus meinen Grübeleien heraus. Sie hatte die Scheibe in ihrem kleinen schwarzen Flitzer heruntergefahren lassen und winkte mir zu. Meinen großen Koffer hinter mir herziehend, lief ich zu ihrem Auto und wuchtete das Monster in ihren kleinen Kofferraum, ehe ich mich neben sie setzte und wir uns ebenfalls auf den Weg zu meinem neuen Heim für die nächsten sechs Monate machten.

Sara war eine gute Autofahrerin und sie brauste durch den morgendlichen Stadtverkehr und sicher und schnell waren wir auf der Autobahn. Der Ort, in dem das Haus stand, welches Woon-Entertainment besorgt hatte, lag in einem Vorort der Großstadt direkt an der Autobahn. Es war so gut erreichbar, dass man sogar schneller von hieraus zum Krankenhaus fahren konnte, als vom Parkblick, da man hier erst durch die gesamte Innenstadt fahren musste.

Sara prüfte das Navi und bog in eine schmale Straße ein, die kaum Gegenverkehr zuließ, ehe sie in eine noch kleineren Weg fuhr, die sich als Sackgasse herausstellte. An ihrem Ende befand sich unser Ziel. Interessiert blickte ich mich um. Es gab in dieser kleinen Straße nur insgesamt fünf Häuser und jedes lag ein wenig zurückgesetzt und hatte einen hohen Zaun. So war es auch bei dem Haus, das uns das Navi als Ziel genannt hatte. Tatsächlich stand der schwarze Van bereits auf der Einfahrt und ich konnte einen der beiden Bodyguards sehen, der einen der Koffer der Jungs zum Hintereingang schob. Sara parkte ihren kleinen Wagen vor dem Haus auf der Straße und stellte den Motor ab.

"Von außen macht es ja nicht wirklich viel her. Sieht eher so aus, als hätten hier bis vor Kurzem eine Bilderbuchfamilie mit Mama, Papa und zwei Kindern gewohnt."

Ihr kritischer Blick glitt an dem unscheinbaren Haus entlang und sie schien sich zu fragen, ob sich zwei Musikmillionäre in solch einer profanen Umgebung wohlfühlen konnten.

"Ich finde es schön. Hier vermutet doch niemand, dass die berühmte Gruppe Star.X die Nachbarn sind. Und ruhig ist es auch. Los, lass uns mal hineingehen und schauen, wie es drinnen aussieht. Das Haus wurde komplett umgebaut und renoviert, habe ich gehört. Manchmal täuscht die Fassade, denke ich."

Neugierig war ich ausgestiegen und wuchtete meinen Koffer wieder aus dem Auto. Ihn erneut hinter mir herziehend ging ich dorthin, wo der Van geparkt war und wo vermutlich der Eingang zu finden war. Dieses Haus hatte genau wie seine Nachbarn einen hohen Zaun, was für eine norddeutsche Kleinstadt eher untypisch war. Normalerweise waren die Zäune höchstens einen Meter hoch und ließen den Blick auf einen zumeist gepflegten Vorgarten frei.

Der Garten von unserem Haus war ebenfalls gepflegt und hatte auch jetzt im Herbst noch einige blühende Büsche wie Fuchsschwanz und Dahlien. Es gab auch eine unscheinbare Vordertür, die nicht besonders prächtig aussah und gerade offenstand. Zielstrebig ging ich auf den Eingang zu und stieß die Tür weit auf.

"Hallo? Wir sind auch angekommen", rief ich in das Haus hinein, ehe ich eintrat.

Erstaunt blieb ich im Eingangsbereich stehen. Ich kannte natürlich deutsche Einfamilienhäuser und hatte zwar erwartet, dass es von den Koreanern hübsch und hell umgebaut worden war, aber mit dem, was sich mir nun offenbarte, hatte ich überhaupt nicht gerechnet. Ganz offensichtlich wurden Wände entfernt, denn man hatte von der Haustür aus einem ungehinderten Blick über die gesamte Grundfläche des nicht gerade kleinen Hauses hinüber zu dem bodenhohen Fenster und damit direkt in den Garten. Davor war ein Wohnbereich, der ausgestattet war mit hellen Möbeln aus weichem Veloursleder, einem offenen Essbereich mit einem großen Tisch und acht Stühlen und einer offenen Küche. An einer Wandseite hing ein riesiger Flachbildschirm und an der anderen Seite war ein offener Kamin, vor dem ein gemütlicher Ohrensessel mit Fußhocker stand.

Das Haus war viel größer, als es von außen ausgesehen hatte. Neben dem riesigen Wohn-Ess-Raum entdeckte ich noch einen Flur, von dem drei Türen abgingen. Was mich jedoch am meisten überraschte, war ein kleiner Fahrstuhl, der in die obere Etage führte. Staunend sah ich den gläsernen Kasten an und fragte mich, ob es wohl viele andere private Häuser gab, die ihren eigenen Fahrstuhl im Haus hatten.

"Der Knaller", hörte ich Sara plötzlich hinter mir flüstern, die sich ebenso beeindruckt wie ich in dem Haus umsah. "Geld haben und Geld ausgeben sind doch zwei tolle Sachen."

Ihre Augen leuchteten und ich sammelte mich, als ich Stimmen aus der oberen Etage hörte. Eine elegante breite Wendeltreppe führte hinauf, an deren Treppenabsatz ich nun zwei Füße entdeckte.

"Kommt rauf! Dein Zimmer ist auch hier oben, Alea", rief Sunny zu uns herunter.

Da ich mich immer noch nicht bewegte, kniff mir Sara in den Oberarm und entlockte mir einen kleinen Schmerzenslaut.

"Los", zischte sie leise, "beweg dich! Oben ist Ji-Mong und ich will ihn jetzt endlich sehen", flüsterte sie energisch und packte mich an meinem Handgelenk, während sie mich in die Richtung der Treppe drängte und dann vor sich schob. Hypnotisiert vom ersten Eindruck des Hauses lief ich ihr voraus die Stufen in das Obergeschoss hoch.

"Bring dein Gepäck mit dem Fahrstuhl hoch!", hörte ich Sunny wieder rufen und so blieb ich ruckartig stehen. Sara lief gegen mich und rieb sich die Nase.

Mein Koffer stand noch brav im Eingangsbereich, wurde aber gerade in diesem Moment von einem der Bodyguards mühelos hochgehoben und mir grinsend entgegengetragen. Wir traten einen Schritt zur Seite und ließen ihn mit meinem Gepäck passieren, ehe wir nun die Treppe weiter nach oben liefen und gespannt waren, was uns in dieser Etage erwarten würde.

Das Obergeschoss hatte jeweils zwei Türen auf jeder Seite des Flurs und eine an der Stirnseite. Gleich neben dem Treppenaufgang war zusätzlich die Fahrstuhltür. Der Flur selbst war breit genug für einen Rollstuhl und durch mehrere große Dachfenster strömte helles Tageslicht herein. Sara und ich blieben auf dem Treppenabsatz stehen und waren unschlüssig. Von Sunny und den anderen beiden Jungs war nichts zu sehen. Zwei Türen waren jedoch geöffnet und wir hörten Stimmen, dann kam Sunny aus dem linken Raum heraus und blieb stehen, als er uns sah.

"Dein Zimmer ist das da vorne links. Neben dir ist das von In-Ho und hier drüben", er zeigte auf die Tür direkt gegenüber vom Fahrstuhl, "das ist Ji-Mongs Raum. Der andere Raum neben dem Bad ist momentan meins."

Sunny öffnete die Tür zu meinem neuen Reich und gespannt lugte ich hinein. Der Raum war größer, als ich erwartet hatte. Er maß bestimmt 20 qm und hatte sogar einen zur Südseite gewandten Balkon. Das überraschte mich, denn ich hatte von außen nichts dergleichen gesehen. Aber bei dieser bescheidenen Hütte wunderte mich gar nichts mehr. Neugierig betrat ich mein neues Reich und lief sofort hinüber zur deckenhohen Balkontür. Ich trat hinaus und entdeckte einen wunderschön angelegten Garten. Aufgrund der Jahreszeit waren die Blätter der Bäume und Büsche herbstlich rot, gelb und braun und verdeckten noch eine hohe Mauer, die das Grundstück rundherum vor neugierigen Blicken schützte. Vermutlich war das einer der Gründe, warum sich Herr Park für dieses Haus entschieden hatte. Es bot ausreichend Privatsphäre und war gut zu überwachen. Bei genauem Hinsehen konnte ich Kameras entdecken, die an strategischen Punkten auf der Mauer angebracht waren und vermutlich von einer Sicherheitsfirma überwacht wurden. Bei den Bewohnern, die vorübergehend in diesem Haus wohnen würden, hatte man von vornherein den sicheren Weg gewählt und wahrscheinlich wenig dem Zufall überlassen. Sara war in der Zwischenzeit ebenfalls auf den Balkon getreten und sah sich um. Ihr Gesicht strahlte.

"Wow, das ist wirklich wunderschön hier. Kein Wunder, dass Herr Park seine Kinder hier unterbringen wollte. Ein gut getarntes Paradies würde ich sagen."

Sara stützte sich auf die Brüstung und sah hinunter. Dort befand sich eine halb überdachte Terrasse. Ein großer Grill, Tisch und Stühle waren hier platziert und man konnte sich gut eine ausgelassene Grillparty in einer lauen Sommernacht vorstellen.

"Meinst du, ich könnte hier auch mit einziehen?", scherzte sie und drehte sich mit einem bittenden Hundeblick zu mir um.

"Was willst du denn hier machen? Die Zimmer putzen?" Ich grinste sie an, denn hier wäre ich diejenige, die die Arbeit einteilt und nicht sie.

"Kai würde mich umbringen, wenn ich ihn auch um eine Auszeit bitten würde. Und ehrlich gesagt komme ich lieber zu Besuch als zum Arbeiten. Apropos, ich glaube, ich muss mal sehen, wie Ji-Mong untergekommen ist."

Ehe ich noch antworten konnte, war sie bereits aus dem Raum geflitzt und ich hörte sie den Namen des Rappers laut rufen. Dann knallte eine Tür und ich grinste wieder breit. Ich wusste, dass beide sich nicht nur gegenseitig haben grüßen lassen. Sara hatte Zugang zur Suite 808 als Hausdame gehabt und es soll hin und wieder ein Schatten über den Flur vor der Suite geflitzt sein und plötzlich dort verschwunden. Sara war verliebt und ich freute mich für sie, zumal ich glaubte, dass es Ji-Mong ähnlich ergangen war. Vielleicht hatte sie endlich ihren Ritter in strahlender Rüstung gefunden und sie konnte das Burgfräulein spielen?

Langsam drehte ich mich zurück auf dem Balkon und sah wieder hinaus in den Garten, als sich in dem Zimmer neben mir die Tür öffnete und In-Ho ebenfalls die Aussicht prüfte. Die Situation war klassisch kitschig wie in einem K-Drama. Er hatte mich noch nicht gesehen und so verhielt ich mich still, denn ich wollte ihm seinen ersten Eindruck von seinem neuen vorübergehenden Heim nicht stören.

Nach fünf Minuten und einer für mich gefühlten Ewigkeit räusperte ich mich und lenkte seine Aufmerksamkeit auf mich. Tatsächlich teilten wir uns den Balkon, denn es gab keine Abgrenzung von Zimmer zu Zimmer und so ging ich langsam zu ihm hinüber. Er blieb abwartend an die Brüstung gelehnt stehen und sah mir entgegen. Sein Gesicht war zu meiner Freude nicht hinter einer Maske versteckt und ich konnte sehen, wie sich seine Lippen bei meinem Anblick zu einem leichten Lächeln verzogen.

"Hallo Nachbarin", begrüßte er mich und ich grinste ebenfalls.

"Du hast es so gewollt."

"Ja", sein Lächeln verschwand so plötzlich, wie es gekommen war. In seine Augen trat ein Ausdruck, der mir heiße Wellen durch den Körper schoss. "Ich wollte dich", sagte er zweideutig.

Ich schluckte. Was war denn das? Meinte er das wirklich, was ich verstehen wollte? Unsicher begann ich, meine Haare aus dem Gesicht zu streifen und leckte mir nervös über die Lippen. In-Ho verfolgte meine Bewegungen und plötzlich trat er näher an mich heran, ohne mich jedoch zu berühren. Er sagte kein weiteres Wort, doch seine Augen wanderten hinunter auf meinen Mund, ehe er sich langsam zu mir hinunterbeugte. Kurz vor meinen Lippen stoppte er.

"Welch ein Glück, dass du meine Nachbarin bist", hauchte er verführerisch und meine Knie begannen zu zittern.

Halt suchend griff ich nach der obersten Stange der Brüstung wie nach einem Rettungsanker. Der Maknae wirkte in diesem Moment alles andere als unschuldig und unwissend und er setzte sein verführerisches Lächeln ganz gezielt ein. Verdammt, wer hatte ihm das beigebracht? Fragte ich mich plötzlich eifersüchtig.

"Ich denke, wir sollten später eine kleine Willkommensparty zusammen feiern, was meinst du?"

Sein Blick streifte vielsagend das große Bett in dem Zimmer, eher er wieder auf mir liegenblieb. Himmel, war das sein Ernst? Was war nur in ihn gefahren? Heftig schluckend schüttelte ich den Kopf. Dann hörte ich das leise Lachen, das tief aus seiner Brust kam. Beschämt drehte ich mich um und rannte unter seinem nun lauten Lachen zurück in mein Zimmer. Er hatte mich sehr gekonnt verunsichert und auf eine falsche Fährte gelenkt. So ein Blödmann! Doch immer noch klopfte mein Herz wie verrückt und ich wünschte mir, dass er seine Worte ernst gemeint hatte.

Kurze Zeit später hörte ich, wie seine Balkontür geschlossen wurde und atmete aus. Allerdings war das kein erleichterter Atemzug, sondern eher ein enttäuschter. Um mich von meinen erotischen und daher gerade äußerst unangebrachten Gedanken abzulenken, wollte ich einer Arbeit in diesem Haus nachkommen. Nach fünf Minuten verließ ich mein Zimmer und klopfte an die Tür zu Ji-Mongs Raum. Ich wusste, dass Sara noch bei ihm war, aber sie würden keine Dinge tun, bei denen sie nicht gestört werden dürften. Nicht jetzt, wenn zwei weitere Bandmitglieder und die beste Freundin hellwach durch das Haus liefen. Sie konnte ja nicht wissen, dass ich mir genau das vor nicht einmal einer viertel Stunde gewünscht hatte, dass das zwischen In-Ho und mir passieren möge.

Sara öffnete mir die Tür. Wie ich feststellen konnte, hatte sie die kurze Zeit mit Ji-Mong sehr intensiv genutzt. Ihre Haare waren nicht mehr ganz so glattgekämmt wie bei unserem Eintreffen und ihr Lippenstift sah aus, als wäre er ein wenig verwischt. Meine Freundin grinste mich überglücklich an und ließ mich in das Zimmer eintreten. Ji-Mong saß auf einem bequemen Sofa und machte ebenfalls einen sehr zufriedenen Eindruck. Lässig zurückgelehnt, einen Arm auf der Rückenlehne positioniert, sah er vermutlich so noch genauso aus, wie in dem Moment, als Sara von ihm hochgesprungen war, um mir die Tür zu öffnen.

Er lächelte mich freundlich an, aber sofort suchte sein dunkler Blick wieder die Gestalt von meiner Freundin, als könne er es nicht ertragen auch nur einen kleinen Augenblick von ihr getrennt zu sein. Diese lief nach meinem Eintreten sofort wieder zurück zu ihm. Eng an ihren Liebsten gekuschelt, ließ sie sich neben ihm auf dem Sofa nieder und schlang beide Arme um die schmale Taille des Rappers. Wie selbstverständlich legte Ji-Mong seinen gesunden Arm um ihre Schultern und zog meine Freundin noch enger an sich heran.

Ich betrachtete das Paar, das sich glücklich anlächelte und offensichtlich nur noch Augen für sich hatte. Doch in mir rockte ein kleiner Teufel und ich wollte die beiden nicht einfach so alleine lassen. Also zog ich mir einen Stuhl heran, der an einem kleinen Schreibtisch gestanden hatte und setzte mich ihnen gegenüber.

"Okay, ich habe euch verstanden. Ihr seid jetzt also offiziell zusammen. Meinen herzlichen Glückwunsch."

Sara strahlte mich an und zog sich Ji-Mongs Arm noch enger um ihren Körper, was dieser gerne mit sich machen ließ und bereitwillig nachgab.

"Ich wollte es dir schon sagen, aber natürlich hast du es schon lange geahnt, nicht wahr? Ji-Mong ist ein Schatz und je mehr Zeit wir miteinander verbringen, umso mehr verliebe ich mich."

Diese Worte hatte sie auf Deutsch gesprochen, doch schien ihr neuer Freund den Sinn in der für ihn fremden Sprache verstanden zu haben.

"Verliebt - Liebe- Sarang", sagte er und ich grinste.

Unter uns StarLover war allgemein bekannt, dass Ji-Mong eine sehr schnelle Auffassungsgabe hatte und vor allem in der Lage war, die Fans in jedem Land, in dem sie auf Tour waren, zumindest in der Landessprache zu begrüßen. So war es also nicht verwunderlich, dass er bereits ein wenig Deutsch gelernt hatte und vor allem, einige Worte auch verstand.

"Saranghae", antwortete zu meiner Überraschung nun meine wenig sprachbegabte Freundin. Seit wann kannte sie das Wort, für 'Ich liebe dich'?

"Wow, du lernst Koreanisch", war ich wirklich erstaunt. Beschämt begann Sara zu kichern.

"Na ja, ich möchte schon, aber ich fürchte, es wird nicht ganz so einfach für mich. Aber ich bemühe mich und Ji-Mong wird mir dabei helfen, nicht war Jagiya?"

Da, wieder ein koreanisches Wort. Ich war wirklich sehr beeindruckt. Sara hatte es richtig erwischt und ich freute mich. Vielleicht war sie genau die Person, die Ji-Mong wieder auf seine Beine helfen konnte und wenn er das aus gesundheitlichen Gründen nicht schaffen würde, dann wäre sie vermutlich immer noch die Richtige für ihn. Ich kannte keinen anderen Menschen, dem Äußerlichkeiten weniger egal waren als Sara.

"Alea, danke, dass du mir Sara vorgestellt hast. Danke, dass ich sie kennenlernen durfte. Sara ist eine wirklich besondere Person für mich geworden und ich hoffe, dass wir uns in den nächsten Monaten noch viel besser kennenlernen werden. Aber dennoch bitte ich dich, mit niemandem darüber zu sprechen. Meine Member wissen natürlich davon oder werden von uns erfahren. Aber ich möchte nicht, dass außer Jae andere Mitarbeiter von der Company schon Bescheid wissen. Ich will mich weiterhin auf meine Genesung und meine Musik konzentrieren. Und natürlich ganz besonderes auch auf Sara. Ihr Wissen um meine Liebe würde es nur unnötig komplizert machen."

Seine Stimme war ernst und ich nahm mir vor ihn spätere zu fragen, was er mit kompliziert meinte. Vermutlich, dass ihn die Fans eine Beziehung oder Liebe nicht wirklich wünschten. Zumindest einige von ihnen. Zustimmend nickte ich.

Sara hatte Ji-Mong andächtig gelauscht, als er sich mit mir in Koreanisch unterhalten hatte. Ihre Augen hingen an seinen Lippen und ich konnte an ihrem Gesichtsausdruck deutlich erkennen, wie es in ihr arbeitete.

"Vertraue mir, ich werde Koreanisch lernen, damit du nicht hinter meinem Rücken über mich reden kannst. Ich habe sehr wohl gehört, wie du meinen Namen gesagt hast. Außerdem versteht Alea alles und wird mir später bestimmt verraten, was du über mich sagst", drohte sie ihm scherzhaft.

Ji-Mong lachte und fing ihren erhobenen Zeigefinger ein. Langsam zog er ihren Kopf dichter zu sich heran und ich sprang bei diesem Anblick schnell von meinem Stuhl auf und verließ fluchtartig den Raum. Hier war ganz gewiss kein Platz für eine dritte Person und die Luft wurde irgendwie - heiß.

Auf dem Flur traf ich auf Sunny. Er sah zuerst auf meinen roten Kopf, dann auf die geschlossene Zimmertür und ein verstehendes Grinsen stahl sich in sein Gesicht.

"Ah, die beiden feiern ihr Wiedersehen, oder?" Sein Grinsen wurde noch breiter, als ich heftig mit dem Kopf nickte. "Komm mit runter. In-Ho ist bereits in den Garten gegangen und wir können uns ja zu ihm gesellen."

Gemeinsam liefen wir die Treppe hinunter und ich fragte mich, ob Sunny als Leader kein Problem damit hatte, wenn seine Bandmitglieder plötzlich Freundinnen hatten. Taemin war der erste, der öffentlich gedated und dann sogar geheiratet hatte. Yeon hatte vor seinem Militärdienst eine Freundin gehabt, die eine Bäckerei führte, sich aber noch während seines Dienstes wieder von ihr getrennt. Sunny selbst hatte immer mal wieder Affären mit irgendwelchen Models oder Idols, aber wohl keine ernsthafte Beziehung und die anderen beiden, In-Ho und Ji-Mong, waren noch nie mit einem Mädchen in Verbindung gebracht worden.

Doch ich war nicht so naiv zu glauben, dass diese Männer noch nie mit jemanden ausgegangen waren, nur weil die StarLover und die Presse davon keine Kenntnis bekommen hatten. Für Idols gab es genug Möglichkeiten außerhalb der Öffentlichkeit Verabredungen zu treffen und zu pflegen, da war ich mir absolut sicher. Allerdings interessierte es mich am meisten, ob In-Ho bereits eine ernsthafte Beziehung geführt hatte und wenn ja mit wem. War sie eine Prominente, genau wie er selbst? Eine Koreanerin oder eine Frau aus dem Westen? War sie groß oder klein? Bestimmt war sie ausgesprochen hübsch, wenn es sie denn gegeben hatte. Oder gab es sie vielleicht noch? Mit einem Mal schoss ungewollte Hitze durch meinen Körper. Hatte er vielleicht eine Freundin und flirtete nur mit mir?

Langsam schlenderte ich hinter Sunny immer noch tief in meinen Gedanken versunken hinaus in den Garten und sah die Person meiner Grübeleien, wie er vor einem herbstlich geschmückten Baum stand und die rot-gelb verfärbten Blätter genauer betrachtete. Ich trat näher zu ihm und sah mir den noch kleinen Baum genauer an.

"Eine Rotbuche. Ich glaube, diese Bäume gibt es in Korea nicht so häufig", erklärte ich und war stolz, dass ich tatsächlich einmal in Bio im Unterricht aufgepasst hatte. In-Ho riss eines der Blätter ab und hielt es in der Hand, dann drehte er es hin und her und sah mir plötzlich in die Augen.

"Hübsch", kommentierte er und ließ dann das Blatt auf den gepflegten Rasen fallen, wo es in dem immer noch saftigen Grün auffällig liegen blieb und aussah, wie eine Blume. Ich blickte stumm auf den Boden und wusste nicht, was ich sagen sollte. Hatte er gerade das Blatt mit mir assoziiert? Hatte er das Blatt oder mich weggeworfen. Ich war so schrecklich verunsichert und wusste einfach nicht, was ich sagen sollte. Mir schoss so viel durch den Kopf und die Tatsache, dass meine beste Freundin nun mit einem Mitglied von Star.X zusammen war, schüttelte mich noch einmal etwas mehr durcheinander. Ich war neidisch auf sie. Ich wollte auch mit einem Member zusammen sein. Aber nur mit einem ganz bestimmten und mir war es auch egal, ob er zu der Band gehörte oder nicht. Ich wollte mit In-Ho zusammen sein und ich wusste partout nicht, wie ich das angehen sollte.

Meine Unsicherheit hatte eigentlich erst dann begonnen, als ich wusste, dass ich in ihn verliebt war. Wie sollte ich mich verhalten? Was sollte ich sagen, um interessant zu sein? Fand er mich attraktiv? Mochte er mich auch? Flirtete er nur mit mir, wie er es mit allen Fans tat? Nein, dachte ich dann. Seine Art, mit mir zu sprechen hatte sich in den letzten Tagen geändert. Sie war persönlicher, intimer geworden. Er machte ständig Andeutungen und verwirrte mich damit. Verdammt, dachte ich mit einem Mal. Ich war doch sonst nicht so schüchtern und er war auch nicht der erste Mann in meinem Leben. Warum war ich nur bei ihm so schrecklich nervös und unbeholfen?

In-Ho hatte sich von mir weggedreht und sah wieder hinauf zu dem Baum. Er spielte "push and pull" und das hasste ich. Plötzlich platzte es aus mir heraus.

"Wenn du etwas zu sagen hast, dann sag es. Ich kann mit deinen Andeutungen nichts anfangen und ich weiß nicht, ob das so ein koreanisches Ding ist. Aber ich schätze die Offenheit und wir Norddeutschen sind da eher direkt."

In-Ho drehte sich um und sah mich mit einem überraschten Blick an.

"Habe ich dich beleidigt? Was ärgert dich?"

Ich schnaufte und zeigte auf das Blatt.

"Willst du mir damit etwas sagen?"

Er folgte meinem Fingerzeig und dann lachte er.

"Alea, das ist ein Blatt. Nicht mehr und nicht weniger."

Beleidigt drehte ich mich um. Er wollte mich nicht verstehen und ich kam mir jetzt noch blöder vor, als zuvor. Wütend und peinlich berührt machte ich mich auf den Weg zurück ins Haus, als ich plötzlich am Handgelenk gefasst wurde und In-Ho mich zurückhielt. Mit einer fließenden Bewegung umfasste er meinen Kopf und zog mein Gesicht zu sich heran. Sanft legte er seine warmen Lippen auf meine und küsste mich.

Ich schloss meine Augen und vergaß, dass wir in einem herbstlichen Garten standen, im Zimmer im ersten Stock meine Freundin vermutlich genau das Gleiche mit ihrem Freund machte und im Haus der Leader der Band uns jederzeit erwischen konnte. Mir war es egal, dass seine Hände unter meinen Pullover glitten und meinen Rücken zart streichelten und ich meine Arme fest um seine Taille schlang. Ich wollte mehr. Viel mehr und In-Ho stellte sich als ein begnadeter Küsser heraus.

Schwer atmend ließen wir nach einiger Zeit voneinander ab und In-Ho betrachtete mich mit vor Leidenschaft dunkleren Augen.

"Das ist meine koreanische Art dir zu sagen, was ich für dich empfinde. Bleiben immer noch Fragen offen?"

Zärtlich strich er eine Strähne meines Haares aus meiner Stirn und seine Fingerspitze berührte dabei zart meine Haut.

"Ich denke nicht", hauchte ich und schloss meine Augen. Schnell beugte er sich zu mir hinunter und gab mir einen kleinen Kuss auf meine Stirn.

"Lass uns wieder hereingehen. Ich kann Sunny schon von hier aus mit den Zähnen knirschen hören."

In-Ho machte eine Kopfbewegung in Richtung Haus. In der geöffneten Terrassentür stand der blonde Leader mit verschränkten Armen und sah mit einem Gesichtsausdruck, von dem nichts abzulesen war, zu uns hinüber. Endlich machte er eine herrische Bewegung und winkte uns zu sich heran. In-Ho seufzte und löste unsere Umarmung, griff jedoch nach meiner Hand und umschlang sie fest.

"Na los. Die Vorstellung bei Papa beginnt jetzt."

Aufmunternd grinste er mich an und zog mich mit sich hinein.

~ Kapitel 22 ~

Willkommen in der Familie

"Setzt euch."

Sunnys Stimme war neutral und doch spürte ich die leichte Angespanntheit bei In-Ho und mein eigenes Herz schlug zum Zerbersten. Kurz dachte ich an das andere Paar im Obergeschoss und fühlte ein wenig mit Sunny mit. Zwei Bandmitglieder hatten ihn fast zeitgleich mit ihren Freundinnen konfrontiert. Freundin? Dachte ich in diesem Moment träumerisch. War ich das jetzt für In-Ho? Schnell warf ich einen kurzen Seitenblick zu ihm hinüber und atmete auf. Er machte wieder einen gelasseneren Eindruck. Nach wie vor hielt er meine Hand und strich mit seinem Daumen beruhigend über meinen Handrücken.

"Also gut. Dann gibt es jetzt die Regeln. In-Ho, du kennst sie, Alea, dir müssten sie neu sein."

Abwartend hörte ich Sunny zu. Da er jedoch eine Reaktion von mir zu erwarten schien, nickte ich bestätigend.

"Okay."

Er holte einmal tief Luft und ich machte mich bereit für eine lange Liste von Verboten. Man kannte da ja allgemein von den Agenturen, dass sie den Idols eine Beziehung verbaten. Das hatte ich zumindest gedacht.

"Erstens: Ihr macht eure Beziehung so lange nicht öffentlich, bis Jae alles vorbereitet hat. Damit meine ich eine Erklärung seitens der Company, Einleitung rechtlicher Schritte gegen Hater und so weiter. Zweitens: Du vernachlässigst nicht deine Bemühungen, wieder gesund zu werden, sondern Alea wird dich darin hoffentlich noch bestärken und unterstützen. Drittens: Ihr beide informiert sofort Lisanne, Emmy, Joon und Yunai, ansonsten machen uns die Mädels die Hölle heiß. Verstanden?"

In-Ho grinste breit und ich rutschte auf meinem Stuhl nach vorne. Das war alles? Kein "ihr dürft nicht daten, alles geheim, niemals jemanden etwas sagen". Mein neuer Freund drückte meine Hand, als er meinen Gesichtsausdruck sah und nun grinste auch Sunny.

"Herzlichen Glückwunsch, ihr beide. Taemin hatte mir schon etwas berichtet, aber dass ihr nur darauf gewartet habt, bis ich da bin, wird ihn sicher enttäuschen." Sunny griff in seine Hosentasche und holte sein Handy heraus. "Hier. Sage bitte Yunai sofort Bescheid. Sie ist die Einzige zusammen mit Yoon, die Alea noch nicht gesehen hat und würde es mir nie verzeihen, wenn du ihr nicht als Erstes von euch berichtest. Außerdem wird es So-Ra freuen, das von dir zu hören. Also los!"

Ich wusste nicht, ob ich für sein Telefonat den Raum verlassen sollte. Wer war Yunai und wer war Joon? Doch an meiner Stelle verließ In-Ho tatsächlich ohne Gehhilfen das Zimmer und ging mit recht festen Schritten in den kleinen Flur, öffnete eine Tür und war verschwunden. Ein wenig eifersüchtig sah ich ihm hinterher. Wer war Yunai? Seine Ex-Freundin?

"Yunai ist meine Verlobte."

Sunnys Worte rissen mich aus meinen eifersüchtigen Gedanken und mir fiel vor Überraschung der Unterkiefer herunter. Sunny war verlobt?

"Da du jetzt sozusagen zur Familie gehörst, erzähle ich es dir. Du kennst die Fanszene und aus diesem Grund bitte ich dich niemals etwas von dem, was du von uns oder In-Ho hörst, nach außen dringen zu lassen. Ich möchte dir nicht drohen, aber Jae hat ein wirklich gutes Team von Anwälten."

Er ließ den Satz unbeendet, denn mehr musste er hierzu gar nicht sagen. Für mich war es selbstverständlich, dass ich mit niemandem über die Geheimnisse, die mir anvertraut wurden, sprechen würde.

"Und wer ist Joon?", hörte ich mich fragen.

"Joon? Er ist ein, sehr guter, ausgesprochen enger Freund von Yeon."

Ah, jetzt verstand ich vieles. Yunai, war die Bäckerin, mit der Yeon vor seinem Militärdienst zusammen war. Kurze Zeit später wurde sie die Verlobte von Sunny. Sie hatten sich gar nicht die Frau geteilt, sondern Yeon mit der Beziehung geschützt. Daher machten es wohl auch die beiden Member nicht öffentlich, dass Sunny mit der Bäckerin verlobt war, um Yeons Geheimnis zu wahren. Irgendwie traurig, dachte ich. Die Homophobie in dem asiatischen Land war leider in der Öffentlichkeit immer noch weit verbreitet. Die Scheinwelt des K-Pop trug ihren Teil dazu bei. Man konnte darüber denken, was man wollte, aber es war einfach ungerecht, dass junge Menschen in der koreanischen Entertainmentbranche hart angegangen wurden, wenn sie jemanden liebten – egal welchen Geschlechts.

In-Ho hatte sein Telefonat beendet und kam zurück zu uns an den Esstisch. Er grinste seinen Kumpel an und setzte sich dann wieder neben mich. Sofort suchte seine Hand die meine. Mir schoss es warm durch meinen Körper und ich blickte verliebt zu In-Ho hoch. Seine Augen strahlten, was mich unendlich glücklich machte. Es schien, als hätte er sich endlich zu etwas durchgerungen und war mit seiner Entscheidung mehr als zufrieden.

"Und? Ist Yunai jetzt glücklich? Was hat sie gesagt?"

Sunny war aufgestanden und an den Kühlschrank gegangen. Dieser war, trotzdem die Jungs gerade erst eingezogen waren, bereits gut gefüllt. Ich fragte mich, wer die Vorbereitungen gemacht hatte, wenn ich doch eigentlich dafür zuständig war. Wahrscheinlich war sogar das aus dem 8.000 km entfernten Büro in Seoul organisiert worden.

"Sie war begeistert. So-Ra war auch gerade da. Wusstest du, dass sie sich mit jemanden trifft? Wir kennen ihn auch, aber ich darf darüber nicht reden. Mit niemandem, das habe ich ihr versprochen. Nächste Woche wird sie ihren Abschluss machen und dann ist sie unsere kleine Architektin. Ich finde, dieses Haus hat sie auch wirklich perfekt hinbekommen. Oder?"

Er sah sich in dem lichtdurchfluteten Wohn-Essbereich um und ich folgte seinem Blick. So-Ra, wiederholte ich den Namen in meinem Kopf. Noch eine Frau aus In-

Hos Vergangenheit. Alles war so ungewohnt für mich und ich war von mir selbst überrascht, dass ich so zur Eifersucht neigte. Das war mir in noch keiner einzigen Beziehung vorgekommen. Wie unangenehm, da In-Ho aufgrund seines Berufs als Idol vermutlich ständig Kontakt zu anderen hübschen Frauen haben würde. Dieses lästige Gefühl musste ich schleunigst loswerden, denn das würde nur unnütz für Ärger sorgen.

"Ich weiß, mit wem sie zusammen ist. Aber es soll ihre eigene Wahl bleiben, uns hiervon zu berichten. Und wo wir gerade bei So-Ra sind. Ich möchte gerne einen Song mit ihr gemeinsam aufnehmen. Was hältst du davon?"

Still lauschte ich den beiden und hörte zu, wie sie über die Möglichkeit einer Zusammenarbeit mit diesem Mädchen redeten. Irgendwann unterbrach sich Sunny und sah mich an. Offenbar war ihm klargeworden, dass ich keine Ahnung hatte, was sie besprachen und von wem sie redeten.

"So-Ra ist die kleine Schwester meiner Verlobten. Sie ist sehr schlau und kann sogar richtig gut singen. Außerdem ist sie eine Freundin von In-Ho und Joon. Du wirst ihren Namen vermutlich öfter hören, denn sie gehört auch zur Familie. So-Ra und Yunai sind Waisen und damit habe ich So-Ra sozusagen adoptiert. Ich bin ihr Oppa, ihr großer Bruder. Außerdem war sie mal für kurze Zeit mit unserem kleinen Maknae zusammen, nicht wahr, In-Ho?"

Sunny schien stolz auf dieses Mädchen zu sein und seine Worte feuerten meine Eifersucht wieder ungemein an.

"Ja, So-Ra und ich sind Freunde, aber wir haben einfach nicht zusammengepasst."

Ich wollte In-Ho meine Hand entziehen, denn er hatte nicht gesagt, dass er sie nicht mehr mag. In-Ho hielt mich unbeirrt fest und grinste breit.

"So-Ra ist ein tolles Mädchen, aber sie ist wie eine kleine Schwester und nicht wie eine Frau für mich. Anders, als gewisse andere Personen, die ganz in meiner Nähe sitzen und gerade sehr eifersüchtig sind."

Sofort hörte ich auf, meine Hand aus seinem Griff zu entwinden und wurde ruhig. Ich musste wohl lernen, dass In-Ho es liebte, mich auf die Palme zu bringen und dann aber schnell den Anker auswarf, um mich am Boden zu halten. Es würde vermutlich nie langweilig mit ihm werden, aber wollte ich die Aufregung?

"In-Ho, du solltest einer Frau nie einen Grund geben, an deiner Liebe zu zweifeln. Der kleinste Korn kann zu einer großen Pflanze mit tiefen Wurzeln wachsen. Und diese herauszuziehen könnte irgendwann unmöglich werden."

Sunnys Lebensweisheit war so wahr. Jemanden zu füttern, der hungrig ist, war gut, jemanden vergiftetes Essen zuzuwerfen, war böse. Und dass Sunny in diesem Moment in die Zukunft gesehen hatte, machte rückwirkend betrachtet alles noch viel unheimlicher. So-Ra sollte sich für mich als ein Samenkorn herausstellen. In-Ho hatte ebenfalls verstanden.

"Du hast recht, Hyung, ich werde mich bessern", meinte er gespielt reumütig.

"Entschuldige dich nicht bei mir, sondern bei deiner Freundin." Sunny stellte zwei Gläser mit Cola vor uns auf den Tisch und hob sein eigenes.

"Für Alkohol ist es noch zu früh, daher lasst uns so auf euch anstoßen."

Gerade, als er das Glas erheben wollte, hörten wir, wie der Fahrstuhl bewegt wurde. Kurze Zeit später erschienen Sara und Ji-Mong in der Aufzugtür. Meine Freundin fuhr den Rollstuhl des Rappers an unseren Tisch und schob sich einen Stuhl dicht neben Ji-Mong.

"Was wird hier gefeiert?"

Neugierig schaute sich Sara um und dann wurden ihre Augen riesig, als In-Ho seine und meine Hand, die immer noch ineinander verschlungen waren, auf die Tischplatte legte.

"Alea!" Sara jauchzte und ließ den Rollstuhl einfach stehen, ehe Ji-Mong seinen Platz bei uns gefunden hatte. Sie lief zu mir und riss mich förmlich in ihre Arme.

"Okay, wo jetzt alle verliebten Pärchen zusammen sind, können wir auch gerne alles noch einmal gemeinsam besprechen."

Sunnys Worte hörten sich zwar genervt an, aber man konnte deutlich das Lachen aus seiner Stimme heraushören. Jetzt wo ich wusste, dass er selbst eine Freundin oder besser gesagt Verlobte an seiner Seite hatte, hatte ich meine Vorsicht vor dem Leader der Gruppe abgelegt. Die Tatsache, dass er selbst ein Geheimnis hatte, machte ihn menschlich und in meinen Augen umgänglicher.

Sara blieb noch bis zum Nachmittag, ehe sie mit Hupen und Winken zurück in die Stadt fuhr. Ich hatte sie zusammen mit Ji-Mong verabschiedet und rollte ihn gerade die Rampe zurück ins Haus, als er mich plötzlich aufhielt und auf eine Stelle im Garten zeigte, die noch von der herbstlichen Spätsonne beschienen wurde.

"Können wir noch kurz auf die Terrasse gehen?" Ich nickte, und rollte ihn an den gezeigten Platz. Ji-Mong schwieg einen Moment, dann sah er mich an und prüfte meinen Gesichtsausdruck, während er sprach. "Ich weiß nicht, ob du es gutheißt, dass deine Freundin mit einem Krüppel zusammen ist."

Der Anfang unseres Gesprächs war nicht sehr vielversprechend. Hatte Ji-Mong Zweifel, ob ich ihre Beziehung begrüßen würde?

"Aber ich versichere dir, dass ich alles dafür tun werde, dass Sara es mit mir nicht schwer hat. Wenn es ihr mit mir zu viel wird, werde ich ihr nicht im Wege stehen. Ich will, dass sie glücklich ist."

Kurz zögerte ich, ob ich meine Gedanken laut aussprechen sollte. Doch lag es mir nun einmal nicht, damit hinter dem Berg zu halten.

"Wenn du im Rollstuhl bleibst, dann wird dieses Sara in keiner Weise in ihren Entscheidungen beeinflussen. Ich kenne sie so gut, dass ich dir versichere, dass sie sich nicht von irgendwelchen äußeren Umständen irritieren lässt. Sie hat dich so wie du bist kennen und wohl auch lieben gelernt. Solange du sie nicht betrügst oder hintergehst, wird Sara dir eine treu liebende Freundin sein, da bin ich mir absolut sicher. Ihre Ambitionen liegen nicht darin, möglichst erfolgreich zu sein, sondern darin, eine liebende Familie zu haben, um die sie sich hingebungsvoll kümmern wird. Wenn du ihr das geben kannst, dann wirst du sie vermutlich nicht so einfach wieder loswerden."

Ji-Mong hatte mir ruhig gelauscht. Als ich jedoch von der Familie sprach, strahlte sein ganzes Gesicht plötzlich vor Freude auf. Scheinbar hatten die beiden sich wirklich gesucht und gefunden. Der Prinz, der seiner Prinzessin ein Schloss bieten konnte, und die Prinzessin, die sich um ihn und seine Thronerben kümmern wollte.

"Danke, Alea, für deine offenen Worte. Ich verspreche dir, dass ich alles dafür tun werde, um wieder gesund zu werden, damit ich Sara ein guter Partner an ihrer Seite sein kann."

Ich konnte nicht anders und ging vor Ji-Mong in die Hocke, umfasste seine etwas kühlen Hände und drückte sie ganz fest.

"Sunny sprach davon, dass ich jetzt zu eurer Familie gehören würde. Du bist jetzt also mein großer Bruder und als solchen werde ich dich innerhalb meiner

Möglichkeiten unterstützen. Obwohl ich sagen muss, dass ich das Wort Familie eigentlich nicht benutzen würde, da es für mich selbst mit keinen so guten Erfahrungen verbunden ist. Aber Dank der Familie von Sara habe ich gelernt, dass man nicht unbedingt blutsverwandt sein muss, um sich als solche zu fühlen. Ich fühle mich geehrt, dass du mein Bruder bist und irgendwie dann auch mein Schwager."

Ji-Mong war ein sehr zurückhaltender Mensch, doch als er jetzt seine Hand hob und sie an meine Wange legte, war das vermutlich für ihn der absolute Tabubruch bei einer anderen Person.

"Wir sind auch für dich da, Alea. In-Ho ist nicht immer leicht zu verstehen, aber ich weiß, dass er lange mit sich gekämpft hat und zu seinem Entschluss steht. Er ist unser Maknae und wenn du Probleme mit ihm hast, kannst du dich an jeden von seinen Hyung wenden. Wir werden ihn den Kopf zurechtrücken."

Verschwörerisch lächelte ich ihn an und dann war der Moment der Vertrautheit vorbei. Ji-Mong zog seine Hände zurück und bat mich, ihn wieder zu seinem Zimmer zu fahren. Er wollte den heutigen Tag noch ruhen, ehe morgen wieder seine Therapie begann. Jetzt hatte er ein noch größeres Ziel, wieder selbständig laufen zu können und das nahm er sehr ernst.

Nachdem ich Ji-Mong zurückgebracht hatte, ging ich die Treppe wieder hinunter in den Wohnbereich. Sunny und In-Ho waren auf dem Weg in das kleine Studio, von dem Taemin mir berichtet hatte. Ich hatte es mir noch nicht angesehen und war neugierig darauf. Wurden in solch einem Studio die Hits meiner Lieblingsgruppe gezaubert? Es lag hinter einer der drei Türen im kleinen Flur verborgen und ich hatte gemerkt wie aufgeregt In-Ho war, als Sunny ihm hiervon berichtete. Ganz offensichtlich hatte die Musik dem Maknae sehr gefehlt, denn er winkte mir nur noch ein einziges Mal kurz zu, ehe er für die nächsten Stunden mit Sunny verschwunden war.

Am Abend klingelte das Haustelefon. Nachdem ich das Geräusch endlich zuordnen konnte, nahm ich den Hörer ab und hörte plötzlich die Stimme von Herrn Park.

"Hallo Alea. Haben Sie und die Jungs sich gut eingelebt? Ab morgen werden sich die Angestellten bei Ihnen vorstellen. Es wird täglich eine Putzkraft kommen und einmal in der Woche ein ganzes Team. Das Essen bereitet eine asiatische Restaurantküche zu und wird es täglich vorbeibringen. Für den Garten habe ich eine Firma beauftragt, die einmal in der Woche nach dem Rechten sehen und gleichzeitig Reparaturarbeiten am Haus vornehmen, sollten welche anfallen.

Wenn Sie ansonsten noch Bedarf an irgendwelchem Personal haben, so lassen Sie es mich wissen. Die Namen und die Fotos der Angestellten schicke ich Ihnen nachher auf Ihr Handy. Die beiden Jungs haben sich ausdrücklich gegen eine Pflegebetreuung ausgesprochen und aus diesem Grund werden Herr Choi und Herr Song nicht mehr kommen. Sie haben, soweit ich informiert bin, bereits ihre Heimreise nach Seoul angetreten. Sollte es dennoch nicht ohne Betreuung klappen, so sagen Sie hier bitte ebenfalls Bescheid. Ach und beinahe hätte ich es vergessen. Für die Fahrten zur Klinik und Physio wird ein Taxiunternehmen bestellt. Sie brauchen sich hierum nicht kümmern. So", er atmete einmal tief aus, "Jetzt habe ich alles Dienstliche hoffentlich gesagt. Kommen wir zum Privaten."

Zuvor hatte ich noch gestanden, jetzt sah ich mich nach einer Sitzgelegenheit um. Würde jetzt die "Sie dürfen nicht daten" -Rede eines koreanischen CEO einer Entertainment-Agentur kommen? Innerlich bereitete ich mich darauf vor.

"Sunny hat mir mitgeteilt, dass Sie sich mit In-Ho über das Dienstliche hinaus sehr gut verstehen und er sich aus diesem Grund auch hin und wieder ohne seine Gehhilfen fortbewegt und die Maske abgelegt hat? Ist das richtig? Dann bin ich Ihnen nicht nur im Namen der Firma, sondern ganz besonders als enger Freund von Star.X zu tiefem Dank verpflichtet. Letztendlich hat In-Ho eingesehen, dass das Leben es trotz aller Umstände gut mit ihm gemeint hat.

Danke, Alea, dass Sie ihm wieder Lebensmut gegeben haben. Das Gleiche gilt für Ihre Freundin Sara. Ji-Mong hat mich selbst heute darüber informiert, dass er noch mehr Termine zur Physiotherapie wünscht und das hat mich sehr gefreut. Unsere Entscheidung zur Heilung der Jungs nach Deutschland umzusiedeln, scheint wirklich die richtige gewesen zu sein. Ich wünsche Ihnen auf jeden Fall viel Glück mit unserem Maknae und wenn Sie beide so weit sind und Ihre Beziehung öffentlich machen möchten, dann lassen Sie es mich wissen. Tatsächlich denke ich aber, dass der beste Zeitpunkt nach seiner Rückkehr zur Band wäre und wir Sie als sein Heilmittel vorstellen. Ich habe gehört, dass Sie eine StarLover sind, daher denke ich mal, dass Sie wissen, wie wichtig der richtige Moment in der Fanbase und Presse ist. Also, noch einmal vielen Dank für Ihre Unterstützung!"

Ich war so gerührt und ergriffen von den Worten des CEO, dass ich lediglich ein kurzes Danke murmelte, ehe er auflegte. Wow, das war ein ganz anderer Anruf, als ich vermutet hatte. Warum war Herr Park nur so entspannt? Keine Vorwürfe, keine Eingrenzungen, keine Einschränkungen? Allerdings verstand ich jetzt noch mehr, warum "seine Jungs" ihn so sehr verehrten. Er war ein Chef und Freund, wie man ihn sich wünschte.

~ Kapitel 23 ~

Die (un)liebe Familie

Am Abend tauchte In-Ho zusammen mit Sunny aus dem Studio wieder auf, um gemeinsam mit Ji-Mong zu essen. Er blickte auf den Tisch und setzte sich. Gerade wollte ich den beiden aus einer Karaffe Wasser einschenken, als In-Ho hochsah und mich seine Stimme in der Bewegung stoppte.

"Bitte setz dich", forderte er ohne Umschweife auf und irritiert sah ich ihn an. "Ich sagte: Setz dich!", wiederholte er seine Worte mit freundlicher Stimme und zeigte auf einen der freien Stühle am Tisch.

"Ich denke nicht, dass ich das sollte", wehrte ich vorsichtig ab und warf einen Blick auf Sunny. Immerhin wurde ich für meine Arbeit hier im Haus großzügig bezahlt, auch wenn ich vielleicht meinen privaten Status zu In-Ho geändert haben mag.

"Und ich denke, dass wir drei in den nächsten Wochen sowieso eine Art Wohngemeinschaft sind und du uns nicht beim Essen zusehen sollst. Es nervt mich, wenn du dort in der Küche stehst und darauf wartest, dass wir fertig sind. Setz dich zu uns und iss mit."

Immer noch unschlüssig sah ich von In-Ho zu Ji-Mong und Sunny. Dieser hatte anfangs seinen Freund fragend betrachtet, doch während seiner Worte angefangen, beständig zu nicken.

"Ja, Alea, In-Ho hat natürlich recht. Es wäre schon befremdlich, wenn du uns bedienen würdest. Setze dich bitte zu uns. Es ist mir auch unangenehm, wenn du uns beim Essen zusehen würdest. Als wir noch im Hotel wohnten, war es okay, denn da war es ja dein Job uns zu bedienen. Jetzt bist du jedoch nicht mehr unser Butler, sondern In-Hos Freundin, die uns hilft und unterstützt. Und mit Freunden isst man zusammen, oder?"

Sunnys Worte rieselten warm in mein Herz. In-Ho zeigte noch einmal auf den leeren Platz am Tisch und grinste. Glücklich strahlte ich die jungen Männer an, zog den Stuhl unter dem Tisch heraus und setzte mich wirklich. In-Ho griff nach meiner

Hand und drückte sie fest, ehe er mich wieder losließ und die metallenen Essstäbchen in die Hand nahm.

Das koreanische Frühstück war nach wie vor ungewohnt für mich. Normalerweise aß ich gar nichts oder vielleicht ein Croissant, wenn ich das Geld dafür übrighatte, oder ein belegtes Brot oder sonntags ein Brötchen in der Kantine. Es musste schnell gehen und oftmals aß ich im Stehen oder Laufen, wenn ich den Bus zur Schule oder Uni nicht verpassen wollte. Jetzt gab es ein koreanisches Abendessen und es war noch üppiger, als das Frühstück.

Die Star.X Familie hatte ihre koreanischen Essgewohnheiten hier in Deutschland beibehalten. Ich sah mich auf dem reichlich gedeckten Tisch um. Zwar hatte ich die Schüsseln und Teller selbst aufgetragen, aber dem nicht besonders viel Aufmerksamkeit gewidmet. Es gab Reis, eine nach Brühe aussehende Suppe mit Gemüseeinlage, gerollte Eierkuchen und verschiedene Beilagen, die man Banchan nannte. Eingelegter Rettich, scharfer Gurkensalat, marinierte Algen und vieles mehr. Die Hauptspeise des Abends war jedoch das scharf marinierte Rindfleisch, Bulgogi. Es war in Streifen geschnitten und mit Lauchzwiebeln dekoriert. Es sah und roch einfach verführerisch lecker.

Natürlich hatte ich schon öfter in einem koreanischen Restaurant gegessen und kannte auch alle Zutaten, dennoch war ich erstaunt, dass das Restaurant ein wirklich wahnsinnig leckeres Kimchi hatte. Der fermentierte scharfe Kohl war die traditionelle koreanische Beilage, die zu keinem Essen fehlen durfte. Allerdings musste der Kohl am besten über ein paar Wochen fermentieren, ehe er seinen vollen Geschmack entfalten konnte und bislang hatte ich immer nur Restaurant-Kimchi bekommen, der nur kurze Zeit gelagert worden war. Welche Küche in Deutschland konnte Kimchi derartig zubereiten?

"Den hat Jae einfliegen lassen." Ji-Mong hatte meinen Gesichtsausdruck beobachtet und beantwortete meine noch gar nicht gestellte Frage. "Wir lieben das Kimchi von Jaes Pflegemutter und können nicht darauf verzichten."

Ich nahm hiervon erneut eine Portion zu meinem Reis und riss vor Genuss die Augen auf. Es schmeckte wirklich ganz anders als das, was ich bislang kennengelernt hatte. Es war irgendwie aromatischer, frischer – einfach leckerer. Ji-Mong fing an zu lachen, als er meinen begeisterten Gesichtsausdruck sah und In-Ho grinste breit. Sunny hatte seine gesamte Aufmerksamkeit dem Essen gewidmet und kaute schweigend genussvoll.

Die Männer hatte ich während der gesamten Zeit, die sie bislang hier waren, noch nie so entspannt gesehen. Glücklich sah ich zu Ji-Mong, der sich in diesem Augenblick einen mit einem Berg Reis gefüllten Löffel zum Mund führte. Wann war es passiert, dass er nicht in seinem Essen herumstocherte, sondern herzhaft zugriff? In-Ho aß ebenfalls mit Appetit und ich wunderte mich über den prall gefüllten Löffel, der viel größer als sein Mund schien.

In-Ho angelte mit seinen Stäbchen nach dem Bulgogi und legte es mir kommentarlos auf meinen Reis in der Schüssel. Gerührt sah ich zu ihm hinüber. Es war zwar nur eine kleine Geste, aber ich wusste, dass sie vom Herzen kam. Koreaner liebten es, ihre Mitmenschen zu füttern. Zwar nur im übertragenen Sinne, aber es kam einer Liebeserklärung oder Freundschaftsbekundung gleich. Herzhaft aß ich so lange, bis ich glaubte, nicht mehr aufstehen zu können, weil ich so satt war.

Wir waren mit dem Essen endlich fertig und alle rieben sich ihre leicht gewölbten Bäuche, als plötzlich mein Handy vibrierte. Ein Blick auf das Display verriet mir, dass es sich bei dem Anrufer um meine Mutter handelte und mir wäre der Appetit vergangen, wenn ich nicht bereits satt gewesen wäre. In-Ho bemerkte meine Reaktion und zog eine Augenbraue hoch. Ich schüttelte den Kopf und nahm das Handy in die Hand. Ich würde ihm später meine komplizierten nicht bestehenden Familienbande erklären. Mich entschuldigend verließ ich den Tisch und ging in den kleinen Flur.

"Erste Tür rechts", rief In-Ho hinter mir her.

Kurze Zeit später stand ich einem perfekten kleinen Ministudio und hatte dennoch keinen Blick für diesen Raum. Ich fragte mich, was meine Mutter wollte, denn sie rief mich eigentlich nur dann an, wenn sie mir Vorwürfe machen wollte oder Geld brauchte. Ich holte tief Luft und nahm das Gespräch entgegen.

"Mutter?"

"Wurde aber auch Zeit, dass du endlich rangehst. Hältst dich wohl für zu fein, mit deiner Familie zu sprechen, wenn du bei den reichen Leuten bist."

Still zählte ich in meinem Kopf wie gewohnt rückwärts, ehe ich antwortete.

"Mutter, ich verdiene hier mein Geld."

Ich wusste, dass es sinnlos war, ihr das immer wieder zu sagen, da es sie sowieso nicht interessierte. Sie hatte noch nie wirklich wissen wollen, was ihre jüngste

Tochter machte. Weder waren die Schulnoten für sie von Interesse, noch warum ich spätabends nach Hause kam. Es war ihr schlichtweg egal.

"Ja, ja. Nächsten Sonntag kommst du zu uns nach Hause. Papa will dich sehen. Um 15 Uhr, aber du kannst nicht lange bleiben, verstanden? Wir essen noch in der Familie. Angelina kommt mit ihren Süßen. Also, Sonntag bist du da."

Dann legte sie ohne Gruß auf und ich starrte auf den dunkel werdenden Bildschirm. Wann würde ich endlich damit aufhören, gekränkt und verletzt zu sein, wenn sie mich anrief? Wann würde es nicht mehr weh tun? Ehe ich mich versah, sank ich auf den Boden des kleinen Studios. Normalerweise hätte ich mir eine Flasche Wein geschnappt und wäre zu Sara gelaufen, doch diese war zum einen nicht mehr nur ein paar Etagen von mir entfernt, sondern einige Kilometer. Außerdem wollte ich ihr glückliches Hoch mit meinen Problemen nicht belasten und so vergrub ich mein Gesicht in den Händen und weinte leise.

Mit einem Mal spürte ich Wärme neben mir und Arme, die mich eng an einen schlanken, wenn auch muskulösen Körper heranzogen. Beruhigende Worte drangen an mein Ohr und zwischen zwei Schluchzern lugte ich durch meine Finger. In-Ho hatte seinen Kopf auf meinen Scheitel gelegt und begann nun leise zu summen. Es war das erste Mal, dass der Superstar vor mir sang und ich spürte seine warme Stimme durch meinen Körper dringen und nach und nach begannen meine Tränen zu versiegen.

Dankbar legte ich meinen Kopf in seine Halsbeuge und genoss einfach nur die Nähe zu einem Menschen, der mich mochte und nicht wie ein unerwünschtes Furunkel verfluchte.

"Geht es wieder?" Seine Stimme war zart und als er mein Nicken spürte, rückte er ein wenig von mir ab. "Die anderen sind alle auf ihren Zimmern. Du kannst mit mir kommen. Sie werden dir keine Fragen stellen, wenn du es nicht möchtest."

Verschämt senkte ich meinen Kopf.

"Ich sehe bestimmt total verheult aus."

Mein neuer perfekter Freund sollte mich so nicht sehen. Er war jedoch ganz anderer Meinung und griff an mein Kinn, um mein Gesicht zu ihm hochzuziehen.

"Hoffentlich werde ich dich in ganz vielen verschiedenen Stimmungslagen sehen. Am liebsten wären mir zwar glücklich und befriedigt, aber verheult gehört nun einmal auch zum Leben. Komm", er stand geschmeidig auf und hielt mir seine

Hand hin, "wir gehen nach oben und dann kannst du mir alles erzählen, wenn du willst."

Immer noch unsicher, ob ich mich ihm so unvorteilhaft zeigen sollte, ergriff ich dann doch seine Hand und ließ mir von ihm aufhelfen. Dann fielen mir wieder seine Worte ein.

"Glücklich und befriedigt?"

Entsetzt riss ich meine Augen auf. Dieser Junge war ganz offensichtlich alles andere als unschuldig oder schamhaft, wenn er einmal seine Fassade abgelegt hatte. Er hatte es faustdick hinter den Maknae-Ohren und schämte sich nicht dafür, wie ich feststellen musste.

"Was dagegen?" Sein Grinsen ging jetzt von einem Ohr zum anderen und ich boxte ihm empört auf den muskulösen Oberarm.

"Au, warum denn?", beschwerte er sich spielerisch.

"Weil du ein lüsterner Junge bist, darum."

Seine Worte hatten genau das bewirkt, was sie sollten. Mich von meinem Problem ein wenig abgelenkt. Dankbar folgte ich ihm, wie er langsam den Flur entlang ging. Erst jetzt fiel mir auf, dass er wieder ohne seine Gehhilfen lief und ich sagte ihm, wie glücklich mich das machte.

"Glücklich, okay, aber nicht befriedigt."

Er konnte es nicht sein lassen! Die Treppe mied er dennoch und rief den Aufzug in das Erdgeschoss. Gemeinsam stiegen wir in die klitzekleine Kabine und standen eng beieinander. In-Ho grinste wieder und schlang seinen Arm um meine Taille. Schwungvoll zog er mich eng an sich heran und drückte mir einen festen schnellen Kuss auf meinen Mund, den ich bereitwillig erwiderte. Viel zu schnell ging die Lifttür auf und wir traten auf den Flur. Unschlüssig blieb ich stehen und sah auf In-Ho. Nach dem ganzen Vorgeplänkel war es relativ klar, in welche Richtung der Rest des Abends laufen würde. Abwartend blieb er vor mir stehen und als ich mich nach wie vor nicht rührte, griff er wieder nach meiner Hand und zog mich mit sich mit in sein Zimmer.

Die Tür war noch nicht ganz geschlossen, als er mich bereits wieder zu küssen begann und in die Richtung dirigierte, wo sein Bett stehen musste. Sanft ließ er mich auf die nachgiebige Matratze sinken und beugte sich über mich.

In-Ho schien wirklich keine Zeit verlieren zu wollen, doch mit einem Mal wusste ich, dass es mir alles zu schnell ging. In dem Moment, wo er seinen Pullover über seinen Kopf ziehen wollte, stoppte ich ihn. Er hatte mich sofort verstanden und ließ sich neben mir auf das Bett fallen. Seine Brust hob und senkte sich heftig und er legte sich seien Hände über die Augen, als versuchte er wieder zu sich selbst zu finden.

"Entschuldige, ich glaube, ich bin wohl etwas über das Ziel hinausgeschossen."

Seine Stimme klang gedämpft durch seine Hände. Ich drehte mich auf die Seite und stützte mich auf meine Hand.

"Du brauchst dich nicht zu entschuldigen. Ich denke nur, dass wir uns für den nächsten Schritt einfach erst einmal ein wenig besser kennenlernen sollten."

"Du hast recht. Es tut mir wirklich leid, aber ich finde dich einfach so unglaublich sexy, dass ich vergessen habe, dass für dich nicht das Gleiche gelten muss."

Er sah mich nach wie vor nicht an und ich grinste. Er fand mich also sexy und hatte Selbstzweifel? Mit einem Mal hatte ich gar nicht mehr das Bedürfnis, dass wir uns so viel besser kennenlernen mussten. Eigentlich kannten wir uns doch ganz gut, oder?

Zu seiner völligen Überraschung stützte ich mich auf meine Arme und zog mich zu ihm hinüber. Er ließ seine Hände fallen und ich sah in seine weit geöffneten schokoladenfarbenen Augen, die mich fragend aufgerissen ansahen. Ein kleines, teuflisches Grinsen aufsetzend, beugte ich mich über ihn und drückte ihm nun meinerseits meine Lippen auf den Mund. Sofort erwiderte er hungrig meinen Kuss und als ich meine Hand unter seinen Pullover schob, um seinen nackten muskulösen Oberkörper zu erforschen, drehte er mich plötzlich mit einer geschmeidigen Bewegung um, sodass er jetzt wieder die Führung übernehmen konnte. Atemlos unterbrach er sich kurz und sah mich an.

"Willst du das wirklich? Ich meine ..."

Er kam nicht mehr dazu, mehr zu sagen, denn ich zerrte förmlich an ihm, sodass er keine Chance mehr hatte weiterzusprechen. Was jetzt nur noch zählte, war die Handlung, und die genossen wir beide: glücklich und befriedigt.

~ Kapitel 24 ~

Ein Ende mit Schrecken

Der Sonntag war schneller da, als ich befürchtet hatte. Zum Glück hatte ich die Nacht nicht alleine verbracht, sondern in den Armen meines Freundes.

Wie sich das anhörte! Freund! In-Ho von der K-Pop Gruppe Star.X war mein Freund. Hätte mir das vor einigen Monaten jemand gesagt, dass ich den Superstars so nahekommen würde, hätte ich die Person heftig ausgelacht. Leise richtete ich mich auf und betrachtete das schöne Gesicht meines Liebsten. Er hatte darauf bestanden, auf der Seite von mir zu liegen, wo ich morgens nicht von seiner Narbe verschreckt werden würde. Als er am Abend zuvor eingeschlafen war, hatte ich heimlich die Seite gewechselt und mich dorthin gelegt, die in seinen Augen für mich tabu war und war mit meinem Finger immer wieder zärtlich über den roten Strich an seinem Kiefer gefahren. Diese Narbe war ein Geheimnis und ich war so glücklich, dass ich es kannte. Sein Vertrauen in sich selbst war zwar nach wie vor ein wenig fragil, aber ich würde daran arbeiten.

Vorsichtig beugte ich mich zu ihm hinunter und küsste seine Narbe der Länge nach. Jeder einzeln gehauchte Kuss sollte ihm zeigen, dass ich alles an ihm liebte. In-Ho begann, sich zu bewegen und tastete automatisch nach mir. Als er mich zu fassen bekam, zog er mich eng an sich und ich kuschelte mich für einen Augenblick erneut an seine warme süß duftende Haut.

"Musst du los?", fragte er schlaftrunken.

Am liebsten würde ich gar nicht aufstehen und diesen unliebsamen Besuch bei meinen Eltern durchführen. Doch mein Vater hatte mich durch meine Mutter herbeordert und ich wusste aus Erfahrung, dass es nicht schlau wäre, dieser Aufforderung nicht nachzukommen. Nicht, dass man mich mit Liebesentzug oder mit dem Streichen meines Erbes bedroht hätte. Viel schlimmer! Sie würden bei Familie Grimm auftauchen und dort alles durcheinanderwirbeln. Das war mir ein einziges Mal passiert und es war einer der peinlichsten und furchtbarsten Momente in meinem Leben gewesen.

Erst als Herr Grimm anbot, die Rechnung des Möbelhauses zu übernehmen, die meine Mutter mir präsentieren wollte, gaben sie Ruhe und zogen aus dem ehrwürdigen Luxushotel ab. Nach ihrem Besuch erhielt ich von meinen Kollegen mitleidige Blicke und ich schämte mich beinahe zu Tode. Wenn man bei Familie Flodder aufgewachsen war, dann musste das doch auf alle abgefärbt haben, oder?

Ein Wunder, dass sowohl meine Schwester Angelina als auch ich ein einigermaßen vernünftiges Leben führten.

"Ja, ich werde gleich fahren. Schafft ihr beiden das alleine, bis Sara da ist? Sie muss erst noch das Personal einteilen, bevor sie kommen kann. Aber dann hilft sie euch an meiner Stelle."

In-Ho nickte schlaftrunken. Plötzlich erschreckte er mich, denn er warf seine Decke herunter und setzte sich kerzengerade im Bett auf.

"Ich komme mit.", beschloss er und ich zuckte zusammen.

Auf keinen Fall wollte ich, dass mein Freund meine Eltern kennenlernen sollte. Lieber war ich in seinen Augen eine arme Waise oder eine Ausgestoßene, als dass er auf meine Erzeuger treffen würde.

"In-Ho, wir haben das doch schon besprochen. Ich fahre alleine, denn die beiden sind alles andere als nette Menschen. Du bist viel zu gut erzogen, um etwas Böses zu sagen, wenn sie auf dich losgehen. Bitte, bleibe einfach hier und warte, bis ich zurückkomme. Das wird nicht lange dauern, denn ich werde zum Familienessen niemals dazu gebeten. Also, bleibe einfach hier, ja?"

Er blickte mich mit gar nicht mehr verschlafenen Augen intensiv an und nickte langsam.

"Na gut, ich will es dir nicht noch schwerer machen. Dann komme ich eben nicht mit hinein ins Haus, aber ich werde dich begleiten und vor dem Haus im Auto auf dich warten. So musst du nicht alleine fahren und kannst dich hinterher bei mir über alles beschweren, was du erlebt hast."

Ich seufzte. Nach meinem Familienbesuch wollte ich eigentlich nur eines: Heulen und Alkohol trinken. Am besten beides zusammen.

"Na gut, aber du bleibst im Auto sitzen und kommst nicht heraus."

In-Ho sprang aus dem Bett und ich musste bei seinem kaum bekleideten Körper heftig schlucken. Am liebsten würde ich nirgendwo hinfahren und den gesamten Tag im Bett verbringen, dachte ich sehnsüchtig. Mein Liebster sah meinen Gesichtsausdruck und stellte sich vor mir in Pose.

"Noch kannst du absagen", forderte er mich heraus. Bedauernd schüttelte ich den Kopf. "Na gut, in fünf Minuten bin ich fertig."

Zehn Minuten später standen wir vor dem Auto, das mir für die Zeit in diesem Haus für Botenfahrten, Einkäufe und private Nutzung zur Verfügung stand. In-Ho benutzte mittlerweile seine Gehhilfen gar nicht mehr und kam langsam zum Wagen gelaufen. Er sah wunderschön aus in seinem hellblauen Wollmantel, dunklem Rollkragenpullover und Jeans. Einen Teil seine langen Haare hatte er auf dem Oberkopf zu einem Männerdutt zusammengebunden, während die restlichen Haare auf seine Schultern fielen. Ich liebte seine langen Haare und zog ihn immer ein wenig damit auf, dass sie ihn wie ein Mädchen aussehen ließen. In-Ho war jedes Mal ein wenig beleidigt und sagte mir, dass er sie kürzen würde, doch das wollte ich auf keinen Fall! Ich liebte seine dunklen Haare und fand eigentlich überhaupt nicht, dass sie ihm etwas Weibliches gaben. Eher im Gegenteil, dieser Mann konnte einfach alles tragen und nichts würde ihn in meinen Augen wie eine Frau aussehen lassen. Und das nicht nur, weil ich ihn mittlerweile sehr genau kannte.

Um sein schönes, weltweit bekanntes Gesicht zu verstecken, trug er jetzt wieder eine schwarze Maske und ein dunkles Basecap. Den Schirm der Mütze tief ins Gesicht gezogen, lagen seine Augen jetzt im Schatten und man musste sich schon sehr anstrengen um zu erkennen, dass ein Superstar sich mit dieser Maskerade versteckte.

"Okay, auf in die Arena", sprach ich mir selbst Mut zu und startete den Motor.

Es war das erste Mal, dass ich zusammen mit meinem koreanischen Freund durch die kleine gemütliche Vorstadt fuhr. Interessiert sah er sich die Häuser und Straßen an und nahm alles in sich auf. Natürlich war die Band schon des Öfteren in Europa gewesen und hatte sich dort auch die Städte, in denen sie auftraten, etwas angesehen. Allerdings gastierten sie zumeist in Millionenmetropolen wie Paris, London, Madrid oder Berlin und nicht in solch beschaulichen Kleinstädten auf dem Lande in Norddeutschland. Immer wieder fragte er mich, um welche Art von Geschäft es sich handelte, ob die Ortschaften in allen Teilen Deutschlands ähnlich waren oder es regionale Unterschiede gab und vieles mehr.

Als er zusammen mit Ji-Mong und Sunny von der größeren Stadt hierhergefahren war, hatte er sich vermutlich nicht umsehen können. Seitdem hatte weder er noch eines der anderen Mitglieder von Star.X die Gelegenheit gehabt, außer für die Physiotherapie das Haus zu verlassen. Heute Abend würde allerdings Sara uns zu einem Essen im Parkblick einladen. Sie hatte ihren Bruder dazu überredet, denn sie wollte Ji-Mong einen Raum bieten, wo er ungestört mit ihr und uns zusammen sein konnte.

Die Fahrt war kurzweilig mit In-Ho als interessierten Beifahrer und so waren wir leider schneller vor dem Haus meiner Eltern, als ich eingeplant hatte. Nach etwa zwanzig Minuten kamen wir in der Hochhaussiedlung meiner Familie an. In-Ho betrachtete interessiert die Gegend und ich versuchte mir die Häuser und Plätze mit den Augen eines Fremden anzusehen. Es war kein schöner Anblick und obwohl ich nichts dafürkonnte, dass es hier so schrecklich aussah, schämte ich mich vor ihm. Immerhin war ich hier aufgewachsen und meine Familie lebte zum Teil immer noch hier.

Diese Gegend war eine Art Ghetto und galt auch nicht gerade als gern gesehene Wohnanschrift. Überall lag Müll herum und wehte über die ungepflegten Rasen, oder das, was einmal ein Rasen gewesen sein mochte. Die Mülleimer am Straßenrand waren noch nicht geleert worden und auch hier lag Müll neben den Kübeln. Ein paar Jugendliche saßen auf einer beschmierten Holzbank und hatten Dosenbier in der Hand und rauchten. Alles in allem ein Anblick, den ich vielleicht gewohnt war, jedoch auf einen Asiaten eher abstoßend wirken mochten. Leider hatte ich noch nicht das Vergnügen gehabt und konnte nach Seoul reisen, aber ich konnte mir nicht vorstellen, dass es dort ebenso verwahrlost aussah, wie hier.

Ich parkte den Wagen in einer ruhigeren, etwas "besseren" Seitenstraße und ermahnte meinen Liebsten, die Türen abzusperren, wenn ich gegangen war. Er salutierte und winkte mir zum Abschied zu. Tief durchatmend wollte ich mich gerade auf den Weg machen, als ich die Autotür sich öffnen hörte und In-Ho mich plötzlich von hinten umarmte. Er drückte mir einen Kuss auf die Wange und flüsterte mir ein "Hwaiting" ins Ohr.

Schwer schluckend nickte ich und drehte mich in seinem Arm. Er trug die Mütze, aber die Maske hatte er heruntergezogen. Schnell stellte ich mich auf Zehenspitzen und hauchte ihm einen Kuss auf die vollen Lippen, bevor ich mich von ihm losmachte und ohne zurückzublicken, mit eiligem Schritt in Richtung meiner eigenen Hölle ging. Dabei spürte ich In-Hos Blick, der auf mir lag und nahm seine Unterstützung in Gedanken als Schutzschild mit.

Am Vorabend hatte ich mit In-Ho auf unserem Balkon gestanden und den Sternenhimmel betrachtet. Bislang hatte ich meine Familie noch nicht zur Sprache gebracht, da ich mich wirklich für sie schämte. Er spürte jedoch, dass der Besuch mich sehr belastete. Zwar drängte er mich mit keinem Wort oder Geste zu sprechen, aber in den letzten Tagen waren wir uns so nahegekommen und ich hatte so viel Vertrauen in ihn aufgebaut, dass ich jetzt den Wunsch verspürte, mit ihm über meine problematische Beziehung zu meinen Erzeugern zu reden.

"Es ist kalt. Lass uns rein gehen."

Seine Worte bestärkend legte er seinen Arm um meine Taille und wollte mich in sein Zimmer hineinziehen, doch ich wehrte mich dagegen. Die Dunkelheit auf dem Balkon, das diffuse Licht des Mondes, alles machte es mir ein wenig leichter zu sprechen, als wenn wir in dem kuscheligen Zimmer im hellen Licht wären. In-Ho schien mich verstanden zu haben, denn er zog seinen Arm zurück.

"Warte einen kleinen Moment. Ich bin gleich wieder da."

Zärtlich strich er mir über meine Wange und ging in sein Zimmer, um kurz darauf mit der Decke von seinem Bett zurückzukommen. Gemeinsam wickelten wir uns darin ein und setzten uns auf die kleine Bank, die wir am Vortag hier von einem der Gärtner hatten hinstellen lassen. Geduldig wartete der Maknae, bis ich anfing zögernd zu sprechen.

"Ich bin die jüngste in unserer Familie. Meine ältere Schwester Angelina ist die Augenweide meiner Mutter. Sie macht alles richtig, gibt nie Widerworte und ist ein Engel in jeder Beziehung. Mein Vater richtet sich im Grunde nach dem, was meine Mutter sagt und ist ihr verlängerter Arm. Er verwendet zur Durchsetzung seiner Meinung selten Worte, sondern lässt Taten sprechen. Außerdem ist er an den wenigsten Tagen in seinem Leben nicht alkoholisiert. Meine Schwester hat eine Ausbildung bei einer Bank gemacht, geheiratet, ein Kind bekommen und ist wieder schwanger mit ihrem zweiten Kind. Sie ist in den Augen meiner Eltern perfekt und hat auch noch nie etwas falsch gemacht. Angelina selbst mag mich auch nicht besonders, denn sie musste nach meinem Auftauchen auf der Welt anfangen, Dinge abzugeben und zu teilen."

Ich unterbrach mich kurz und In-Ho zog mich in meiner Pause etwas enger an sich heran. Seine Wärme umschloss mich und ich spürte, dass er empört war, obwohl ich noch gar nicht viel preisgegeben hatte.

"Mein Vater trinkt gerne und auch gerne etwas mehr. Als ich klein war, war es noch nicht so schlimm. Ich bekam nur hin und wieder ein paar unbedeutende Schläge, wenn ich zu laut war oder in ihren Augen etwas falsch gemacht hatte. Als ich zur Schule ging, wurde es etwas schlimmer. Er hatte keine Arbeit mehr und meine Mutter musste deshalb mehrere Stellen gleichzeitig machen und wir waren oft mit Papa alleine. Angelina war ganz gut in der Schule und daher hat Papa sie in Ruhe gelassen.

Ich konnte nach der Schule meine Aufgaben nicht so gut erledigen. Papa wollte, dass ich Essen mache oder ihm aus dem Kiosk an der Ecke etwas zu trinken holte. Meine Hausaufgaben konnte ich oft nicht erledigen und wurde in der Schule dafür gescholten. Irgendwann war ich so schlecht, dass Mama und Papa von der Lehrerin angerufen wurden. Von da an wurde es schlimm für mich. Wenn ich schlechte Noten nach Hause gebracht hatte, war Papa sehr böse mit mir und wenn ich für die Schule lernen wollte, dann war er es auch. Angelina hätte sich einmischen können, aber ich glaube, sie war einfach nur froh, dass Papa mich nicht mochte und sie die gute Tochter war."

In-Ho hatte meinen Worten still gelauscht und ich konnte unter der Decke spüren, wie er seine Hände zu Fäusten zusammengerollt hatte.

"Wie alt warst du?" Seine Stimme klang emotionslos, da er versuchte, sich seine Wut nicht anmerken zu lassen.

"Sechs oder sieben, glaube ich. Im Sportunterricht durfte ich nicht wie die anderen Mädchen kurze Hosen und T-Shirts tragen. Das hatten meine Eltern mir verboten. Ich habe das damals nicht verstanden, aber ich hatte zu viel Angst, dass Papa es merken würde, wenn ich mich nicht daran halten würde. Aber eigentlich war Papa gar nicht der schlimmste. Meine Mutter ist viel schlimmer. Sie hat zwar nie die Hand gegen mich erhoben, aber stets weggeschaut, wenn ich neue blaue Flecken oder Blutergüsse hatte. Zum Glück hatte ich im Kindergarten Sara kennengelernt. Irgendwann ist es ihren Eltern aufgefallen, dass ich misshandelt wurde und sie haben beim Jugendamt und der Polizei den Vorfall gemeldet. Herr Grimm, Saras Vater, wollte mich sogar adoptieren oder als Pflegekind aufnehmen, aber meine Eltern haben das verhindert. Immerhin hatte Papa sich danach zurückgehalten und mich nur noch hin und wieder verprügelt."

Ich sprach von meiner schrecklichen Kindheit, als würde es mich gar nichts angehen, dabei brodelte es in meinem Innern wie in einem Vulkan. Niemals hatte ich verstanden, warum gerade ich den ganzen Hass meiner Eltern auf mich zog und das, obwohl ich stets versucht hatte, ihnen eine liebe Tochter zu sein. Selbst jetzt überwies ich ihnen mein hart erspartes, mageres Geld, wenn ich dazu aufgefordert wurde. Sogar noch alles, was ich mir mühselig erspare.

Mein Herz klopfte wie verrückt, als ich den Klingelknopf zu ihrer Wohnung jetzt drückte. Ich sah an dem Gebäude hinauf und fragte mich, wie die Stimmung im 12. Stockwerk wäre und warum man mich einbestellt hatte. Es summte und gerade wollte ich die Tür aufdrücken, als sich eine dunklere, schlanke Männerhand auf den Knauf legte und sie aufstieß. In-Hos Gestalt ragte neben mir auf und ich zuckte zusammen.

"Du gehst dort nicht mehr alleine hin, Alea. Ich bin jetzt bei dir." Sein Lächeln war zuversichtlich und gab mir Mut.

Auch wenn ich es nicht gewollt hatte, dass er meine Eltern kennenlernt, so war ich dennoch ungemein froh, dass ich sie nicht alleine besuchen musste. Seine Anwesenheit stärkte mich und als er nun nach meiner Hand griff, fühlte ich mich, als könnte nichts und niemand mich kränken oder mir körperlichen Schaden zufügen. In-Ho war da und ich war bereit, mich den Monstern und Dämonen zu stellen.

***

"Aha, wer ist der Chinese?"

Meine Mutter hatte die Tür geöffnet und sah mit einem skeptischen, missbilligenden Blick auf den Weltstar – nicht ahnend, dass er vermutlich ein Millionär war, was ihre Einstellung zum Gast mit Sicherheit schlagartig komplett geändert hätte.

"Mutter, das ist In-Ho. Er ist mein Freund."

"Mit solch einem gibst du dich jetzt ab? Wollte dich kein deutscher Mann haben, sodass du in China suchen musstest? Na, von denen gibt's ja auch genug. Die nehmen wohl jede Frau, da hat auch eine Göre wie du mal einen abgekriegt."

Charmant wie immer stampfte meine Mutter ohne Begrüßung an In-Ho voraus ins Wohnzimmer. Die Wohnung im 12. Stock hatte sich seit den 80er Jahren nicht mehr geändert. Hässliche Teppiche, abgewetzt und mit undefinierbarer Farbe, lagen auf dem Flurboden. Auf einem kleinen Tischchen lagen verschiedene Schlüsselbunde, nicht geöffnete Post und eine - ich sah genauer hin - Bananenschale. Am Ende des Flurs war ein Türbogen mit einem hässlichen Plastikkranz, in dem noch oder vielleicht auch schon wieder die Weihnachtsdeko vom Vorjahr hing.

Hinter dem Boden verbarg sich das Wohnzimmer oder der Salon, wie ich verzweifelt scherzhaft in meinem Kopf gerne sagte. Ein abgewetztes schwarzes

Ledersofa, ein Tisch mit gemauerten Kacheln und wieder ein ekeliger dreckiger alter Teppich strömten einen unangenehmen Duft nach Alkohol und Zigaretten aus. Ein hässlicher Schrank Marke Eiche rustikal stand an der gegenüberliegenden Seite vom Fenster und ein riesiger, moderner großer Fernseher war an der leeren Wand befestigt.

Mein Vater hatte sich nicht die Mühe gemacht und war bei unserem Eintreten aufgestanden. Er lag mit einer alten Trainingshose und einem nicht mehr ganz so sauberen weißem T-Shirt auf dem Sofa und rauchte eine Zigarette. Dicke verqualmte Luft ließ meine Augen ein wenig tränen. Oder war es die Peinlichkeit vor In-Ho, ihm meine abgehalfterte Familie zu zeigen?

"Geh rein und sag dem Chinesen, er kann so lange nach draußen gehen. Das ist eine Familiensache." Meine Mutter zeigte auf die Balkontür, die hinter einem schweren Vorhang kaum zu sehen war.

"Es tut mir leid, aber könntest du dort kurz warten? Ich glaube nicht, dass wir lange brauchen werden", entschuldigte ich mich bei In-Ho.

Unschlüssig blieb er stehen, dann nickte er. Auch wenn er die Worte meiner Mutter nicht verstanden hatte, so war ihm dennoch nicht die Ablehnung in ihrem Ton entgangen. Ich hatte beim Eintreten einen furchtsamen Blick auf meinen Freund geworfen und beinahe erwartet, dass er ein Betreten der Wohnung ablehnen würde. Doch ich hatte ihn unterschätzt. Er ließ sich mit keinem Zucken im Gesicht anmerken, wie widerlich ihm alles vorkommen musste. Ohne zu zögern, trat er nach mir ein und machte sogar vor meiner Mutter eine höfliche Verbeugung, die allerdings komplett von ihr ignoriert wurde. Nur anhand der zu Fäusten geballten Hände konnte ich sehen, dass In-Ho wütend war und sich zurückhielt.

"Ich warte da, aber ich komme sofort wieder zu dir, wenn du mich brauchst."

Widerwillig ging er hinaus und ich sah ihm dabei zu, wie er versuchte auf dem Balkon einen Platz für seine große Gestalt zu finden. Dieser war voll gestellt mit Möbeln und Säcken, die vermutlich Abfall enthielten und es war kaum noch Platz für den Multimillionär vorhanden. Wahrscheinlich hatte er in seinen gesamten Leben noch niemals so viel Schmutz und Gestank ertragen müssen und er tat mir beinahe leid, wie er nun draußen auf dem Balkon stand und mich durch die dreckigen Fenster und Gardinen versuchte im Auge zu behalten.

Meine Mutter sah noch einmal hinaus, dann ließ sie sich auf dem einzigen Sessel fallen, der im Wohnzimmer stand. Da mein Vater nach wie vor auf dem Sofa lag, gab es für mich keinen Sitzplatz und so blieb ich vor den beiden Menschen stehen, die mir eigentlich am nächsten sein sollten. Meinen Vater hatte ich nicht ein einziges Mal in das Gesicht gesehen und so wusste ich auch nicht, in welcher Laune er sich gerade befand. Wir hatten uns zuletzt vor einigen Monaten gesehen und ich war ganz und gar nicht traurig gewesen, dass wir uns so lange nicht wiedergetroffen hatten.

"Los, Alter, sag was du dem Balg zu sagen hast, damit sie wieder gehen."

Meine Mutter hatte mich noch nie ihre Tochter genannt. Ich war stets "seine Göre" oder "sein Balg" und das waren noch die freundlichen Worte, die sie für mich übrighatte. Angelina wiederum war, "unsere Süße" oder "unsere Große" und man merkte an der Ansprache kaum, wer in dieser Familie geliebt wurde und wer nicht. Mein Vater grummelte auf seinem Sofa vor sich hin, dann setzte er sich plötzlich auf und begann die auf dem Tisch verteilten Bierdosen eine nach der anderen anzuheben. Vermutlich um herauszufinden, ob in einer von ihnen noch Inhalt war.

"Hol mir ein Bier. Ich kläre das jetzt mit der Göre alleine."

Mein Vater schickte meine Mutter heraus und ich sah ihr hinterher. Sie hatte im Hinausgehen ein beinahe schadenfrohes Lächeln im Gesicht und ich fragte mich, welche Gemeinheit die beiden für mich vorbereitet hatten. War es wieder, dass ich ihnen Geld zahlen sollte? Abwartend stand ich nach wie vor schweigend vor meinem Vater und wartete. Nichts konnte mich mehr verwundern. Wirklich nichts?

"Was solls. Du bist nicht unsere Tochter."

Seine Worte ließen mein mühsam aufrechterhaltenes Kartenhaus zusammenstürzen und ich sah ihn an, als hätte er einen Witz gemacht. Seine Stimme war gelangweilt und desinteressiert und während er mir die Eröffnung machte, hatte er scheinbar eine Dose mit Bier gefunden, die noch nicht komplett ausgetrunken war und nahm einen Schluck. Während seiner Worte sah er mich kein einziges Mal an. Dann fuhr er fort.

"Meine Arbeitskollegin ist von unserem Chef geschwängert worden und sie hat das Balg nach der Geburt zu uns gebracht. Elsie und ich haben was für dich bekommen, damit wir dich aufziehen. Die Kohle hat aber nicht lange gereicht. Verdammt, hätte ich das gewusst, wie nervig du bist, hätte ich die paar Tausender genommen, dich in einen Karton gepackt, vor die Kirche gelegt oder in einen Fluss geworfen, anstatt dich in unserer Familie zu behalten."

Seine Worte drangen wie durch einen Nebel zu mir. Vater, halt stopp, das war er nicht! Dieser Mann hatte sich dafür bezahlen lassen, dass er mich aufgenommen hatte, um mich großzuziehen? Und Mutter war nicht meine richtige Mutter, sondern lediglich die Frau, die für diesen Job Geld genommen hatte? Trotz des Schocks über das soeben gehörte, drang plötzlich eine unglaubliche Erleichterung durch mich hindurch. Erleichtert, dass ich zu der Familie, die mich nicht wollte, keine Blutsbande hatte und erleichtert, weil ich endlich verstand, warum sie mich nicht liebten.

"Du schuldest uns Kohle für die ganzen Jahre, die wir dich hier durchgefüttert haben. Du weißt gar nicht, wie anstrengend das für uns war. Die arme Angelina musste deinetwegen so leiden und Elsie konnte nicht richtig arbeiten, weil sie das Balg einer anderen an der Backe hatte. Wenn wir nicht so verantwortungsvoll gewesen wären, dann wäre es dir schlecht gegangen. Die Rechnung für unsere ganze Arbeit mit dir liegt da auf dem Tisch. Zahl das schnell an uns, sonst werde ich mit Elsie einen riesigen Rabatz im Hotel machen, verstehst du? Das willst du doch nicht, oder?"

Es war die einzige Möglichkeit von ihm, mich unter Druck zu setzen. Allerdings war es mir mittlerweile nicht mehr ganz so peinlich, wenn er mit seiner Frau dort aufschlagen würde. Und jetzt schon gar nicht mehr, wo ich wusste, dass wir keine familiäre Bindung zueinander hatten. Zur völligen Überraschung meines sogenannten Vaters begann ich lauthals zu lachen. Ich lachte so heftig, dass In-Ho erschrocken vom Balkon hereingestürzt kam und versuchte, die Situation mit einem Blick zu klären. Ich lachte immer noch, als ich den schmierigen Zettel in die Hand nahm und ohne darauf zu sehen, ihn vor den Augen des Mannes auf dem Sofa zerriss. Ich wollte nicht sehen, was sie sich errechnet hatten, was mein Leben in ihrem Haus wert gewesen war. Ich wollte gar nichts mehr von ihnen wissen und ich lachte immer noch, als ich meine sogenannte Mutter leicht zur Seite drückte, als sie mir den Weg versperren wollte, um mich aufzuhalten. Mein Lachen hörte noch nicht auf, als ich zusammen mit In-Ho meiner sogenannten perfekten Schwester und ihrer Familie die Tür öffnete und sie für immer aus meinem Leben warf.

Doch als ich endlich im Auto saß, weinte ich so lange, bis ich einen Schluckauf bekam. In-Ho hatte mich still im Arm gehalten und keine Fragen gestellt. Was brauchte ich die Menschen dort oben im 12. Stockwerk? Ich hatte ihn, und dazu hatte ich noch Sara, Kai, Herrn Grimm, Ji-Mong, Taemin und Sunny. Und vermutlich würde sich diese Familie auf noch mehr Familienmitglieder ausweiten lassen. Wir teilten zwar nicht das gleiche Blut, aber wir waren uns bestimmt näher, als diese grausame Familie, die ich bis vor kurzem als meine eigene gesehen hatte.

~ Kapitel 25 ~

Veränderungen

"Kannst du fahren, oder soll ich Sunny anrufen?", besorgt sah mich In-Ho vom Beifahrersitz an.

"Nein, es geht schon. Ich kann fahren."

Tatsächlich ging es mir, nachdem ich mich ausgeheult hatte, gar nicht mehr so schlecht. Wir fuhren ein wenig langsamer zurück und standen dennoch sehr bald vor unserer Haustür in der kleinen ruhigen Seitenstraße der Kleinstadt, die vorübergehend das Zuhause zweier koreanischer Superstars und ihrer Betreuerin war. Diese könnte zwar gerade selbst jemanden benötigen, der auf sie aufpasste, aber sie hatte sich wieder einigermaßen im Griff.

In-Ho hatte auf der Rückfahrt immer wieder kritisch zu mir hinübergesehen und versucht mein Gesicht zu analysieren. Er war vermutlich der Meinung, dass er die kleinste Änderung wahrnehmen könnte, doch er wusste nicht, dass ich bereits seit frühester Kindheit darauf erpicht war, niemanden meine Gefühle lesen zu lassen. Im Laufe der Jahre, oder vielleicht sogar, sobald ich in der Lage gewesen war meine Familie wahrzunehmen, hatte ich gelernt meinen Gesichtsausdruck zu kontrollieren. Jede Provokation meinerseits hatte eine Aktion seitens meiner, wie ich damals glaubte, "Eltern" nach sich gezogen.

War ich traurig, lachten sie darüber, war ich wütend, zeigten sie mir meine Grenzen und so gab es auf jede Reaktion meinerseits eine Aktion von ihnen. Meistens in recht schmerzhafter verbaler oder nonverbaler Art. Erst als ich die Familie Grimm kennengelernt hatte, konnte ich mein Schutzschild fallenlassen und in ihrer Anwesenheit das sein, was ich eigentlich war: ein fröhliches Kind, das hin und wieder Dummheiten oder Fehler machte.

Allerdings war das Zusammensein mit meinen "Eltern" jedes Mal wie ein Zurückdrehen auf Grundeinstellung, denn es dauerte immer eine gewisse Zeit, bis ich mich wieder normal verhalten konnte. Heute war es vielleicht sogar das erste Mal gewesen, dass ich in ihrer Gegenwart gelacht hatte. Als mir der Gedanke durch den Kopf schoss, bremste ich plötzlich abrupt und alarmiert streckte In-Ho den Arm schützend auf meine Seite aus. Ich sah mit großen Augen zu ihm hinüber und grinste. Dieses Verhalten hatte er nicht erwartet und so zog er mit vorsichtigem Gesichtsausdruck eine Augenbraue hoch.

"Ich glaube, In-Ho, ich möchte mich gleich zu Hause richtig übel betrinken. Ich möchte nicht ins Parkblick", sagte ich, ohne weitere Erklärung hinzuzufügen.

Ich war wieder angefahren und erschrocken hätte ich beinahe wieder scharf gebremst, als In-Ho mir plötzlich zart über die Wange streichelte. Doch es war kein übler Schreck.

"Wir machen genau das, was du möchtest. Feiern wir deine Befreiung!"

Anstelle direkt nach Hause zu fahren, bog ich von der Hauptstraße ab und folgte dem Weg, der auf einem Parkplatz am Fluss endete. Von hier aus hatte man einen wunderschönen Blick auf eine Brücke, die über das Wasser ging. Ich kannte die Stelle, da ich hierher das eine oder andere Mal mit Familie Grimm einen Ausflug gemacht hatte. Es gab Tische und Bänke, die im Frühling und Sommer stets gut besucht waren, jetzt jedoch einsam und verweist wegen der kühlen und feuchten Herbstluft waren. In-Ho hatte keine Fragen gestellt und war zusammen mit mir ausgestiegen und mit zwei Schritten Abstand hinter mir gelaufen. Er gab mir Zeit, meine Gedanken zu sammeln, und dafür war ich ihm sehr dankbar. Ich blickte über das stetig hinfließende Wasser des Flusses und gab nach und nach meine Gedanken dort wie eine Flaschenpost hinein. Ich schrieb in meinem Kopf einen Brief an die Eltern, die mich zwar gezeugt und geboren hatten, aber nicht wollten und ich schrieb einen Brief an die Eltern, die zwar nicht meine leiblichen waren, mich aber für Geld aufgenommen hatten. Etwas befreiter warf ich die Flaschen gedanklich in den Fluss und fühlte mich etwas besser. Ich würde nach vorne sehen. Nur nach vorne und nicht mehr zurück.

In-Ho war mit Abstand zu mir stehen geblieben und betrachtete mich, wie ich tief in Gedanken versunken Abschied nahm. Er hatte einige Textnachrichten geschrieben und begann in der kühlen Spätherbstsonne zu frieren, doch er störte mich nicht in meiner Trauer. Hin und wieder drehte er sich um und als ein weiteres Fahrzeug auf den Parkplatz fuhr, setzte er sich seine Maske auf und kam zu mir.

"Ich glaube, wir sollten fahren." Er zeigte auf den Wagen und ich nickte. Nach wie vor war ich mit einem Superstar unterwegs und man konnte nie wissen, ob er nicht erkannt werden würde. Als ich wieder in meinen Wagen einstieg, drehte ich mich noch einmal zu dem PKW um und stutzte kurz. Das Auto hatte Ähnlichkeit mit dem Familienwagen meines Schwagers, aber das war eigentlich nicht möglich, denn sie saßen jetzt gemeinsam beim Familienessen in der 12. Etage. Trotzdem bekam ich plötzlich eine Gänsehaut und versuchte das ungute Gefühl abzustreifen.

Zuhause angekommen, parkte ich den Wagen in der Garage ein und In-Ho wartete bereits hinter dem Auto auf mich. Ich sah ihn an und war plötzlich wirklich glücklich. In-Ho, der trotz der furchtbaren Erfahrung bei den Menschen, die meine Familie gewesen waren, mir ein liebevolles Lächeln zeigte. Wenn er an diesem Tag nicht mitgekommen wäre, dann hätte ich die Begegnung vermutlich nicht besonders gut verdauen können. Mit seiner Anwesenheit hatte sich alles geändert. Er war Familie, Sara war Familie, Herr Grimm und Kai war Familie. Wir teilten zwar nicht das gleiche Blut, aber sie waren meine wirklichen vertrauten Menschen, die ich liebte und denen ich wichtig war, genau wie sie mir wichtig waren.

Ich drückte auf den Knopf zum Schließen der Garage, als ich plötzlich einen leisen Tumult hinter mir hörte. Sara kam über den Weg auf mich zugelaufen und riss mich mit Schwung in ihre Arme.

"Sara? Was machst du hier? Musst du nicht arbeiten?"

Ich konnte ihr Gesicht nicht sehen, da sie mich so eng drückte, und ich blickte über ihre Schulter auf In-Ho. Er zuckte mit den Schultern und drehte sich um, doch zuvor konnte ich noch das zufriedene Lächeln auf seinem Gesicht sehen. Also hatte er meine Freundin angerufen und sie war natürlich sofort hergeflogen. Wo war denn ihr Auto?

"Mein Auto steht bei den Nachbarn vor der Haustür", hörte ich plötzlich eine weitere bekannte Stimme. Kai hatte im Schatten des Eingangs gestanden. Er sah mit einem Lächeln zu uns hinüber. Seine Krawatte hatte er ausgezogen, sein Jackett von seinem Designeranzug ebenfalls. Seine lässig hochgekrempelten Ärmel des schwarzen Hemdes betonten seine starken Unterarme, die er vor der Brust verschränkt hatte.

"Du auch?"

Ich war erstaunt. Es war zwar Sonntag, aber normalerweise würde Kai jetzt in seinem Büro im Hotel die Arbeit der Woche planen und liegen gebliebenes aufarbeiten.

"Dein Freund", er nickte zu In-Ho hinüber, der der auf deutsch geführten Unterhaltung nicht folgen konnte, "hat uns beiden Bescheid gesagt und gemeint, dass du unser aller Anwesenheit für die Feier benötigen würdest. Wer kann da schon ablehnen?"

Endlich ließ mich Sara los und sah hinüber zu Kai.

"Ach, tu doch nicht so. Ich konnte dich doch gar nicht davon abhalten, mitzukommen. Aber du hast recht. Endlich bist du diese Leute los. Schade nur, dass du nicht den Schlussstrich gezogen hast, sondern andersherum. Aber egal, was zählt ist einzig das Ergebnis!"

Sara legte glücklich lächelnd ihren Arm um meine Taille und ich lief neben ihr zum Eingang. Über meine eigenen Gefühle musste ich mir irgendwann Gedanken machen. Heute war alles verwirrend Ich wusste nicht einmal, ob ich wirklich froh war zu wissen, dass die Menschen, die mir eigentlich hätten Liebe und Unterstützung geben sollten, das niemals vorgehabt hatten. Nun wusste ich nicht einmal, wer meine Eltern wirklich waren.

"Kai hat aus dem Hotel ein paar Kleinigkeiten mitgebracht. Uns wird es heute an nichts fehlen! Na los! Lasst die Party beginnen!"

In-Ho war bereits hineingegangen und jetzt kamen wir anderen nach. Im Wohnraum war an dem riesigen Esstisch alles für eine kleine Feier eingedeckt. Erstaunt sah ich die Vorbereitung und dann bemerkte ich Sunny und Ji-Mong, die bereits am Tisch saßen und mir grinsend mit einem Glas Rotwein zuprosteten. Offensichtlich waren wirklich alle in Partylaune, doch bei mir machte sich in meinem Hals ein Kloß breit.

"Ich gehe kurz nach oben, mich frisch machen", entschuldigte ich mich und lief die Treppe hoch, ehe meine Tränen zu sehen waren.

Sara und Kai sahen mir genauso hinterher, wie die beiden Mitglieder von Star.X, die am Tisch saßen. Bei allen war das fröhliche aufgesetzte Lächeln verschwunden und man hörte das tiefe Seufzen von Sara.

"Ich dachte, es wäre eine gute Idee", meinte sie und dann zog ich die Tür zu meinem Zimmer zu und warf mich zum Weinen auf mein Bett.

Ich war über meine Schluchzer eingeschlafen und wurde wach, weil etwas Schweres auf meinem Bauch lag. Als In-Ho merkte, dass ich nicht mehr schlief, zog er mich dichter an seinen warmen Körper und ich kuschelte mich in seine Arme.

"Die andern sind wieder gefahren. Kai hat Sunny und Ji-Mong eingeladen, gemeinsam das Spa zu besuchen und Sara ist nach Hause gefahren. Wir beide sind alleine", flüsterte In-Ho an meinem Ohr.

Ich sah hinaus auf den Balkon und konnte das helle Mondlicht sehen. Mittlerweile war es dunkel geworden und ich wusste nicht, wie lange ich geschlafen hatte, doch jetzt war ich hellwach. Unruhig bewegte ich mich in In-Hos Arm.

"Was ist los?", fragte er immer noch leise und sein Atem kitzelte mich an meinem Ohr.

"Du hast gesagt, dass wir alleine sind."

Ich hörte In-Hos leises Lachen und dann drehte er mich in seinen Armen um, sodass er mich küssen konnte. Langsam senkte er seine Lippen auf meine und bevor er mich berührte, legte ich ihm plötzlich meinen Finger auf den Mund.

"Was?" murmelte er unwillig. Seine Hand begann, unter mein T-Shirt zu schlüpfen und streichelte meinen Rücken mit kleinen Kreisen. Ein aufgeregter Schauer rann über meinen Körper.

"Dir macht es nichts aus, dass ich sozusagen eine Waise bin?"

Ich ärgerte ihn ein wenig und als ich versuchte, mich von ihm wegzurücken, zog er mich energisch zurück an sich und ich grinste breit.

"Es macht mir was aus, wenn du mich jetzt nicht endlich küsst", murmelte er und ich kam sofort seiner Aufforderung nach.

Nach meinem Besuch bei meinen Eltern waren zwei Monate vergangen. Einige Tage nach ihrer Ankündigung, mich im Parkblick zu blamieren, fuhren sie dort vor. Allerdings hatten sie nicht damit gerechnet, dass Kai zusammen mit dem Sicherheitsteam des Hotels ihr Vorhaben im Keim ersticken würde. Er hatte seine Drohung wahr gemacht und meinen angeblichen Eltern klar und deutlich aufgezeigt, was sie zu erwarten hätten, wenn sie mich oder das Parkblick weiter belästigen würden. Danach hatte ich von ihnen nichts mehr gehört. Mittlerweile tat es auch nicht mehr ganz so weh, wenn ich an den entsprechenden Tag dachte. Sara wohnte beinahe hier bei uns in dem Vorort. Sie und Ji-Mong waren ein Paar und sie hatte bereits bei mir angedeutet, dass sie überlegte, mit ihm zurück nach Korea zu gehen. Leider hatte sich seine Gesundheit noch nicht wieder hergestellt. Doch nach und nach bekam er immer mehr Gefühl in seine Gliedmaßen und die Ärzte wussten nun, dass seine Lähmung nicht von Dauer sein würde.

In-Ho und ich waren ebenfalls ein Paar. Ganz und gar und aus tiefstem Herzen. Jedes Mal, wenn ich ihn sah, klopfte mein Herz vor Aufregung und Freude. Zu meinem Verdruss hielt er sich selbst mit Liebesbekundungen zurück. Aber vielleicht war das einfach seine konservative Erziehung, die ihm solche Worte nicht aussprechen ließ. Bei seinen Fans hielt er sich in dieser Hinsicht nicht zurück, doch ich wartete vergeblich auf die Worte, die er bei den StarLover ohne zu zögern aussprach. Dennoch war ich glücklich und hoffte, dass er es auch war.

Wir waren hier in einer Art Wohlfühl-Blase gefangen und das wahre Leben war für uns beide weit weg. Es war ein wenig wie ein beständiger Urlaub. Ich musste mich lediglich um das Personal kümmern, die Arbeit in diesem Haus übernahmen andere. Zwei Monate meiner bewilligten sechs Monate waren verstrichen. In-Ho war zwar nach wie vor noch nicht wieder bei vollen Kräften, aber das war vermutlich nur noch eine Frage der Zeit. Er lief nun gänzlich ohne Gehhilfen und übte die Belastbarkeit seiner Beine täglich intensiv. Der Maknae konnte es gar nicht erwarten, endlich wieder vor seinem Publikum auf der Bühne zu stehen und dafür trainierte er hart bis zur Erschöpfung.

Wir hatten die Möbel aus dem Wohnzimmer an die Wände gerückt, sodass ein großer Raum für Tanzübungen entstanden war. Voller Begeisterung und Liebe sah ich ihm dabei zu, wie er beinahe schon verbissen die Choreografien der Star.X Lieder übte und dabei täglich besser wurde. Natürlich konnte er noch nicht die vollständigen Tanzschritte bewältigen, aber er hatte innerhalb der kurzen Zeit bereits enorme Fortschritte gemacht.

An diesem Tag kam Ji-Mong mit seinem Rollstuhl den Fahrstuhl heruntergefahren und In-Ho wollte sein Training beenden, um den älteren Hyung nicht mit seiner wiedergefundenen Beweglichkeit wehzutun.

"Bitte, mach weiter, ich werde dir ein wenig zusehen."

Ji-Mong deutete auf den leeren Raum und unsicher, ob er wirklich weiter trainieren sollte oder aus Rücksicht auf ihn jetzt aufhören sollte, siegte sein Ehrgeiz und er setzte seine Tanzübungen fort.

"Ach", hörte ich Ji-Mong neben mir seufzen. "Endlich kann ich zusehen, wie die anderen sich quälen und muss nicht mitmachen."

Er grinste mich an und ich lächelte zurückhaltend zurück. War das sein Ernst? Hasste er das Tanzen so sehr?

"Tanztraining hat mich vom Komponieren abgehalten. Ein Übel, dem ich zugestimmt habe. Jetzt kann ich das Training genießen und jederzeit meine Noten zu Papier bringen. Mach dir keine Sorgen, Alea. Ich werde nicht für immer im Rollstuhl bleiben. Ich weiß, dass du dir genau wie alle anderen wünschst, dass ich wieder aktiver Teil von Star.X werde. Aber", er unterbrach sich und sah hinüber zu In-Ho, der in diesem Moment noch vergeblich versuchte, schnellere Schritte von "Double Moon" zu tanzen, einem Lied, das sie in diesem Jahr vor dem Unfall veröffentlicht hatten. "Ich habe mich entschieden, passiver Teil der Gruppe zu werden."

Erschrocken drehte ich mich zu Ji-Mong und starrte ihn mit weit aufgerissenen Augen an.

"Das ist nicht dein Ernst, oder? Star.X gibt es nur zu fünft. Wenn du nicht mehr mitmachst, dann gibt es Star.X nicht mehr."

Ich war entsetzt, ängstlich, verwirrt, wütend, panisch und hoffte, dass er das einfach nicht wirklich meinte, was er gerade gesagt hatte. Er wollte nicht aufhören! Er durfte einfach nicht aufhören! Das war undenkbar!

"Alea, ich weiß, dass du das denkst." Ji-Mong sah mich mit seinen seelenvollen dunklen Augen an. Er trug ein leichtes Lächeln in den Mundwinkeln, das wirkte wie bei einem gütigen alten Mann, der die Aufregung seines Enkelkindes beobachtete. "Doch ich kann dich hoffentlich beruhigen. Ich werde nach wie vor zu Star.X gehören."

Ein erleichterter Seufzer entfuhr mir, doch ich hielt sofort wieder die Luft an, als Ji-Mong die Hand hob, um meine weitere Erleichterung zu stoppen.

"Allerdings werde ich nicht mehr aktiv öffentlich auftreten. Meine Arbeit wird wichtig für Star.X sein, wichtiger als meine Stimme oder mein Tanzen auf der Bühne. Ich werde mich voll und ganz darauf konzentrieren, neue Songs zu komponieren und zu produzieren. Eigentlich war mein ursprünglicher Wunsch schon immer dieser gewesen. Du bist Fan und eine StarLover. Außerdem kennst du mich jetzt persönlich und weißt damit auch, dass ich nie gerne im Rampenlicht gestanden habe. Freue dich für mich! Sehe es als das, was ich schon immer wollte.

Musik machen und dass mit voller Seele und Einsatz. Als aktives Mitglied von Star.X war mir das nur zum Teil möglich. Davon mal abgesehen, dass es mein inniger Wunsch war und ich ihn auch ohne den Unfall in Kürze umgesetzt hätte, werde ich vermutlich nie wieder das harte Programm des Trainings durchstehen können, um fit auf der Bühne präsent zu sein."

Ich ließ seine Worte sacken und verstand ihn tatsächlich. Seine schwerwiegende Verletzung war etwas, was ihn vermutlich auch in Zukunft beeinträchtigen würde. Ji-Mong beobachtete mich genau und fuhr dann fort.

"Was für mich aber noch viel wichtiger ist: Ich will es nicht mehr durchstehen. Mich quälen, jeden Morgen in der Frühe aufstehen zu müssen, trainieren, öffentliche Termine wahrnehmen, zu Shows fahren und spät oder gar nicht schlafen zu gehen. Manchmal wusste ich nicht einmal mehr, in welchem Land wir uns gerade befunden haben, wenn der Manager es uns nicht gesagt hätte. Sieh dir In-Ho an, er brennt dafür, wieder auf der Bühne zu stehen. Dieser Junge ist für das Leben on Stage gemacht – ich nicht. Mich strengt das alles so sehr an und ich habe es zum Schluss sogar gehasst."

Er hatte ein sanftes Lächeln auf seinem hübschen Gesicht und immer noch fassungslos schüttelte ich den Kopf.

"Nein, Ji-Mong, bitte nicht", flehte ich ihn an, doch natürlich war klar, dass er die Entscheidung schon längst getroffen hatte und vermutlich war sie innerhalb seiner Company bereits heiß diskutiert worden. Der Rapper konnte seine Entschlüsse fassen, wie er wollte. Ich hatte von In-Ho erfahren, dass ihre Verträge mit Woon-Entertainment außergewöhnlich waren. Natürlich hatte er mir keine Details preisgegeben, da es eine Verschwiegenheitsklausel gab, doch vermutlich beinhaltete der Vertrag ein autonomes Mitspracherecht jedes einzelnen Member, was für die Branche absolut ungewöhnlich war.

Ich sackte in mich zusammen und schluckte meine Tränen herunter.

"Wissen die anderen der Gruppe es schon?" Ich flüsterte, denn ich wollte nicht, dass In-Ho hiervon etwas durch meine Unvorsichtigkeit erfuhr. "Wird Star.X zu viert weitermachen?"

Ein letzter Funken Hoffnung schlummerte in mir. Vielleicht würden es seine Bandkollegen und Freunde schaffen, ihn umzustimmen.

"Ich habe es ihnen in der letzten Woche erzählt."

Seine Stimme wankte nicht ein kleines bisschen. Er war sich seiner Sache absolut sicher. Meine Hoffnung stürzte zusammen wie ein Kartenhaus.

"Was?", schrie ich jetzt laut auf, sodass In-Ho sich aus Schreck vertanzte und über seine eigenen Füße stolperte.

"Hyung!", schimpfte der Maknae mit seinem älteren Bruder. "Du wolltest es doch noch geheim halten!"

Ji-Mong grinste seinen Freund an und zuckte mit den Schultern.

"Alea gehört zur Familie", meinte er lediglich.

Da ich immer noch völlig erschüttert neben ihm saß, beugte er sich in seinem Rollstuhl zu mir hinüber und boxte mir leicht auf meinen Oberarm. Der Knuff war sehr sanft und ich dachte mir nichts dabei, bis mir plötzlich auffiel, dass er auf der Seite von mir saß, die er sonst mied, weil es seine "schlimme" linke Seite war. Er hatte mich soeben mit seinem Arm geboxt, der seit dem Unfall so stark beeinträchtigt war, dass er sich nicht einmal selbständig anziehen konnte. Vergessen war das soeben gehörte. Jetzt war ich wieder fassungslos. Dieses Mal jedoch aus Freude und glücklichem Unglauben.

"Ji-Mong!" Ehe er sich wehren konnte, fiel ich dem Freund meiner Freundin glücklich um den Hals und drückte ihn ganz fest. "Ich freue mich so! Wann ist das passiert?"

Ich hörte das Räuspern hinter mir und drehte mich mit einem glücklich strahlenden Gesicht zu In-Ho herum.

"Wusstest du das auch schon?", funkelte ich ihn gespielt böse an, ehe ich mich wieder Ji-Mong zuwandte. "Das ist so eine gute Nachricht, dass ich die andere erst einmal vergessen will!"

Ji-Mong grinste erst mich und dann In-Ho an, der dicht hinter mir stand und jetzt seine leicht verschwitzten Arme um meine Mitte schlang, und seinen Kopf auf meine Schulter legte.

"Iiii, du bist ganz nass. Geh duschen", wehrte ich ihn ab. Lachend lief In-Ho die Treppe nach oben und kurze Zeit später hörten wir die Zimmertür zum Badezimmer zuklappen.

"Sara weiß sicherlich auch schon von deinem Fortschritt, oder?"

"Sie durfte nichts verraten."

War ja klar, dachte ich jetzt ein wenig angesäuert. Ich lebte mit dem jungen Mann zusammen, sein bester Freund war mein Geliebter und die Freundin des jungen Mannes war meine beste Freundin. Aber mir sagte keiner was.

"Ich wollte es dir selbst sagen", kurz schwieg er, dann fügte er hinzu "Beides".

Ich war zwischenzeitlich in die Küche gegangen und hatte den Kühlschrank inspiziert, um mich von den Worten ein wenig abzulenken. Jetzt knallte ich die Kühlschranktür wieder zu. Das mit dem Kochen von Essen hatte sich gerade erledigt. Mir war plötzlich nicht mehr danach. Diese Verräter. Beinahe hatte ich vergessen, was Ji-Mong als erstes verraten hatte: seinen Rücktritt als aktives Mitglied von Star.X.

Die nächsten Tage verliefen in gewohnter Routine. Ich sah In-Ho dabei zu, wie er sich für sein Tanztraining vorbereitete und übte, ich kontrollierte die Mitarbeiter und hin und wieder kaufte ich Lebensmittel in dem kleinen Supermarkt um die Ecke ein. Sunny war in der Zwischenzeit wieder zurück in Korea und Yeon, der eigentlich anreisen wollte, war kurzfristig erkrankt und sollte vorerst nicht die lange Reise antreten. Da sowohl die Genesung von In-Ho als auch Ji-Mong sehr positiv voranschritt, und auch der Tagesablauf mittlerweile routiniert verlief, sah Herr Park keine Veranlassung, zusätzliche Aufpasser vorbeizusenden. Da die Schwangerschaft seiner Frau Lisanne voranschritt, wollte er ihr den stundenlangen Flug ebenfalls nicht zumuten und aus diesem Grund blieb unser kleiner 3-Personen-Haushalt mit zusätzlichem Übernachtungsgast bestehen. Sara kam jeden zweiten Tag nach der Arbeit ihren Liebsten besuchen und ich war mir sicher, dass ihre Anwesenheit und Unterstützung die beste Medizin für Ji-Mong gewesen war.

An einem Abend saßen Sara und ich alleine an dem großen Esstisch in der Küche und tranken gemütlich zusammen ein Glas Wein. Vor uns hatte ich einige koreanische Kleinigkeiten aufgebaut, von denen wir hin und wieder naschten. Die Jungs hatten sich einstimmig dafür ausgesprochen, uns einen Frauenabend zu gönnen und waren in ihren Zimmern. Sara und ich hatten jedoch den Verdacht, dass sie vor der Spielekonsole in Ji-Mongs Zimmer saßen und endlich mal in Ruhe zocken wollten.

"Also, wie sieht jetzt dein Plan aus, wenn die beiden zurück nach Südkorea gehen?"

Sara trank einen Schluck aus dem großen Glas und schwenkte danach die Flüssigkeit in dem gläsernen Bauch hin und her. Nachdenklich betrachtete sie den Film, der an der Innenseite des Glases träge hinabbrann. Sie hatte den teuren Wein besorgt und ich merkte, dass er mir schneller zu Kopf stieg, als üblicherweise.

"Ich weiß nicht? Weiter studieren?" Ich klang unentschlossen und Saras Kopf ruckte hoch.

"Du hast Kai versprochen, dass du dein Studium wieder aufnimmst."

Vorwurfsvoll hob sie ihren Zeigefinger und deutete auf mich. Ich senkte den Kopf und blickte auf meine Hände. Eigentlich wartete ich. Natürlich wusste ich, dass ich ihrem Bruder die Wiederaufnahme versprochen hatte, aber tief in mir drin wartete ich.

In-Ho und ich waren fast ununterbrochen zusammen und dennoch hatte ich nicht wirklich eine Ahnung, was in seinem Innern vorging. Richtig nahe waren wir uns nur dann, wenn er mit mir schlief. Selbst dann hatte ich stets das Gefühl, er hielt sich emotional vor mir zurück. Ein einziges Mal hatte ich ihm gesagt, dass ich ihn liebte und habe sehnsüchtig auf seine Antwort gewartet. Diese war zu meiner grenzenlosen Enttäuschung jedoch ausgeblieben und von diesem Zeitpunkt an hatte ich mich ebenfalls immer mehr von ihm zurückgezogen. Ich fühlte mich, als würde ich auf einem Vulkan sitzen und wusste nicht, wann er ausbrechen würde.

"Ja, ich denke, ich werde wieder studieren." Sara betrachtete mich und zog ihre Stirn in Falten.

"Alea, was ist los? Stimmt etwas nicht? Hast du Streit mit In-Ho?"

Besorgt nahm sie meine auf dem Tisch liegende Hand in ihre. Ich schüttelte den Kopf, doch plötzlich spürte ich, wie ein dicker Kloß in meinem Hals feststeckte.

"Nein, alles gut", wollte ich abwehren, doch meine Stimme brach.

"Liebes, sag mir, was nicht stimmt."

Sara stand von ihrem Platz auf und kam auf meine Seite. Schluchzend fiel ich in ihren Arm und umschlang ihre Taille. Heulend vergrub ich mein Gesicht an ihrer Brust, die weitaus üppiger war, als meine eigene.

"Ich glaube, er liebt mich nicht", heulte ich und schämte mich nicht, dass ich mich anhörte wie ein zwölfjähriger Teenager, deren Schwarm keine Augen für sie hatte.

In-Ho war ein Mann, den Millionen Mädchen weltweit verehrten und vergötterten. Er sagte Millionen Male in die Kamera, dass er die StarLover liebte – aber ich hatte es noch nicht ein einziges Mal von ihm gehört.

Außerdem hatte er mir so wichtige Dinge wie den Rücktritt und die Genesung von Ji-Mong nicht anvertraut. Natürlich hatte er seinem Freund versprochen, dieses nicht zu tun, aber er hätte sich dafür einsetzen können, dass ich es nicht erst als eine der letzten erfuhr. Ich fühlte mich von ihm ausgeschlossen. Dieser Gedanke hatte sich in mir immer mehr manifestiert. Er sprach nicht wirklich viel mit mir und schon gar nicht über seine Gefühle. War ich ihm wirklich wichtig? Was mich am meisten bekümmerte war jedoch die Frage, was mit uns beiden passieren würde, wenn er seinen Job als Idol wieder aufnahm. Mit keinem einzigen Wort hatte er jemals dieses Thema zur Sprache gebracht. Sara überlegte, mit Ji-Mong nach Korea zu gehen und was würde aus mir werden? Ich sah, wie verbissen er an seiner Genesung arbeitete und ich freute mich für jeden Fortschritt, den er machte. Aber gleichzeitig brachte es doch auch das Ende unserer gemeinsamen Zeit näher, oder?

Als ich einen Schluckauf bekam, lachte Sara laut und war der Überzeugung, dass ich von dem Wein betrunken war. Immer noch heulend brachte sie mich auf mein Zimmer und legte mich auf das Bett. Dann zog sie fürsorglich die Bettdecke über mich und verließ mein Zimmer. Mich weiterhin selbst bemitleidend nahm ich meine Bettdecke fest in den Arm und schlief ein.

In-Ho kam in dieser Nacht nicht zu mir und als ich am Morgen aufwachte, überlegte ich, ob meine Worte und Gedanken wirklich nur aus meinem betrunkenen Hirn gekommen waren. Ich sah hinaus aus dem Fenster in den kalten, düsteren Novembermorgen und fror plötzlich erbärmlich. Ich wartete nicht nur, nein, ich hatte eine Heidenangst, dass In-Ho meiner überdrüssig geworden war. Warum war er in der Nacht nicht zu mir gekommen?

~ Kapitel 26 ~

Das Gift beginnt zu wirken

Ich saß in der Küche und überprüfte die Einkaufsliste für den heutigen Tag, als In-Ho die Treppe von seinem Zimmer herunterkam. Ich hob meinen Kopf und sah ihm entgegen, doch er blickte auf sein Handy und schien mich gar nicht wahrzunehmen.

"Guten Morgen", rief ich ihm gespielt fröhlich entgegen und wartete auf seine Antwort.

Er sah zu mir hinüber, als wäre er völlig erstaunt, dass es mich gab. Eigentlich hatte ich erwartet, dass er jetzt in die Küche kommen und mir einen Begrüßungskuss geben würde. Doch er grummelte lediglich etwas, was man mit gutem Willen als eine Begrüßung auslegen konnte, und sofort bog in den kleinen Flur ein. Ehe ich reagieren konnte, war er in dem Studio verschwunden und hatte die Tür hinter sich zugezogen.

Enttäuscht sah ich ihm hinterher. Sollte ich ins Studio gehen und fragen, was los war? Ich entschied mich dagegen und versuchte, mich wieder auf die Einkaufsliste zu konzentrieren. Vielleicht hatte er in der Nacht eine Eingebung gehabt und wollte schnell seine Gedanken in Noten abwandeln. Mein Handy pingte plötzlich und ich sah automatisch auf das Display.

"Star.X hat ein Live gestartet"

Blitzschnell nahm ich mein Telefon in die Hand und entsperrte es. Wer von den fünf Member war gerade live? Ich klickte auf die Nachricht und Sekunden später lächelte mich In-Hos Gesicht auf dem Bildschirm an. Anhand der Viewerzahlen konnte ich sehen, dass er vermutlich dieses Live zuvor angekündigt hatte, denn es war mittlerweile im Millionenbereich. Keine 20 Meter von mir entfernt saß mein Freund und unterhielt sich freudestrahlend mit seinen Fans, lachte, beantwortete Fragen und war fröhlich, während ich hier in seinem Haus in der Küche saß und in meinem Kopf und Herzen Chaos herrschte.

Mit einem Mal umfasste ich das Telefon fester. Moment mal, In-Ho war LIVE? Ich sprang auf und sah auf die geschlossene Studio-Tür. Vor wenigen Wochen hatte er sich hinter einer Maske versteckt und nun war er unverhüllt vor der Kamera? Einerseits freute ich mich wahnsinnig, dass er ganz offensichtlich den Mut zurückgefunden hatte, sich mit seiner Unfallnarbe vor seinen Fans zu zeigen, aber ich fühlte mich in diesem Moment wahnsinnig enttäuscht, dass er mit keinem einzigen Wort mit mir darüber geredet hatte.

Ich betrachtete sein Gesicht und mir fiel auf, dass er das Handy so geschickt platziert hatte, dass man vorwiegend seine unversehrte Gesichtshälfte zu sehen bekam. Er vermied große Bewegungen und drehte den Kopf stets in einem guten Winkel zur Kamera. Ich verfolgte die Kommentare und hörte, was er sagte. Er sprach mit den Fans, zu denen ich ja auch gehörte, wie mit alten Freunden und ich konnte spüren, dass sowohl er als auch die Fans lange auf diesen Moment gewartet hatten.

Doch warum hatte er mit mir nicht ein einziges Mal hierüber gesprochen? War er deswegen in den letzten Tagen so abweisend gewesen? Weil er sich viele Gedanken machte? Dann erzählte er, dass er alles für sein Comeback dransetzte und er sich darauf freute, endlich wieder mit seinen Fans, seiner einzigen Liebe, vereint zu sein. Bei seinen Worten wurde mir plötzlich übel. Irgendwie hatte ich das Gefühl, er hatte sich gerade dafür entschieden, dass ich nicht in sein Leben gehören würde und ich bekam eine Heidenangst.

Nach fünf Minuten beendete er die Übertragung und ich wartete vor der Studio Tür darauf, dass er herauskommen würde. Nach einer halben Stunde gab ich auf und fuhr zum Einkaufen. Die Einkaufsliste lag nach wie vor auf dem Esszimmertisch.

Als ich wieder zurückkam, war In-Ho in seinem Zimmer. Ich klopfte an seine Tür, doch er antwortete nicht. Vorsichtig öffnete ich sie einen Spalt breit und lugte hinein. Er lag tatsächlich auf seinem Bett, Kopfhörer über den Ohren, und hatte die Augen geschlossen. Ganz offensichtlich war er in seine eigene Welt abgetaucht und so machte ich die Tür wieder zu und ging langsam zurück nach unten.

Ji-Mong war den gesamten Nachmittag zur Physiotherapie gewesen und ich war mit In-Ho alleine im Haus, doch ich hatte ihn den ganzen Tag nicht ein einziges Mal gesprochen. In der Zeit, in der ich zum Einkaufen war, musste In-Ho in der Küche gewesen sein und sich etwas zum Essen geholt haben, denn ich sah einige Krümel und eine leere Kaffeetasse auf der Ablagefläche. Ganz offensichtlich ging er mir aus dem Weg und ich fragte mich, warum er das tat.

Am Abend rief ich die Jungs zum Essen. Ich hörte den Fahrstuhl herunterfahren und sah voller Erwartung in die Richtung. Normalerweise schob In-Ho den Rollstuhl seines Freundes, doch Ji-Mong kam alleine aus dem Aufzug. Enttäuscht drehte ich mich um und nahm die Suppe vom Herd. Ich hatte heute einen Eintopf für die Jungs gekocht und gehofft, dass ich In-Ho damit zum Sprechen bringen konnte.

"In-Ho hat keinen Hunger, soll ich dir ausrichten."

Alles wäre nicht so schlimm gewesen, wenn Ji-Mong mich nicht mit einem mitleidigen Blick angesehen hätte. Ich schluckte meine Enttäuschung herunter und aß gezwungen fröhlich mit dem Rapper alleine zu Abend.

Auch in dieser Nacht kam In-Ho nicht in mein Zimmer.

Die nächsten Tage waren nicht anders. Es machte den Eindruck, dass je mehr In-Ho der Alte wurde, umso weniger wollte er mich um sich haben. Meine Befürchtungen schienen sich zu bewahrheiten. Er war meiner überdrüssig geworden und da er nicht einfach verschwinden konnte, weil wir gemeinsam im gleichen Haus lebten, ging er mir so gut es ihm möglich war, aus dem Weg.

Die Male, an denen er es scheinbar nicht vermeiden konnte, dass wir zusammentrafen, war er höflich und freundlich. Doch er hatte eine unüberwindbare unsichtbare Mauer um sich herum aufgebaut, die ich nicht durchdringen konnte. Jedes Mal, wenn ich versuchte mit ihm zu sprechen, rannte ich gegen diese Mauer. Geschickt ging er meinen Versuchen aus dem Weg und ich blieb mit einem bitteren und traurigen Gefühl zurück. Er hatte begonnen, meine Liebe zu vergiften und ich starb langsam aber sicher an seiner Wirkung.

Doch das schlimmste war meine absolute Machtlosigkeit. Ich wollte ihn nicht verlieren, ich wollte nicht, dass er sich von mir zurückzog, doch ich konnte einfach nichts machen. Und er sagte mir noch nicht einmal, warum er sich mir gegenüber so verhielt. Was hatte ich falsch gemacht? War ich ihm zu anhänglich geworden? War er gelangweilt von mir? Ich wollte doch einfach nur wissen, was ich ändern sollte, damit er mich nicht verließ. Aber er gab mir einfach nicht die Gelegenheit dazu.

Und dann kam der Tag, als So-Ra bei uns einzog.

Ich kam vom Einkaufen zurück und wollte gerade das Auto in der Garage parken als ich sah, wie ein Taxi ebenfalls zur gleichen Zeit ankam und vor unserem Haus hielt. Nachdem ich das Auto abgestellt hatte, trat ich neugierig mit meinen Einkaufstaschen näher und sah, wie eine junge Frau aus dem Mietwagen ausstieg und den Fahrer bezahlte. Zuerst sah ich sie nur von hinten und das, was ich sehen konnte, war bereits umwerfend. Sie war klein, sehr schlank und hatte lange, glänzende schwarze Haare. Als sie sich aufrichtete, konnte ich ihr wunderhübsches Gesicht sehen. Dunkle, große Augen, eine niedliche kleine Nase, zartrosa Lippen und eine perfekte Porzellan Haut. Sie war die Verkörperung der Schönheit und ich spürte sofort, wie heiße Eifersucht durch mich hindurchschoss.

Als die junge Frau mich entdeckte, lächelte sie ein perfektes Lächeln, das zudem auch noch unglaublich ehrlich und sympathisch wirkte. Mir war klar, wer diese Frau war, denn sowohl Ji-Mong als auch In-Ho hatten schon öfter von den Frauen, die zu Star.X eine Beziehung hatten geredet. Die Person, die dort gerade ihren Koffer in meine Richtung zog, war niemand anders als So-Ra, die Schwester von Sunnys Freundin Yunai. Ich wusste, dass sie nicht nur wunderschön war, sondern auch intelligent und talentiert. Eine Frau, die alles hatte und die zudem auch noch die Ex-Freundin von In-Ho war. Ich hasste sie auf den ersten Blick und nur das Training in meinem Elternhaus verhinderte, dass man meinen Hass auf meinem Gesicht lesen konnte.

"Hallo! Du bist Alea, nicht wahr? Ich bin So-Ra, eine Freundin von In-Ho und Ji-Mong. Sind die beiden nicht zu Hause, oder warum begrüßen sie mich nicht?"

Neugierig sah die Schönheit sich um und als hätte er nur darauf gewartet, kam In-Ho tatsächlich aus dem Haus gestürmt und riss die schöne Asiatin freudig in die Arme. Lachend ließ sie sich von ihm hochheben und herumwirbeln. Mir blieb vor Erstaunen der Mund offenstehen und mein Herz forderte eine sofortige Erklärung von In-Ho. Doch wie die Tage zuvor ignorierte er mich und ließ mich mit dem Koffer unseres Gastes alleine zurück auf dem Gehweg stehen, während er Arm in Arm mit der jungen Frau im Haus verschwand.

Die Bedienstete zog den Koffer hinterher und überlegte, ob sie sich in ihr Auto setzen und einfach still und heimlich verschwinden sollte. Vermutlich würde sowieso niemand merken, ob sie noch da war oder nicht, grummelte ich in mich hinein.

Wütend und vor Eifersucht kochend zog ich dann doch den Koffer ins Haus und stellte ihn in den Flur. Ich würde ihn jetzt nicht nach oben bringen, denn dorthin waren So-Ra und In-Ho soeben verschwunden und ich hörte ungewohntes Lachen aus Ji-Mongs Zimmer. Wenigstens hatten sie ihren Spaß, dachte ich sauer und ging in die Küche, um die Arbeitsplatte abzuwischen, die makellos sauber war.

Eine halbe Stunde später hörte ich den Aufzug und sah hinüber, wie alle drei zusammengequetscht aus der kleinen Kabine ausstiegen. Ihre Gesichter strahlten und die Einzige, die eine Regenwolke über sich trug, war ich. Schnell drehte ich mich um und knetete den Kuchenteig weiter. Die Köchin musste arbeiten.

"Hallo Alea. Es tut mir leid, dass ich mich noch nicht richtig mit dir bekannt gemacht habe, aber ich war so aufgeregt, In-Ho und Ji-Mong endlich wiederzusehen."

So-Ras Stimme war zuckersüß und freundlich. Sie war zu mir gekommen und hatte sich neben mich gestellt. Ich nahm die Hände vom Teig und wischte sie mir an einem Küchentuch ab. Dann sah ich sie an und stellte fest, dass sie aus der Nähe noch viel hübscher war, als befürchtet. Und dazu blickten ihre Augen noch freundlich und sie sah unglaublich sympathisch aus. Ich WOLLTE nicht, dass sie nett war. War sie nicht hier, weil sie In-Ho besuchen wollte? Schnell warf ich einen Blick auf ihn und sah, wie er unsere Begegnung mit seinen Augen verfolgte. Als er bemerkte, wie ich ihn beobachtete, wandte er den Blick sofort wieder ab und tat, als würde ihn unsere Begegnung nicht interessieren.

"Ich bin So-Ra und In-Ho und ich kennen uns schon sehr lange. Eigentlich wollte ich mit Sunny und Yunai, meiner Schwester, zusammen herkommen, aber Yunai kann gerade nicht von der Arbeit weg und Sunny bereitet mit Taemin die neuen Songs vor. Du weißt ja, dass sie ihr neues Album bald veröffentlichen werden."

Wusste ich das? Was wusste ich schon? Ich tat so, als hätte In-Ho oder Ji-Mong mir das wirklich verraten und nickte.

"Ich hoffe, ich falle euch nicht zur Last und sag mir bitte, wie ich dich unterstützen kann. Zum Beispiel beim Kochen? Yunai sagt zwar, dass ich überhaupt kein Talent habe, aber ich bin gut darin, Sachen zu schnippeln oder sauberzumachen. Ansonsten hoffe ich, dass wir eine schöne Zeit zusammen haben werden. Wir sind ungefähr gleich alt, oder? Vielleicht hast du auch Lust, mir ein bisschen was von Deutschland zu zeigen? In-Ho hat es mir versprochen."

Ich wollte So-Ra nicht mögen, aber sie war einfach so süß. Mein Blick flitzte zu In-Ho, der uns wieder beobachtete. Sein Blick lag jedoch nicht auf mir, sondern auf So-Ra und es machte den Eindruck, seine Augen würden liebevoll auf ihr liegen. Liebevoll? Automatisch lächelte ich seine Angebetete an, um mir auf keinen Fall eine Blöße zu geben. Aber sicher, dachte ich, ich bin gerne das dritte Rad am Wagen.

Später wusste ich nicht mehr, wie ich den Tag überstanden hatte. In-Ho widmete sich seiner Ex-Freundin mit großer Aufmerksamkeit und ignorierte seine Noch-Freundin komplett. Aber halt, vielleicht war die Ausgangssituation auch ganz anders. Vielleicht war ich die Ex-Freundin und So-Ra die Bald-Freundin?

So-Ra war lieb und sie hatte ganz offensichtlich keine Ahnung, dass In-Ho und ich zusammen waren. Sie versuchte, sich mit mir anzufreunden, doch verständlicherweise hielt ich sie auf Distanz. Es war schwer genug zu sehen, wie liebevoll und freundlich In-Ho mit ihr umging und mich weiterhin auf Abstand hielt. Er sagte kein böses Wort zu mir oder war gemein, aber ich spürte deutlich die Kälte, die er ausstrahlte.

Ji-Mong hielt sich aus allem heraus, doch ich konnte seine Blicke spüren, wenn er mich traurig ansah. Er wusste ebenfalls, dass In-Ho eine alleinige Entscheidung getroffen hatte und sie nur noch nicht in Worte fasste. Zurück blieb in mir die

Enttäuschung, die Trauer und die Hoffnungslosigkeit. Wieder einmal war ich abgelehnt worden von einem Menschen, den ich als Familie betrachtet und vertraut hatte. Wieder einmal wollte man mich nicht haben, weil es eine "bessere" Person gab als mich. Die Blicke, die In-Ho offen So-Ra zuwarf, taten weh. Sie taten so unendlich weh und noch viel mehr, wenn er mich absichtlich überging. Es war, als hätte er entschieden mich zu ghosten, aber es einfach wegen der Wohnsituation nicht ging. Ich litt und ich merkte, wie ich tief in mir drin brach. In-Ho hatte seine eigene Seele geheilt und war dabei über mein Herz hinweg getrampelt. Was meine Eltern begonnen hatten, hatte er beendet.

Als ich mir beim Schneiden des Gemüses am Abend tief in den Finger schnitt, merkte ich, dass ich mit meinen Nerven am Ende war. Langsam legte ich das Messer zur Seite, band meine Schürze ab und griff mir die Autoschlüssel. Wortlos verließ ich das Haus und setzte mich in das Auto. Tief in mir hoffte ich, dass In-Ho merken würde, wie ich wegfuhr und in einer romantischen Anwandlung herausstürmen würde, um mich aufzuhalten. Mein Blick ging noch einmal zur Tür, aber niemand stand dort und wollte mich zurückhalten oder zurückhaben. Niemand bemerkte, dass ich wegfuhr und dabei beinahe einen Unfall baute, weil meine Tränen wie Sturzbäche aus den Augen rollten.

Es war vorbei. Einfach so vorbei.

~ Kapitel 27 ~

Neubeginn

2 Jahre später

"Und du willst tatsächlich nicht mit nach Seoul kommen? Ich meine, es ist doch wirklich genug Zeit vergangen. Meinst du nicht?"

Langsam legte Kai seine Serviette auf den Tisch und sah mich an. Vorsichtig tupfte ich mir den Mundwinkel mit meiner eigenen ab und lächelte. Ich hob meinen Kopf und sah ihn an. Kai war mittlerweile Generaldirektor des Parkblick geworden. Sein Vater, Herr Grimm, reiste zu seinem Vergnügen in der Welt herum und schickte seiner Familie hin und wieder schöne Fotos und Briefe von den entlegensten Winkeln der Welt.

Nach dem Verlassen des Hauses in der Vorstadt, war ich ins Hotel zurückgekrochen und hatte mich hier versteckt, um meine Wunden zu lecken. Trotz meines bestehenden Vertrages mit Woon-Entertainment und meiner eigentlichen Verpflichtung gegenüber den Patienten hatte Kai es damals für mich übernommen, mich aus allem zu befreien und herauszuhalten. Er hatte keine Fragen gestellt, wofür ich ihm sehr dankbar gewesen bin. Sara selbst war eine andere Nummer. Sie wollte genau wissen, was vorgefallen war und ergriff natürlich meine Partei. Da sie aber dennoch mit Ji-Mong zusammen war, hatten wir uns geeinigt, nicht über In-Ho zu reden. Alles was mit K-Pop, Korea und Star.X zu tun hatte, war tabu. Doch ich freute mich für sie und dass ihre Liebe den Sturm überstanden hatte. Mein Boot war leider in den hohen Wellen gekentert.

Nach meinem Auszug löschte ich alle Telefonnummern, die mit Star.X oder In-Ho zu tun hatten und entfernte alle meine Konten aus den Fanclubs. Es tat zu sehr weh zu sehen, wie die Gruppe zu viert auftrat und In-Ho ein wesentlicher zentraler Teil des neuen Konzepts war. Ich wollte nichts über ihn lesen, hören oder sehen. Die Wunde war sehr tief und sie eiterte ständig, wenn ich etwas Neues von ihm hörte. Das war gar nicht zu vermeiden, denn die Popularität von Star.X war auch mit ihrem neuen Konzept stetig weitergewachsen.

Sara war vor drei Monaten zu Ji-Mong nach Seoul gezogen. Das war der nächste große Tiefschlag in meinem Leben. Sie hatte lange mit sich gehadert, ob sie den Schritt wagen sollte, doch Ji-Mong hatte stetig versucht sie zu überzeugen, dass sie mit ihm in Korea das Leben führen konnte, welches sie sich seit dem Kindergarten erträumte. Mittlerweile war er komplett als Producer und Komponist tätig und verbrachte viel Zeit in seinem eigenen Zuhause und war nur noch wenig unterwegs. Außerdem hatte er ihr vor Kurzem sogar einen Heiratsantrag gemacht. Ich freute mich natürlich sehr für meine Freundin, aber dieser Heiratsantrag war für mich zugleich ein weiterer Verlust, den ich schwer verkraften konnte. Geblieben war mir nur noch Kai. Er war der einzige Halt, den ich hatte und er war mittlerweile ein wichtiger Bestandteil meines Lebens.

"Wir fliegen zusammen. Du und ich. Und wenn du möchtest, dann können wir auch etwas länger bleiben und unsere Flitterwochen vorziehen."

Kai sah mich abwartend an und ich blickte auf meine linke Hand, an der sein Verlobungsring steckte. Gedankenverloren drehte ich den Ring an meinem Finger. Er war hübsch und sicherlich mit dem großen glitzernden Stein auch recht teuer, doch eigentlich bedeutete er mir nicht besonders viel. Ich liebte Kai nicht, und das wusste er auch. Dennoch hatte er mir einen Antrag gemacht und ich hatte ihn angenommen. Kai würde mir die Sicherheit geben, die ich dringend in meinem Leben brauchte. Es war vielleicht egoistisch seinen Antrag anzunehmen, aber ich hatte nie mit verdeckten Karten gespielt und er wusste, worauf er sich einließ.

Als ich verzweifelt und verletzt aus dem Haus zurückgekommen war, hatte er mich aufgefangen. Vor zwei Jahren wusste ich nach meiner Rückkehr immer noch nicht, was ich mit meinem Leben anfangen sollte. Ich hatte keine Pläne, keine Vorstellung von der Zukunft. Dazu war ich desillusioniert und depressiv. Im Grunde war mir alles egal. Überleben war das Einzige, was ich wollte. Überleben und vergessen. Doch das stellte sich als wirkliche Herausforderung heraus.

Kai hatte mir vor meinem Job in dem Haus das Versprechen abgenommen, dass ich mein Studium wieder aufnehmen sollte. Halbherzig hatte ich ihm zugesagt, doch mit meiner gegenwärtigen Einstellung weiterhin Asienwissenschaften zu studieren? Es würde mit Sicherheit nichts Gutes dabei herauskommen. In einem meiner hellen Momente hatte er plötzlich eine Idee. Da ich doch sowieso schon die ganze Zeit in einem Hotel arbeitete, könnte ich doch das auch richtig machen und von Grund auf lernen. Ich erinnerte mich, dass ich diese Idee früher rundweg abgelehnt hatte, aber da ich jetzt sozusagen in die Hotellerie hineinheiraten würde, ergab es durchaus Sinn.

Der Gedanke fand immer mehr Gefallen bei mir und so hatte ich anstelle eines Studiums in den letzten beiden Jahren eine klassische Ausbildung zur Hotelfachfrau absolviert und überraschenderweise mit Bravour trotz der verkürzten Zeit bestanden. Kai hatte mich währenddessen nach Kräften unterstützt und war begeistert, dass ich nach dem Abschluss im Parkblick bleiben wollte. Ich erhielt sofort eine Führungsposition. Vermutlich, weil ich in Zukunft die Frau des Direktors werden würde, war das auch angemessen in einem Familienbetrieb.

Gemeinsam mit den anderen Abteilungen koordinierte ich den Aufenthalt unserer Gäste, plante für besondere Gruppen oder Anlässe und organisierte Veranstaltung im Haus. Kai hatte mir sofort sein volles Vertrauen gezeigt und ich fühlte mich in meiner neuen Aufgabe ausgesprochen wohl. Gerade hatten wir einen besonderen Aufenthalt von Prominenten aus der Wirtschaft beendet, für deren Ausführung ich unter anderem mit federführend gewesen war. Aus diesem Grund saßen Kai und ich an diesem Abend gemeinsam im Nobelrestaurant des Parkblick und speisten zusammen als Abschluss einer gelungenen Veranstaltung.

"Wann fliegst du nach Korea?", fragte ich meinen Verlobten zwischen zwei Bissen eines fantastischen Cote de Boeuf.

"Nächsten Mittwoch. Das Meeting ist am Donnerstag und Freitag komme ich zurück. Bitte, Schatz", er sah mich mit seinen großen grünen Augen flehend an, "Ich würde mich so freuen, wenn du mitkommen würdest. Und Sara bestimmt auch. Sie vermisst dich ganz schrecklich. Außerdem sind Star.X, soviel ich weiß, in dieser Zeit in Amerika auf Tour und es besteht keine Gefahr, dass eure Wege sich auch nur annähernd kreuzen."

Bei dem Wort Star.X zuckte ich zusammen und Kai bemerkte seinen Fehler sofort. Meine Stimmung sank in den Keller und er bereute es zutiefst, das Thema angesprochen zu haben. Nach wie vor war meine Wunde am Eitern und schmerzte höllisch, wenn man darauf drückte.

"Ach, sonst vergiss es. Dann kommst du einfach mit, wenn ich mich mit den Kollegen zum Kongress in Frankreich treffe. Du liebst Paris und dann machen wir uns eben dort eine schöne Zeit."

Hoffnungsvoll sah er mich an und ich nickte vage.

Kai und ich waren verlobt, aber nach meinem Auszug aus dem Haus hatte ich keinerlei Nähe von ihm zu mir zugelassen. Wir hatten uns zur Verlobung einen keuschen Kuss wie Bruder und Schwester gegeben, denn mehr sah ich in meinem zukünftigen Ehemann nicht. Natürlich wusste ich, dass er nicht die gleiche Einstellung hatte wie ich. Er wollte mehr, das war mir klar, aber er war auch bereit zu warten. Das war auch meine Voraussetzung für unsere Beziehung gewesen. Würde er mich bedrängen, wäre ich weg. Ohne Kompromisse. Es war sowieso erstaunlich, dass ein junger Mann in der Blüte seiner Jahre bereit war, auf eine Frau wie mich zu warten. Mit seinem guten Aussehen, dem Background und wundervollen Charakter könnte er jede Frau haben. An Verehrerinnen mangelte es ihm auch nicht und dennoch hatte er mich gefragt, ob ich mit ihm gemeinsam alt werden wollte. Ich verstand ihn nicht, aber ich wollte fest daran glauben, dass ich ihn eines Tages ebenfalls lieben könne und sich damit alles änderte.

Nach dem Essen begleitete mich Kai bis zu meiner Tür. Ich wohnte nicht mehr unter dem Dach des Parkblick in der kleinen Wohnung, sondern hatte die Räume von Sara in der privaten Etage übernommen. Sara war mittlerweile in Korea fest ansässig und wollte nicht mehr nach Deutschland zurückkommen und aus diesem Grund standen mir nun diese luxuriösen Räumlichkeiten zur Verfügung. Kurz hatte

Kai gehofft, ich würde nach unserer Verlobung zu ihm ziehen, doch er hatte sofort kapituliert, als ich dieses rigoros ablehnte.

"Gute Nacht, Kai und danke für das Essen. Wir sehen uns morgen früh."

Ich lächelte ihn schwesterlich zu und sah nicht, wie seine Augen traurig auf die geschlossene Tür blickten. Er drehte sich um und ging den Gang hinunter zu seiner eigenen Suite. Trotz seines schmerzenden Herzens war in ihm bereits vor geraumer Zeit ein Gedanke gereift, den er in seinen Tagen in Korea genauer verfolgen würde.

Die Wochen vergingen eine wie die andere. Ein Tag brachte genauso viel Arbeit wie der nächste. Kai war in der Zwischenzeit in Korea gewesen und ich hatte mich gefragt, ob ich nicht einen Fehler gemacht hatte, dass ich nicht mitgeflogen war. Vielleicht wäre es an der Zeit, noch einmal mit In-Ho zu sprechen? Wir hatten nie über das abrupte Ende unserer kurzen Beziehung geredet und das war etwas, was mir vermutlich keine Ruhe ließ. Dass ich ihn vermisste, das konnte auf jeden Fall nicht der Grund sein. Nicht nach zwei Jahren, in denen ich weder mit ihm gesprochen noch etwas von ihm gehört hatte.

Erschöpft streifte ich mir die Schuhe von den Füßen und ging ins Bad. Es war zwar noch nicht besonders spät, aber ich war so unendlich müde. Voll angezogen fiel ich auf mein Bett und schlief tief und fest ein und träumte von In-Ho wie jede Nacht. Am nächsten Morgen wachte ich gerädert auf und zwang mich zu arbeiten.

***

"Okay, gehen wir die Speisepläne noch einmal für das Bankett durch. Die Gäste haben sich vor allem frischen Fisch gewünscht."

Gemeinsam mit Herrn Meyer besprach ich das Essen für die Veranstaltung des nächsten Tages und erklärte ihm genau die Vorlieben der Gäste, wie ich sie zuvor mit ihnen selbst besprochen hatte. Der Küchenchef machte sich Notizen und gemeinsam gingen wir anschließend ins Lager, um mit dem Lagermeister und Sommelier die Vorräte zu besprechen. Der Tag war bereits sehr lang gewesen und ich sah auf meine Uhr, dabei ein Gähnen unterdrückend. Ich hatte die Nacht mal wieder kaum geschlafen. Das war mittlerweile eine Gewohnheit, dass ich mich in meinem Bett hin und her wälzte und über alle Worte nachdachte, die damals an meinem letzten Tag in dem Haus gefallen waren. Nach der ganzen Zeit waren sie zwar etwas verblasst, aber ich spürte immer noch die gleiche Enttäuschung wie damals.

Es war bereits kurz vor fünf Uhr und wenn ich Frau Bringel, Kais Sekretärin, noch treffen wollte, musste ich mich jetzt wirklich beeilen. Herr Meyer sah meine Ungeduld und lächelte.

"Sie wartet, bis Sie hier fertig sind. Sie macht erst dann Feierabend, wenn sie beide ihren Kaffee zusammen getrunken haben, nicht eher."

Überrascht sah ich Herrn Meyer an und als dieser sanft lächelte, machte es in meinem Kopf klick. Endlich waren die beiden wohl so vertraut miteinander geworden, dass sie diese Dinge voneinander wussten.

Tatsächlich hatte die Vorzimmerdame des Generaldirektors wirklich auf mich gewartet und strahlte mich bei meinem Eintreten erfreut an. Frau Bringel war eine Institution. Sie war zuvor die Sekretärin von Kais Vater gewesen und jetzt hielt sie ungewollte Eindringlinge von dem Sohn fern. Für mich war sie die gute Seele des Parkblicks. Stets freundlich und mir zugewandt. Sie hatte immer ein offenes Ohr für mich und früher einen Lolli in der Schreibtischschublade, den wir jetzt durch Kaffee ersetzt hatten. Ich setzte mich auf den Stuhl vor ihrem Schreibtisch und nahm die Tasse Kaffee dankend entgegen. Es hatte sich in den letzten Wochen zu einer Art Tagesabschlussszeremonie entwickelt, dass ich vor ihrem Feierabend auf ein Tässchen Klatsch und Tratsch vorbeikam. Entspannt nahm ich kleine Schlucke und sah auf die Tür zum Generaldirektor.

"Ist Kai noch nicht wieder im Haus?"

Er hatte heute Morgen das Hotel für eine wichtige Veranstaltung verlassen, auf der er das Catering des Parkblicks vorstellen wollte. Manche Dinge überließ er niemand anderen und auch bei diesem Kunden war es so. Nach wie vor sah Kai das Potenzial seines Hotels im asiatischen Markt und an der heutigen Konferenz nahmen viele potenzielle Kunden aus Asien teil. Ich hatte vergessen, worum es dabei ging, aber Kai hatte viel Vorbereitung in die Präsentation hineingesteckt.

"Er müsste gleich wieder da sein. Er wollte die Gäste nach Konferenzende zum Essen in unser Restaurant einladen. Sie kennen es wohl noch von einem früheren Besuch und haben ausdrücklich darum gebeten. Da es vermutlich heute bei ihm spät werden würde, bat er mich darum, dir mitzuteilen, dass du heute bitte früh Feierabend machen sollst. Du brauchst nicht auf ihn zu warten, da ihr morgen einen frühen gemeinsamen Auswärtstermin habt, sollst du dich heute Abend erholen."

Ich nahm einen weiteren Schluck von dem duftenden schwarzen Gebräu und zog die Stirn kraus.

"Ich kann mich gar nicht erinnern, welcher Termin das ist?"

Gedanklich ging ich alles durch, von dem ich wusste, dass es in dieser Woche anstand, aber mir wollte der morgige Termin nicht einfallen.

"Ich glaube, er ist auch eher privater Natur", erklärte Frau Bringel verschmitzt lächelnd und ich spannte mich an. Privat war für mich eher schlecht, denn das hieß vermutlich, dass er etwas in Richtung unserer Hochzeit plante.

"Ah", meinte ich daher sehr einsilbig und jetzt war es an Frau Bringel eine Braue anzuheben.

Wortlos stellte sie ihre Tasse ab und sagte nichts. Sie wusste, dass die Hochzeit von meiner Seite aus eher eine geschäftliche Beziehung war, Kai jedoch viel mehr hier hineininvestierte. Sein Herz und das Hotel. Frau Bringel hieß unsere private Entscheidung nicht gut und zeigte es uns beiden immer wieder mehr oder weniger versteckt.

"Feierabend hört sich gut an. Vielleicht genieße ich heute einfach mal die frische Frühlingsluft im Park und mache einen kleinen Spaziergang. Ich wünsche Ihnen auf jeden Fall einen schönen Abend mit Herrn Meyer und wir sehen uns morgen."

Als ich Herrn Meyer erwähnte, röteten sich die Wangen der Lady rosig und ich kicherte leise. Frau Bringel war kurz vor der Rente, ein wenig älter als der Küchenchef und seit einigen Jahren Witwe. Für mich war es genau wie für alle anderen Kollegen ein Glück, dass sie und der Küchenchef zusammengefunden hatten, denn beide gaben ihre Liebe zueinander an die Kollegen weiter und verteilten Harmonie. Das war gerade in der Küche eher selten, denn normalerweise herrschte Herr Meyer als Küchenchef dort mit harter Hand. Er war zwar zu mir stets wie ein liebevoller Ersatzvater gewesen, aber ich wusste von den Kollegen, dass er unter ihnen manchmal eine Heidenangst verteilen konnte. Der Respekt, dem man seinem Können entgegenbrachte, war hart erarbeitet und wer in seiner Küche sein gefordertes Level nicht halten konnte, war schneller wieder verschwunden, als die Tinte auf dem Anstellungsvertrag Zeit hatte zu trocknen. Dennoch wollte jeder Koch bei ihm arbeiten und sie liebten alle ihren Chef und waren froh, dass er in seinem etwas fortgeschrittenem Alter noch einmal die große Liebe gefunden hatte.

Ich verließ das Büro von Frau Bringel genau in dem Moment, als Kai zusammen mit seinen Gästen das Foyer des Parkblicks betrat. Er war früher zurück, als ich erwartet hatte und gerade wollte ich zur Begrüßung zu ihnen eilen, als ich wie erstarrt stehenblieb. Mein Herz setzte einen langen Moment aus und ich spürte, wie es plötzlich in meinen Ohren zu rauschen begann. Es war mir unmöglich, meinen Blick abzuwenden und so starrte ich auf die neuen Gäste, die zusammen mit Kai gekommen waren.

Park Jae-Woon, mächtiger CEO von Woon-Entertainment und mein Ex-Chef, stand zusammen mit Taemin und In-Ho im Eingangsbereich und ihre Präsenz zog alle Blicke auf sich. Herr Park strahlte die Macht aus, die ich jedes Mal in seiner Gegenwart überdeutlich gespürt hatte und er hatte sich optisch in den letzten beiden Jahren kein bisschen verändert. Nach wie vor war er einer der schönsten Männer, die ich jemals gesehen hatte. Doch meine Augen wanderten weiter und saugten sich an dem jungen Mann fest, der vor zwei Jahren alles für mich gewesen war.

In-Ho hatte seine schwarzen Haare pink gefärbt und obwohl die Farbe für Europäer sehr gewöhnungsbedürftig erschien, stand sie ihm ausgesprochen gut. Mittlerweile trug er sie wieder im Nacken kurz geschnitten und dieser Haarschnitt betonte seine vollen Haare. Eine Strähne fiel ihm vorwitzig in die Stirn und in diesem Moment pustete er dagegen, während er sich ein wenig zur Seite drehte. Über die Entfernung konnte ich sehen, dass die Narbe an seinem Kiefer verblasst war. Das helle Rot war einem sanften weiß gewichen und sah auf seiner ansonsten makellosen hellen Haut nicht sehr auffällig aus.

In-Ho trug eine weite lässige Jeans, hatte ein übergroßes Sweatshirt an und hatte seine Hände in seine Hosentaschen gebohrt. In seinen Turnschuhen wippte er leicht vor und zurück. Sein Blick schweifte nach dem Betreten des Hotels unstet durch das Foyer und schien jede Person genau zu betrachten. Alles in allem machte er einen ganz offensichtlich nervösen Eindruck.

Hatte er Angst, mir zu begegnen und wollte es unbedingt vermeiden oder suchte sein Blick nach mir? Noch hatte er mich nicht gesehen, obwohl ich wie erstarrt vor Frau Bringels Bürotür stehengeblieben war. Plötzlich kam Bewegung in mich und wie von Teufeln gehetzt, lief ich panisch zu der Treppe, die in unseren Keller, den sogenannten Katakomben, hinunterführte. In dem Personalbereich konnte ich abwarten, bis die Gäste sich im Restaurant gesetzt hatten, dachte ich panisch. Ich wollte ihm nicht begegnen. Er durfte mich nicht sehen. Oder doch?

Kurz bevor ich den Treppenabsatz erreichen konnte, hielt mich plötzlich eine Hand auf und zog mich zurück. Entsetzt drehte ich mich um und sah direkt in die wunderschönen Augen des Mannes, den ich nicht vergessen konnte. Der Mann, der mich ohne Bedauern verlassen hatte und jetzt mein Herz wie einen Presslufthammer zum Schlagen brachte. Er war der Mann, den ich immer noch rasend liebte.

"Alea"

~ Kapitel 28 ~

Eroberungsfeldzug

Mein Herz setzte aus, als In-Ho direkt vor mir stand. Er war so nah, dass ich ganz zarte, kaum wahrnehmbare Fältchen an seinen Augenwinkeln sehen konnte. Seine wunderschönen brauen Augen flackerten, und er schien genauso nervös zu sein wie ich. Langsam trat ich einen Schritt von ihm zurück. Heiß schoss es durch meinen Körper und ich fuhr mir nervös mit meiner Hand durchs Haar. In-Ho folgte meinem Blick und dabei sah er das Glitzern des Steines an meiner Hand.

"Kannst du ihn abnehmen?"

Er machte nicht den Eindruck, als wäre er eifersüchtig, dennoch konnte ich sein Unbehagen beim Anblick des Verlobungsringes deutlich spüren. Seine Augen bohrten sich wieder in meine und ich sah, dass er nicht enttäuscht war, er war traurig. Zutiefst traurig. Und noch etwas anderes konnte ich sehen. Fühlte er sich schuldig?

"Nein", hauchte ich und versteckte meine Hand hinter meinen Rücken.

In-Ho sagte nichts, sondern sah mich weiter an, als versuchte er anhand des einen Wortes zu erfassen, ob ich die Wahrheit sagte oder log.

"Ich möchte mit dir reden."

In-Hos Stimme klang fest, obwohl er nach wie vor nervös wirkte. Tief atmete ich ein und dann wieder aus, als müsste ich mir selbst beweisen, dass ich noch lebte.

In der Zwischenzeit waren Kai und die anderen beiden Koreaner auf uns aufmerksam geworden. Ich konnte sie nicht sehen, da ich mit dem Rücken zu ihnen stand, aber als In-Ho nach meiner Hand griff und mich mit sich mitzog, waren die anderen drei nicht mehr im Eingangsbereich. Man hatte uns alleine gelassen und sogar Kai, der Verräter, war daran beteiligt.

Unbewusst umklammerte ich die Hand des Mannes, den ich zuletzt vor zwei Jahren gesehen hatte, wie einen Anker und es fühlte sich so gut und so richtig an. Ich müsste ihn wegschubsen, ihn anschreien, ihn einfach stehenlassen, aber ich folgte ihm wortlos durch das Foyer, durch die Drehtür, die wenigen Stufen hinunter und setzte mich brav in das Taxi, das vor dem Eingang wartete. Wortlos stieg In-Ho zu mir in den Wagen und nannte dem Fahrer auf Englisch sein Ziel.

Stumm saßen wir im Fond des Fahrzeugs und ich betrachtete unsere Hände, die zwischen uns lagen. Er hielt meine immer noch fest umklammert und ich machte keine Anstalten, mich von ihm zu befreien. Ich spürte ihn neben mir. Seine Nähe und Wärme fühlten sich gut an. Viel zu gut und sie machten mich nervös. Wieso war er nach all dieser Zeit wieder vor mir aufgetaucht? Warum war er ausgerechnet im Parkblick? Hatte er mich gesucht?

Plötzlich bemerkte ich, dass mir die Gegend, in der wir unterwegs waren, bekannt vorkam. Alarmiert setzte ich mich im Wagen auf und wollte protestieren, doch In-Ho beugte sich zu mir hinüber und sah mich mit eindringlichen Augen an.

"Bitte, höre dir an, was ich zu sagen habe, ja?"

Ich starrte in seine wunderschönen Augen und langsam nickte ich. Es war nicht so, dass er das Recht zu einer Erklärung hatte, aber ich wollte wissen, was er mir sagen wollte. Er musste etwas verdammt Gutes vorbringen, wenn ich ihm zuhören sollte.

Endlich hielt das Taxi vor dem Haus, das ich vor zwei Jahren verletzt und enttäuscht verlassen hatte und das ich nie wieder in meinem Leben betreten wollte. Doch nun stieg ich hinter In-Ho aus und ging langsam zur Eingangstür. Immer noch hielt er meine Hand. Er schloss die Tür auf und zog mich leicht in das Innere des Hauses. Tief atmete ich ein. Wider Erwarten roch es hier weder muffig noch abgestanden. Es schien so, als wäre sogar vor kurzem in diesem Haus gekocht worden oder zumindest gegessen worden, denn ein leichter Hauch von Knoblauch und Gochujang, der scharfen koreanischen Chilipaste, lag in der Luft. Alles hier war noch genau wie vor zwei Jahren. Ich konnte sogar frische Blumen auf dem Esszimmertisch sehen. Wohnte hier jetzt jemand?

"Komm mit", forderte er mich auf und zog mich zur Treppe. Was wollte er mir hier zeigen?

Als wir im Obergeschoss ankamen, klopfte mein Herz wie verrückt. Hier hatten wir viel Zeit miteinander verbracht – in seinem oder meinem Zimmer. Aber hier hatte ich auch ganze Seen von Tränen vergossen.

In-Ho ging an Ji-Mongs altem Zimmer vorbei und stand vor meinem Raum. Er blickte sich um und sah mich an. Eigentlich wollte ich nicht, dass er die Tür öffnete, doch er fragte nicht und sagte nichts. Er griff nach der Türklinke und drückte sie hinunter. Gespannt wartete ich, was ich zu sehen bekommen würde.

Als die Tür aufging, fiel mir die Kinnlade herunter. Ungläubig betrat ich den Raum und blieb mit großen Augen in seiner Mitte stehen. Endlich drehte ich mich um und sah auf In-Ho, der abwartend und jetzt vermutlich noch nervöser im Türrahmen stehen geblieben war.

"Du hast einen Knall", sagte ich völlig unromantisch und es war, als wäre der Knoten geplatzt. In-Ho strahlte mich an und ich musste plötzlich grinsen, ehe mir Tränen über die Wangen kullerten, als wollte ich einen Brunnen damit befüllen.

Das ganze Zimmer war von Boden bis zur Decke mit Fotos von mir beklebt. Überall, auf jeder freien Stelle waren Bilder von mir: Kinderbilder, Bilder aus der Schulzeit, Fotos von In-Ho und mir, im Garten, beim Einkaufen, beim Sportmachen einfach überall. Dann entdeckte ich auch viele aktuelle Fotos nach der Zeit unserer Trennung. Ich trat näher und sah mir einige von ihnen an.

"Wer hat die gemacht?"

Ich war nicht entsetzt, dass es die Fotos gab, nur erschüttert, dass ich nicht bemerkt hatte, dass man mich gestalkt hatte.

"Wenn ich da war, dann habe ich sie gemacht, ansonsten der Bodyguard."

"Wie bitte?"

Hatte ich mich verhört? Er oder der Bodyguard? Er selbst? Das heißt... Er selbst?

"Komm mit nach unten. Das Essen wird gleich geliefert. Ich werde dir endlich alles erklären und auf deine Vergebung hoffen."

Ich drehte mich noch ein letztes Mal in dem gruseligen Zimmer um und zog energisch die Tür hinter mir zu. So mussten sich K-Pop Stars fühlen, wenn sie einen verrückten Sassaeng hatten, dachte ich und folgte In-Ho hinunter in den Wohnraum an den Esstisch. Wie es schien, war jetzt jedoch das Idol zum Stalker geworden und der Fan zum Opfer.

In-Ho zog mir einen Stuhl unter dem Tisch heraus und holte das Essen von der Haustür ab, das genau in diesem Moment geliefert wurde. Wortlos stellte er die Pappschachteln und Behälter vor uns auf den Tisch und zog die Deckel ab. Es war das Essen von dem koreanischen Restaurant, das wir auch vor zwei Jahren stets bestellt hatten und mir lief bei dem leckeren Geruch das Wasser im Mund zusammen. Seit unserer Trennung hatte ich nicht ein einziges Mal mehr koreanisch gegessen und bemerkte gerade, dass ich mich damit nur selbst bestraft hatte.

Trotz der merkwürdigen Situation hier mit meinem ehemaligen Freund zusammen am Tisch zu sitzen, griff ich herzhaft zu. Während des Essens schwiegen wir beide und obwohl wir uns nicht unterhielten, war die Situation nicht unangenehm. Ich spürte seine Gegenwart und genoss sie, obwohl ich mich ständig daran erinnern musste, dass ich ihm wirklich böse war.

Satt lehnte ich mich auf dem Stuhl zurück und faltete abwartend meine Hände über meinem runden Bauch. In-Ho hatte es geschickt angestellt, mich erst abzufüttern. Mit leerem Magen war mit mir nicht gut Kirschen essen, und das wusste er sehr wohl.

"Also, ich höre."

Ich gab ihm ein Zeichen, mit seiner Erklärung zu beginnen und wusste, dass ich sehr ungnädig aussah. Ich wollte es ihm auch nicht einfach machen, denn ich hatte weiß Gott auch keine einfache Zeit gehabt.

"Okay, unterbrich mich bitte, wenn du Fragen hast, oder dir etwas unklar ist, ja?"

Er räusperte sich und dann stand er plötzlich auf und lief zum Schrank, um zwei dickbäuchige Weingläser herauszuholen und die Flasche Wein, die bereits geöffnet auf der Ablagefläche gestanden hatte. Brauchte er Alkohol, um zu erzählen oder brauchte ich ihn, um das, was er zu sagen hatte, anzuhören?

"Nun gut. Wo fange ich an? Dein Auszug ist schon ein Schritt zu weit. Ich denke, ich fange da an, wo ich erfahren habe, dass wir bedroht werden."

Jetzt hatte er meine Aufmerksamkeit. Wir sind bedroht worden? Jetzt war ich wirklich gespannt, wie sich das Drama entwickeln würde. Die Karten lagen für ihn nicht besonders gut, wie ich der Meinung war, aber mit dieser Erklärung hatte ich überhaupt nicht gerechnet und es war ein verdammt guter Schachzug von ihm.

"Nachdem wir damals deine sogenannten Eltern besucht haben, hatte ich ein komisches Gefühl."

"Der Besuch bei den Leuten?" Ich nannte sie nicht mehr meine Eltern, nie wieder. Seit jenem Tag hatte ich auch keinerlei Kontakt mehr zu ihnen gehabt. In-Ho nickte.

"Ja, bei ihnen. Also, wir sind mit dem Auto hierher zurückgefahren, aber irgendwie hatte ich das Gefühl, dass uns jemand gefolgt war. Vielleicht eine Art siebter Sinn, den ich mir wegen der vielen verrückten Sassaeng angeeignet habe."

"Du meinst, diese durchgeknallten Fans, die ihr in Korea habt?"

"Ja, aber mittlerweile gibt es sie ja leider überall auf der Welt."

"Okay. Weiter im Text. Wer ist uns gefolgt? Diese Leute?"

Ich unterbrach ihn wieder. Wenn das so weiterging, dann würde es zwei Tage dauern, bis er alles erzählen konnte. In-Ho warf mir einen Blick zu, den ich richtig deutete. Ich legte mir jetzt selbst ein Schweigegebot auf und machte ihm ein Zeichen, als würde ich meinen Mund verschließen. In-Ho nickte und sprach weiter.

"Tatsächlich war uns der Mann deiner sogenannten Schwester bis hierher mit dem Auto nachgefahren. Erinnerst du dich an den Zwischenstopp am Fluss? Dort hatte er bereits neben uns auf dem Parkplatz gewartet. Dann war er uns bis zu diesem Haus gefolgt. So haben sie erfahren, wo du wohntest. Wusstest du, dass dein Ex-Schwager arbeitslos war und durch die Schwangerschaft deiner Ex-Schwester würde nach ihrer Entbindung auch ihr Gehalt wegbrechen und ihnen nur noch ein Minimum zur Verfügung stehen, um ihren überdurchschnittlich guten Lebensstandard weiter aufrechtzuerhalten? Zusammen mit dem Rest der Familie hatten sich diese Leute etwas ausgedacht, um einfach an Geld zu kommen. Deine sogenannte Schwester kannte Star.X, und hatte mich bei unserem Besuch in deinem alten Zuhause erkannt. Sie hat recht schnell eins und eins zusammengezählt und eine Möglichkeit für sich und ihre Familie gefunden, ihrer Meinung nach einfach an schnelles Geld zu kommen."

Ich saß erschüttert auf dem Stuhl und hörte mir an, was In-Ho berichtete. Konnten diese Leute noch tiefer sinken? Ich hatte immer gedacht, dass Angelina, meine "gute" Schwester, über allen Dingen stand. Doch vermutlich war sie zu lange dem schlechten Einfluss ihrer Eltern ausgesetzt gewesen und mein sogenannter Schwager war in den Händen meiner "Eltern" stets ohne Rückgrat und hatte alles getan und gesagt, was diese von ihm wollten.

"Die ersten Erpresserbriefe kamen schon wenige Tage nachdem wir wieder zu Hause waren. Die Polizei hielt es für Spinnereien und reagierte nur, indem ein Streifenwagen ab und zu an unserem Haus vorbeifuhr. Jae hat die ganze Sache weniger sportlich gesehen und sofort noch mehr privaten Personenschutz beauftragt. Von da an stand rund um die Uhr ein Fahrzeug vor dem Haus und überwachte den Eingang und zusätzlich wurden noch weitere geheime Kameras im Haus und Garten angebracht.

In Absprache mit der Zentrale in Seoul waren wir uns allerdings einig, dass wir dich aus der ganzen Sache heraushalten wollten. Zu diesem Zeitpunkt war uns noch nicht bekannt, wer hinter den Drohungen steckte. Ich hatte lediglich den Verdacht geäußert, dass deine Ex-Familie etwas verdächtig wirkte. Ein weiterer Grund, warum wir dich nicht beunruhigen wollten. Jetzt im Nachhinein war es alles vielleicht ein Fehler, dass wir dir nichts gesagt hatten. Dennoch glaube ich, dass ich es genauso wieder machen würde. Wenn du gewusst hättest, dass du bedroht wirst und dass vielleicht deine Familie in die ganze Sache involviert war, hättest du dich dann nicht mitschuldig gefühlt?"

"Ich", ich zeigte auf mich, "wurde bedroht? Nicht du oder Ji-Mong, sondern ich?"

Vorsichtig nickte In-Ho.

"Und dann wart ihr der Meinung, dass ich das nicht zu wissen brauche? Und wenn ihr schon den Verdacht hattet, dass meine sogenannte Familie dahintersteckte, dann hätte man es mir doch auf jeden Fall sagen müssen, denke ich. Irgendwie habt ihr da eine sehr merkwürdige Herangehensweise gezeigt."

Diese Gedankengänge konnte ich absolut nicht nachvollziehen. Wenn ich ihr Opfer war, warum weihte man mich erst recht nicht ein?

"Wir haben das mit Jae in vielen Gesprächen diskutiert. Natürlich wollten wir es dir auch sagen, aber immer wieder kam bei den Überlegungen heraus, dass wir nichts Konkretes in der Hand hatten und durch unsere Sicherheitsvorkehrungen warst du unserer Meinung nach geschützt."

Ich schnaubte verächtlich auf. Dafür hatte er mich selbst mit seinem Verhalten bis auf die Knochen verletzt. Wer brauchte Feinde, wenn er solche Freunde hatte?

"Weißt du, wir hatten leider schon oft mit solchen Problemen zu tun. Als Lisanne, Jaes Frau, nach Korea kam, wurde sie von einem machtgierigen Idol entführt. Emmy, die Frau von Taemin, wurde Opfer einer Sassaeng, die sie ohne Grund einfach in der Öffentlichkeit niedergestochen hatte. Zum Glück hatte sie diesen Angriff überlebt. Yunai, die Freundin von Sunny, hatte ebenfalls das Unglück, von einem Verrückten entführt zu werden, der von Sunny Geld erpressen wollte. Es trifft immer die Frauen, die wir lieben und ich hatte es so satt, dass das passiert.

Also wollte ich, dass du gehst. Ja, ich wollte mich von dir trennen, ehe dir auch etwas Schlimmes passiert."

"Und warum So-Ra?"

Jetzt stellte ich die Frage, die mich die ganze Zeit beschäftigt hatte.

"So-Ra hat mir geholfen, dich sozusagen loszuwerden. Sie wusste das nicht und wenn sie es wüsste, würde sie mich vermutlich bei lebendigem Leibe rösten. Sie war sehr traurig, als du plötzlich weg warst, doch ich habe ihr erzählt, dass du eine dringende Familienangelegenheit klären musstest."

"Aber warum konntest du mit mir nicht einfach reden? Warum musstest du mir so wehtun, obwohl du weißt, wie schwer es mir fällt, wenn man mich ablehnt?"

Deutlich konnte man meine Verletzung aus meiner Stimme heraushören und ich gab mir auch nicht die Mühe, sie zu verbergen.

"Diese Drohbriefe deiner Familie haben mir deutlich aufgezeigt, wie gefährlich mein Leben und das der Menschen um mich herum ist. Willst du, dass der Mensch, der dir am meisten am Herzen liegt, Schaden erleidet? Ich hätte es nicht ertragen. Dann lieber eine Trennung und die Gewissheit, dass du dein Leben normal weiterleben kannst, als die ständige Angst, es könnte dir etwas passieren, und zwar um meinetwillen."

Seine Worte ließen mein Herz beben. War ich dieser Mensch? Der Mensch, der ihm am meisten am Herzen lag?

"Scheinbar hatten die Erpresser keinerlei Skrupel und drohten damit, dir etwas Schlimmes anzutun. Ehe wirklich etwas passieren würde, hatte ich mich schweren Herzens dazu entschieden, mich von dir zu trennen. Eine Beziehung ist für jemanden wie mich, der ständig im Fokus der Öffentlichkeit steht, schon unter normalen Umständen schwierig. Das wäre noch irgendwie ertragbar gewesen, doch als es dann auch noch gefährlich wurde, musste ich etwas ändern."

Ich konnte ihn ein wenig verstehen, aber es war dennoch nicht alles gesagt, denn er hielt sich sehr vage mit seiner Erklärung. Mit großer Sicherheit hatte ich noch verschiedene weitere Fragen zu dem Thema. Vor allem wollte ich noch mehr darüber hören, dass ich ihm so am Herzen lag, dass er mich durch eine Trennung schützen wollte.

"Okay, ich denke, du hast jetzt zumindest einen Anfang der Erklärungen gebracht. Aber", ich zeigte mit dem Daumen in die Richtung des oberen Stockwerks, wo mein ehemaliges Zimmer lag. "Warum sieht der Raum so aus, wie er jetzt ist? Diese ganzen Fotos sind irgendwie spooky."

In-Ho grinste und lehnte sich auf seinen Stuhl zurück.

"Ja, oder? Ich fand die Idee auch irgendwie merkwürdig. Aber Taemin, Sunny und die anderen Jungs meinten, das wäre romantisch und ich könnte dich damit beeindrucken. Das habe ich nicht wirklich, oder?"

Gespannt auf meine Antwort wartend, lehnte er sich vor und sah mich intensiv an. Fand ich dieses Zimmer romantisch? Ich schüttelte mich. Nein. Nicht wirklich. Wenn man sein eigenes Gesicht überall mit sämtlichen vor- und unvorteilhaften Ausdrücken in allen möglichen Größen an der Wand und an der Decke sah, da war das eher verstörend.

"Haben deine Freunde zu oft Kontakt zu Sassaeng gehabt und sich von ihnen beraten lassen?"

"Siehst du, ich habe es ihnen gesagt", In-Ho klatschte in die Hände. "Ich musste auch erst überzeugt werden."

"Warum hast du das denn überhaupt gemacht?", fragte ich leise.

Er war nach zwei Jahren plötzlich vor mir aufgetaucht, verschleppte mich in das Haus, in das ich nie wieder einen Fuß setzen wollte und gab mir jetzt hier lauwarme Erklärungen für sein Verhalten ab. Wirklich überzeugt war ich noch immer nicht. Etwas Entscheidendes fehlte mir noch.

"Ich habe das gemacht, weil ich alles versuchen wollte, um dir zu zeigen, wie wichtig du mir bist."

Sein Gesichtsausdruck war todernst und mit einem Mal spürte ich, dass wir endlich zu dem Punkt gekommen waren, der für uns beide entscheidend sein würde. Schweigend wartete ich ab und war nicht bereit, ihm seine nächsten Worte leichter zu machen.

"Als du das Haus verlassen hast, war es für mich so, als hättest du meine Seele mitgenommen. Ich weiß, dass du die ganze Zeit darauf gewartet hast, dass ich dir meine Liebe gestehen würde. Weißt du, wie oft ich kurz davor war, dir alles zu sagen? Dich anzuflehen, bei mir zu bleiben? Ich musste so tun, als würde ich deine

Enttäuschung nicht sehen. Es hat mir das Herz zerrissen, wenn du traurig warst und doch konnte ich dir nicht die Sicherheit geben. Du musstest gehen. Als du an jenem Tag vom Hof gefahren bist, bin ich gestorben."

Ich nickte. Vielleicht war es damals so gewesen. Dennoch verstand ich immer noch nicht, warum er nie mit mir geredet hat. Er seufzte. Vermutlich hatte er eine andere Reaktion von mir erwartet, aber ich hatte zwei lange furchtbare Jahre meine Wut und Frustration kultiviert.

"Also gut. Ich hatte einfach verdammt Schiss! Ich war 24 Jahre alt, hatte einen üblen Unfall gehabt und eine Karriere, die auf der Kippe stand. Wenn ich jetzt auch noch mit meiner Freundin um die Ecke gekommen wäre, dann wäre alles für immer vorbei gewesen. Ich habe geschwankt, das gebe ich zu. Ich habe geschwankt, ob ich meiner Liebe zu dir oder meiner Karriere den Vorzug geben sollte. Halte mich für ein Schwein, weil ich mich für meine Karriere entschieden habe. Ich war bereits als Teenager Trainee und lebte meinen Traum. Ich war auf dem Höhepunkt meiner Karriere und hin- und hergerissen. Weißt du, wann ich es bereut habe, dich gehen zu lassen? In dem Moment, in dem du das erste Mal heimlich in deinem Zimmer geweint hast. Aber ich war zu verwirrt um zu wissen, was ich tun sollte und ich war vielleicht auch noch zu jung, um den richtigen Weg zu gehen."

"Aha", sagte ich und sah auf meine Hände, die in meinem Schoß zitterten. So viel also zu seiner Liebe zu mir. Ein Luftballon, der einfach geplatzt war, als das Wetter kühler wurde.

"Jae hat uns sofort nach Korea zurückgeholt. Ich wollte nicht und habe ihm das Versprechen abgerungen, dass ich jede freie Zeit, die ich hatte, hier in Deutschland in deiner Nähe verbringen durfte. Er hat mich gelassen, da er wusste, ich würde es sonst ohne seine Erlaubnis tun. Ich musste in deiner Nähe sein. Mittlerweile war mir klar, dass meine Karriere mir nicht mehr wichtiger war als du, aber ich wollte meine Member nicht im Stich lassen. Ji-Mong hatte bereits aufgehört und wenn ich auch noch gegangen wäre, hätte es Star.X nicht mehr gegeben. Sie sind meine Brüder, meine engsten Freunde. Ich fühlte mich so zerrissen. Doch jetzt, nach diesen zwei Jahren, habe ich endlich alles geregelt. Ich bin jetzt 26 Jahre alt, habe genügend Geld, um eine Familie zu ernähren und ich habe innerhalb der letzten zwei Jahre ein Studium im Managementbereich absolviert. Jae wird mich in seiner Firma als Junior Direktor übernehmen, wenn Star.X ihre Abschlusstournee absolviert hat. Bis dahin sollte ich Stillschweigen über mein Privatleben wahren. So war die Vereinbarung. Aber ich habe es nicht mehr ausgehalten. Als ich auch noch erfahren habe, dass du dich mit Kai verlobt hast, bin ich ausgeflippt."

Er sah sie mit einem gequälten Gesichtsausdruck an. Sollte er ihr erzählen, dass es allerdings auch Kai gewesen war, der ihn zu seinem Geständnis gezwungen hatte? Während des Besuchs des Direktors vom Parkblick in Korea, hatte er um einen Gesprächstermin mit Jae und ihm, In-Ho, gebeten. Nach diesem Gespräch wusste In-Ho, dass er nicht mehr zögern sollte. Kai Grimm hatte ihm genau eine Chance gegeben, und die wollte er nutzen, ehe er die Frau, die er liebte, für immer an den Direktor verlieren könnte.

In-Ho schwieg und schien zu überlegen. Sein Gesicht sah angestrengt aus, als würde er in dem wichtigsten Vorstellungsgespräch seines Lebens sitzen. Vielleicht war es auch so, denn ich war mir noch nicht sicher, welchen Bewerber ich am Ende einstellen sollte. Ich sah auf meinen Ring, den ich unbewusst die ganze Zeit an meinem Finger gedreht und immer mal wieder abgezogen hatte, als wäre er etwas, das ich loswerden wollte. Ohne es zu wissen, hatte ich die Entscheidung schon lange vor unserem Wiedersehen getroffen. In meinem Herzen hatte es immer nur einen einzigen Mann gegeben.

"Die Fotos in dem Zimmer sind zum Teil von mir. Immer dann, wenn ich hier war, bin ich dir gefolgt wie ein verrückter Stalker. Alleine dein Anblick war für mich wie ein Pflaster, dass man auf eine tiefe Wunde legte. Du sahst oft so traurig aus, dass es mir mein Herz schmerzen ließ. Ich musste jetzt zu dir kommen. Die letzten beiden Jahre waren für mich die Hölle. Ich bin egoistisch, oder?"

Langsam hob ich meinen Kopf und sah ihn an. Tränen liefen über mein Gesicht. Er hatte uns zwei Jahre unseres Lebens gestohlen. Ja, er war egoistisch.

"Alea, bitte, ich bitte dich nur um eine einzige Sache: Bitte gib mir eine zweite Chance! Ich will alles wiedergutmachen, was du in den letzten beiden Jahren leiden musstest. Bitte, ich flehe dich an!"

~ Kapitel 29 ~

Touch my Seoul

Es war das erste Mal, dass ich in einem Flugzeug saß und ich war wahnsinnig aufgeregt. Kai saß vor dem Start auf dem Platz neben mir und grinste, während ich die Lehne meines Sitzes fest umklammerte.

"Okay, danke fürs Babysitten", hörte ich plötzlich die Stimme neben mir, auf die ich die ganze Zeit gewartet hatte.

In-Ho machte eine höflich angedeutete Verbeugung vor Kai und dieser stand erleichtert von seinem Platz neben mir auf und sah ein letztes Mal auf mich aufgeregtes Häufchen hinunter.

"Viel Erfolg. Die Spucktüte habe ich schonmal herausgelegt."

Man konnte förmlich das schadenfrohe Grinsen aus seiner Stimme heraushören. Ein letztes Mal drehte mein Ex-Verlobter sich um, ehe er geschmeidig zu seinem eigenen Sitzplatz zurückging und sich dort für den Langstreckenflug gemütlich einrichtete.

"Alles okay?"

In-Ho glitt neben mir auf den Sitz und nahm fürsorglich meine Hand in seine. Als er merkte, dass sie vor Nervosität ganz kalt und feucht war, umschloss er sie mit seinen beiden Händen und drückte aufmunternd zu.

"Es wird nichts passieren, vertraue mir."

Ermutigend nickte er mir zu, doch ich hatte für sein hübsches Gesicht momentan keine Aufmerksamkeit übrig. In mir rumorte es vor Nervosität und ich war damit beschäftigt, meinen Mageninhalt vor Aufregung bei mir zu behalten. Ängstlich nickte ich automatisch und versuchte nicht daran zu denken, wie dieser riesige Vogel gleich schwerfällig abheben und uns durch die Luft transportieren würde. In-Ho beugte sich über mich und prüfte, ob ich den Sicherheitsgurt angelegt hatte. Ich hatte ihn sogar so fest zugezogen, dass ich beinahe keine Luft mehr bekam. Vorsichtig ließ er den Verschluss aufschnappen und lockerte ihn ein wenig. Endlich konnte ich wieder atmen und vielleicht ging damit auch meine Flugangst ein wenig zurück - aber nur vielleicht.

"Du wirst sehen, dass Fliegen ganz entspannend ist. Genieße die Aussicht, die leckeren Getränke und das Essen. Und außerdem kann ich einen halben Tag lang deine Hand halten und du kannst nicht vor mir weglaufen. Für mich der perfekte Flug."

Mit blitzenden Augen sah ich ihn an. Wie konnte er jetzt scherzen, wenn ich gleich sterben würde? In-Ho grinste und nahm meine Hände wieder in seine. Er selbst hatte vermutlich einen gewissen Teil seines Lebens in der Luft verbracht, da Star.X ständig Termine, Auftritte und Konzerte auf den verschiedensten Kontinenten gab. Da man als normaler Bürger Südkorea nur mit einem Schiff oder einem Flugzeug verlassen oder besuchen konnte, gehörte Fliegen einfach für viele zum Reisen dazu. Oder sie verließen eben ihr schönes Land niemals, was für international bekannte K-Pop Idols jedoch ein Ding der Unmöglichkeit war.

Als der Flieger endlich abhob, bereute mein Freund vermutlich seine Entscheidung, meine Hand zu halten, denn ich quetschte ihm wahrscheinlich jeden einzelnen Finger. Mit vor Schmerz verzehrtem Gesicht rieb er sie sich nach dem Start, doch tapfer nahm er mich kurze Zeit später wieder in seine Hand.

"Bitte, kannst du nochmal den Ablauf erklären? Es beruhigt mich, wenn du redest." Meine Stimme war piepsig und ich war immer noch weit davon entfernt, entspannt zu sein.

"Aber gerne. Also, wenn wir gelandet sind, werden wir als Erstes zu Jae und Lisanne fahren. Dort kannst du dann den kleinen Jae-Sung kennenlernen."

Ich hatte den kleinen Zwerg vor meinem inneren Auge. Die Fotos und Videos, die ich von dem kleinen Sohn des mächtigen CEO und seiner deutschen Frau gesehen hatte, waren herzallerliebst. Wenn zwei solch schöne Menschen ein Kind bekamen, dann konnte dabei nur ein Wonneproppen herauskommen. Der Kleine war zusammen mit der inzwischen vierjährigen Mi-Na, der Tochter von Taemin und Emmy, der Liebling der Band.

"Die anderen werden natürlich zum großen Familienessen auch da sein. Yeon und Joon kommen von ihrem gemeinsamen Urlaub aus Bali ebenfalls heute zurück. Taemin und Emmy und Sunny und Yunai sind natürlich auch da. So-Ra kann leider nicht kommen, da sie ihren Mann zu einem Dreh begleitet. Na ja, und das Brautpaar Ji-Mong und Sara sind natürlich auf jeden Fall da. Du siehst also, die ganze große Familie wird anwesend sein. Und endlich kann ich ihnen voller Freude auch meine zukünftige Frau vorstellen."

In-Ho drückte meine Hand wieder und dieses Mal tat er es nicht, weil ich Angst hatte, sondern weil ihn seine Emotionen übermannten. Ich hatte es ihm nicht wirklich leichtgemacht, nachdem er wieder in mein Leben getreten war. Seit unserem ersten Treffen nach der Trennung waren nunmehr sechs Monate vergangen. Sechs Monate, in denen In-Ho um mich warb, wie ein Kavalier der alten Schule. Er sandte mir jeden Tag einen Strauß mit roten Rosen, bis meine Suite aussah, wie ein Blumenladen und ich ihn anwies, dieses zu unterlassen. Ich erhielt zu den Blumen und darüber hinaus jeden Tag einen handschriftlichen Liebesbrief, in dem er mich um Verzeihung bat. Er hatte mir einen Song gewidmet, der auch noch hoch platziert in den Charts war. Er lud mich in Restaurants, Theater und Museen ein und sandte mir, wenn er nicht selbst in Deutschland sein konnte, ständig teure Aufmerksamkeiten von den Orten, an denen er sich irgendwo auf der Welt befand.

Mit jedem neuen Treffen mit ihm bröselte meine um mich herum gebaute Mauer ein wenig mehr und irgendwann fehlten ganze Steine, sodass sie eines Tages mit einem riesigen Krachen in sich zusammenfiel. Tief in mir hatte ich ihm schon lange verziehen und eigentlich hatte auch ich vermutlich die Trennung vor diesen zwei Jahren für meine eigene Entwicklung benötigt. Wir waren beide in dieser Zeit reifer und erwachsener geworden. Obwohl ich mich nach wie vor um diese beiden Jahre betrogen fühlte, hatte unsere Beziehung vielleicht wirklich Zeit gebraucht.

In-Ho war nach dem Unfall überfordert. Er war traumatisiert und als er endlich heilte, hatte er Zukunftsangst bekommen. Etwas, das man, wenn man sein ganzes Leben darauf ausgelegt hatte perfekt zu sein, verstehen konnte. Für ihn war das "Idol-Sein" sein Leben gewesen und der Gedanke, sein Leben zu verlieren, verwirrte vermutlich jeden. Nach seiner Rückkehr in die Musikbranche war er mit offenen Armen von Fans und Kritikern aufgenommen worden. Er konnte seine Karriere beinahe nahtlos dort fortführen, wo er vor dem Unfall abrupt aufhören musste. Wahrscheinlich hätte unsere Liebe dem Druck der Öffentlichkeit in dieser Zeit auch nicht Stand gehalten. Ich war damals sehr unsicher gewesen und er hatte mir trotz seiner Liebe zu mir keine Sicherheit geben können. Ich war geplagt von Eifersucht und dem ständigen Gefühl, ungewollt und minderwertig zu sein.

Mittlerweile stand ich selbst mit beiden Beinen fest im Arbeitsleben, war von niemanden abhängig und kannte meinen eigenen Wert. Meine Verlobung mit Kai hatte ich gelöst und zu meinem Erstaunen schien mein guter Freund dieses mit einer gewissen Resignation und Verständnis aufzunehmen. Er erklärte mir, dass er sich stets darüber im Klaren gewesen war, dass In-Ho für mich an erster Stelle stand. Jetzt wäre er bereit, dieses zu akzeptieren und selbst nach vorne zu sehen, aber auch er hatte diese Zeit für sich gebraucht.

Erfreut hatte ich vor einigen Wochen erfahren, dass er zufällig die Erbin einer Hotelkette kennengelernt hatte und sie sich beide sympathisch waren. Ob aus ihnen auch ein Liebespaar werden würde, würde die Zeit zeigen. Aber Kai hatte sein eigenes Happy End ebenfalls mehr als verdient. Jetzt saß er zusammen mit uns im Flieger nach Seoul und würde bei der Hochzeit seiner Schwester ihr zur Seite stehen, während Herr Grimm, der bereits in Südkorea war, seine Tochter zum Altar führen würde. Ich war Saras Trauzeugin. Dieses hatten wir uns bereits im Kindergarten versprochen und es war nun endlich soweit. Meine beste Freundin heiratete den Mann, der für sie auf der anderen Seite der Welt geboren worden war. Manchmal musste man den Kopf etwas weiterdrehen, um das Glück zu finden, weil es hinter einem stand.

Zusammen mit den Frauen, Freundinnen und Freunden der Star.X Member war an den nächsten Tagen nach unserer Ankunft ein Junggesellinnenabschied geplant. Darauf freute ich mich schon, denn ich kannte keine der anderen Mädchen bislang sehr gut. Die Zeit, in der sie Gäste vom Parkblick gewesen waren, zählte ich nicht dazu und jetzt würden wir einen netten Abend zu siebt verbringen. Ich war gespannt, wie die Frauen und der eine Mann mich aufnehmen würden. Sara hatte nur Gutes zu berichten und war zwischenzeitlich mit den Frauen sehr gut befreundet. Anders als früher war ich nicht eifersüchtig oder neidisch. Ich gönnte es ihr von Herzen, dass sie sich schnell eingelebt hatte und wer weiß, vielleicht würde es mir später auch sehr hilfreich sein.

"Schlaf ein wenig. Wir werden morgen früh in Incheon landen und dann kann ich dir endlich ein wenig mein Land zeigen."

In-Ho beugte sich zu mir hinüber und gab mir einen zärtlichen Kuss auf meine Stirn.

"Saranghae", flüsterte er liebevoll und ich schloss die Augen.

Er sagte mir die Worte, die ich hören wollte, mehrmals täglich und sie nutzten sich nicht ab, da sie von Herzen kamen. Was aber noch viel besser als seine verbalen Liebesbekundungen bei mir ankam war, dass er seine Liebe stets durch Gesten der Zuneigung zeigte. Ich liebe dich auch, dachte ich, bevor ich tatsächlich einschlief.

Am Flughafen wurden wir von einem Fahrer von Woon-Entertainment erwartet. Zu meiner Überraschung stiegen wir vor allen anderen Passagieren aus dem Flieger aus und wurden direkt mit einem kleinen Bus zu einem nur für VIP-Gäste zugängigen Ausgang gefahren.

"Vor dem Flughafen warten Fans und ich möchte heute Morgen in Ruhe zur Villa fahren. Jae hat uns diesen Inkognito-Check-Out organisiert. Ein Vor- oder wenn du so willst ein Nachteil, wenn die ganze Nation weiß, wer du bist. Hier", er reichte mir ein Basecap und eine Gesichtsmaske. "Setze beides auf und halte den Kopf gesenkt."

Er drückte mir die Mütze auf meine Haare und ich zog wie gewünscht die Gesichtsmaske an. Der kleine Flughafenbus fuhr zu einem Seiteneingang zu ebener Erde und der Fahrer ließ uns direkt vor dem Eingang aussteigen. Wir zeigten zwei Sicherheitsbeamten unsere Reisepässe und wurden dann ohne weitere Kontrolle durchgewunken. Erstaunt bemerkte ich, dass wir bereits mit dem ganzen Prozedere fertig waren und ging neben In-Ho den Gang hinter den offiziellen Ankunftshallen entlang, ohne dass die draußen wartenden Fans ahnten, dass wir bereits auf dem Weg zu unserem Fahrzeug waren. Später würde das Management verkünden, dass wir bereits einen früheren Flieger genommen hatten und daher die Fans unsere Ankunft verpasst hätten.

"Was war mit dem Visum und den ganzen anderen Formalitäten?" Ich hatte mich im Vorfeld im Internet schlau gemacht und wartete darauf, dass noch ganz viel Papierkram auf mich zukommen würde.

"Alles gut. Wir können direkt ins Auto einsteigen."

Verblüfft drehte ich mich um. Es würde für mich eine neue Erfahrung werden, denn wenn man in Korea über Macht und Geld verfügte, waren einige Dinge hier einfach anders, als für normale Bürger. Nicht unbedingt schlecht, dachte ich grinsend und griff nach In-Hos Hand. Ich warf einen Blick auf meinen Freund, der selbstsicher neben mir schritt. Von seiner früheren Verletzung war kein Schaden zurückgeblieben und er konnte seine Beine wieder vollständig belasten und ohne Schmerzen bewegen. Leichtfüßig ging er neben mir und ich lächelte stolz zu ihm hoch. Er gehörte jetzt mir, mein Superstar und ich liebte ihn so sehr.

Die Fahrt vom Flughafen Incheon in das Villenviertel, in dem das Haus von Jae und Lisanne stand, war lang. Kai war nicht mit uns zusammen im Van der Entertainmentagentur gefahren, da er zuerst in seinem Hotel einchecken wollte und sogar noch ein geschäftliches Meeting zuvor hatte. Außerdem hatte er von den Komfort-Check-in wie wir nicht nutzen können und durchlief das gesamte Prozedere der Einreise. Wir würden ihn vermutlich erst auf der Hochzeit wiedertreffen.

Mit großen Augen hatte ich die ganze Fahrt über aus dem Fenster gesehen und mir die riesige Metropole Seoul angeschaut, die man bereits über Kilometer entfernt bestaunen konnte. Gigantische Hochhäuser, dutzende von ihnen, wuchsen wie Pilze aus der Erde. Die ganze Stadt war an mehrere Hügel gebaut und so sah es aus, als hätte ein Riese Würfel ausgeschüttet und sie wären zusammen gekullert oder an Ort und Stelle liegengeblieben. Die schiere Größe der Stadt jagte mir einen Schauer über den Rücken. Hier würde ich mich mit Sicherheit verlaufen, geschweige denn wohlfühlen können. Ich war zwar in einer Stadt aufgewachsen, aber diese war gegen Seoul ein Dorf. Ungläubig sah ich In-Ho an. Hier lebte, arbeitete und wohnte er?

"Faszinierend, oder? Aber wenn du dich erst einmal daran gewöhnt hast, dann ist es eine wirklich schöne Stadt. Sauber, ruhig und ordentlich."

"Ruhig? Mit den Millionen von Menschen? Den ganzen Autos, der Abgase? Also, ich weiß ja nicht."

Ich sah zweifelnd wieder aus dem Fenster. Die Stadt sah auf den ersten Blick für mich nicht wirklich einladend aus. Ich fürchtete mich sogar vor ihr. Sie war extrem, war riesig, hoch, glitzernd, einfach gigantisch in allem. Als unser Fahrer jedoch von der sechsspurigen Straße abbog und wir in eine Gegend kamen, die tatsächlich etwas ruhiger und weniger hochgebaut aussah, begann ich langsam die Liebe der Seouler zu ihrer Stadt zu verstehen. Es gab vermutlich sehr viele verschiedene Eindrücke und Gegenden zusammengefasst in einer riesigen Metropole. Neugierig betrachtete ich die Straße, durch die wir jetzt fuhren. Ganz offensichtlich wohnten hier keine Geringverdiener, dachte ich und bewunderte die wenigen Häuser, die nicht hinter riesigen Mauern versteckt waren. Man bewahrte hier seine Privatsphäre und das war vermutlich sehr wichtig, denn Besitztum erweckte Neid.

Endlich fuhren wir die Auffahrt zur Villa von Park Jae-Woons Familie hinauf. Bevor wir jedoch mit dem Auto einfahren durften, wurden wir und auch das Fahrzeug von der Security am Eingang genau überprüft. Ich grinste, denn dieses Check-in war deutlich intensiver, als beim Betreten des koreanischen Bodens auf dem Flughafen.

Bewundernd stand ich vor dem Haus, das In-Ho eine Villa nannte. Für mich sah es vielmehr aus wie ein Schloss und ich versuchte gar nicht erst die vielen Fenster zu zählen, die die Vorderfront aufwies. Kein Wunder, dass wir uns hier trafen, denn vermutlich hatten alle Familien auch dann noch Platz, wenn sie Kinder und Enkelkinder mitbringen würden. Und wahrscheinlich würde dann immer noch jeder sein eigenes Zimmer bekommen können und es wären nicht alle Räume belegt.

Wir hatten gerade den Wagen verlassen, als die Eingangstür aufgerissen wurde und eine blonde Frau mit wehenden Locken die Treppen heruntereilte und zuerst In-Ho und dann mir um den Hals fiel. Ich hatte gerade noch genügend Zeit gehabt zu erkennen, dass es sich bei ihr um die Dame des Hauses, Lisanne Park, handelte. Diese stürmische Begrüßung irritierte mich anfangs, aber dann bekam ich das Gefühl, das ich sie unbedingt ebenfalls umarmen müsste.

"Alea, es ist so schön, dass du endlich hier bei uns bist! Wir freuen uns so, dass ihr endlich zusammen hier seid! Kommt herein!"

In-Ho legte mir seine warme Hand in den Rücken und schob mich vorsichtig in Richtung Eingang. Ich drehte mich zu ihm um und zog eine Augenbraue fragend hoch.

"Geh", flüsterte er und grinste.

Seufzend lief ich hinein und blieb mit offenem Mund vor Erstaunen im Foyer des Hauses stehen. Es war riesig und wunderschön und erinnerte mich wieder an ein altes deutsches Schloss – oder eine übergroße Südstaatenvilla wie die aus "Vom Winde verweht", dachte ich ehrfürchtig. Lange verweilte ich jedoch nicht, denn plötzlich spürte ich zwei kleine Hände an meinen Beinen, die an meiner weiten Hose zogen. Neugierig blickte ich hinunter und sah den kleinen Jae-Sung, wie er mich mit seinen hübschen dunklen Augen von unten herauf anstrahlte.

"Hallo ich bin Jae-Sung. Wer bist du?"

Oh mein Gott, war der niedlich, durchfuhr es mich und ehe ich mich versah, hatte ich den kleinen Jungen auf meinem Arm und kicherte und lachte mit ihm um die Wette. Lisanne kniff In-Ho in den Arm, als sie beide mich beobachteten.

"Sieh zu, In-Ho. Ich teile nicht so gerne. Jetzt weißt du, was du deiner Liebsten schenken kannst."

Als In-Ho rot anlief, lachte Lisanne laut auf und tanzte hinter ihrem Sohn und mir hinterher. In In-Ho ratterte es und er schien die Idee plötzlich gar nicht so schlecht zu finden, denn ein lüsternes Grinsen machte sich auf seinem Gesicht breit und als ich ihn damit sah, trieb es mir die Röte in die Wangen. Na ja, also eigentlich mochte ich Kinder wirklich gerne.

~ Kapitel 30 ~

Die neue Familie

Die Hochzeit von Sara und Ji-Mong war wunderschön. Sie hatten sich gegen eine große Feier entschieden und lediglich im Rahmen der Hausgäste und ein paar Wegbegleitern und Freunden von Ji-Mong geheiratet.

Neben seiner Frau Sara war für Ji-Mong jedoch das größte Geschenk und Glück, dass er fast vollständig seine Fähigkeit sich zu bewegen zurückerlangt hatte. Die Schwellung an seinem Rückenmark war beinahe komplett verschwunden und er war wieder in der Lage, selbstständig zu gehen und seine Bewegungseinschränkung war nur noch minimal. Dennoch wollte er nicht mehr aktives Mitglied von Star.X sein und blieb dabei, für die Gruppe im Hintergrund zu arbeiten und für sie da zu sein. Nach einiger Zeit der Trauer hatten es sowohl seine Freunde als auch die Fans akzeptiert und freuten sich jedes Mal, wenn Ji-Mong bei öffentlichen Auftritten das eine oder andere Mal dabei war. Allerdings wurde es von ihm nun nicht mehr erwartet auf der Bühne zu stehen. Aus diesem Grund war ihm die Freude, wenn er dann doch einmal im Rampenlicht stand, deutlich anzusehen.

Die vier aktiven Mitglieder von Star.X sangen an seinem Hochzeitstag ein wunderschönes Ständchen für ihren ehemaligen Rapper und alle Gäste jubelten vor Freude, als Ji-Mong selbst zu ihnen trat und sie zusammen einen ihrer Hits für alle Anwesenden zum Besten gaben. Sara strahlte und war so glücklich, wie ich sie selten zuvor gesehen hatte. Sie hatte ihren Prinzen gefunden und er seine Prinzessin. Vermutlich das perfekte Paar, das sich in Ji-Mongs dunkelster Stunde gefunden hatte und gemeinsam den manchmal recht beschwerlichen Weg der Heilung gegangen waren.

Nach der Hochzeit fuhr das Brautpaar in ihre Flitterwochen und ich verließ nach dem Fest zusammen mit In-Ho die gastliche Villa der Familie Park. Endlich würde er mir zeigen, wie und wo er selbst wohnte, denn bislang hatten wir noch nicht die Zeit gefunden, die Villa zu verlassen. Tatsächlich hatte auch der Junggesellinnen Abschied in dem Haus stattgefunden. Anfangs fand ich das merkwürdig, doch als ich den riesigen Pool im Keller ihres Hauses für die Party dekoriert vorfand, war ich auch der Meinung, dass man es nicht besser treffen konnte. Außerdem waren die Kinder von Lisanne und Emmy so nahe bei ihren Müttern und diese waren beruhigt, dass sie jederzeit bei Jae-Sung oder Mi-Na sein konnten, sollten die Kleinen nach Mama verlangen.

Yunai, die Freundin von Sunny, hatte ich jetzt auch kennengelernt. Sie stellte sich als eine ruhige, etwas zurückhaltende hübsche Frau heraus, die jedoch ebenso herzlich und freundlich war, wie die quirlige Lisanne und die empathische Emmy. Yeons fester Freund Joon war ebenfalls mit von der Partie und er war eine absolute Überraschung. Yeon und Joon hielten ihre jahrelange Beziehung vor der Öffentlichkeit geheim und umso dankbarer war ich für das Vertrauen, dass sie mir mit ihrer Offenbarung entgegengebracht hatten. Joon selbst war ebenfalls ein bekanntes Idol und einige Jahre jünger als Yeon. Er hätte noch viele Jahre seiner Karriere vor sich und das öffentliche Outing im konservativen Korea könnte schlimmstenfalls zum Rauswurf aus seiner eigenen Gruppe oder mit dem Bann der koreanischen Medien enden. Diesen Umgang mit gleichgeschlechtlicher Liebe in der Öffentlichkeit hatte ich nie verstanden und so unterstützte und respektierte ich natürlich ihre Geheimhaltung voll.

Joon war lustig, witzig und dazu noch ein ausgezeichneter Partymacher. Gemeinsam lachten wir viel und hatten so viel Spaß, wie ich selten zuvor mit Menschen hatte, die ich kaum kannte. Alle vier hatten mich in ihrer Mitte herzlich willkommen geheißen und zusammen mit Sara hatte ich vermutlich den lustigsten Abend unter neuen Freunden in meinem bisherigen Leben verbracht. Wir machten wilde Partyspiele innerhalb und außerhalb des Pools, lästerten über andere Boybands, redeten über die Jungs von Star.X und betranken uns so sehr, dass wir gemeinsam auf den Liegen am Pool einschliefen, bis der Morgen graute.

Am Morgen nach der Hochzeit hatte ich also nicht nur von Sara und ihrem neuen Mann Abschied genommen, sondern auch meinen neuen Freundinnen und Freund vorerst auf Wiedersehen gesagt. Zusammen mit In-Ho würden wir direkt von der Villa aus in seine Wohnung fahren und dort meine restlichen Urlaubstage in Seoul verbringen. Nach dieser Zeit würde ich zurück nach Deutschland fliegen und wenn es unsere Beziehung vertrug, käme ich vielleicht eines Tages zurück und würde für immer bleiben. Allerdings wollte ich mir für diese Entscheidung noch ein wenig Zeit geben, denn immer noch saß die Trennung von vor zwei Jahren in meinen Knochen.

Mittlerweile eiterte die Wunde nicht mehr, aber die Haut, die dort neu gewachsen war, war noch recht dünn und empfindlich. Ein wenig dicker war sie geworden, als ich erfahren hatte, dass So-Ra verheiratet war, und zwar mit einem bekannten Mann, den ich ebenfalls kannte und sehr schätzte. Leider konnten sie und ihr Mann zur Hochzeit von Sara aus beruflichen Gründen nicht anwesend sein und darüber war ich wirklich sehr traurig gewesen. Bereits vor zwei Jahren hatte mir die hübsche Deutsch-Koreanerin So-Ra sehr gut gefallen, ich ihr aber aus Eifersucht keine Chance gegeben.

In-Ho wohnte in einem Hochhaus, das zentral in der Stadt in einer sehr guten Wohngegend gelegen war. Ich wusste, dass im gleichen Haus auch Sunny und Yunai wohnten, ebenso wie verschiedene andere koreanische Prominente. Vermutlich war der Preis für eine Wohnung in einem derartig exklusiven Gebäude so hoch, dass ich die Zahl noch nicht einmal aussprechen konnte, weil sie so viele Nullen hatte. Entsprechend groß war meine Erwartung an die Wohnung.

Nervös öffnete In-Ho die Eingangstür und ließ mir den Vortritt. Neugierig trat ich ein und blieb einen Moment stehen, um den ersten Eindruck voll in mich aufzunehmen.

"Und? Willst du nicht hineingehen?"

Ich konnte direkt spüren, wie zappelig In-Ho hinter mir war. Was, wenn mir seine Wohnung nicht zusagte? Er wollte, dass ich später zu ihm zog und dafür musste er mich überzeugen. Was würde er tun, wenn ich lieber aufs Land ziehen wollte? Würde er auch das für mich tun? Als ich ihn danach fragte, antwortete er ohne einen Moment des Zögerns er könnte überall leben, solange ich bei ihm war. Welche Frau wollte so etwas nicht hören? Ich wusste, dass er es wirklich ernst meinte und seine uneingeschränkte Liebe wärmte mein Inneres.

"Wow", sagte ich und drehte mich zu ihm um, schlang meine Arme fest um seine Hüften und küsste ihn. Erleichtert zog er mich eng an seinen warmen Körper und erwiderte leidenschaftlich den Kuss.

"Gefällt sie dir?" Seine Stimme war rau und ich nickte.

"Sie gefällt mir sehr."

Ich drehte mich um, sodass er mich von hinten umschlingen konnte. Gemeinsam gingen wir hinein und ich strahlte, als ich die ganzen bunten Luftballons sah, die überall im Wohnbereich verteilt herumlagen, irgendwo festgeklebt waren oder an der Decke schwebten. Zusammen mit einer riesigen Girlande, die mich willkommen hieß, war es zugleich kitschig und wahnsinnig romantisch.

Die Wohnung war riesig groß, hell und modern eingerichtet und entsprach absolut meinem Geschmack. Einzig ein paar Dekorationen fehlten hier noch, aber darum würde ich mich liebend gerne kümmern. Vielleicht einen rosa Plüschteppich dort, eine pinkfarbene Stehlampe da? Ich kicherte und malte mir das Gesicht meines Liebsten aus, wenn ich ihn damit überraschen würde. Er durfte ruhig noch etwas leiden, grinste ich innerlich.

Die nächsten Tage zeigte mir In-Ho seine Stadt. Tatsächlich fand ich sie in seiner Begleitung wirklich schön, denn es gab so wahnsinnig viel zu entdecken. Wir verbrachten einen wunderschönen Nachmittag in einem Nationalpark und besuchten einen der vielen antiken Paläste. Gemeinsam sahen wir uns das Bukchon Hanok Village an und machten hier viele Fotos vor den alten Häusern. Hand in Hand schlenderten wir über den Namdaemun Markt und aßen Tteokbokki und waren dabei stets auf der Hut, weder von Paparazzi noch von Fans entdeckt zu werden. Einerseits war es wunderschön, von In-Ho die Stadt gezeigt zu bekommen, andererseits entschieden wir uns nach drei Tagen des Versteckspielens, unsere Sachen zu packen und ans Meer zu fahren.

Park Jae-Woon war bei seiner Ziehmutter an einer der Küsten aufgewachsen und genau dort fuhren wir hin. Wir aßen gemeinsam in ihrem winzig kleinen Restaurant eine merkwürdig aussehenden aber unwahrscheinlich leckere Fischsuppe. Wir spazierten am menschenleeren Strand zusammen und sammelten Muscheln und lagen eng aneinander gekuschelt abends auf dem harten Boden eines kleinen Gästezimmers, traditionell nur auf einer Steppdecke, und wärmten uns aneinander. Am nächsten Morgen taten uns sämtliche Knochen weh, doch es war eine unvergleichliche Erfahrung gewesen. Doch leider näherte sich das Ende meiner Zeit in Korea mit großen Schritten.

Als In-Ho mich zum Flughafen begleitete, weil meine Urlaubszeit bereits vergangen war, hatte ich Schmerzen. Unendliche Schmerzen in meiner Brust. Ich wollte mich nicht trennen und ich war todunglücklich, dass ich zurückfliegen musste und er nicht mitkommen konnte. Doch es würde keine Trennung für ewig sein und es gab so vieles, was ich zu Hause noch zu erledigen hatte. Als ich im Flugzeug saß, dachte ich dieses Mal nicht an meine Flugangst, sondern an die schöne Zeit mit In-Ho und die Überraschung des letzten Tages zurück.

Am vorletzten Tag meines Aufenthalts in Seoul hatte mich In-Ho zu seiner Agentur mitgenommen. Woon-Entertainment war in einem eigenen riesigen Hochhaus untergebracht und ihr Chef Park Jae-Woon erwartete uns bereits in der 18. Etage. Als ich meinen ehemaligen Chef und In-Hos Vorgesetzten nun in seinem einschüchternden Büro hinter dem großen schweren Schreibtisch sitzen sah, schlug mein Herz wie verrückt. Er strahlte so eine starke Aura der Macht aus, dass es einem schon einmal Angst machen konnte, auch wenn man nichts falsch gemacht hatte. In-Ho hatte mir erzählt, dass Park Jae-Woon das ganze Imperium aus eigener Kraft und mit eigenem Können aufgebaut hatte und er dennoch immer ein guter Mensch geblieben war. Er war den Jungs und ihren Frauen von Star.X ein guter Freund und vor allem war er ein liebevoller Ehemann und Vater.

Es gab also eigentlich nichts für mich zu befürchten, doch als ich jetzt auf einem der Sessel in seinem Büro saß und ihn hinter dem Schreibtisch betrachtete, hätte ich genauso gut einer Verurteilung als Schwerverbrecherin entgegensehen können. Dank meines häuslichen Überlebenstrainings ließ ich mir meine Aufregung nicht anmerken und schaute gespielt gelassen in seine Richtung, bis er aufstand und sich zu uns an den Tisch setzte. Mein Herz flatterte und ich suchte nach In-Hos Hand, der neben mir die Ruhe selbst war. Nervös atmete ich leise ein paar Mal tief ein und aus und versuchte mich zu konzentrieren.

"Alea, ich habe erfahren, dass du morgen bereits wieder abreisen wirst und wollte die Gelegenheit noch einmal kurz nutzen, um dir einen Vorschlag zu unterbreiten."

Er hatte von seinem Schreibtisch eine kleine Mappe mitgenommen und legte diese nun vor mir auf den Tisch. Als er sie aufklappte, sah ich einen Vertrag. Was hatte er dieses Mal vorbereitet? Oder war es der Vertrag vom letzten Mal?

"Du weißt, dass ich mit deiner Unterstützung in Deutschland vor zwei Jahren mehr als zufrieden war, auch wenn die Beendigung des Vertrages vorzeitig erfolgte."

Er lehnte sich in seinem Sessel zurück und schlug seine langen Beine übereinander. Was würde jetzt kommen? Kam eine Vertragsstrafe für die vorzeitige Beendigung auf mich zu? Nach dieser ganzen Zeit? Hatte Kai das nicht geregelt?

"Star.X wird in Kürze auf ihre vermutlich letzte Welttournee gehen."

Erfreut und gleichzeitig erschrocken sah ich In-Ho an. Dieser nickte und ich konnte weder Freude noch Bedauern in seinen Augen lesen. Er schien abzuwarten, was Jae weiter zu sagen haben würde. Eine Welttournee würde eine Trennung von In-Ho und mir für eine sehr lange Zeit vorsehen. Er könnte nicht einfach zwischendurch nach Deutschland fliegen, um mich zu sehen oder ich ihn irgendwo besuchen. Ständig wäre seine Entourage um ihn herum, viele Menschen, die ihn stets im Auge hätten. Eben das volle Programm, das zu einer Konzerttournee gehörte. Noch war meine Beziehung zu dem Sänger und Maknae von Star.X auch vor den Mitarbeitern der Agentur ein Geheimnis und aus diesem Grund würden viele Augen die Wahrung des Geheimnisses sehr erschweren.

"Wie du weißt, ist es in dieser Zeit natürlich so gut wie unmöglich, dass man sich treffen kann."

Ja, Jae, soweit war ich gedanklich auch schon gekommen, dachte ich ungeduldig.

"Aus diesem Grund biete ich den Freundinnen oder Freunden meiner Künstler an, an der Tour als Mitarbeiter mitzureisen. Manche werden zu Stylisten, manche Make-Up Artists oder einfach Manager oder Bodyguards. Die Wahl überlasse ich den Partnern selbst. Dir biete ich ebenfalls an, dass du bei der Tour als Staff dabei sein kannst. In-Ho und du, ihr seid offiziell noch nicht zusammen und vor der Tour wäre das auch nicht die allerbeste Publicity. Daher überlasse ich dir die Entscheidung. Beginn der Tour ist in zwei Monaten und voraussichtlich geben Star.X das letzte Konzert im Dezember hier in Seoul. Nehme den Vertrag mit und überlege dir bitte bis morgen, ob du ihn unterschreiben möchtest oder nicht. Wir würden uns auf jeden Fall freuen, wenn du mit von der Partie sein würdest. Yunai wird ebenfalls mitreisen. Sie hat sich ein Jahr Auszeit von ihrer Arbeit genommen und Emmy und Sara können als Ehefrauen natürlich offiziell jederzeit anreisen. Oder wollt ihr vor der Tour noch heiraten?"

Ich hustete vor Schreck und sah mit weit aufgerissenen Augen In-Ho an. Was hatte er Jae erzählt? Wir wollten doch erst noch ein wenig warten und uns sicher sein, ob wir wirklich zusammenbleiben wollten.

"Wenn es nach mir ginge, dann würde ich es sofort tun, aber Alea möchte noch warten." In-Ho klang irgendwie frustriert. Wollte er wirklich unbedingt ganz altmodisch schnell heiraten?

"Dann also nach der Tour. Das ist auch okay. Weihnachten ist eine schöne Zeit. Ich werde das mit Lisanne besprechen. Sie plant doch so gerne Hochzeiten. Also, dann freue ich mich auf deine Antwort und wünsche euch einen schönen letzten Abend vor deiner Abreise."

Park Jae-Woon hatte sich erhoben. Das Gespräch war beendet, der König hatte uns entlassen, nicht ohne zuvor die Ehe als Monarch zwischen seinen Untergebenen zu veranlassen.

Als wir vor dem Fahrstuhl standen, sah ich ein wenig frustriert zu In-Ho hinüber. Eigentlich hatte ich mir einen romantischen Heiratsantrag gewünscht, und nicht ein Arrangement seines Vorgesetzten und unsere stillschweigende Zustimmung. Doch In-Ho sah stur geradeaus und ich sah seinen Wangenmuskel malmen. Ganz offensichtlich war er mit diesem Ausgang des Gesprächs auch nicht wirklich einverstanden.

Anstatt jedoch jetzt zurück zum Apartment zu fahren, schlug er einen Weg zu einem Berg ein, von dessen Parkplatz man eine wundervolle Sicht auf das nächtliche Seoul hatte. Die funkelnden Lichter unter uns waren wirklich wie glitzernde Edelsteine und ich wurde ein wenig dafür ausgesöhnt, dass Jae praktisch einen Heiratsantrag anstelle von In-Ho gemacht hatte.

"Jae hat es nicht so wirklich mit dem Timing."

Er klang frustriert und ich spürte, dass es in ihm rumorte. Er warf mir einen Blick zu und konnte sehen, dass ich enttäuscht war. Jede Frau wünschte sich doch wohl den einzigartigen Moment und da war ich bei weitem keine Ausnahme. Er schnallte sich und mich ab und stieg aus dem Wagen aus. Ich blieb abwartend auf meinem Sitz, bis er die Tür öffnete und mir die Hand entgegenstreckte. Gemeinsam gingen wir ein paar Schritte. Mit einem Mal blieb er stehen und ehe ich mich versah, kniete er sich plötzlich vor mir hin.

"Es tut mir leid. Ich hatte mir meinen Antrag auch etwas romantischer vorgestellt. Aber ich bin mir ganz sicher, dass mit einem Antrag die Ehe anfängt und das wirklich romantische sollte danach passieren. Ich verspreche dir, dass ich versuchen werde, dein ganzes Leben ein aufmerksamer und dich liebender Ehemann zu sein. Ich liebe dich und ich bin so froh und glücklich, dass du mir eine zweite Chance gegeben hast. Bitte, nehme meinen Heiratsantrag an."

Er hatte sich in die Jackentasche gegriffen und nun ein kleines Kästchen geöffnet, in dem ein wunderschöner Ring mit einem glitzernden Stein steckte. Jetzt hatte ich ihn, meinen ganz eigenen K-Drama-Moment und es versöhnte mich. Im Herzen war ich eben ein kleines Mädchen wie jede andere. In-Ho hatte ängstlich auf meine Reaktion gewartet und als ich ihn strahlend anlächelte, sprang er auf und steckte mir mit zitternden Finger den Ring an meine Hand. Diesen Ring würde ich nicht versuchen, ständig abzustreifen, denn er war der Einzige, der wirklich wichtig für mich war.

Epilog

Ich stand wie jeden Abend der letzten Monate hinter der Bühne und sah, wie die vier Member von Star.X ihren letzten Song performten und Ji-Mong unter tosendem Applaus zum Schluss die Bühne betrat. Neben mir standen Lisanne, Jae, Emmy, Yunai, So-Ra, Joon und Sara und unser aller Augen war auf die Bühne gerichtet. Es war der letzte Abend auf ihrer Tournee und die Jungs waren nach Hause gekommen. Das riesige Dome in Seoul war bis auf den letzten Platz ausverkauft – und das bereits den dritten Abend in Folge.

Star.X waren um die gesamte Erde getourt und hatten vor Millionen Menschen performt. Jeden einzelnen Abend hatten sie auf der Bühne alles gegeben und sich bis zur Erschöpfung verausgabt. Mittlerweile waren die ehemaligen Jungs der Gruppe erwachsene Männer mit Familien und dennoch konnten viel jüngere Bands nur ehrfurchtsvoll zu ihnen aufsehen. Ihre Erfahrung, ihre Präsenz und ihre Gelassenheit gepaart mit ihrem Talent und ihrer Perfektion ließen sie immer noch jedes Stadion auf dem Globus bis auf den letzten Platz füllen.

Heute, in diesem Dome, war es ihre letzte Vorstellung in ihrer Band-Karriere. Es würde das Ende von Star.X als aktive Gruppe sein. Sie blieben natürlich weiterhin Musiker, Rapper, Komponist, Schauspieler – eben Künstler, aber sie würden ihre Gruppe Star.X offiziell in Rente schicken.

Die Überlegung hatten sie gemeinsam getroffen, die Entscheidung ebenfalls. Star.X war stets eine Gruppe aus fünf Freunden, die sich als Einheit sahen. Auch als eines ihrer Mitglieder den Rückzug aus dem Rampenlicht bekannt gegeben hatte, waren sie weiterhin eine Gruppe aus fünf Mitgliedern geblieben. Vier von ihnen standen auf der Bühne, einer stand hinter ihnen.

Als Sunny nach dem letzten Lied das Kopfmikrofon aus seinem Ohr zog und das ihm schnell gebrachte Handmikrofon zum Mund führte, wurde es im Publikum mucksmäuschenstill. Die Bühne war dunkel, einzig der blonde Rapper und Leader stand im Rampenlicht. Seine vier Bandkollegen konnte man schemenhaft hinter ihm erkennen. Was besonders berührend war, jeder von ihnen hatte eine Hand auf die Schultern ihres Leaders gelegt, als wollten sie ihn sowohl stützen, als auch ihre volle Unterstützung wissen lassen.

"Ich weiß, dass ihr diese Worte nicht wirklich hören wollt, aber ihr wusstet, dass eines Tages dieser Moment kommen würde. Wir haben Dank euch die wundervollste Zeit unseres Lebens gehabt. Ihr wart der Grund, warum wir Musik machen wollten. Warum wir auf der Bühne stehen wollten. Gemeinsam mit euch konnten wir Träume wahr werden lassen. Wir konnten zusammen lachen, weinen, feiern und auch", jetzt drehte er sich kurz um und suchte In-Ho und Ji-Mong im Schatten, "Angst haben. Wir haben alles gemeinsam überstanden und eines hat uns allen dabei geholfen: das Vertrauen in uns selbst und in unsere Musik, und ganz besonders, in eure Liebe zu uns. Auch wenn wir heute Abend das letzte Mal hier gemeinsam vor euch auf der Bühne stehen, so werden wir mit unseren Gedanken und unserer Liebe hoffentlich weiterhin in euren Herzen bleiben. Und eines kann ich euch versprechen: Unsere Musik bleibt uns für immer! No Bounderies – No Limits!"

Als Sunny den Titel ihrer letzten Single rief, begann plötzlich das gesamte Publikum zur Überraschung aller Member von Star.X das Lied aus tausenden Kehlen zu singen. Von meiner Position hinter der Bühne konnte ich die Jungs nicht wirklich gut sehen, aber der große Leinwandwürfel unter der Decke zeigte nun die Gesichter von Yeon, Sunny, Taemin, Ji-Mong und In-Ho und allen fünf liefen die Tränen des Abschiedsschmerzes über die Wangen. Sie waren für viele Jahre für viele von uns StarLover der Inhalt unserer Gespräche, Gedanken und Träume gewesen. Jetzt würden sie zwar aus dem Rampenlicht verschwinden, aber in unseren Herzen für immer bleiben.

No Bounderies – No Limits, dachte ich leise und sang dann aus voller Kehle mit den andern Konzertbesuchern mit und wischte mir genau wie jeder andere vor und hinter der Bühne meine Tränen vom Gesicht.

StarLover forever!

Nachwort

Wie ich immer betont habe, liebe ich Happy Ends und wenn auch nicht jedes Member ein eigenes Buch in dieser Reihe erhalten hat, so hat doch jeder sein Glück und seine Liebe gefunden. Mit dem letzten Teil habe ich versucht, den beiden angeschlagenen Member wieder auf die Beine zu helfen. Ihr Weg dorthin hat vielleicht Zeit gebraucht, aber sie haben ihr Ziel erreicht und ihre Wünsche und Träume trotz eines schlimmen Schicksalsschlages nicht aufgegeben.

Lisanne und Jae sind glückliche Eltern von Jae-Sung. Sie werden mit ihrem kleinen Jungen noch einiges an Freude und Stress erleben.

Emmy und Taemin lassen ihre kleine Mi-Na mit vier weiteren Vätern groß werden und erwarten demnächst noch einen neuen Spielkameraden in ihrer kleinen Familie.

Yeon und Joon werden ihre Beziehung nach dem Disbanding von Joons Gruppe in ein paar Jahren offiziell bekannt geben. Sie haben sich gegen eine Adoption eines eigenen Kindes entschieden und unterstützen mit aller Kraft Waisenhäuser.

Yunai und Sunny werden im nächsten Jahr heiraten. Lisanne und Emmy werden gemeinsam mit So-Ra die Brautjungfern sein und sind bereits in der Planung für einen verrückten Junggesellinnenabschied in Deutschland.

So-Ra hat bereits vor ihrer großen Schwester geheiratet. Ihr Ehemann war Witwer und hat eine kleine Adoptivtochter, die So-Ra über alles liebt. Könnt ihr euch denken, wer ihr Ehemann ist?

Sara und Ji-Mong haben sich auf dem Land ein großes Haus gekauft und planen aus Seoul wegzuziehen. Sie träumen davon, weiter Musik zu machen und Kinder großzuziehen. Sara hat bereits zwei Kinderzimmer eingerichtet.

Und Alea und In-Ho? In-Ho hat immer noch einiges wieder gutzumachen und wahrscheinlich wird das sein ganzes Leben mit Alea so bleiben. Aber er strengt sich jeden Tag aufs Neue an und Alea genießt es, endlich gewollt und geliebt zu sein.

Kai hat tatsächlich die junge Hotelerbin lieben gelernt und verbringt viel Zeit mit ihr. Es würde niemanden wundern, wenn es demnächst eine weitere Hochzeit geben würde, zu der eine besondere koreanische Band im Ruhestand einen Auftritt planen würde.

Für einige der Paare war ihr Weg zum Glück nicht immer einfach, doch sie haben ihre Liebe auch über tausende von Kilometer, über Verständigungsschwierigkeiten, Missverständnisse, kulturelle Unterschiede und gefährliche Situationen gefunden. Wenn du (immer noch oder wieder) auf der Suche nach deinem Traummann/ deiner Traumfrau bist, drehe dich einfach mal um. Vielleicht steht er oder sie direkt hinter dir und lief die ganze Zeit in deinem Schatten. Sie wartet nur darauf, dass du sie siehst.

No Boundaries - no limits!

Danksagung

Danke an alle Leser- und Leserinnen, die Star.X bis hierher begleitet haben. Die Worte, die Sunny in seiner Abschiedsrede sagt, kamen aus meinem Herzen. Ich bin euch, liebe Leser und Leserinnen unendlich dankbar. Ihr habt mich unterstützt, mir Ideen gegeben, Kritik geäußert und mich von dem ersten bis zum letzten Buch begleitet. Dafür danke ich euch wirklich aus tiefster Seele.

Das erste Buch war ein Wunschtraum, das zweite war ein Glück, das dritte eine Herzensangelegenheit und das vierte war schwer. Warum? Zum einen wollte ich mich nicht wirklich von Star.X und ihrem Leben trennen. Aber ich denke, dass der Teil ihres Lebens, der für Leser spannend ist, auserzählt wurde. Zum anderen habe ich im vierten Teil ein schwieriges Thema gewählt, bei dem ich selbst während des Schreibens mehrmals hart schlucken musste.

Gewalt in der Familie ist leider keine Seltenheit. Und dabei spreche ich nicht nur von physischer, sondern auch von psychischer Misshandlung. Solltest du selbst diese erfahren oder jemanden kennen, bei dem du ebendiese vermutest, kannst du dich (wenn du willst) anonym an das Krisentelefon unter der Nummer 116 111 wenden.

Danken möchte ich ganz besonders meiner Tochter, die wieder einmal ein wundervolles Cover gezaubert hat. Sie möchte nicht namentlich genannt werden, was ich respektiere, aber als Mutter bin ich ungemein stolz auf sie. Damit sind meine Bücher sozusagen ein kleines Familienprojekt geworden.

Jetzt ist es bedauerlicherweise an der Zeit, dieses Buch und damit die Reihe zu beenden. Doch habe ich bereits angedeutet, dass mir eine Art Spin Off im Kopf herumschwirrt. Lasst es mich gerne wissen, ob ihr daran Interesse habt.

Eure Britta

Prolog			Seite	7	-	14
Kapitel	1	Ein schrecklicher Gast	Seite	15	-	24
Kapitel	2	Traum und Wirklichkeit	Seite	24	-	30
Kapitel	3	Ankunft der Gäste	Seite	31	-	37
Kapitel	4	Verschwinde!	Seite	37	-	44
Kapitel	5	Erste Begegnung	Seite	44	-	58
Kapitel	6	Erwischt!	Seite	58	-	64
Kapitel	7	Ji-Mong	Seite	64	-	75
Kapitel	8	Rufe mich beim Namen	Seite	77	-	84
Kapitel	9	Das Fenster zur Welt	Seite	84	-	89
Kapitel	10	Die liebe Verwandtschaft	Seite	89	-	97
Kapitel	11	Demaskiert	Seite	98	-	107
Kapitel	12	Eine gute Idee	Seite	107	-	114
Kapitel	13	Ein Schlummertrunk	Seite	114	-	125
Kapitel	14	Die schönste Blume	Seite	125	-	132
Kapitel	15	Volksfeststimmung	Seite	132	-	139
Kapitel	16	Alle an Bord	Seite	140	-	151
Kapitel	17	Zeltparty	Seite	151	-	157
Kapitel	18	Erwischt	Seite	157	-	163
Kapitel	19	Abschied	Seite	163	-	170
Kapitel	20	Vieraugengespräche	Seite	178	-	178
Kapitel	21	Zwei Paare	Seite	177	-	191
Kapitel	22	Willkommen in der Familie	Seite	191	-	198
Kapitel	23	Die (un)liebe Familie	Seite	199	-	204
Kapitel	24	Ein Ende mit Schrecken	Seite	205	-	215
Kapitel	25	Veränderungen	Seite	215	-	226
Kapitel	26	Das Gift beginnt zu wirken	Seite	226	-	232
Kapitel	27	Neubeginn	Seite	232	-	240
Kapitel	28	Eroberungsfeldzug	Seite	240	-	249
Kapitel	29	Touch my Seoul	Seite	250	-	256
Kapitel	30	Die neue Familie	Seite	257	-	263

Epilog	Seite	264	-	266
Nachwort	Seite	266	-	267

www.ingramcontent.com/pod-product-compliance
Ingram Content Group UK Ltd.
Pitfield, Milton Keynes, MK11 3LW, UK
UKHW020914181224
452569UK00013B/993